U0620403

明暗

〔日〕夏目漱石 著

谭晶华 译

广西师范大学出版社
·桂林·

小阅读·经典

一

医生经过检查后，让津田下了手术床。

"还是痔瘘连通到了肠子。前些天检查时，发现中间有个鼓起的伤疤，以为那儿就是病根处，所以对你那么说了。可是今天为了好好疏通一下，将那儿咯吱咯吱刮下来一看，痔瘘一直通到里面呢。"

"那肛瘘与直肠已经连通啦？"

"是的。原以为只有五分左右，其实大约有一寸长短呢。"

津田苦笑着的脸上，微微露出失望的神色。医生的双手在不合身的肥松的白大褂前合掌，略微歪斜着脑袋，那模样好像在说："实在不好意思，因为事实就是如此，没有法子呀。医生对于自己的职业是不可说谎的。"

津田默默地系好裤带，取下搭在椅背上的和服裙裤，同时又面向医生问道："肛瘘通到肠子上，是不是就没治了？"

"哪儿的话。"医生轻而易举地否定了津田的问题，一如同时也否定了他的心情。

"不过，像过去那样只是清洗瘘管是不行的，因为那样永远长不起新肉。这一次要改变治疗方法，下决心进行一次根治顽疾的手术，除此之外，别无他法。"

"所谓根治顽疾的治疗……"

"就是做切开手术，通过手术让瘘管与肠子缝合连接，那样，创面的两侧就会自然愈合，最后才会真正好起来。"

津田一声不吭地点点头。身旁的南窗下，一张桌子上放有一台显微镜，他与医生熟识，所以先前来到诊所时，医生允许他好奇地瞅了瞅那玩意儿。在八百五十倍的镜片之下，他看到呈葡萄状的细菌，居然清晰得如同拍摄的彩色照片。

津田穿上裙裤，拿起放在桌上的皮夹子时，突然想起先前看到的细菌，顿时心神不宁起来。为要离开诊所，他将皮夹子掖入怀里。刚要出门，却又迟疑起来。

"倘若痔瘘是结核性的，那即便进行您说的根治性手术，把肛瘘处的褶皱细纹全向直肠方向切除，怕也治不好吧？"

"要是结核性的就不行了。结核菌会不断向更深处侵蚀，治好原来的瘘管口也无济于事的。"

津田不由得双眉紧蹙。

"我的疾患不是结核性的吧？"

"不，不是的。"

津田试图搞清对方的话有几成真实性，定睛将医生瞅了一阵，医生却不为所动。

"怎么才能知道那不是结核性的呢？只靠诊察就能判明吗？"

"是啊，凭诊察就能判断。"

这时，护士站在诊察室门口，叫响排在津田后面的患者姓名。那位等急了的患者立刻出现在津田身后，于是，他只得快快退离。

"那么，您打算何时为我做根治性的手术呢？"

"什么时候都行，只要您觉得方便时。"

津田表示好好选择一个合适的日子再来，便告辞离开。

二

挤上电车时，津田的心情格外沉重。在拥挤的乘客中，身子无法动弹，紧抓着电车吊环，沉浸在自己的思绪中。去年发病时的剧烈痛楚浮现在脑海之中，历历在目。他看到了躺在白色病床上惨不忍睹的自己，听到了企图挣脱锁链、逃离羁绊，疯狗般狂吠的自己的号叫声。接着就是刀刃的寒光及其相互间的撞击声，最后是一种可怕力量的重压，宛如要将两侧肺叶里的空气全部挤出，而这些被挤压的空气再也无法进行收缩，由此引起了剧痛。所有的一切均成为记忆，在此刻向他袭来。

津田很不愉快，冷不防换了种神情向周边张望。周遭的乘客们个个一副若无其事的样子，完全没有人注意到他的存在。他又继续思索：

"自己为什么会吃那种苦头呢？"

那是去荒川河堤[1]赏樱花归来的路上，毫无先兆地突然发作的。当时的剧痛简直把他给吓晕了。疾病的原因完全无从想象，与其说不可思议，毋宁说只是感到恐惧。

---

1 日本的明治至大正时代，东京的荒川堤上栽种了许多樱树，每年来此的赏花者众多。

"自己的肉身不知何时会遭遇离奇的变故，不，说不定此刻已经在发生变故，而自己却一无所知。多么可怕呀！"

他的思绪到这份儿上再也无法停止，背后有一种沉重的力量将他推向前方。突然间，他在内心呼喊起来：

"精神世界也同样，不知何时会发生变故，而且我已经看见了！"

他不由得双唇紧闭，将视线投向周边，那眼神恰似自尊心受到了伤害。车上的乘客全然不知他内心在想些什么，对于他的眼神也毫不留意。

他的头脑好似搭乘的电车，只在自己的轨道上向前飞奔。津田想起两三天前一位朋友提起的庞加莱[1]的话，他在向津田阐述"偶然"的意义时如是说：

"所以呀，我对你说，世人总说什么'偶然偶然'的，所谓偶然的现象，照庞加莱的说法，其实是指原因过于复杂，一时间摸不着头脑而言的。譬如拿破仑的诞生，需要某种特殊的卵子与精子结合，而这种结合的成功，又需要具备必要的条件。那是什么样的条件呢？几乎是难以想象的。"

津田并没有把朋友的话仅仅当作新知识的片段听过了事，而是完全把自己放进去加以思考，于是觉得隐隐然有一股奇特的力量在左右自己：他要向右时被推向左侧，他要前进时又被拽向后方。而且，迄今为止，他从不觉得自己的行动受到外力牵制。自己想做的事、想说的话，肯定是凭自己的意志而为。

"为什么她要嫁到那儿去呢？当然是她本人想嫁才过去

1　Jules Henri Poincaré（1854—1912），法国数学家、物理学家、天文学家。创建力学系统理论，以《科学与方法》等三部曲著作闻名。

的。然而，她并没有非嫁到那儿去不可的理由呀。同理，自己又为何要和这女人结婚呢？那自然是因为我想娶她才与她结婚的，尽管我过去不曾有过娶她的念头。是偶然，还是庞加莱所说的'复杂的极致'？真是不明所以啊。"

津田下了电车，边琢磨，边朝自己家走去。

三

津田拐进一条窄窄的小巷子时，看到妻子正站在家门口朝自己这边张望。可是，津田的身影从拐角处一出现，她立刻朝正前方扭过头去，又将白皙、纤细的手放在额前搭了个凉棚，做出一副向上凝视的样子，而且，直到津田走到她身边也没改变这一姿态。

"喂，你在看啥呀？"

听到津田的发问，妻子似乎吃了一惊，猛然朝这边转过脸来。

"哟，吓了我一跳。……您回来啦？"

与此同时，妻子将自己眼中所有的光聚焦一处，全部倾注到丈夫身上，紧接着，稍稍欠身，轻轻点头致意。

津田既要回报妻子的娇媚讨好，又有些迟疑逡巡，便驻足问道：

"你站在这儿干什么？"

"在等候您回家呀。"

"不过……你不是全神贯注地在眺望什么吗？"

"哎……在看那只麻雀！它不正在对面那户人家的二楼屋檐下筑巢么？"

津田抬头朝对面那栋房子的屋顶瞥了一眼，那儿连只麻雀的影子都没有。此时，妻子立即将手伸到丈夫跟前。

"干什么呀？"

"您的手杖。"

津田这才意识到，把拿着的手杖递给妻子。她接过手杖，拉开正面的隔扇门，请丈夫先进，自己也跟着脱鞋进屋。她让丈夫换好衣服，不等津田在火钵前坐下，又去厨房取来毛巾，并裹上了肥皂盒。

"您先去洗个澡吧，不然，一坐下就又会懒得动了。"

津田无奈地接过毛巾，不过却不想马上起身。

"洗澡今天就免了吧。"

"为啥？……还是洗一下干净利索些。回来后马上为您开饭。"

津田无可奈何地站起来，临出房门时，扭头冲着妻子说："今天的归途中，我到小林诊所去，请他帮忙诊察了一下。"

"嗯，怎么样？诊察的结果。差不多痊愈了吧？"

"哪儿的话，反而越来越麻烦了。"

津田说完，不愿再听妻子还想打听的问题，径直走了出去。

吃过晚饭，津田尚未回房间，夫妻之间再次旧话重提。

"真讨厌！动什么刀呀，怪吓人的。难道这样静养下去就不行吗？"

“从医生的角度看，这样任其拖延下去是危险的。”

妻子恰到好处地皱起画得秀美的浓眉，看着丈夫，而津田只是付之一笑。这时，妻子忽然想起什么似的问道：

“要是做手术，还是得选星期天吧？”

应亲戚之约，说好下周日她和丈夫要一起去看戏。

“反正还未订座，没事，谢绝算了。”

“你呀，这多不好意思啊，谢绝亲戚的一片盛情之邀。”

“那有什么不好意思的，因为我们有正事啊。”

“可是我想去看戏。”

“你想去就去呗。”

“所以嘛，你也得去。怎么，不愿去？”

津田看着妻子的脸，露出一丝苦笑。

四

妻子的肤色白皙，因此，她的那对秀眉显得格外引人注目，她总是习惯性地经常耸动眉毛。只可惜眼睛太小，加上那单眼皮也缺少妩媚，然而，那单眼皮里的一双眸子倒是乌黑晶亮，因此，起到了不小的作用。有时候，她还会恣意惺惺作态，甚至达到专横放肆的地步。津田也曾不由自主地被那双小眼睛里放射的光芒所吸引，不过有时又会莫名其妙地遭到那种目光的拒绝。

津田冷不防抬头看妻子时，顿时感到她的眼里蕴含着一种奇妙的力量，具有与以往她常挂在嘴上的甜言蜜语不相般配的奇异的光辉。正想回应对方的话语时，心思居然会被她的那种眼神阻断。于是，她马上会露出美丽的牙齿微笑，同时，眉目间的表情亦消失得无影无踪。

"我说谎了。喜剧之类的，我不去看也行。先前不过是向您撒撒娇罢了。"

津田一语不发，视线一时间并未离开妻子。

"干吗老那么绷着脸盯着我看？……戏不去看了，下个礼拜您去小林医生那儿开刀吧。这样可以了吧？这两三天里我会给冈本家发个明信片去，或者我去跑一趟，表明谢绝的意思。"

"你可以去看戏呀，难得人家专门来邀请咱们。"

"不，我也不去了。您的健康比看戏重要多了。"

对于自己将要接受的手术，津田必须更详细地对妻子说明。

"说是开刀，可并不像挤出点脓肿那么容易哟。先得服下泻药，把肠子清除干净，随后再开刀。据说手术后还有出血的危险，所以在创口处要填塞纱布，需卧床静养五六天。因此，即便下个星期去医院，也不是周日一天就能完成的。那么，从周日拖到周一周二，并没有多大的区别。或者不等到周日，提前到明天、后天去也都一样。反正一到那儿，病就好办了。"

"我说，您是不是说得太轻松了，不是说要静卧一周不能动弹么？"

说着，妻子又耸了耸她的眉头，津田对此却毫不在乎，他在思考着什么，将右肘靠在放置于两人之间的长火钵架的缘木上，盯着火钵架上的水壶。红铜水壶盖下的沸水声啸鸣起来。

"那么说，您总得休息一周吧？"

"所以我正想找吉川先生说一下，定下手术日期。虽说不打招呼休息也没事，不过总不太好。"

"那还是您自己去跟他说，他平时就对您那么关照有加。"

"要是对吉川先生一说，说不定他会让我明天就去住院的。"

听到"住院"一词，妻子的小眼睛顿时睁大了。

"住院？不用住院吧？"

"嗯，要住院的。"

"您不是说过，小林的诊所不是医院吗？看病的都是些外来的门诊患者呀。"

"虽然不是什么像样的医院，但是，那诊所的二楼空着，也可以当作病房使用。"

"干净吗？"

津田苦笑起来。

"比起咱家来，或许干净些。"

这一说，轮到妻子苦笑了。

五

不久，津田站起身来。他习惯于临睡前在书桌前待上一两个小时。妻子抬头望着丈夫，依旧舒适地依在火钵边。

"又要去用功吗？"

妻子经常对起身站立的丈夫如此发问，在津田听来，她的语调之中似乎有一种不满之感。有时他试图主动对妻子示好，有时又会心生反感，想从她身边逃离。不论何时，他的内心深处总会模模糊糊地泛起一种藐视妻子的意念："老跟你这样的女人玩，可真受不了！我有我自己要做的事。"

他默默地拉开房间中间的隔扇门，妻子又在身后发话了。

"那么，戏就不看了吧。我去回绝冈本家。"

津田扭过头去。

"你想看的话，还是去看吧。我因为刚才说的理由，能不能去还难说呢。"

妻子低下头去，再没看丈夫一眼，也不回话。津田也咯吱咯吱地踏着陡峭的楼梯板上了二楼。

书桌上放着一本大部头西洋书，他一坐下来，翻到夹有书签的那一页，便从那儿开始阅读。只可惜三四天忽略未读，上下文衔接的情况已不甚了了，为了帮助记忆，势必要将上文再读一遍。可是于心不安的津田书也读不进去，只是啪啦啦地翻着书页，望着那厚厚的著作似在犯愁，前途遥不可测之感油然而生。

他回想起自己是在结婚三四个月后开始阅读这本书的，细算起来，已经过去两个多月了，然而，读过的部分尚不到全书的三分之二。他平时总爱在妻子面前咒骂步入社会后就与书本绝缘的人都是些不成器的蠢货。妻子把那些话当作他的口头禅来听取。为了让妻子由衷认定他是个真正的学问家，所以要花较多的时间耗在二楼读书。随着前途遥不可测之感的滋生，一种羞愧之情又不知从哪儿冒出了头来，恶作剧似的激发了他的自尊心。

但是，此刻他要努力从摊在面前的书本中获取的知识，却不是自己日常业务上所必需的。比起业务之需，这种知识过于专业，又太过高尚。哪怕是学校课堂上学得的知识，实际上派上用场的也少之又少，这本书的知识可以说就更加风马牛不相及了。他只是想把那些知识当作一种自信加以储备，即使作为引人注目的装饰，他也愿意将其掌握。当他隐隐约约觉察到自己很难实现时，便向自大自负的自己质疑：

"恐怕没那么容易获取成功吧？"

他一声不吭地抽起烟来，接着，好像突然想起了什么似的倒扣好书本站起身来，随后快步走下楼去，楼梯板又发出了咯吱咯吱的响声。

六

"喂，阿延。"

隔着隔扇门，他招呼妻子，同时拉开隔扇站在饭厅门口。一下子映入眼帘的，是坐在长火钵跟前的妻子面前不知何时摊摆着色彩绚丽的腰带与和服。从昏暗的玄关处看到灯光明亮的房间，眼前的一切显得分外华美。他止步伫立，对比着观察妻子的容貌和艳丽的衣物。

"这种时候你干吗拿出这些东西来？"

阿延的膝盖上还放着绘有丝柏骨扇子花纹的女式宽幅腰

带，她从远处瞥了津田一眼。

"只是取出来看看呀，这条腰带我还一次没用过呢。"

"所以这一次你打算用这身打扮去看戏吧？"

津田的语调冷冷的，带有揶揄的味道。阿延默不吱声，低下头去。像往常一样，她又抽动了一下乌黑的眉毛，这种特异的小动作，有时会出乎意料地撺掇津田的心，有时却又会奇妙地引起他的厌恶。他默默地来到走廊上，拉开了厕所间的门。接着，又想再上二楼，这时，是妻子叫住了他。

"唉，您呀，"她同时站立起来，堵着他追问，"上楼有事吗？"

对于此刻的津田而言，他有着远比妻子的腰带和长衬衣更加重要的事情。

"父亲还没来信吗？"

"没有哇，要是来了，照例会放到您桌上的。"

正因为桌子上没见预期该来的信件，所以津田才特地下楼来的。

"那我去信箱里瞧瞧吧。"

"如果有来信，一定会挂号，不会投入信箱的。"

"说的是，不过，为了确认一下，我还是看看吧。"

阿延拉开玄关的纸槅门，走到沓脱[1]处。

"去也没用，挂号信怎么会投进信箱呢？"

"不过，也许没有挂号，只是平信，您请稍候。"

津田又折回到饭厅，在先前吃饭时坐过的长火钵前的坐垫上盘腿坐下，注视着胡乱摊铺在眼前的绚烂衣物，友禅绸的花

1　门下脱鞋的石板。

纹色彩令人眼花缭乱。

从玄关处返回的阿延手里，果然拿着一封信。

"有一封信！可能就是爸爸寄来的。"

说着，她在明亮的电灯下照了照白色的信封。

"啊，果然不出我所料，是爸爸寄来的。"

"怎么不挂号呢？"

津田接过信，立刻开封读了起来。可是，读完信后再将它重新卷起装回信封时，他的动作显得十分机械。他既不看自己的动作，也不注视阿延的脸，只是茫然地凝视着妻子出客穿的大花纹和服，自言自语道：

"糟糕！"

"怎么啦？"

"也没什么大事。"

津田的虚荣心很强，他不想把信里的内容告诉新婚不久的妻子。然而，这件事又是非告诉妻子不可的。

七

信中写着："本月不能按时汇款了，你们自己设法筹措一下。"上了年纪的人可真不好办，既然如此，怎么不早一点来通知呢？在要用钱的关键时刻，才来这么说……

"究竟发生了什么事呀？"

津田将已经装入信封的卷起的信纸又抽出来，摊铺在膝盖上。

"信上说，上个月出租房有两处空置，而且租出去的房子也没收到房租。加上庭院的修剪、围墙的维护，临时支出增加，所以本月就寄不了钱了。"

他把展开的信纸原样递给在火钵对面的阿延，她一语不发地接过信，却无意再读。其实，打一开始，津田就惧怕妻子这种冷淡的态度。

"即便不指望他寄来房租，要想给的话总是有理由的吧。家里修修围篱也得花点儿钱吧，我们又不会砌起什么砖墙的。"

津田的话一点不假，父亲虽然谈不上富裕，但每月对儿子夫妇贴补一点生计上的不足应该还不至于为难。然而，父亲是个生活俭朴的人，照津田的话说，那简直是俭朴过了头，而在远比津田更喜爱华丽的妻子看来，他几乎就是个不近人情的节俭家了。

"爸爸一定认为我们过分奢侈，大手大脚地胡乱花钱。一准没错！"

"对呀。上次去京都时他好像就说过类似的话。上了年纪的人哪，老记得自己年轻时的生活，凡事都用自己当时的想法来要求现在的人。虽然爸爸三十岁和我三十岁年龄没有不同，但周边的一切全变了，行不通的！上次去参会时问会费要交多少，回答说要五元，他听了竟然大吃一惊啊。"

津田平时就害怕阿延小瞧自己的父亲，尽管如此，他还是不得不在她面前抢先讲出谴责父亲的话语，这些倒都是他真实的感受，同时，正因为比阿延的批评早了一步，因而也成了对自己父子俩的辩解。

"那么，这个月该怎么办呀？本来就捉襟见肘，再碰到你做手术要住院一周，总得又花点钱吧？"

妻子忌惮在丈夫面前批评公公，便把话头转到现实问题上来。津田并未准备好该如何回答。过了一阵子，他自言自语小声说道：

"藤井叔叔倒是有钱，要不到他那儿去走一趟……"

阿延注视着丈夫的脸。

"你不能再对爸爸说一说吗？顺便把你生病的事也写上。"

"倒不是不能给他写信，要是再引得他说这说那的反而麻烦，如果再让他抓住什么把柄，那事情就会搞得没完没了。"

"可是，要是别无他法，那也是万不得已呀。"

"所以嘛，我也不是说不写，我想把我们家的情况好好向爸爸做个通报，只是眼下已经来不及了。"

"说的也是。"

这时，津田正面瞅着阿延，然后用已下定决心的语气说：

"怎么样，你去冈本那儿筹点钱来行吗？"

八

"我不愿意！"阿延立刻回绝了。她的话说得斩钉截铁，毫无半点可斟酌协商的余地。这使津田大感意外，如同一辆高速行驶的汽车猛踩刹车急停时所受到的冲击。他在对毫不同情自己的妻子产生不快之前，先是吃了一惊，于是紧盯着妻子的脸。

15

"我可不愿意，到冈本家去谈那种事情……"阿延重复着前面说过的话。

"是嘛，那我就不勉强让你去。不过……"

津田才刚开始说，阿延就截住了丈夫冷静（却也是沉着）的话语，并一下子予以击溃。

"要说的话……是我怪不好意思的。我不论何时去他家，他总要说我，阿延嫁了个好人家，幸福呀！生活上无忧无虑的。要是我冷不防提起借钱的事，他一定会颜色大变的。"

阿延之所以一口回绝津田的嘱托，与其说是对丈夫的不同情，毋宁说是受制于自己对于冈本的虚荣心。这一点，津田总算渐渐闹明白了。他眼中那冷漠的眼神也消失了。

"倘若自己吹嘘过得多么舒服就坏事了，被人高看一眼固然不错，不过，有时候反而会因此带来麻烦。"

"我可没有吹嘘过什么，完全是对方那么以为而已。"

津田不做深究，阿延也不再多加解释。两人的交谈一时中断，之后又回到实际问题上来了。可是，迄今为止对于家庭经济状况从不操心的津田，却也想不出什么好主意来，他只是说道："爸爸他也为难啊。"

阿延忽然想起什么似的，把眼光移向被自己扔在一旁的盛装和腰带上。

"动动这东西的脑筋吧。"

她拿起嵌有金丝的厚厚腰带的一端，对着电灯高举起来，以便丈夫看到。津田一时对她的举动不解其意。

"说动动脑筋，你做何打算呀？"

"把它拿到当铺去，不是可以当点钱嘛！"

津田感到惊异。自己还未曾经历过的苦心筹钱方式，一个年轻的过门媳妇早就熟练掌握，对津田而言，实在是个令人惊讶的重大发现。

"你过去当过自己的衣物之类的东西吗？"

"没有哇。"阿延笑着，轻蔑地否定了津田的疑问。

"那么你了解当铺里的规矩吗？"

"哎……不过那也没什么大惊小怪的，只要下定决心送去当。"

除了极端的场合，津田还真不愿意让自己的妻子去干那种上不了台面的事。阿延又继续补充说：

"阿时可清楚啦。听说那女佣在家时，经常被差遣捧着包袱进当铺。近来传说只要写个明信片去，当铺就会上门来收取典当物。"

妻子为了自己能够贡献宝贵的衣服和腰带，使津田感到高兴，然而，自己竟然要让她这么做，又着实令他感到痛苦。与其说自己在可怜妻子，还莫如说这么做实在有损于做丈夫的尊严。想到这一点，他又游移不定起来。

"让我再好好琢磨琢磨。"

对于筹钱的事，他没想出任何解决方法，便上二楼去了。

九

第二天，津田照例去公司上班。上午在楼梯上偶然遇见了吉川，不过他是下楼，而对方是上楼，迎面错过时，津田只是恭敬地行了个礼，什么话也没说。在吃午饭前的一刻，他轻轻地敲了敲吉川的房门，相当客气地将半个脑袋伸了进去。那时，吉川正抽着烟在和客人谈话，他当然并不认识那位客人。当他把房门推开一半时，主客间热烈的交谈戛然而止，两人同时把脸转向这边。

"有什么事吗？"

吉川开口先问，津田就在门口站停了。

"有一点……"

"是你自己的事吗？"

若是公事，津田是没有进出这间屋子资格的。他表情尴尬地说："是啊，有一点……"

"那就请稍后再说，现在不方便。"

"是的。太冒失了，真对不起！"津田悄无声息地关上房门，回到自己的办公桌前。

下午，他又两次去了那个房间，可是两次都没有看见吉川的人影。

"他上哪儿去了？"

津田下楼顺便询问了大门口的男侍。这个五官端正的少年，正伸长手臂，表演魔术似的吹着口哨，招引那只睡在石头台阶上的褐色长毛狗。

"噢，他刚才与客人一起出去了。说不定今天不会再回这儿了。"

每天负责看着人员进出的男侍，至少在这一方面，其预言要比津田准确得多。津田不再去了解这只褐色的狗从何而来，也不再打探男侍为什么不辞辛劳地要与它为友，又径自返回自己的办公桌前，在那儿一如既往地办公到下班为止。

到了下班的时候，他比别人晚一步离开大楼。像平时一样，他向车站走去，忽然又像想起什么事似的，从口袋里掏出怀表来看。与其说他想知道具体的时间，还不如说是想决定自己的走向。他在思忖：归途中是去吉川家转转呢，还是不去为好？这相当于在与怀表做毫无意义的协商。

津田终于跳上了与回家方向相反的电车。他熟知吉川经常不待在家里，此番前往未必能见到他，而且他还知道，即使吉川偶尔在家，若情况有所不便，或许也会让自己吃闭门羹。然而，他觉得自己必须常常去吉川家串个门子，那既是出于礼貌，也是为了人情，更是一种势利，说到底，还是一种单纯的虚荣心在作祟。

"津田和吉川可不是一般的朋友哟。"他常常希冀自己承载着这样的评价和声誉出现在众人面前，同时亦不愿让自己平日里自尊自重的风度有一丝一毫的损伤。也就是说，一方面要尽量把东西藏到内里，另一方面又希望别人能够发现自己的隐藏物。在这种心理的支配下，他站在吉川家的大门口时，还在向自己解释：我完全是为了公事而特地来此地造访的呀！

一〇

庄严的大门总是紧紧关闭着。大门的上半部分，嵌着透雕镂刻一般的厚厚的花格窗，津田若无其事地朝里面瞅了瞅。门内有一块花岗岩制成的沓脱静静地摆放着。天花板的正中悬挂着一只金属铸造的青黑色的灯罩。迄今为止津田从未从这儿走过，这一次，他特地从灯罩下穿过，绕到一旁，请紧挨着门生房间的边门的人帮忙通报。

"他还没有回家。"身穿九州小仓布裙裤、跪坐在津田面前的门生回答得简单明了。他摆出一副对方马上会打道回府的神情，这使津田有点儿尴尬，于是，他紧接着又问：

"夫人在家吗？"

"在的。"

实际上，比起吉川来，津田更想见的是夫人。在过来的这一路上，打一开始他满脑子想的就尽是夫人。

"那就请你给夫人传话。"

他又请这位还不认识自己的门生进行通报，门生并无厌烦地进里屋去了。再出来时，语气更加诚恳，"夫人说见您，请进！"并将他带进了西式建筑的会客室。

他刚在屋里的椅子上坐定，不等送上茶水和烟灰缸，夫人就出现了。

"你这是下班回家？"

刚落座的他又必须站起身来。

"夫人您一向可好？"

夫人对津田的问候只是稍稍点了点头，就坐了下来，随口说道："有了太太，最近不大看到你来了。"津田苦笑着，不知怎么回答才好。

夫人的问话直截了当，她眼前只是个比自己年龄小的男人，而且还是自己的晚辈。

"还沉浸在喜悦中吧？"

津田一副温和敦厚的模样，好像在静静地躲避被微风吹起的沙尘一样。

"不过，结婚也过了不少时间了吧？"

"是的，已经半年多了。"

"真快呀，就像没过多久似的。怎么样？最近一阵子……"

"您指哪方面？"

"夫妻关系呗。"

"一切正常啊。"

"这么说，甜蜜劲儿已经过去了？撒谎吧！"

"什么甜蜜劲儿，打一开始就没有过！真是没法子啊。"

"那就看往后了。要是一开始体会不到，那现在就会开始体验了！"

"谢谢。那我就欣然期待吧。"

"你今年多大了？"

"老大不小啦！"

"哪里，还年轻嘛。我就是随便问问，干脆地说吧。"

"那我就老实说，已经三十岁了。"

"那明年就是三十一啰？"

"按理说是的。"

"那么阿延呢？"

"她二十三。"

"明年？"

"不，是今年。"

　　吉川夫人就这样把津田戏耍了一阵，碰到她心情好的时候会表现得更起劲些。津田也会不时反过来调侃对方，可是在他看来，夫人的态度常常令人分不清她究竟是在开玩笑呢，还是在当真。碰到这种情况，性格倔强的他，谈话之中就会变得拘谨起来，而且，只要情况允许，他还会刨根问底地试图搞清对方的真意。要是出于礼貌不便那么做时，他就会默默地注视着对方的神色。这种时候，他的眼中必定会微微泛起一丝疑云，看上去像是胆怯，像是警觉，又像是一种自卫和自大的神经在兴奋地放射出亮光，最后还带有一点可以称作"充满思虑的不安"的味道。每次见到津田，吉川夫人总会有一两次将他逼到那种窘境，而津田呢，也是心知肚明，却又不知不觉中被推入那种境地。

　　"夫人可是用心不良啊。"

　　"为什么？打听一下你的年龄就是用心不良吗？"

　　"那倒不是，只是您的问法似在另有所指，又抑或没有，好像对后话有所保留。"

　　"哪有什么后话呀？你到底是个研究者，所以才不行。搞学问，或许需要研究，可是用研究搞交际就是禁忌。你要是抛弃了这个习惯，将会成为更讨人喜欢的男人。"

　　津田隐隐作痛，但这是心里的痛，而非脑中感到的痛。在受到这一露骨的打击之前，他还抱着一种冷然俯视对手的态度。

夫人微笑起来。

"你若是认为我在瞎说，回去后可以问问你的太太，阿延一定同意我的意见。不光是阿延，另外理应还有一个人，肯定！"

津田的脸部一下子僵硬了，嘴唇微微颤动，目光落在自己的膝盖上，无言以对。

"我说的是谁，明白了吧！"

夫人紧盯着津田追问。那个人是谁，本来他就知道得一清二楚，可是他完全不想承认夫人所说的事情。再次抬起头来时，把沉默的目光投向夫人，这沉默之中的含义，夫人并不明白。

"若是惹你不快，请多包涵，我不是故意的。"

"不，我什么想法也没有。"

"真的吗？"

"真的什么也没有想。"

"那我就放心了。"

夫人马上恢复了先前轻快的样子。

"你身上还总有那么点孩子气。如此说来，男人看上去吃了点亏，其实还是占了便宜。你就和刚才说的一模一样吧？还有，你太太今年才二十三岁，从年龄上讲，你俩有不小的差距，可从外表看，太太还比你显得老相一点。说到'老相'或许有点儿不礼貌，可这又该怎么表达呢，哎……"

夫人暂时撇下津田，一门心思地琢磨起如何形容阿延，津田多少怀着一点好奇心，也在等待她的下文。

"对了，可以说老成稳重吧！她很聪明，如此聪明伶俐的人也不多见，你要好好珍惜她哟。"

按照夫人的说话腔调，若将那句"要好好珍惜她哟"改成"可要好好留神哟"也并无大碍。

一二

这时，悬在两人头上的电灯一下子亮了。先前进来传话的门生轻轻地走进屋来，悄无声息地放下百叶窗，又默默地走了出去。津田早就注意到煤气暖炉越烧越红，他目送着门生的背影，意识到自己也该适可而止地中断谈话，告辞回家了。他喝干了浸在茶碗底部一片柠檬片下冷冷的红茶，并以此为契机，对夫人说明了来意。事情本来相当简单，却也不是夫人一允诺就可定下的。他想自由使用的一周时间，究竟安排在一月之间的哪一段为好，连夫人也闹不明白。

"什么时间都行，只要能定下具体时间来。"

她以轻率的口吻允诺，以向津田表示友好。

"当然，我是想说定一个时间的……"

"这就行啦，明天开始也可以。"

"可是，要不征得先生的同意……"

"那等他回来，我会帮你好好说说的。你不必担心。"

夫人爽快地答应下来，显得十分高兴，仿佛又干了一件为他人出力的善事。而津田也为面前这位快活善良、富于同情心的夫人感到喜悦，还以为这是自己的态度和举止使然，于是更加喜不自禁起来。

从某种意义上说，他喜欢被夫人当作小孩对待，因为一旦被当作孩子，他就能获得两人之间的那种亲近感。倘若细细剖析这种亲近感，就会知道这是只有在两性之间才能产生的特殊亲昵。打个比方说吧，那就犹如有人冷不防被酒馆侍女拍打后背时霎时间产生的快感一样。

与此同时，津田还有着某种容易使吉川夫人把他当孩子对待的天性，他时刻不忘在夫人面前一定要故意把那种天性隐藏起来。于是，他表面轻松地承受着夫人的肆意戏弄，背后却有自己筑起的厚实的铁壁铜墙支撑着。

就在他说完事情要起身离开时，夫人突然开口说道：

"别再像个孩子那样一会儿哭，一会儿叫的。学得大气一点！"

津田不由得想起了去年承受的痛楚。

"那时候，我真是一筹莫展。每当隔扇门开开关关时，都会震动局部患处，我害怕自己的整个身子会从病床上蹦起来。不过，这一回就不要紧了。"

"是吗？是哪一位医生负责的？具体还不清楚吧。先别说大话哟，我会前往探视的！"

"那可不是您适合去探病的地方，又小又脏，不像话的病房。"

"那并不碍事。"

闹不清夫人的态度是诚心诚意还是揶揄调侃。津田的本意是想说，先不提自己的病，就医生的专业而言，妇女最好别去那种地方。可是，他又犹豫不决，欲言又止。夫人乘虚而入说：

"我要去的，正好有点话要跟你说，而当着阿延的面说又不方便。"

"那么，不如下次我再来登门造访。"

夫人笑着，将要逃跑似的起身离去的津田送出了会客室。

一三

来到大街上，津田走着走着，逐渐远离了吉川家，可是他的脑袋却不会像脚步那样快速离开刚才待过的会客室。他走在入夜后行人稀少的大街上，客厅里明亮的情景依然时隐时现。

那寒光闪烁的景泰蓝花瓶，光滑的表面浮现出华丽的花纹，摆放在桌子上的银盖圆盘，同样色彩的糖罐和奶罐，深蓝底色上点缀着藤蔓花纹的厚实的窗帘，三个角上镶有金箔的装饰用的相册……津田虽然已经从明亮的灯光下来到了昏暗的户外，但是室内那些物品带来的强烈刺激，却仍然在他的眼前纷纷扰扰。

当然，他怎么也忘不了身处这绚烂色彩之中的女主人的姿影，津田边走边缓缓地回想先前与夫人的交谈，好似在吃口中的炒豆子，边咀嚼边品味。

"对于那件事，夫人或许有什么话要对我讲。说实在的，我并不想听她说的话，可是又非常想知道。"

津田在心中告诉自己这矛盾的两面时，忽然觉得好像暴露了自己的弱点，在昏暗的马路上蓦地红了脸。为了摆脱眼下的羞怯，他故意立刻向前走去。

"要是夫人就那件事有话要对我说，她究竟想说什么呢？"

当下的津田绝对无法解决这个问题。

"难道又是为了戏弄我？"

这倒是无话可说的。夫人原本就是个喜欢逗弄人的女人，就自己和她的关系而言，又给她提供了充分的自由，而且她所处的地位又使其在不知不觉之中变得散漫起来。只是为了招惹津田焦虑不安而获得的一点点快感，她也许会毫不在乎地跨越情面的界限。

"如果不是如此，难道是出于对自己的同情，抑或是出于对我过分的偏爱？"

这又是怎么也说不上的。事实上，迄今为止，夫人对津田既亲切又宠爱。

他来到大街上，在那儿乘上了电车。电车沿着护城河行驶，车窗外是黑漆漆的河水，黑乎乎的河堤，还有盘踞在河堤上那黝黑的松树。

他在车厢的一个角落里坐下，透过车窗朝清寒萧瑟的秋夜景致瞥了一眼，马上又思考起其他事情来。那件令人感到麻烦、昨夜又悬而未决的筹款事项，看来必须要设法解决了。他立马想到了吉川夫人。

"假如刚才我能把筹款之事和盘托出就好了。"

想到这儿，津田不禁有点儿后悔，当时就是自作聪明地想要考虑周全才来不及地匆匆告辞的，事到如今，就为此事再去见夫人，他可全然没了这种勇气。

下电车后过了桥，津田看到黢黑的栏杆下蹲着一个乞丐，身上穿着一件薄薄的外套，活像一个会蠕动的黑影在津田面前低下了头。从季节上看，有的人家已经早早地点燃了煤气暖炉，燃起了暖烘烘的火苗。然而，在他眼中自己和乞丐，此刻居然并无差别。他感到自己变成了穷人，父亲不再按月寄钱来接济，简直成了要命的事情。

一四

津田怀着这样的心情走到自家门前，正要把手伸向玄关的隔扇门时，门还未开，里面的隔扇门倒率先"嗤"地打开了。不知何时，阿延的身影已出现在他的跟前。他不禁吓了一跳，瞅着她那略施淡妆的侧脸。

结婚以后，津田常常因这种情况受到老婆的惊吓，她抢在丈夫之前出现的举动，有时不仅没有导致什么不良后果，反而可以成为她非常机灵乖巧的证明。阿延在日常生活的琐事中经常发挥出自己的特点，津田把她的这种行为看成是在自己眼前明晃晃闪耀的刀光，虽然不大，却清晰明亮。与此同时，他生发出一种可怕的心情。

一瞬间，津田觉得阿延靠着某种力量能预测他的归来，但是他却不想向她问个究竟。倘若询问，她一定会笑着胡乱打岔，那么一来，丈夫看上去就已经败北了。

他若无其事地从正门进了屋，接着马上换了件衣服。饭厅的火钵前，一张黑漆的有腿桌子蹲守在那儿，上面铺着桌布，好像在等候着他的归来。

"今天又转到哪儿去了？"

津田不在规定的时间回家，阿延准要这样提问，津田势必要对此作答。不过，并不是每次都因为有事才晚归的，所以，有的时候他的回答会变得异常暧昧，而且那种时候津田会故意不去看阿延那张为自己化了淡妆的脸。

"让我猜一猜吧。"

"嗯。"今天的津田，显得格外沉着。

"上吉川先生家了吧？"

"一猜就中啊。"

"我一看情况就明白。"

"是啊。昨天晚上我说过要告诉吉川先生，然后确定手术时间。所以你就猜中了。"

"就是你不说，我也能猜中。"

"是嘛，真了不起！"

津田将拜托吉川夫人一事的要点给阿延说了一下。

"那你从哪一天开始治病呢？"

"就是说嘛，尽管从哪天开始都可以……"

津田内心的打算是，在治病前必须筹好钱款，金额虽然不大，可是正因为如此，却又一时想不出一个简便的筹措办法，这才令他感到焦躁。

他忽然想起了住在神田的妹妹，可是心里怎么也不愿意上她那儿去开口。结婚以后，津田以开销增大为借口，请京都的父亲汇款填补，并约定前提条件，每年用中元节和年末的奖金多少返还一些。可是，由于种种原因，今年夏天他并未履行还款义务，由此伤害了父亲的感情。知晓这些情况的妹妹应该是父亲的同情者，打一开始，他就不愿意当着妹夫的面向妹妹提起借钱的事，由于现今的情况，那就更无须侈谈了。他心想，若不得已，不如依照阿延的忠告，只能再给父亲写封信去，把自己当下的病情说得严重些，此乃上策。只要写到不让父母亲过分担心的程度，再对事实情况略加渲染，也就不会受到良心的苛责，这也许是任何人都会酌情采用的处置办法吧。

"阿延，我就按你昨晚所说的，再给父亲写封信去吧。"

"是嘛，不过……"

阿延说着便停住口，瞅着津田。津田自顾自地上了二楼，坐到桌前。

一五

他习惯使用西式信纸，从抽屉里取出青紫色的信封和信纸，用钢笔随意地写下两三行文字，忽然想起父亲素来不乐意看到儿子用自来水笔或钢笔潦草涂写的言文一致体的书信，身在遥远处的父亲的面容浮现在他的眼前，于是，津田苦笑着搁下笔来。紧接着，他又觉得即使自己的信函寄到父亲手里也未必会有效果。这时，他在厚实粗涩的类似木炭画用纸的余边处，恶作剧地涂鸦了一幅父亲蓄着山羊胡子长脸的素描，一边思忖自己该怎么办。

不久，他终于下决心站起来，拉开隔扇门，在二楼的楼梯口招呼楼下的妻子。

"阿延，你那儿有日本卷筒信纸和信封吗？有的话借我一用。"

"日本的？"这个形容词在妻子听来十分滑稽。

"有女人用的。"

津田在自己面前展开了有精美花纹的横阔型日本信纸。

"这下您该满意了吧。"

"只要信里的事情写明白了，用什么信纸都行！"

"那可不行呀，父亲那个人是很难对付的。"

津田还在一本正经地盯着信纸看，阿延的嘴角则泛起了微微的冷笑。

"那我就去给你再买一些来。"

"嗯。"津田含混地应了一声。虽然有了白色的卷纸和素色信封，自己的愿望也未必得以实现。

"你等等，我去买了就来。"

阿延立刻下楼去了，不一会儿，传来了女佣拉开小边门外出的脚步声。直到必须使用的物品到手之前，津田什么也不干，只是坐在桌子跟前一味地抽烟。

他的脑海里自然离不开父亲。父亲生在东京长在东京，动辄开骂京都一带近畿地区的人，然而他又偏偏不知不觉中选择京都定居下来。津田对不大喜欢关西地区的母亲深表同情，当他多少流露出一点不赞成的意向时，父亲就会指着自己购置的土地和盖好的房子说："你打算拿这些东西怎么办？"当时比现在年轻的津田对父亲的话语含义不甚了解，还认为要处置的话，怎么办都行。父亲常常会对他说："不为其他人，全是为了你呀！"他还说道，"或许你现在还不知道感恩，等我死了以后你看，总有会明白的那一天！"他的脑海里浮现出父亲的话语和讲述这番话时的神情。父亲那一手包办儿子未来幸福前程的充满自信的模样，在他看来简直是一位可望而不可即的预言家。他很想对想象中的父亲如是说：

"与其到父亲去世后才体味到父亲大人的恩典，莫如在父亲在世时，每月都能确确实实、点点滴滴地领受父亲大人的恩惠，那该有多么快乐呀！"

十分钟以后，他在不会损害父亲心境的信纸上，用候文体（文言语体）写下了尽可能让父亲汇款的文句，在终于生硬地写出了自己的想法之后，重读一遍时，竟对自己拙劣的文字彻底心生厌恶。遣词造句暂且不论，他觉得单凭这几个烂字，也不可能获得成功。最后，哪怕是成功了，也不会在自己最需要的时候汇款来。他让女佣去投寄信函之后，默默地钻进被窝，心中暗想：

"姑且走一步看一步吧。"

一六

第二天下午，津田被叫到吉川跟前。

"昨天你到我家去了？"

"是的。正好您不在家，见到了夫人。"

"听说你又病了？"

"唉，是有点……"

"那可不好办啊，老那样生病。"

"哪里呀，其实是上次的病没好。"

吉川露出稍感意外的表情，一口吐掉了嘴里饭后剔牙的牙签，然后摸了摸内衣口袋，要掏出烟盒来。津田立刻去划烟灰缸上的火柴，由于过分急切地想要表现自己的机灵，一根火柴擦着后很快熄灭了，于是他又手忙脚乱地划着了第二根，小心翼翼地呈送到吉川的鼻子底下。

"总而言之，生病是没有办法的。休息一阵，好好保养保养吧！"

津田道谢后，刚要离开房间，吉川的问话从一片烟雾中传来。

"给佐佐木打过招呼了吗？"

"是的，对佐佐木与其他相关者都说过了，请他们给予关照。"

佐佐木是津田的上司。

"反正要休息，还是赶早地好哇。早修养，早痊愈。以后可以好好卖力工作。"

吉川的吩咐反映了他的个性。"可以的话，从明天开始休息吧！"

"是。"

既然吉川这么说了，津田不论情不情愿，都觉得明天非去住院不可了。

津田正要跨出房门时，又被身后的声音叫住了。

"喂，你父亲近来情况如何？还那么结实吗？"

津田回过头来，一股雪茄烟的香味扑鼻而来。

"是啊，谢谢。托您的福，他很健康。"

"大概还在吟咏诗文逍遥快乐吧。轻松快乐，好哇！昨晚，我和冈本先生在某处碰了头，谈到了你的父亲。冈本也很羡慕啊！近来他虽然有了点闲暇，可终究不可能像你父亲那样。"

津田并不认为这帮人会羡慕父亲，倘若有人提议将他们的境遇与父亲对换，他们定会苦笑着恳求说：请至少允许我将现状再保持十年吧。这种观点，说到底来源于津田凭自己性格的推测，同时，也是对于津田依据对那些人性格的观察所作的推测。

"父亲已经落伍于时代，他除了那样打发日子便别无他法了。"

不知不觉之中，津田又回到了吉川房间里，站在原来的位置上。

"怎么可说落伍！他正是站在时代的前列，才能过那样的生活。"

津田穷于应答，与对方的伶牙俐齿相比，自己的笨嘴拙舌成了精神负担。他感到有点儿无聊，只能凝视着慢慢消逝的雪茄烟烟雾。

"你可不能让父亲担忧。你的事情我都一清二楚，若是你干了坏事，我就去告诉你的父亲！听清楚了吗？"

吉川的话像是说给儿女听的，分不清是玩笑还是训诫。津田苦笑着听过，终得逃离了那间屋子。

一七

　　那一天回家，津田在中途下了电车，从车站走过一段热闹的大街，拐进了小马路。他左顾右盼地看着路两边当铺的布门帘，围棋会所的招牌匾额，像是有消防队员居住的格子门窗房屋。在那条弯弯曲曲的小马路的中段，他推开了镶着磨砂玻璃的房门，走进屋内。门上装着的电铃发出响亮的声音，从正对房门的狭窄的屋子里走出来四五个人，他们的目光直视着津田。这一间没有窗户的房间不仅局促，还十分昏暗。对于突然闯入的他来说，就像进了一个地窖。他冷飕飕地在长椅子的一角落座，回头对刚才在黑暗中瞪大眼睛瞅过自己的人们瞥了一眼。人们大多围坐在陶瓷大火炉旁，有两个人双手合抱在胸前无所事事，还有两个人把手放在火炉边烘烤，离火炉较远的一个人把脸贴在散乱的报纸上像要舔舐一般。还有一个人在长椅子的另一端舒服地横躺下来，摞起了双膝。

　　每当电铃声响起时，屋里人就不约而同地回头朝门口投以一瞥，又一起恢复平静，就像商量好了似的。大伙儿都默默地坐着，好像在沉思什么。与其说是在漠视津田的存在，莫如说是在回避津田对他们的注意。还不光是对津田，他们仿佛在忌惮互相之间注意对方时的痛苦，才故意将视线投向别处的。

这一群阴气沉沉的人，几乎无一例外地有着以往相似的经历。他们在这昏暗的候诊室里安静地等待医生叫自己的时刻，毋宁说是给自己曾经绚烂的经历冷不防地蒙上了一层黑影。所以他们丧失了观望光明的勇气，只能蜷缩在这样的黑影中呆立不动。

津田的手臂搁在长椅扶手上，手托前额，一副向上帝默默祈祷的模样，他想起了去年年末以来在这家诊所里意外遇见的两个男子。

其中的一人，其实就是他的妹夫，当他在这昏暗的候诊室里认出妹夫时，津田吓了一跳。而生来漫不经心的对方，也对大吃一惊的津田有所反应，一时竟不知说什么才好。

另一人是妹夫的朋友，津田认定他患上了与自己相同的疾病，因此便毫无顾忌地与他搭起话来。那一次，他俩一同走出诊所，一起去吃了晚饭，席间，就性与爱的问题作了颇有难度的议论。

见到妹夫不过是一时的惊讶，不受什么影响就过去了。可是当时认为之后不会有什么交往的妹夫的朋友与他之间，后来却产生了异常的结果。

将这位朋友当时所说的话与他的境遇联系起来考虑，津田好像突然受到了冲击，他睁开眼睛，从额头上放下手来。

一个身穿藏青色斜纹哗叽服的三十左右的男子从诊察室里走了出来，立刻到药房窗口去配药。他从内衣口袋的钱包里掏出钱来付款，护士就站在门槛上叫下一个患者的名字。津田与护士熟识，见她要返回诊察室时就叫住了她。

"等待叫号太麻烦了，请问问医生，明天或者后天来做手术，行吗？"

白衣护士进去后马上又出现在昏暗的候诊室门口。

"二楼病房现在正好空着，您方便时请随时过来。"

津田溃逃似的走出黑屋，他急急忙忙地穿上鞋，朝里拉开了磨砂玻璃大门，始终黑乎乎的候诊室一下子亮起了电灯。

一八

津田回家比昨天稍稍早了些，不过，近来白昼一下子变得短了，秋天的日头迅速西斜，刚才还残留在大道上的令人微感凉意的余晖，很快就消失得无影无踪了。

他家二楼显然尚未掌灯，大门口也是一片漆黑。津田刚才还看到拐角上的车行亮着门灯，现在却多少有点儿失望。"哗啦"一声，他拉开了隔扇门，却不见阿延出来。昨天的这个时候，他被"埋伏"在此的阿延吓得目瞪口呆，心中还有些不快，可是比起现在无人迎接，独自一人站在这漆黑的门口来，他觉得还是昨天那样叫人感到愉快些。津田在门口"阿延、阿延"地叫喊起来。没想到从二楼传来了"哎"的回应声，接着，又传来了阿延从二楼下来的脚步声。同时，女佣也从厨房间跑了出来。

"在干啥呀？"

津田的话中多少有点儿不满，阿延什么也没说。可是抬头一看，她的脸上依然像平时一样挂着吸引自己的自然的笑容，一口洁白的牙齿首先夺取了他的视线。

"楼上一片漆黑呀。"

"是啊，我正在呆呆地愣神，没想到您已经回家了。"

"睡了吗？"

"不至于吧。"

女佣大声笑起来，两人的交谈就此中止。

津田要去洗澡，阿延一声"请等一下"，叫住了照例从阿延手中接过肥皂毛巾、正要离开火钵的丈夫。她转身从多层衣柜的最下面的抽屉里取出一件法兰绒铭仙平纹绸棉袍，放在丈夫跟前。

"您穿一下试试，或许还不够气派呢。"

津田如堕五里雾中，他注视着厚实的黑绉绸领子的粗竖条纹棉袍，发现这既不是自己购买的，也不是自己让阿延去店铺定做的。

"这是怎么回事啊？"

"是定做的！为你去住院准备的。在医院里，穿得太不像样，是有失体统的。"

"你什么时候去定做的？"

就在两三天前，他对妻子说过，做手术大概要离家一周左右。再说，从那天至今，他并未看到妻子用针线缝制过什么东西，因而不能不感到奇异。在阿延看来，丈夫的惊讶就是对自己的酬谢。于是，她故意不作任何说明。

"布料是新买的吗？"

"不是，那是我的旧衣服。本想留着当冬衣穿，拆洗后就没有缝制，就此存放着……"

的确是年轻女子穿的衣料，不仅条纹太粗，色调也过于花哨，津田穿上棉袍，一副奴仆风筝[1]的模样。他有点不好意思地瞅了瞅，对阿延说道：

"最终决定明天或后天做手术。"

"是嘛，那我怎么办呀？"

"你怎么办都行。"

"可以和你在一起吗？去医院。"

看上去，阿延对于金钱之类的事情一点儿也不犯愁。

一九

次日早晨，津田醒来时比平时晚了许多，房间里静悄悄的，好像已经做过一番拾掇。他从客厅走过正门，拉开饭厅的隔扇门，见妻子端正地坐在火钵旁，手里拿着一张报纸。铁壶里的水在沸腾，发出了象征着阖家祥和的声响。

"麻痹大意地放心一睡，即便不想赖床，还是睡过头了。"

他似乎要为自己做点辩解，还朝悬挂在日历上的时钟瞥了一眼，指针已经快到十点的位置了。

津田洗完脸又回到饭厅，泰然自若地坐到那张黑漆的饭桌跟前。与其说饭桌正在等候他的到来，莫如说已经等得厌烦了。

---

1 奴仆风筝为日本风筝的一种，图案是江户时代武士家奴仆向左右两侧张开的两袖。据说江户时代中期发明后，深受百姓喜爱。

他刚要拿下饭桌上的揝布，忽然间想起什么事来。

"这样可不行。"

他想起了医生关照过他手术前一天应该注意的事项，却一时记不清楚了。于是，冷不防地对妻子说："我得再去问问。"

"现在马上去？"阿延惊愕地看着丈夫的脸。

"什么呀，去打个电话，那还不省事。"

他站起身，仿佛要搅乱饭厅里宁静的气氛，立刻从正门口跑到外面，沿着电车路奔向五十米开外的公用电话亭，紧接着，又急急忙忙地跑回来站在门口招呼妻子。

"到二楼去把我的钱包拿来，拿你的钱包也行！"

"你要干什么呀？"

阿延不解丈夫的用意。

"谁的钱包都行，快给我去拿来！"

他把阿延送来的钱包揣进怀里，马上又折回大街，然后乘上了电车。

三四十分钟后，津田捧着一个大大的纸包回到家里，已快到晌午时分了。

"你那个钱包里怎么只有那么点钱，我以为还会多一点的。"

说着，他把夹在腋下的大纸包放在饭厅的榻榻米上。

"钱不够吗？"

阿延用对任何细小事都要操心的眼神望着丈夫。

"不，还没到不够的地步。"

"我压根儿不知道你要买些什么，还以为你大概要去理发店呢。"

津田这才注意到自己已经两个多月没理发了，长久不理发，尺码小的帽子，每次戴的时候总觉得紧巴巴的，他想起了昨天早上戴帽子时吱吱硬撑的感觉。

"再说那时你要得太急，没工夫上楼去取。"

"其实，我的钱包里也没有多少钱，怎么说，都是大同小异的。"

津田无法一味责怪妻子的钱包。

阿延敏捷地打开纸包，从里面拿出红茶罐、面包和奶酪。

"哎呀呀，你要吃这玩意儿？早知道的话，我抽空给你买好不就得了。"

"你说什么呀。谁知道要吃什么，哪知道能买来什么呀！"

不一会儿，阿延就亲手端上了香喷喷的吐司和热气腾腾的乌龙茶。

说不上是早餐还是中饭，用完了极其简单的西式餐饮，津田自言自语道：

"今天本来想一早去藤井叔父家，一来告知其病情，再则也想问候他一下。可是终究还是延误了。"

他的意思是，无奈只能在下午去完成造访的义务了。

二〇

藤井是津田父亲的弟弟。父亲在广岛待上三年，又到长崎住上两载，不得不过着四海为家的官吏生涯。由于带着津田在各个任职地周游巡礼甚为不便，也不利于孩子的教育，父亲曾为此大伤脑筋。结果，还是早早地把儿子托付给了藤井，请弟弟照看津田的一切。因此，津田其实是由叔父一手抚养成人的。两人的关系超越了一般意义上的叔侄关系，撇开性格和职业上的差异，与其说两人是叔侄，毋宁说是父子。倘若可用"第二父子"一词，那就能最最恰当地说明他俩的关系了。

与父亲不同，津田的叔父从未离开过东京。与大半辈子到处漂泊的父亲相比，在津田眼中，他们兄弟俩至少这一点是大不相同的。

"迟缓的人生旅行者。"

叔父在评价津田父亲时说过这么一句。津田无意中听到这句话后，马上认定父亲就是那种人，而且至今牢记着它。然而，对于这句话的含义，在他当时幼稚的脑袋里却不得其解，至今依然浑然不清。只是每次只要见到父亲，他就会想起这句话来，觉得父亲那张瘦削的长脸腮颊下垂挂的占卜者那样的稀髯，与叔父的这句话是完全吻合的。

津田的父亲约莫在十年前，如同倦于巡礼朝圣的行脚僧一般突然退出了官场，并开始从事实业。他最后在神户干了八年之后，在京都置地，盖了新房，两年前搬迁过去住下。在津田不知不觉之中，父亲将静谧的古都定为自己的隐居处，也使那儿成了他安度晚年的地方。当时叔父撅起鼻子对津田说：

"我老哥那副德行，还攒下了点钱啊。他那只气球能平安落地，一定全靠那点钱在起作用。"

然而，什么时候都没体味到金钱分量的叔父却在原地从不动窝。他始终待在东京，也一直贫困，至今为止，不曾领受过工资。倒不是他讨厌工资，或许是没有人会给这个过于任性的人发工资而已。叔父对于惯例规制一概反对，上了年纪之后，他的态度略有改变，但是那股倔强劲头却依然如故。或许他清楚地知道：哪怕现在开始改变自己的初衷，同样会遭到别人的蔑视，并不会得到任何的好处。

这位生活在现实社会中的叔父，是一位与世俗毫无周旋战斗经验的人。他理所当然是一位迂阔的人生评论家，同时又是一位敏锐的观察家，而且他的敏锐性又完全出自他的迂阔。换言之，多亏了他的迂阔，才有了那些奇崛的言行。

他知识丰富而又驳杂，所以，他对很多问题都想插嘴发言，可是，任何时候都摆脱不了冷眼旁观的态度。那不仅是因为他的地位处境使然，也是他性格压抑的结果。他具有一定的头脑，却缺少必要的手段，即便有，他也不想使用。他总是把手插在怀里游手好闲。他既是一个用功的读书人，又是一个懒散的怠惰者，最后命运使他成了一个靠铅字吃饭的人。

二一

藤井这六七年来一直住在城市西北角高台地的一个角落，过着他这类人常有的市郊结合区域的生活。近来，这等同于郊区的高台地上到处增建了大大小小的房屋，使他感到眼前的葱郁年年都在被褫夺。他停下了奋笔疾书的手，仔细琢磨起哥哥的境遇来。他时常想问哥哥借钱，造起一座自己的住宅，可是哥哥怎么也不肯把钱借给他。藤井本来也不是个生性爱随意向人借钱的人，之所以说哥哥是"迟缓的人生旅行者"，其实就是说他是一个忧虑物质生活的人生旅行者之意，正像在许多人身上常见的那样，对于物质生活的不安，对他而言，无非是某种程度的精神忧郁而已。

从津田家到叔父家，一半路程有可搭乘电车的便利，不过，就是步行，全程也不远，要不了一小时，偶尔作为散步随意走走，反而比坐在吵闹的交通工具里来得更舒心。

一小时前津田离家出发，沿着河边信步走去，现已接近终点。天高云淡，处处沐浴着阳光，茂密的树林遮蔽了远处的高地，苍翠的色彩清晰地呈现在眼前。

津田在路上想起早上忘了买蓖麻籽油，医生关照他今天午后四点要服下，所以他需要再绕到药房去购买这种泻药。他在那条路的尽头右拐，并不过桥，而是朝相反方向的闹市走去。那儿好像在实施新线路的延长计划，他所行进道路的一段被胡乱地切断，原来的住房被残忍地捣毁，强行拆除，津田站在凹凸不平的新马路的一角，看到角落处聚有一群人。稀疏的人群倒也围了三五圈，呈半圆形地把一个与津田年龄相仿的人围在当中。

那个人体形微胖，身穿厚实的平纹棉布制作的和服外褂，腰上系一条窄腰带，脚上穿着一双男式大号木屐，没戴帽子和斗笠，仅靠身后的一棵柳树做支撑，双手拿着一只棉绒布里子的口袋，将围观者扫视了一遍。

"诸位，我要从这个口袋里变出鸡蛋来。一定会从这个空口袋里掏出来给大家看。别惊讶，关键就在我的怀里。"

他吹出了与他那种人并不相称的大话，用一只手抓紧胸口，用攥紧的拳头一下击中口袋将它打开，"瞧，我已经把鸡蛋扔到口袋里去啦！"他做得并不会骗到别人。他把手伸进口袋的时候，其实鸡蛋已经装在口袋里了。他是把鸡蛋夹在大拇指和食指之间，让围成半圆形的观众确认后，将它放在地上。

津田轻蔑的神色里夹杂着赞叹，歪着脑袋略加思索，突然发现有样东西捅到自己的腰部，他吓了一跳，反射性地转过头去，看到竟是叔父的儿子调皮地站在那儿傻笑。

他头戴有徽章的学生制帽，穿着西短裤，背着书包，可以充分说明他来自何方。

"刚刚放学吗？"

"嗯。"

这孩子不回答"对"，也不说"是的"。

二二

"你爸怎么样了？"

"不知道。"

"还好吧？"

"不知道他好不好。"

津田已经全然忘记了自己十岁时候的心理状态，所以对这样的回答有点意外。他苦笑着，当意识到这一点时也就不再吭声了。孩子再次全神贯注地看着魔术表演。魔术师的服装好像是昨天夜里临时赶制的，他用力扯着嗓门高喊：

"各位看好，我还要变出一只鸡蛋来。"

他照例用一只手用力拉拽口袋，又做出假装扔进什么东西的伎俩，动作漂亮地从口袋里拿出了第二只鸡蛋。怕观众还不过瘾，他再把口袋翻个里朝外，把脏兮兮的法兰绒条纹布毫无保留地展现在观众眼前。但是，他用同样的手法轻而易举地又取出了第三只鸡蛋。最后，他像摆弄贵重物品一样，小心翼翼地把鸡蛋摆放在地上。

"怎么样，诸位！这样变下去，可以变出许多鸡蛋来。可是光变鸡蛋没啥意思，这一回我要给你们变出一只活鸡来！"

津田回头看看叔父的儿子。

"喂，真事，咱们走吧！我要到你家里去。"

比起津田来，真事觉得活鸡更加重要。

"哥哥您先走吧，我还要看一会儿。"

"那是骗骗人的，不管你看多久，也变不出活鸡来的。"

"为什么？他不是变出那么多鸡蛋了吗？"

"鸡蛋是出来了，可是鸡是出不来的。他撒了这个谎，目的是让观众不要走散。"

"那他还要做什么？"

津田也不知道他还想干什么，他觉得不胜其烦，想撂下真事自己先走。这时，真事拉住了他的衣袖。

"哥哥，给我买点东西吧。"

每次在家里被他央求，津田总是说"下次买、下次买"地溜走，下次见到时又说"忘了给买啦"，这已经习以为常。这会儿，他又照理说："嗯，我会给你买的。"

"那就买一部汽车吧！"

"汽车太贵了吧？"

"那就买一部小的，只要七日元五十钱。"

七日元五十钱对于津田而言的确太贵。他什么也没说，开步走去。

"上一次和再上一次，你不是说过要给我买的吗？哥哥你是不是比那个变戏法的人更会撒谎？"

"那家伙虽然变得出鸡蛋，但是变不出活鸡来的。"

"为什么？"

"不为什么，就是变不出来呗。"

"所以哥哥就不肯买汽车？"

"嗯……这么说也对，那就给你买点别的吧。"

"那就买小羊皮靴。"

津田被吓得不轻，回应之前又默默地走了三四米路。他的目光落在真事的脚下，见他穿的靴子并不怎么寒碜，只是颜色怪怪的，既非茶色，又不是黑色。

"爸爸在家里把我的红色靴子染上了颜色。"

津田笑了起来，他感到好笑，藤井居然把孩子的红皮鞋染成了黑色，由于不了解学校的规定，只能把定做的红皮靴染成黑色的，听到这番说明后，他真想好好揶揄一下叔父这种穷极之策，他以一副不屑的表情，目不转睛地盯着叔父那黔驴技穷的作品打量。

二三

"真事呀，那可是双好鞋哟。"

"可是，有谁穿这种颜色的鞋啊。"

"什么颜色都成，父亲亲自动手染的靴子倒是难得有穿的，你穿上它得感到幸运才是。"

"可是大伙儿都调侃我说，那是长狮毛狗皮做的。"

把藤井叔父与长狮毛狗皮联系在一起，又形成了新的笑料。不过，这种滑稽使津田产生淡淡的哀伤，掠过他的心头。

"哪里是什么长狮毛狗皮啊，我向你保证，不是的，而是漂亮的……"

津田稍稍停顿了一下，不知用漂亮修饰什么，真事可不会被他轻易蒙混过去。

"漂亮的什么呀？"

"漂亮的……靴子呀。"

只要囊中许可，津田想为真事买一双他所渴望的小羊皮靴子穿，也可以算作对叔父养育之恩的一点回报。他暗暗计算了一下钱包里所有的钱款，遗憾的是他没有办成这件事的余力。他寻思，要是京都的汇款寄到……但是，世俗的念头又随之泛起，谁知道汇款是否能够寄到，没有钱又怎么去表现自己的诚意呢?

"真事,你那么想要小羊皮靴子,下次到我家来时,我让嫂子给你买。你哥穷啊,今天你就放我一马,买一点便宜点的东西吧。"

津田连劝带哄地牵着真事的手缓缓地走在宽阔的大街上,在靠近电车终点站的地方,许许多多乘客在上下电车,马路路面被大家踩得结结实实的,四五年来,这一带的街面旧貌换了新颜,显得漂亮整洁了。各处矗立的橱窗里,陈列的商品琳琅满目,都是些偏僻地方不可小视的物品。真事穿过马路跑到对面,站在朝鲜人开的糖果店跟前,立刻又跑了回来,伫立在金鱼店铺前。他奔跑的时候,口袋里的玻璃弹珠发出了哗啦啦的撞击声。

"今天我在学校里赢到这么多。"

他的手插进口袋,抓出一大把玻璃弹珠给哥哥看,那些蔚蓝色和紫色的玻璃弹珠蹦跳出手掌滚到马路当中去的时候,他慌忙去追赶,还回过头来对津田说:

"哥哥也来帮忙捡呀!"

最后,津田被机灵活络的堂弟拖进一家玩具店,花了一日元五十钱给他买了一把气枪。

"用它打麻雀可以,可别随便去瞄准人哦。"

"这么廉价的枪能打到麻雀吗?"

"那只能怪你不会打,要是人没用,再好的枪也不管用。"

"那么回家后,哥哥拿这枪打个麻雀给我看看。"

要是胡乱应答,之后他真会逼你兑现,所以津田含糊其词地岔开了话题。

真事随意说起了哥哥不认识的同学名字，什么户田、涉谷、坂口什么的，并逐一开始对他们进行评论。

"那个叫冈本的家伙，可狡猾呢。说要给我买三双鞋呢。"

话题又回到了靴子上。津田在心中比较着两个孩子：与阿延关系密切的冈本家的孩子和自己眼前的正在对他评论的真事。

二四

"近来，你去冈本家玩吗？"

"不去。"

"又吵架了？"

"没有吵架。"

"那为什么不去呢？"

"不为什么……"

真事话里有话，津田很想知道个中原委。

"到他家去，会给你各种东西吧？"

"不怎么给的。"

"那会给你好吃的吗？"

"上次我在他家吃了咖喱饭，那玩意儿好辣！"

只是因为咖喱饭辣就不去冈本家，这理由好像无法成立。

"你不至于因此就讨厌去他家吧？"

"嗯……是爸爸叫我别去的。我想去他家荡秋千。"

津田歪头思索叔父为何不让孩子去冈本家，涌上心头的是性格的差异、家风的迥异、生活的不同。叔父平日里总是默默地伏案笔耕，用自己的文字向天下人宣扬意气，可是在实际的社会生活中，却不是笔下神气十足的那样有力的人物。暗地里他也知道其间的距离，这种自觉的意识使他有时多少有点儿顽固，甚至有点儿排外。在以金钱和权势为本位的社会里，他害怕别人将自己当作傻瓜，他时时处处提高警惕，别让金钱和权势侵犯原本属于自己的领地。

"真事，你为啥不问问爸爸，到冈本家去有何不可？"

"我问过的。"

"你父亲怎么说？还是什么也没说？"

"嗯，说啦。"

"怎么说？"

真事有些腼腆，过了一会儿，才以沉重的语调断断续续地说道：

"是这样的，我一去冈本家，只要阿一有的东西，回家后就央求爸爸给我买，所以爸爸就不许我再去。"

津田终于恍然大悟：家境的贫富导致了两个孩子生活上的差距，最终连孩子们的玩具也会分出高低贵贱来。

"所以嘛，你这家伙就老是嚷嚷着汽车啦、小羊皮靴啦，尽要些昂贵的东西，感情全是看到阿一拥有这些吧。"

津田作势扬起手来，要去打真事的背脊。仿佛被人揭穿了老底，真事一副尴尬的表情，但是他却没像大人那样说一句辩解的话语。

"你胡说，胡说！"他扛起刚才津田给买的气枪，一溜烟地逃回自己家里。口袋里的玻璃弹珠发出激烈碰撞的响声，书包里的饭盒和教科书也相互摩擦，丁零当啷地响作一团。

他在拐角的黑色板壁前稍事站立，像只黄鼠狼一样回头看了看津田，小小的身影很快消失在巷子里。津田走到巷子尽头，走进藤井家门时，两米处的前方突然"砰"地响起一声枪响，他这才发现真事躲在右侧的矮树篱笆处的黑影里正认真地瞄准自己，不禁苦笑起来。

二五

津田听到叔父在客厅里与什么人说话的声音，从隔扇门里看见一双客人的鞋子，就故意不去开正门，而是转向饭厅处的走廊。原来住有花匠的庭院既没有栅栏门，也没用篱笆分隔，在那块地上近来还增盖了出租屋，绕过出租屋的厨房，就可以到达走廊的尽头。那儿有两三棵稍嫌低矮的茶树当作围墙，越过那边，就可以钻进令人难忘的柿子树下，津田照例看到了婶婶的身影。一看到她映在隔扇门玻璃上的侧脸，津田在外面就叫了声："婶婶！"

婶婶立刻拉开了隔扇门："今天怎么有空？"

对于津田给孩子买了气枪的事，她也不道谢，却用不可思议的眼神打量着津田。婶婶已经四十三四岁了，待人接物的态度也不再那么亲切和蔼，不过有些场合，也会流露出一种超越世俗客套的自然，其中还有完全与情欲无关的纯真。津田总爱在内心里把婶婶和吉川夫人做比较，也总是为她俩之间的差异感到惊异。同是女性，年龄也不差上下，为什么会给人以如此不同的印象呢？这是他首先产生的疑问。

"婶婶依然是缺少风韵啊。"

"到这么一把年纪，还有风韵，那不成了疯子！"

津田在走廊边坐下，婶婶也不说一声"请进"，只顾用熨斗轻轻地熨烫放在膝盖上的红绸布。这时，从隔壁房间拿着拆散被褥的名叫"阿金"的女子，对津田行了个礼，津田立刻与之搭讪。

"阿金，还没找到婆家吗？还没有的话，让我给你介绍个好人家吧。"

阿金一声"好哇"，善良地笑了笑，有点儿脸红。她想给津田拿个棉坐垫过来，津田用手势制止她，自己走进了屋子。

"我说，婶婶呀。"

"哎。"她有气无力、含含糊糊地应了一声。出于礼貌，阿金把注满的温吞粗茶送到津田跟前。婶婶略微抬起头说：

"阿金啊，你好好托付一下由雄吧，这个人很热心，是个不撒谎的人。"

阿金无法逃脱，还在那儿磨蹭。看来津田不说上两句是过不去的。

"这倒不是奉承，是真的。"

婶婶不再搭理，这时，后面传来真事"砰砰"打气枪的声音，她立刻竖起了耳朵。

"阿金，你给我去看看，要是他装上铅弹打，那可有危险哪！"

全怪你给他买了个多余的东西来！婶婶一脸责怪的表情。

"没关系的，已经关照他不准装弹的。"

"不行的，他一定会饶有兴趣地拿枪去打邻居家养的小鸡的。阿金，你去把他的子弹没收了！"

阿金趁机溜出了餐厅。婶婶一声不吭地把插在火钵里的烙铁抽出来，将满是皱褶的薄绸布放在膝盖上，熨得平平整整。津田漫不经心地看着，客厅里断断续续的谈话声传进了他的耳朵。

"这时间的来客是谁呀？"

婶婶惊讶地抬起头来说："你到现在还没发现啊？耳朵长得真奇妙，在这儿一听就能明白的！"

二六

津田坐在那儿，努力判明客厅里发声的来客是谁，过了一会儿，他轻轻拍了拍膝盖。

"啊，我知道了，是小林吧。"

"是啊。"婶婶脸上没有一丝笑容，平静地给予简单的回答。

"原来是小林啊，穿一双新的红鞋子，摆出一副令人讨厌的来客模样，我还以为是谁呢。要是这样，我也不必客气，到客厅里去坐吧。"

津田的脑袋里浮现出小林那副过于迂拙的形象，很自然地想起今年夏天见到身穿奇装异服的他，一件白绉绸领子的汗衫，鹿儿岛产的碎白点花纹的布衣，茶色条纹和式裙裤，外披一件薄薄的丝织外褂，这一身装束，宛如出席街道内的葬礼、上供完毕后怀揣糯米赤豆饭回来的草帽斗笠店老板一样。当时他对津田辩解说，小偷盗走了他的西服，要向他借七日元。因为有个朋友同情小林遭窃，告诉他，如果手头有余裕，可以把自己当铺里的夏季服装赎回，就算送给小林了。

津田微笑着问婶婶：

"那家伙为什么偏偏今天来咱家，堂而皇之地以客人的身份来摆谱？"

"他是有事情要找你叔叔，这事情在这儿不便说。"

"这小林还有什么正经事要说，是钱的事情吧。要不就是……"

津田说着，忽然看到了婶婶那张表情严肃的脸，便打住了话头。婶婶压低嗓门，话音与她平时沉稳的语调很相似。

"是在谈阿金的婚事。要是在这儿大谈，那孩子会不好意思的。"

在饭厅这边听起来，小林与平时的大嗓门不同，像是一位不知名的绅士在说话，他真的是在谈那门亲事。

"事情说定了吗？"

"噢，看上去谈得还顺利。"

婶婶的眼里多少露出期待的光芒，津田来劲地顺势说道：

"也就是说，无须我费力斡旋，也就成了。"

婶婶默默地看了津田一眼，虽然说不上是轻薄，但是他那开玩笑的虚假态度与婶婶实际生活中的心情还是相去太远。

"由雄呀，你自己娶媳妇时，也是这般想法吗？"

婶婶冷不防的提问究竟是何意，津田难以揣测。

"那种想法只有婶婶知道，我本人反而闹不明白，所以无法回答。"

"你就是不作回答，婶婶也不难猜到。设身处地地为将要出嫁的女人想想，那可不是件简单的事哟！"

藤井四年前为长女送嫁，由于来不及准备，问别人借了不少钱。好不容易渐渐还清债务后，又碰上次女出嫁。倘若这次阿金的亲事谈妥，又要为第三人的开销伤神了。阿金不同于亲生女儿，哪怕可以尽可能节俭一点，事实上无疑也会给今天的家庭生活多少投下些痛苦负担的阴影。

二七

这时候，津田哪怕主动表示要承担阿金婚事的一半费用，对于多年来照顾她生活的藤井夫妇来说，想必也是可以感到满意的回报了吧。然而，就其目前的能力，能够奉献给叔婶的同情，充其量不过是为盼望已久的真事买双小羊皮靴子而已，这还要看看荷包里的情形才能决定。况且若要指望京都方面多少会给一点的接济，给叔婶家略施润泽，这样的好意也压根儿无从谈起。首先，即使叔父向父亲告知情况，父亲也会无动于衷，再说叔父也不会轻易开口向父亲借钱。所有这一切，津田心中早就明白透亮。他只能一心期望父亲给他的汇款能早一点寄到，对婶婶的话语，并没有做出有所心动的样子。于是，婶婶叫了他的名字。

"由雄啊，你究竟是带着什么想法娶妻的？"

"娶妻总不是为闹着玩的吧。我再怎么不成器，要是把我娶妻解释成一时冲动，那就太悲哀了。"

"当然，你娶妻是出于真情实意，这是毫无疑问的。但是，真情实意中还是有各种档次的吧。"

因人而异，对于婶婶这一番听上去带点侮辱的话语，津田反而带着好奇心听着。

"那么，婶婶你是怎么看我的？请直说。"

婶婶低着头，微笑着摆弄拆开的被褥。或许由于她没有正视津田的缘故，他一下子感到难受起来，不过，对于婶婶，他一点儿也没有退缩让步的意思。

"可一到紧要关头，我一定会表现出真情实意的。"

"要说男人嘛，一定得有点儿能耐，否则就是天天上班不缺勤也不行。不过……"

说到这儿，婶婶一下子改变了心情，她补充道：

"不说了吧。如今再说这些也不管用了。"

她把刚才用熨斗熨过的红绸片仔细地折叠好，放进上过防腐剂的厚纸中，随后，漫不经心地看着津田那张沮丧、不满又不安的脸，忽然想起什么似的说：

"由雄，你真是太奢侈了。"

津田从学校毕业之后，婶婶总是这么说他，他自己也深信不疑。不过，他并不认为这是什么大不了的坏事。

"是的，我是有点奢侈。"

"我并不是光指服装和食物，是说心里追求奢华，这就不好办了。就好像一个成天东张西望到处找美食的人。"

"那么，这哪是奢侈啊，简直是乞丐行为嘛。"

"倒不是什么乞丐，不过，看上去总不够纯粹和真诚。人嘛，只有恰到好处地靠谱，才成体统。"

这时，津田的心中突然浮现出姊姊的女儿，自己两个堂妹的身影。两人都已结婚嫁人，四年前出嫁的大女儿，后来随其丈夫去了台湾，至今侨居在那儿。与津田差不多时间结婚的二女儿，举办婚礼后就被带到福冈去了，福冈是叔父长子真弓所在大学的城市，今年他刚把户口迁了过去。

津田所处的地位，要娶叔叔两个女儿中的任何一位都是轻而易举的事，可是在他看来，姊妹俩都不是妻子的合适的候选人。因此，他就佯装不知地混了过去。津田把自己当时所采取的态度与姊姊今天所说的话联系起来思考，并不感到有什么内疚。他只是若无其事地注视着姊姊的举动。姊姊终于站起身来，打开了橱柜中那只中国式的皮包，把手上的厚纸包放了进去。

二八

在四铺席半的里屋，打刚才起，在阿金的辅导下，真事正在复习功课，他冷不防地念起阿金完全不懂的法语，ju suis poli（我有礼节），tu es malade（你生病了），他故意一字一句地拉长音节朗读，这个小学二年级的学生的怪声怪调，津田听了实在觉得好笑，这时头顶上的时钟当当地敲响了。他马上从和服袖口袋里取出蓖麻籽油，瞅着那油的颜色，好像很难将它喝下去。这时，在钟声的催促下，叔父开口了。

"那我们到那边去吧。"

叔父和小林沿着走道走进饭厅，津田稍稍调整一下坐姿，跟叔父打了招呼后，立刻对小林说道：

"小林君，生意挺景气吧。这身衣服很漂亮啊！"

小林穿一身钢花呢子粗毛料西服，与平时不同，西服裤缝笔挺，谁都会觉得那是刚买的。他跪坐在津田跟前，仿佛要把色彩与众不同的袜子藏到后面去。

"别开玩笑啦，景气颇佳的是你呀！"

他的新西服恐怕是看上了那家小百货店橱窗里陈列的三件套样品后，按照其标价定制的。

"你呀，这一套才二十六日元，相当便宜吧！不知在奢侈的你眼中会怎么看，对于我这号人来说，已经够满意的了。"

津田不敢在婶婶面前再说坏话，一声不吭地借了只茶碗，皱着眉头喝下了蓖麻籽油。在场的人无不奇怪地看着他的举动。

"那是啥玩意儿啊？别喝那种怪东西，是药吗？"

叔父至今为止从未尝过生病的滋味，对药品完全无知到奇特的地步。即使听到蓖麻籽油的名称，也不知道为何要服用它。当着这位从不生病的叔父之面，津田说了自己当下要住院动手术的情况，叔父还是全然无动于衷。

"那你就是特地前来告诉我们这件事的？"他用手捋着花白的胡须，意思好像在说辛苦你了。他的须髯与其说是蓄的，还不如说是任其随意长的，恰似没有花匠打理的庭院，他那张脸上处处显得老气横秋。

"当下的年轻人呀，真是不行！尽得些怪病。"

婶婶看着津田的脸微微冷笑。津田熟悉过去的叔父，对他近来突然常说"当下的年轻人呀"的口头禅，也会报以微笑。记得很久以前叔父曾经说过"怀疑与疾病同源""疾患乃罪恶"，这当然可以理解为那是他为自己不得病而感到骄傲，却也更让人觉得滑稽。他淡淡地笑着，看着小林。小林立刻接口，但说的话完全出乎津田的意料。

"什么呀，当下的年轻人也有不得病的。事实上，近来我就完全没有病倒过。在我想来，人没有钱就不会生病。"

津田觉得他的话过分无聊了。

"别说傻话！"

"不，完全正确的。现在你们常常生病，是因为你们有生病的条件啊。"

这种荒唐的结论，只因为说者煞有介事，使津田失声笑了起来。而叔父对此却表示了赞同。

"是啊，现在要是再患病，那谁受得了呀。"

昏暗的饭厅里，叔父的脸看上去更加阴暗。津田起身，拧亮了电灯开关。

二九

不知什么时候，婶婶到厨房去帮着阿金和女佣把盘碟餐具弄得叮当作响，一会儿又来到饭厅。

"由雄好久没来了，吃了饭再走。"

因为明天要去医院治疗，津田试图拒绝后回家。

津田觉得叔父会这么说："今天小林会在这儿一起吃饭，正好你也来了，也许没什么好菜，你就留下作陪吧。"谁知叔父并未开口，津田觉得奇妙，就坐在那儿没有动窝。

"今天您有什么事吗？"

"什么事，小林这一次……"

叔父说着，朝小林看了一眼。小林笑嘻嘻的，不免有点得意。

"小林君，这是怎么回事？"

"嗨，没什么。等事情说定后，下次到府上与你交谈。"

"可是，我明天就要去住院了。"

"那可没有关系，我可以到医院去，顺便探望你。"

接着，小林又追问了医院的地址和医生的名字，好像在储备必要的知识。因为医生与自己同姓，"噢，那他就是那位堀啰。"马上又住了口，堀是津田妹夫的姓。由于得了一种特殊的病，就到附近的那个医生处看门诊，这一点，小林清楚得很。

津田想问他想详谈些什么，好像就是刚才婶婶说起的阿金的婚事，又好像不是。小林那故作姿态的模样，多少引起了津田的好奇，不过他还是明确对小林说，那就请你到医院里来。

津田说是准备接受手术，所以婶婶特地做的荤素菜肴和平时他爱吃的松蘑盖饭都不能碰了，连婶婶都觉得遗憾。她要让阿金去买点津田能吃的面包和牛奶来。不过津田对这一带出售的面包心生畏惧，觉得黏黏地直塞牙缝，又怕再被说成奢侈，只得无奈地老实注视着离开饭厅外出的阿金的背影。

阿金走后，婶婶当着众人的面对叔父说：

"但愿这孩子的亲事说妥，她就幸福了。"

"可以成功的吧。"叔父很轻松地回答。

"我觉得这是太好了。"小林说得轻松愉快，不吭声的只有津田和真事。

津田听到对象的名字时，觉得自己在叔父家见过他一两次的，但是几乎没有留下什么印象。

"阿金认识他吗？"

"见过面，不过没有交谈过。"

"那么，对方也不曾与她说过话吗？"

"那当然。"

"就这样，亲事就可以说成了？"津田认为自己这样问是有适当理由的，为了提请大家注意，他的神色显得惊讶，甚至超越了意外。

"那要怎么办才好？难道谁都非要像你那么办才行啊！"叔父有点扫兴地冲着津田说。他原本是想对婶婶说的，这么一来，倒有些过意不去了。

"我不是那个意思，我丝毫没有阿金那样办婚事就不合适的想法。不管什么情况，只要婚事能成，自然是上上大吉的。"

<h1 style="text-align:center">三〇</h1>

话虽这么说，却也已经冷了场。一直谈得很舒畅的话题，忽然遇上了阻碍，谁也不再接着津田的话头继续往下说了。

小林指着自己跟前的啤酒杯，悄悄轻声问坐在身边的真事："真事，喝啤酒吗？稍微尝一点儿试试。"

"苦的，我不爱喝。"

真事立刻拒绝。小林打一开始就没打算让他喝，他哈哈大笑起来。真事觉得遇见了好伙伴，突然对小林说：

"我有一把一日元五十钱的气枪，拿来给你瞧瞧吧？"

他立刻起身跑到四铺席半的里屋，把新的玩具拿到饭厅。小林一看他那么起劲，若不对这支铮亮的气枪赞美几句是过不去的，为了叔父和婶婶宠爱的宝贝儿子，自己有义务说上几句献殷勤的奉承话。

"总吵着要买手表啦，钢笔什么的，指责贫穷的老爷子，真叫人没办法。不过近来好歹不再吵嚷着要买马了，结果总算还不错。"

"马倒是不贵的，在北海道，五六日元可以买个上好的。"

"别说得好像亲眼看到似的。"

多亏了气枪，大家又热闹地聊了起来。结婚之事又成了话题，只不过左右着他们的气氛与先前略有不同。

"唯有这结婚真叫人奇怪，两个完全陌生的人凑到一起，说不定以后也能续缘。另外，也有非她不娶的夫妇，弄到最后，也未必白头偕老。"

老老实实地总结婶婶经历过的人生莫过于如此。她就是想在这样的大前提下妥善地安排阿金的亲事，所以与其说她在辩解，毋宁说是在阐释。但是在津田眼里，她的说明是最不安全、最不靠谱的。对于结婚这件事，婶婶的口气是说对津田的真诚态度有所怀疑，但是，他却觉得婶婶才是最缺少真诚态度的人。

"那些都是阔人们的遁词啊，"婶婶对津田正颜厉色道，"什么交际啦，订婚啦，我们这号人能够说那么奢侈的话吗？只要有人娶，又有人嫁，那就可以谢天谢地啦！"

津田不想当这种人的面对阿金的亲事说长道短，对他而言，既没有非说不可的关系，也没有兴趣。只是因为婶婶怀疑自己不够真诚，所以才想用揭示对方的不真诚来制约。他歪着脑袋，一副陷入深思的样子。

"我并不想批评阿金的亲事，但是，结婚这件事可不能那么草率地处置。我总觉得不真诚严肃对待可不行！"

"可是，只要该嫁的认认真真地嫁，该娶的诚心诚意地娶，不就不会有什么不真诚了吗？由雄！"

"问题是有那么麻利简便的真心诚意吗？"

"婶子我不就是这样嫁到藤井家来了吗？现在不是过得挺好的吗？"

"婶婶一代或许是那样的，可现在的年轻人呀……"

"现在也罢，过去也罢，人会变吗？关键还是取决于自己的决心。"

"真有那么一天的话，就不必争论了。"

"就是不争论，事实上我也比由雄来得强，这是没有办法的。到处挑肥拣瘦的，结果，娶了妻子后，还要挑来拣去地不消停，我比那种人真不知道要好多少！"

叔父刚才夹起了一块肉，此刻目光离开了菜盘子，似乎有话非说不可的时刻到了。

三一

"太嘈杂了，听上去哪像是婶婶和侄子在对话啊？"叔父并不是以执行者和审判官的身份插进来进行干预的，"怎么，双方好像带着敌对情绪在吵嘴，还要打架吗？"

他的提问只不过是以质问的形式提出警告。正在陪着真事玩打玻璃弹珠的小林偷偷朝这边看了一眼。婶婶和津田一时无语，叔父不得不摆出一副调停者的姿态开口了。

"由雄，像你这样的年轻人或许难以理解，但婶婶可没有撒谎。她一嫁到自己陌生的地方来，就打定了主意。她来我家之前和之后的确始终都是真心诚意的。"

"这一点，您不说我也知道。"

"不过嘛，至于你婶婶为什么会下定这么大的决心……"

叔父已经有了几分醉意，他又举起酒杯，将啤酒一饮而尽，活像要给发烧的脸提供点水分似的。

"说实话，这原因迄今为止我谁也没有告诉，怎么样，说给你们听听吧。"

"好哇。"津田也半真半假地掺和。

"说实话，那是你婶婶对我有意啊，也就是说，她一开始就指望着进我的家门。所以在没来之前就坚定地打定主意了……"

"胡诌个啥！谁对你这种丑男人有意啊？"

津田和小林都忍俊不禁。只有丈二和尚摸不着头脑的真事瞅着母亲的方向。

"妈妈，什么叫有意啊？"

"妈妈不懂，你问爸爸吧。"

"那么爸爸，啥叫有意啊？"

叔父咧着嘴笑，在自己的秃顶中心小心翼翼地摸了一圈，或许是心理作用吧，津田看上去，那秃顶处要比平时显得红润一点。

"真事呀，所谓的有意嘛……也就是说……就是喜欢的意思嘛。"

"哼，那不好吗？"

"谁也没说不好啊。"

"可是，大伙儿不都在笑吗？"

在这对话进行中，阿金正巧回来了。婶婶立刻让她为真事铺好床，把他赶去寝室睡觉。叔父正讲到兴头上，话说得越来越带劲了。

"当然，从前就有恋爱事件，不管你阿朝怎么生气，这是总归有的。可是如今的年轻人终究不大理解，你们说怪不怪！过去的女人会迷上男人，而男人是绝对不会去恋女人的。阿朝呀，是这样吗？"

"是不是，我才不知道呢。"

婶婶坐在真事离去的位置上，麻利地盛上松蘑盖饭，开始吃起来。

"这样板面孔可要不得。因为这么说有事实依据，同时还有一套哲学理论。现在，我来讲讲那种哲学。"

"你那套艰涩的东西，不用再听，早就领教了！"

"那我就只对年轻人说。由雄和小林，你们俩可做参考，好好听听！你们究竟把人家闺女看作是什么？"

"我把她们看成女人。"

津田故意插科打诨似的回答。

"是吧。要是只看成是个女人，就不会认为对方是姑娘了。这就和我们这一辈大不相同，我们从不把人家姑娘看成是独立于父母的个体女人，因此，不论与哪家的闺女见面，一开始就会意识到，那闺女是与她的父母，即她的所有人紧紧依附在一起的，所以就不会有什么相思或被相思。要问为什么，那就请看，因为相恋相爱，无非是要将对方作为自己的所有物，向已有归属权的东西伸手，与盗贼有何不同？正因为如此，过去看重情义的男人是绝不会去恋上女人的。不过，女人倒是会去恋上男人的！现在那儿吃着松蘑盖饭的阿朝之辈，实际上是爱上了我，可是我却不记得自己曾经爱过她。"

"随便你怎么说，可以适可而止地用饭了！"

阿金去哄真事睡觉了，婶婶让她回餐厅为大家盛饭。津田无可奈何地独自咀嚼着黏糊糊的劣质面包。

三二

饭后的闲聊，已经不再热烈，但也没有陷入冷场。就像大家共同感兴趣的话题支柱折断了一般，各自你一言我一句地胡侃，再也没有人努力使自己说的成为话题的中心。

叔父把双肘撑在饭桌上，连续打了两个酒醉后的大哈欠。婶婶叫来女佣搬走残羹剩饭。打刚才起，津田心中稍稍感受到了沉闷空气的影响，叔父今夜的话，宛如飘过月亮表面的浮云，不时在他心上投下淡淡的阴影。每当这种时候，在外人看来，理应随着啤酒泡沫一起消散的话声，津田却主动有意地去追逐它，或者把它追回来重新审视。当他意识到这一点时，难免连自己都觉得不快起来。

与此同时，他还自然想到了与婶婶唇枪舌剑的过招。在相持不下的争论中，他始终抑制着自己，尽量不让自己的心思外露。对此，他既感到自负，亦潜藏着一种不悦，这是自己心绪所告知的事实。

浪费了长达半天之久的久违的造访，津田是单从自己是否愉快的角度判断的。相比之下，活泼的吉川夫人和她家华丽的客厅顿时跃上了记忆的舞台，接着，梳扎着圆髻的阿延的面庞也在他的眼前晃动起来。

他回头看了看小林，想要起身辞行。

"你还要待会儿吧？"

"不，我也该告辞了。"

小林马上把吸剩的敷岛牌烟盒塞进裤袋，就在两人要离去时，叔父突然又开口说话了。

"阿延在干些什么呀？我总想着去看看她，但终因穷人瞎忙乎，好久没去了。你替我问候一声吧。你去住院，她会闲得烦闷吧？那个女人，究竟靠什么过日子啊？"

"靠什么，她没什么事可干吧。"

津田漫不经心地回答，忽然想到了什么，又补充道：

"她还轻巧地说要陪我去住院，一会儿叫我去理发，一会儿又让我去洗澡，比婶婶啰唆多了。"

"那还不值得庆幸啊？哪里还有那么关心你这种爱打扮的人哪。"

"真是难得的幸福啊。"

"看戏怎么样，近来还常去吗？"

"是啊，经常去的。上次冈本家来相邀，不巧正好要治病。"

说完，津田看了看婶婶。

"怎么样，婶婶。最近我陪你上帝国戏院看看吧。偶尔到那种地方去开开眼，也算是一种好办法，可以散心快乐呀！"

"谢谢。不过要让由雄陪着去……"

"不乐意吗？"

"不乐意？就是不知何时可以兑现。"

津田挠着头，故意正面接受了婶婶的回复，其实他知道婶婶并不愿意上剧场之类的地方去。

"要是我这点信用都不讲，那不彻底完了。"

婶婶呵呵地笑起来。

"看不看戏倒没什么。可是，由雄啊，京都那边为什么打那以后就……"

"京都那边给我捎来什么话没有？"

津田表情严肃地轮流看着叔父和婶婶的脸，但是两人都未作答。

"实际上父亲这个月没给我寄钱，父亲还让我自己想办法解决。这可太不像话啦。"

叔父只能报以笑容。

"我哥哥是发脾气了吧。"

"一定是阿秀又在旁边多嘴多舌，真要不得！"津田恶狠狠地点出了妹妹的名字。

"这事不怪阿秀，一开始就是由雄不好！"

"也许您说得对，不过，哪有家乡的老爷子给儿子寄了钱，又要他如数归还的？"

"那么，打一开始你就别约定会如数还钱，不就好了吗？再说……"

"我懂了，婶婶……"

津田站起来，一副甘拜下风的神情。但是为了给自己的败北挽回点面子，他并没有忘记催促似的拉着小林一起走出正门。

　　室外没有风，冷清的空气朝快步而行的两人脸上拂拭，令人觉得从星光璀璨的夜空淅淅沥沥地落下了看不见的透明的露珠。津田摸了摸自己外套的肩膀，觉得一股凉气已经渗入外套的里侧，用手摸上去感觉凉飕飕的。他回头看了小林一眼。

　　"白天温煦暖和，到了夜间，还是挺冷的。"

　　"嗯。不管怎么说，好歹已是秋天了嘛。真想要一件外套哇。"

　　小林身上只穿着新做的三件套西服，别的什么也没有。那双重新制作的小方头美式皮鞋发出"笃笃笃"的响声，装模作样地在手中挥舞的拐杖，无异于一名抵御寒气的游行示威者。

　　"你那套在学校时定做的自鸣得意的外套还在吗？"

　　他冷不防地向津田提问，于是，津田想起了当年向小林炫耀那件外套时的情景。

　　"嗯，还在呀。"

　　"你还穿吗？"

　　"我再贫穷，也不至于老把学生时代的外套裹在身上当宝贝似的穿着吧。"

　　"那就正好，把它送给我吧。"

"你要的话，送给你也无妨。"津田冷冷地回答。连袜子都崭新的小林，问别人索要旧衣服，这不挺矛盾的么？这至少可以说明此人在物质生活上的左支右绌。过了一阵，津田问小林：

"你为啥不在做西服时，一起做一件外套呢？"

"拿像你一样的境遇来揣度我，那可不好办。"

"那套西服和皮鞋又是怎么来的呢？"

"你问得太刻薄了吧。我又不是盗贼，你尽管放心就是。"

津田立刻闭嘴了。

两人来到一个大山岗上，隔着开阔的沟谷，见对面一条小山岗就像黑黑的怪兽脊背那样横亘着，秋夜的灯火星星点点，洒落下些许的暖意。

"我说，回家路上再去哪儿喝上一杯吧。"

津田回答之前，先看了小林一眼。他们右侧一个高高的山坡上有一片繁茂的竹林，因为没有风，所以听不见竹涛声，青竹梢头的竹叶仿佛睡着了似的，使津田感受到与季节相应的萧瑟。

"这儿可真是个令人讨厌的阴森之处，像是哪一家旧豪宅的后门，就这样任其荒废。早一点将它开发出来岂不更好。"

津田这么说，用意是将眼下的回答搪塞过去。然而，小林的眼中根本就没有什么竹林。"喂，走吧。好久没一起喝了。"

"不是刚刚喝过吗，怎么又想再喝？"

"刚刚喝过？喝那么一丁点儿，怎么能算喝过酒？"

"可是，你不是说喝够了，不再让人斟酒吗？"

"当着先生和夫人的面不便喝醉，不得已才客气几句的。

要么一点儿不喝，喝上那么一丁点儿不再喝，反而有害。后面不接着喝上一点儿，会伤身体的！"

小林编造出一套对自己有利的奇谈怪论，一定要拽津田上钩。对津田而言，小林真是个叫人头痛的伙伴。他不客气地说：

"那你请客？"

"嗯，我请也行。"

"打算去哪一家？"

"哪家都行。就到那家御田酱烤豆腐店去吧。"

两人默默地走下了山坡。

三四

要说顺道，津田应该向右拐，而小林应该直行。可是，小林瞅了瞅把手搭在帽檐上、试图客客气气分道扬镳的津田的脸说：

"我也往那边走。"

前方是一条适合吃吃喝喝的两三百米长的餐饮街，中途有一家像是酒馆的小店铺，玻璃门里面亮着温柔的灯光，小林立刻站定。

"这家不错，进去吧。"

"我不想进。"

"这一带可没有你中意的高级餐厅，就在这家将就一下吧。"

"我身体有病。"

"没关系，病由我负责，不必担心！"

"别开玩笑了，确实不想喝。"

"您太太那边有我帮着说，行了吧？"

津田不胜其烦，想把小林撂下，自己赶快撤走。可是，小林一步不落地紧跟着他，还郑重其事地责问：

"和我一起喝点酒，你就那么讨厌吗？"

津田内心真是讨厌，可听他那么一说，反而立刻停了下来，违心地做出一副果断的样子。

"那就喝吧！"

两人马上拉开玻璃门走进店内。除了他俩，还有五六位客人。店里并不宽敞，显得有点儿混杂。他们选择一个相对宽松一点的角落的座位，面对面而坐。菜单还没拿上来时，两人用新奇的目光扫视了周边的情形。

从穿着上看，这些客人中没一个是有点社会地位的。有刚洗完澡回来，身穿条纹布短褂，把湿毛巾搭在肩头的；有在棉布衣上系一条窄腰带，还特意在外褂的扁簪带上镶上一颗假翡翠，这就算比较高档的了；最惨的要数那个看上去像是收废品的汉子，只穿了一条带肚兜的细筒裤。

"怎么样？这平民阶层的生活，不错吧。"

小林边说边朝津田的小酒杯里倒酒，可是，那套新做的漂亮的西服却否定着他的言语，马上特别扎眼地映在津田的眼中，可小林本人倒是一副完全不在意的样子。

"我和你全然不同，十分同情下层社会的人们。"

小林的表情就像自己的亲兄弟们齐聚在这儿，将他们巡视了一遍。

　　"你瞧瞧，比起上流社会的人来，他们都显得面相和善。"

　　津田没有与食客打招呼的勇气，也没有对他们环视，倒是凝视着小林。小林马上屈服了。

　　"至少，他们的心情是怡然平和的。"

　　"不过，上流社会也是怡然平和的呀。"

　　"不过，怡然平和的方式可不相同哦。"

　　津田并没有咄咄逼人地追问两者的差异，小林也毫不沮丧，一连干了好几杯。

　　"你是看不起这些人的，认为他们不值得同情，所以打一开始就看轻他们。"

　　紧接着，他不等津田回答，又朝对面一个像是送牛奶的小伙子搭话。

　　"喂，你说是吗？"

　　年轻人被他冷不防地一招呼，转过健壮的脖子，朝这边望了一眼。小林赶紧将酒杯迎了上去。

　　"来，咱们干一杯。"

　　小伙子独自笑了。不巧的是他俩之间相隔两米距离，他觉得没有起身干杯的必要，便微笑着没有动窝。然而，就这样，小林也够满意了。他缩回伸出去干杯的手臂，把酒杯送到自己的嘴边，又对津田说：

　　"瞧，他们就是这样，像上层社会那种傲慢无比的人，一个也没有。"

三五

　　一个身穿和服外褂的小个子男人与理着平头、身穿工作服的汉子迎面错过，在与津田他俩隔开一点距离的地方落座。他依然戴着那顶帽檐颇深的鸭舌帽，先是将店内环视了一遍，然后把手插进怀里，掏出一本薄薄的小册子，死死地盯着它看，也不知道他是在查看呢，还是在沉思。不论过了多久，他也不脱下身上那件褪了色的呢绒大衣，帽子也不摘下。但是，那个小册子他并没有看多久，又十分珍爱地揣进了怀里。他一边喝酒，一边装作不看的样子，其实目光锐利地窥视着每一位食客。每次间歇时，他都从那件短外褂的羽绒下伸出手来，抚摸鼻子下那几根稀疏的胡须。

　　津田他们俩就像没看到他似的这才刚刚发现，当他们与对方的视线交集时，互相看了看对方的容貌。小林随性向前面探了探身子。

　　"你知道他是干啥的？"

　　津田依旧保持着刚才的姿势，以不屑一顾的口吻回答：

　　"谁知道他是干啥的。"

　　小林把嗓门压得更低：

　　"那家伙是个侦探！"

津田没有吱声，他的酒量强于小林，却不失去常态。他默默地喝干了自己的杯中酒，小林立刻又给他斟满。

"你瞧他那种眼神。"

津田微笑着，总算开了口。

"像你这种人总爱乱说上流社会的坏话，很快就会被错当作社会主义者的。当心点啊！"

"社会主义者？"

小林故意发大声，还看着那个侦探。

"别嘲笑我啦。我这个人，你怎么看都是个善良平民的同情者。比起我来，你们这伙伪君子真小人才是大坏蛋呢！你好好想想，究竟是谁该被抓去警察署？"

戴鸭舌帽的人低下头去不吭声，小林只好冲着津田发威。

"或许你压根儿不把他们这些土木建筑工人和苦力当人看，可是……"小林说得起劲，又环视了一下四周，偏巧那儿一个土木建筑工人和苦力也没有。他还是不管三七二十一地念叨着：

"比起你和侦探们来，他们身上保持的人性的崇高品质不知道要强多少。他们的美好人性只是被尘埃玷污了，他们只是因为无法洗澡才污秽的。可千万别小瞧他们！"

小林的口气，与其说在为贫民们争辩，毋宁说是在为自己辩解。不过，津田想到要是与他争执，弄得不好反而会伤害自己的颜面，所以故意做了回避。可是，小林依旧不依不饶。

"你不吱声，就是不相信我说的话，你的神情这样告诉我。那我再给你说明一下。你读过俄国小说吗？"

津田连一本俄国小说都未读过，所以还是缄默无语。

"读过俄国小说，尤其是陀思妥耶夫斯基小说的人必定知道：不管怎么低贱的人，不管怎么缺少教育，有时他们也会说出令人感动流泪的话语来，他们的情感毫不矫饰，至纯至精，像清泉一样流自心田，这谁都知道。你认为那是虚伪的吗？"

"我没有读过陀思妥耶夫斯基，所以不了解。"

"我问老师，老师说那是撒谎，那是故意把高尚的情操装进低劣的容器中，是用伤感的情绪刺激读者的一种策略罢了。而且由于陀思妥耶夫斯基的成功，导致模仿者层出不穷，其实那不过是一种卑鄙廉价的艺术技巧。但是，我是无法苟同的，一听到老师那么说我就来气。老师并不懂陀思妥耶夫斯基，不管他怎么年长，不过是书本上的年龄。我再年轻，我也……"

小林越说越慷慨，最终感慨万千，眼泪也扑簌簌地滴落到台布上。

三六

不幸的是，津田的心脏并没有迷醉到可被对方吸引上钩的程度。对于小林的这种激动状态，他不被同化的冷眼旁观终于变成了批判性的目光。他在怀疑，令小林落泪的究竟是酒精呢，还是叔父？到底是陀思妥耶夫斯基呢，还是日本的底层社会？而且他还明白，无论是什么，与自己并无什么关联。他感到无聊，也感到不安，只是困惑地看着激情表演家洒落在自己眼前的泪痕。

　　那个被当作侦探的人又从怀里掏出小册子，开始用铅笔不停地记着什么。他像一只猫那般沉静，又像猫一样警觉，注视着四下里的一切动静，其举动令津田感到纳闷。然而小林的醉意早就过了度，侦探已不在他的眼中。穿着新西服的胳膊突然杵到津田的鼻子跟前。

　　"当我穿了脏衣服，你就会鄙视说'好脏'，而我穿了漂亮衣服呢，你又会轻蔑地说'太漂亮了'。那么我究竟该怎么穿呢？怎么做才能获得你的敬意呢？求求你，告诉我吧。我希望今后能得到你的尊敬。"

　　津田苦笑着推回他的胳膊，奇怪的是，小林的胳膊变得毫无抵抗力，一开始那股劲一下子不知跑到哪儿去了，老老实实地退回了原处。不过，他的嘴巴却不像胳膊那么忠厚，胳膊一缩回就开始抨击了。

　　"我了解你心中的想法，你在嘲笑我，一面如此同情社会下层人民，一面自己虽穷，却还去置一套新的西服，这难道不矛盾吗？"

　　"不管怎么贫穷，做一套西服穿不是理所当然的嘛。如若不穿，莫非光着身子在路上行走不成？做一套衣服不是很好吗，谁也不会有什么想法的！"

　　"但事实并非如此。你认为只是好打扮，追时髦，那是要不得的。"

　　"是嘛，那不好意思。"

　　津田觉得忍受不住，终于顺风转舵，恰到好处地随声附和起来。于是，小林的腔调也自然有了变化。

"不，我也不好，我是爱追求时髦。这一点我完全承认。承认归承认，可是你并不知道我这次为什么要做这套衣服。"

这种特别的原委，津田本来就不会知道，也不想知道。可是事到如今，也就不能不问问了。小林向左右两边摊开双手，打量了一下自己身上的衣服，有点忐忑地回答。

"其实，我是想穿着这套衣服逃出京城，亡命朝鲜。"

津田这才颇感惊讶地看着对方，他发现自己的领结歪到一边去了，有点儿不舒服，于是重新整了整，继续听小林往下说。

小林长期为叔父当杂志编辑，做校对，在此期间也写写稿子，辗转于可以给自己发表的地方，以便挣点稿费。他始终显得忙忙碌碌，最终还是难以在东京安身立命。决定去朝鲜，受雇于一家报社，这件事大体上已经说妥了。

"这么艰苦，搞得无论怎样坚守在东京也不成。老住在这没有前途的地方，实在是腻透了！"

他好像在说，去了朝鲜，未来已做好一切准备在等待着自己，紧接着，他又推翻了刚才的话，说道：

"总之，像我这号人，或许天生就是终生漂泊流浪的命，怎么也无法安生的。哪怕自己想要安定居住，社会也不会允许。真是残酷呀！只能做一个逃离他乡的流浪者。"

"不能安生者并非你一个，我不也是完全无法安生吗？"

"别说奢侈话了！你不得安生是为了过得奢华，而我是拼死为了面包奔走，苦哇！"

"不过，无法安生乃是现代人的普遍特征，受苦的不光是你！"

小林脸上丝毫看不到从津田话语中得到慰藉的神色。

三七

打刚才起，饭店的女仆就一直注视着他们俩，她冷不防地走过来，故意开始拾掇起餐桌来。这仿佛是个信号，那个穿和服外褂的男子马上站起身来，早就没了酒喝、只是一个劲儿在聊天的两个人也不能无动于衷，津田逮着机会赶紧站了起来。小林离开座椅之前，很快拿起放在两人之间的那一盒敷岛牌香烟盒，又从里面抽出一支新的金嘴香烟叼上，并点上了火。这个顺手牵羊的动作，在接过烟盒放进自己和服袖兜的津田看来，多少逗引起一些揶揄的快感。

时间倒不是很晚，然而，秋季夜晚的大街上更容易让人觉得夜已深了。电车发出白天难以察觉的声响驶向远方，在各自不同心思的支配下，两个黑影不离不弃地沿着河畔向前蠕动。

"什么时候去朝鲜啊？"

"或许在你住院的时候。"

"走得那么急吗？"

"不过，那也不一定。还要等先生与对方的主笔再碰一次头才能清楚。"

"是确定出发的日子呢，还是去不去？"

"嗯，这个嘛……"他的回答有点儿模棱两可，津田也不再追究，只顾快步向前走。这时小林又说：

"说实话，我也并不想去啊。"

"是藤井叔叔非让你去不可吗？"

"哪里，不是的。"

"那你就可以不去。"

津田的话里有着谁都明白的道理，反而如同利剑一般残酷地刺穿了对方渴望获得同情的心灵。又走了几步，小林突然对津田说：

"津田君，我太寂寞了。"

津田未作回答，两人又默默地走着。浅浅河床中央流动的河水，在隐约可见的桥桩下黑黢黢地消失后，随着电车的驶过，发出微弱的声响，潺潺流过。

"我还是要去的，无论如何，还是去得好。"

"那就去吧。"

"唔，当然得去。与其待在这儿受众人戏弄，还不如去朝鲜或台湾强得多。"

他的语调尖细刺耳，津田马上意识到应该用温柔的语气说话了。

"你不必过分悲观，只要还年轻，身体健康，不论去哪儿都能做出成就的。你出发之前我们开个饯行会，为了你的快乐。"

这次轮到小林无言以对了，津田趁机说道：

"你走后，阿金结婚时会不好办吧？"

小林的头脑中并没有牵挂妹妹的事，他好像被提醒后突然间想起了似的看着津田。

"嗯，她挺可怜的，不过也没有办法。也就是说，她有这么个不成器的哥哥是不幸的，干脆别指望我了。"

"就是你走后，叔叔和婶婶也会为她帮忙的。"

"也只能那样了。要不就拒绝这门亲事，一直在叔叔家帮着做女佣的事，那孩子反正到哪儿都一样啊。倒是我觉得有点对不住先生，要是我走，还得问他借路费呢。"

"先生会给吗？"

"看来悬乎。"

"想方设法让先生借吧。"

"唉……"

经过一分钟的沉默后，小林又自言自语道：

"旅费问先生借，外套问你要，剩下一个妹妹，省事儿。"

这就是当晚出自小林嘴里的最后台词。两人终于分道扬镳，津田头也没回，急匆匆地向家里赶去。

三八

津田的家门像往常一样上了锁，他便去开边门。可是今夜连边门也打不开。他怀疑是门的状况不佳，调整动作一连开了两三次，最后用力一拉，只听见里面"哐噹"沉闷的一声，边门环钩发出了坚强的阻力，于是，津田只好死了心。

他在门前伫立了一阵，对着意料之外的情形感到纳闷。自从建立新家庭以来，至今自己还从未在外过夜，虽然偶尔会晚回，但像今夜这样的遭遇还不曾碰到过。

原本今晚掌灯时分就想早点回家，无奈在叔父家吃了顿徒有其名的晚餐，被动地喝了点酒也只是出于小林的情面。傍晚以后，他在外面可以说是将阿延的面影放在心中，现在冒着微寒归来，正是冲着家里温暖的灯火，以它为目标而行动的。此刻，他就像被土墙阻挡了的马匹，期待也一下子被阻挡在门外。造成这一切的是阿延呢，还是偶然的原因？对于眼下的津田而言，这可绝非一件小事。

他举起手在打不开的边门上"砰、砰"地敲了两下，这声音与其说是在吆喝"开门"，不如说是在诘问"为什么锁上此门"，敲门声在黑黢黢的街上回荡。里面马上传来了"哎"的回应声。这类似回响的声音很快钻进了津田的耳膜，那不是女佣，而是阿延。他立刻恢复了平静，侧耳倾听。他听到了有事时才使用的大门口的电灯开关被打开的声音。隔扇门"哗啦"一声被拉开，进口处的房门的确没有关上。

"是谁呀？"

来到边门处的脚步声一停，阿延就盘问道。

津田显得迫不及待，"是我，快开门！"

"哟！"阿延叫起来，"是你呀，真对不起！"

她嘀嘀咕咕地说着，打开门闩，把丈夫让进屋，她的面色比平时略显苍白。津田立刻从正门处走进饭厅。

饭厅像平时一样拾掇得整整齐齐，茶壶里的水像是约好了似的已经煮沸。长火钵前铺好了厚厚的呢子坐垫，仿佛在等待着他的归来。阿延落座的一边，除了棉坐垫之外，还摆放着妇女用的砚台，用鹦鹉贝壳做成的散落梅花状的螺钿砚台盖子搁在一旁，嵌在梨木台座里的小砚台上还留有发亮潮湿的墨汁，作为使用者急急忙忙离席的见证，细细的毛笔笔尖上的墨汁渗入卷纸，污染了已经写了七八寸长卷信纸的末尾处。

阿延锁好门，跟在丈夫身后进屋，她在睡衣外披了件便服外褂，一屁股坐在自己的位子上。

"真对不起。"

津田抬头看了看挂钟，时钟刚刚敲过十一点。结婚后这么晚回家虽属例外，却也绝非首次。

"为什么将我拒之门外？以为我不回家了吗？"

"哪儿呀，刚才我还在一个劲儿地琢磨，该回家了吧，该回来了吧……后来觉得孤单得难以自制，结果就给家里写起信来。"

阿延的父母和津田的父母一样，也住在京都。津田从远处瞟一眼她没写完的信，还是难以接受。

"等我何必锁门？是怕吵闹吗？"

"不是。我可没有锁门呀。"

"可是，事实上门是锁上的呀！"

"一定是阿时昨夜锁上后就没打开过。真讨厌！"

阿延这样说着，微微地挑动眉毛，这是她平时的习惯。因为白天不用，所以早晨忘了开锁，这样的辩解倒也没什么不合情理。

"阿时在干啥？"

"刚才就让她去睡了。"

津田觉得没有必要叫起女佣来追查责任，边门上锁的事情就此搁置，上床睡觉去了。

三九

次日早晨，津田未及洗脸，就被昨晚睡觉前不曾预料的意外的光景吓了一跳。

他是九点时分起床的，像平时一样，想穿过正门从饭厅来到厨房，只见阿延身穿艳丽的盛装装模作样地坐在那儿。津田不由得一惊，好似刚睡醒被人迎面浇了盆冷水。阿延看到丈夫的模样，满意地露出了微笑。

"刚睡醒吗？"

津田眨着眼睛，用好像看到了什么新奇东西的眼神打量着阿延那张经过化妆后的白白的脸，她那高大的发髻上扎着彩带，短褂上绣有漂亮的花纹。

"大清早的，你打算干什么呀？"

阿延一向十分沉稳。

"不干什么，今天不是你要去医院看病的日子吗？"

昨夜睡觉前脱下的裙裤和外褂，都已经被折叠得整整齐齐的，放在一张柿漆皮纸上。

"你也想和我一起去吗？"

"那当然啦。我去，会有什么麻烦吗？"

"那倒不至于……"

津田再次以审视的目光打量起妻子的服装来。

"你打扮得过分夸张了吧？"

他马上在心中想起了上一次在黑暗的候诊室里的光景，一伙坐在那儿的患者与一位花枝招展的年轻夫人，总不是那么协调吧。

"不过，今天可是星期天呀！"

"就算是星期天，与去看戏和赏花总还是有所不同吧。"

"可是，我……"

津田的意思是，星期天从一大早起，去看病的人就更拥挤。

"不管怎么说，你这身盛装打扮，我们夫妇俩往医生跟前一站，真有点儿……"

"畏缩？"

阿延用的汉语词汇引得津田发笑，她又微微颤动着眉毛，任性撒娇地说：

"现在再去换衣服太费时了，穿也已经穿好了，今天就这样宽恕一回吧。嗯？"

津田终于败下阵来，他在洗脸的时候，听到阿延在吩咐女佣去叫两辆人力车来，恰似在催促自己越快越好一样。

他早饭一般十分简单，用不着五分钟就完事。也不用刷牙，马上就上了二楼。

"带去医院的东西得收拾一下。"

与此同时，阿延已经打开了自己身后的橱门。

"这儿已经准备好了，你看看。"

津田真得对穿好出客服装的妻子慰劳一番。他从橱柜里拿出一个稍觉沉重的手提包和一只小包袱，包袱里只装有那件试做的窄袖棉睡袍和窄腰带，手提包里则放有牙刷牙粉，平日里常用的薰衣草色的信纸信封、钢笔、小剪刀、镊子等杂七杂八的物品。当他从包里拿出一本体积很大的进口图书时，便对阿延说：

"这本书别带了。"

"是嘛。你老是把它放在书桌上，里面还夹有书签，我以为你在读，所以装进了包里。"

津田没有吭声，他吃力地把花了两个月还未读完的德语经济学著作放在桌上。

"这书太沉，躺着没法看。"

他明知把这本大部头书籍留在家里是正确的选择，却依然有点心有不甘。

"是呀，我不知道你要带什么书，你就自己去挑选吧。"

津田从二楼取来两三本轻薄的小说，替代经济学著作塞进了手提包。

四〇

天气很好，人力车收起了车篷，两辆车上分别载上了手提包和包袱，出了家门。拐出巷子口来到电车路上，刚走了一二百米，阿延的车夫突然叫住了津田的车夫，两辆车马上停了下来。

"糟糕，忘了东西！"

津田坐在车上回头望去，默默地看着妻子的脸。仔细打扮过的年轻妻子这一句颇有刺激性的话语，不仅吸引了她的丈夫，连人力车夫也扶着车辕，向阿延这边投来好奇的目光，一旁的行人们也不得不向这对车上的夫妇报以关注的一瞥。

"怎么啦？忘了什么？"

阿延似乎若有所思。

"请稍等，我马上回来。"

她那辆车折了回去，留在原处的津田心里不上不下的，一声不吭地目送着妻子的背影。消失在巷子里的人力车一会儿又再次出现，快速跑回了等候的津田身边。车一停下，阿延就从腰带里拿出一条尺把长的铁链子，悬荡着的链子一端有一只环，环上圈着大大小小的五六把钥匙。阿延高高举起钥匙链给津田看，同时，钥匙发出丁零当啷的声响。

"忘了这东西。就那样放在衣柜上呢。"

他家除了夫妻俩就只有女佣在，他俩一起外出时，为了防备，会将重要的物品都锁上，由一人保管钥匙。

"就放在你那儿吧。"

阿延重新把丁零当啷的钥匙串塞进腰带，还用手拍打了一下，冲着津田微笑。

"不要紧了。"

人力车再次跑起来。

到达医院的时间比预定的稍稍晚了点，却也不会耽误上午诊察的时间。夫妻俩觉得排坐在候诊室不舒服，津田一进大门，就跑到药房门口问：

"直接上二楼去行吗？"

药房里的学生从里屋叫来一名见习护士，才十六七岁，她纯真地冲着津田致礼，看到他身边的阿延，被她那夸张的打扮吓着了，一副这孔雀是打哪儿飞来的诧异表情。阿延抢先一步招呼说："给你添麻烦了。"小护士这才醒悟过来，低头致意。

"请你帮忙拿这一件。"津田把从车夫手上接过的手提包交给护士，绕到上二楼的楼梯口。

"阿延，从这儿上。"

阿延正站在候诊室的门口，看着有患者的房间，她马上跟随津田上了楼梯。

"好阴暗的房间哪。那一间怎么样？"

幸好面朝东南方向的二楼比较明亮。推开隔扇门来到走廊，眼前是一个西式染坊的晾衣场，阿延回头看了看津田。

"这里和楼下不同，比较阳光。房间也不错，就是榻榻米脏了点。"

这医院的二楼，原本是一个承包商修建的外室，还是残存着一点往日风流俏皮的遗韵。

"虽然有点儿陈旧，或许比咱家的二楼还强些。"

津田说着，看到日光沐浴下洗得发白的衣物，真觉得秋高气爽。他又环视了一下天花板和立柱，因为年代久远，都被熏得黑乎乎的。

四一

刚才的那位护士送来了沏好茶的小茶壶。

"现在要做些准备，请稍候。"

夫妻俩只好正襟对坐，喝起茶来。

"总有点儿心神不宁，心中没底呀。"

"我们就像是来这儿做客的。"

"是啊。"

阿延从腰带里取出女表看了看时间，可津田并不在意时间，更在意即将进行的手术。

"不知刀要开多久。只要听到那看不见的手术刀具的声音，就令人不寒而栗。"

"我最怕看那种场面。"

阿延耸动着眉梢，一副很害怕的样子。

"所以呀，你就在这儿待着吧，不必特地到手术台边去看那肮脏的东西。"

"可是，动手术时没有亲属在一旁见证不好吧。"

津田看着阿延那一脸的一本正经，笑了起来。

"我又不是那种关乎生死的重病，谁会为这么点小毛病去叫人来当场见证的？"

津田是个不愿让女人看到污秽物的人，更不愿让人看到自己的脏物，进而言之，他连看到自己的肮脏之处都会比任何人感到痛苦。

"那就不去吧。"阿延说着，又掏出了手表。

"到中午可以结束了吧。"

"会结束的吧。反正就是这么回事儿，什么时候结束都一样。"

"那倒也是……"

阿延咽下了后半句话，津田也不追问。

护士又在楼梯上现了身。

"准备工作做好了，请。"

津田立刻起身，阿延也跟着站起来。

"我不是说让你就在这儿待着嘛。"

"我不去诊疗室，想借这儿的电话打一下。"

"打电话去哪儿？有事吗？"

"没事，不过，想把你手术的事对阿秀妹说一声。"

津田的妹妹就住在本区，距离医院并不远。这次治病，津田并未想到妹妹，他制止了要去打电话的阿延。

"行了，免了吧。通知阿秀未免太小题大做，而且她一来，可就不太平了。"

这个与自己性格迥异的妹妹，虽然年小，在津田看来，却不是一盏省油的灯。

阿延半蹲半站地回答：

"可是日后她又会说三道四的，我可受不了。"

津田找不到强行不让打电话的理由，只得说：

"打一个也可以，但是何必非今天不可呢？她住得近，肯定很快会来的。要是她在手术刚结束神经过敏的时候来，说哥哥怎么的，父亲怎么的，实在没意思。"

阿延轻轻地笑了，生怕楼下人听见，可是她露出白齿的笑容，与其说是出于对丈夫的同情，莫如说是明确表现出了她感到滑稽的单纯情感。

"那我就不给阿秀打了。"

阿延说着，终于和津田一起站立起来。

"还有什么地方要打电话吗？"

"是啊，还想给冈本打一个，约好午前跟他通话的。可以打吗？"

两人一前一后地走下楼梯后分手，一个在电话跟前站定，另一个已坐到诊疗室的椅子上。

四二

"喝过蓖麻籽油了吗？"

医生问津田，他身上穿着的刚浆洗过的白大褂发出硬邦邦的摩擦声。

"喝过了，不过没收到预期的效果。"

昨天，津田连注意喝蓖麻籽油实效的工夫也没有。里里外外忙得一塌糊涂，他不仅没有体味到泻药对其精神上的影响，连生理上的感觉也相当微弱。

"那就再做一次灌肠吧。"

灌肠的结果依然不理想。

津田就这样仰卧在手术台上。冰冷的防水布碰到皮肤时，他不由得打了个激灵。脑袋枕在硬邦邦的枕头上，亮光从脚下射来，就像一个面朝电灯睡觉的人，极不自在。他不停地眨着眼睛，不时仰望天花板。护士端着一个装有手术器具的方形镍制浅托盘从他身边走过，金属的亮光白灿灿的。仰面朝天的津田感到那亮光不过是一晃而过，可是，一种偷窥到不该看到的讨厌的东西的心情特别强烈。这时，外面响起的电话铃声突然震动了他的耳膜，使他想起了先前完全忘记了的阿延。阿延给冈本的电话打完时，津田的手术治疗总算也开始了。

"只给你注射可卡因，不会怎么疼的。要是注射不行，我打算往里面边吹药边手术，那样，应该问题不大。"

医生一边做局部消毒一边说道，津田则以一种又害怕又无所谓的心情听着。

局部麻醉进行得十分顺利，津田目不转睛地盯着房间的天花板，几乎不知道自己腰部以下发生了什么大事。只不过不时感到在遥远的地方有人向自己肉体的一部分在施加压力，而微弱的抵抗力也在那儿产生。

"怎么样，不疼吧？"

医生的提问充满了自信，津田看着天花板回答："不疼，只感到沉重的压力。"

这种沉重感应该怎么表达，他找不到可以形容的适当语汇，没有神经感觉的大地，在被人们挖掘的时候，说不定就会产生这样的感觉。他的脑海里一下子浮现出这样的幻觉。

"这是一种奇妙的感觉，难以说清楚。"

"是嘛，能够忍耐吗？"

医生的问话好像在担心手术中途万一发生脑贫血可不好办，这反而使并不在意的津田不安起来。他不知道，这种场合是否能喝点葡萄酒来做预防，不过又不愿意接受一种特别的处置。

"不要紧。"

"是嘛，马上就做完了。"

医生一边与患者对话，一边不停地动作，其态度说明他技术娴熟，可是，手术并不像他所说的那样很快结束。

装手术刀的托盘不时发出撞击声，用剪刀咔嚓咔嚓剪切肌肉的声响，夸张地威吓着他的耳膜。每当这种时候，津田那双想象的眼睛似乎目睹了纱布拭去的喷涌出来的殷红的血腥，因此，已被麻醉的神经不甘寂寞，异常紧张起来。为了使他的身体不安宁，挠人痒痒的小虫子可怖地在血管里到处乱爬。

他睁大眼睛看着房间的天花板，看见上面竟有打扮得花枝招展的阿延。此刻，阿延在想些什么，干些什么，他全然不知。他想从下面对她大叫一声。这时，脚下传来了医生的声音。

"总算做完了。"

被塞进了许多纱布，感到直痒痒。医生又说：

"没想到瘢痕如此坚硬，有再出血的危险，所以眼下需要静养。"

听到医生这最后的嘱咐，津田总算从手术台上下来了。

四三

津田走出诊疗室，随后跟来的护士问他：

"怎么样？没感觉不舒服吧？"

"没有。我的面色苍白吗？"

津田对自己多少有点放心不下，不得不反问护士。

他觉得手术创口被多塞了药棉纱布，比想象的难受许多。无奈之下只得慢吞吞地挪步，即便如此，上楼梯时伤口和纱布相摩擦，只觉得有一种粗涩感。

阿延站在楼梯上，一看到津田马上招呼起来。

"做完啦？怎么样啊？"

津田走进病房，不作回答。如他所期待的，房间里白色被套套好的棉被已经铺就，等待着他去安卧。他脱下外褂扔到一边，立马躺倒在被褥上。本想从身后为丈夫穿上灰色法兰绒的平纹丝绸棉袍，双手拎着衣领的阿延只能露出扫兴的苦笑，将棉袍对袖折叠后放到床铺的脚跟处。

"不问医生开点儿药吗？"她向一旁的护士发问。

"不需要服用内服药。餐食我这就去准备，回头送来。"

护士离去了。一声不吭躺着的津田突然开口问：

"阿延，你想吃什么可对护士说呀。"

"是啊。"阿延在犹豫。

"我也不知道该怎么办。"

"可是，已经过了晌午呀。"

"是的，十二点二十分了。你在手术台上正好躺了二十八分钟。"

打开表盖的阿延，看着表说出精确的时间。躺在手术台上的津田就像一条俎上鲜鱼忍受着任人宰割之痛苦时，恰好就是阿延在自己抬头仰望的天花板上盯着怀表计算手术时间的时刻。

津田又问："现在回家吃也不成吧？"

"是呀。"

"那就在这儿用点西餐不也行吗？"

"嗯。"

不论何时，阿延的回答总不爽快。护士最终还是下楼去了，津田闭上了眼睛，就像一个疲惫不堪者要躲避光线刺激一样。阿延又对着他嚷道：

"喂，你呀！"津田只得睁开眼睛。

"不舒服吗？"

"没有。"

阿延紧跟着说："冈本向你问候，说是隔日来探视你。"

"是嘛。"

津田轻声回答，又要闭上眼睛，可是，阿延不允。

"那位冈本要我今天一定要陪他去看戏，可我说，津田不能去。"

心气很活的津田脑海中，今天早晨起阿延的所作所为再次闪现。不论是要陪自己来医院的盛装打扮、出发前特地强调今天是星期天也罢，还是心神不定地急着要给冈本打电话的神态也罢，全都与对看戏的关注有关。如此看来，连她精密计算手术时间的动机也成了一个疑团。津田缄默地把头扭向一旁，看到壁龛上堆放着信封、信纸、剪刀和书籍，那都是先前他放在手提包里带来的东西。

"我问护士借个小桌子，想把那些东西放在桌上，可是，她没有拿来，只能先在那儿放上一阵。您看看书吧。"

阿延马上站起来，到壁龛处取下书来。

四四

津田没有接过那本书。

"冈本那边不是回绝了吗？"

比起怀疑，他更多的是不满，翻了个身，不结实的二楼的地板床发出"砰"的一声响，好似在迎合他的心意。

"是回绝啦！"

"回绝了，怎么还让你非去不可？"

这时，津田才仔细地看了看阿延的脸，可是她的脸上没有出现任何自己所预期的表情。阿延反倒笑了起来。

"我是拒绝了，可是他还是邀我一定得去。"

"不过……"

津田一时语塞。心里明明有话要说，右脑却无法迅速敏捷地做出反应。

"不过嘛，既然你已经回绝了，他怎么还让你非去不可呢？"

"他就是那么说的呀。冈本可是个相当不明事理的人。"

津田不吭声了，他想不出追问下去的办法。

"你是不是还在怀疑我？我可不乐意，老让你怀疑。"

她的双眉的的确确在抖动，很讨厌的样子。

"我不是疑心，只是有点奇怪。"

"那你就说说哪儿奇怪。你说多少，我都给你解释。"

不幸的是，津田无法明白地说明那些奇怪的地方。

"你终究还是在怀疑我吧？"

津田觉得，若不明确表示自己没有怀疑，那就牵涉到自己作为丈夫的品格，然而，要是因此让妻子轻视，认为自己窝囊，那也是很大的痛苦。两个自我发生了对抗，在他心中展开了缠斗，对此冷眼旁观的津田，其实还是比较冷静客观的。

"咳。"阿延轻轻叹了口气静静地起身，拉开紧闭的隔扇门，走到朝南的走廊边，手扶栏杆，茫然地望着秋高气爽的晴空。毗邻的洗染店的晾竿上密密麻麻地晒满了衬衣、床单，和刚才一样，在烈日的沐浴下，随着干燥的微风摇曳。

"多好的天气啊。"

阿延自言自语地轻声念叨，津田听到后，忽然产生了一种笼中鸟在倾诉什么的感觉。把一个柔弱女子束缚在自己身边的确有点儿可怜，他想主动与阿延搭话，却没有话茬，有点尴尬。阿延只顾倚在栏杆边，一时并没有回到屋里来。

这时，护士从楼下端来了两人的午饭。

"让你们久等了。"

津田的午餐是两个鸡蛋、一碗汤和定量的面包，为半斤的一半。

津田趴在床铺上，大口大口地吞咽着，瞅准机会冲着阿延问道："你是去，还是不去？"

阿延马上停下摆动的肉叉。

"听你的，你让去就去，不让去就不去。"

"那么温顺啊。"

"任何时候我都听话温顺的。冈本也说得听听您的意见，您同意，他就带我去。他说，要是您的病情并不严重，就让我问问。"

"可是，不是你先打电话给他的吗？"

"是啊，那倒也是。不过那是约定的。我回绝了一次，可他说，或许看情形能去也说不定，因此到那天中午前再用电话告诉他一声。"

"是冈本写回信对你说的吗？"

"是的。"

但是，阿延并没有拿出信件给津田过过目。

"总而言之，你决定是去，还是不去？"

津田紧盯着阿延的脸色，她马上回答：

"那，我是想去的。"

"终于坦白了，那就去吧！"

夫妻俩在这样的会话中吃完了午饭。

四五

总算让动了手术的丈夫安睡之后，阿延独自一人来到楼下，这时，距约定的时间已经晚了不少。她只说了要去的剧场的名字，把自己的目的地告诉车夫，立刻坐上了人力车。等在门前的这辆车是拐角上车场四五辆车里最新的一辆。

　　胶皮轮人力车出了小巷后，一直在电车路上跑，朝着热闹的街区全速冲刺。车夫那精力充沛的奔跑感染了阿延，在厚厚的松软座席上，阿延的身子飘飘然地摇晃着，心中感到一阵柔和轻快的兴奋和不安。那是毫不留恋地横穿过自己前后左右的纷扰人生，直奔目的地的一种快感。

　　坐在车上的阿延无暇考虑家事以及很舒适地睡在医院二楼病房里的津田的形象，可以保证今天一天暂时将丈夫遗忘也无大碍，可以不再担心他。她眼下即将碰到的事情正和车轮一起在转动。其实，阿延对戏剧本身并没有多大的嗜好，比起担心看戏迟到，现在她更想尽快赶到剧场。与这辆新人力车在马路上的疾驶带来的刺激相同，一旦到达目的地，那时的刺激会更大。

　　人力车停在剧场的茶店前，阿延立刻对前来迎接的女仆说"冈本家"，她的脑海之中，灯笼、布帘、红白的人造花在不停地闪烁。下车后，映入眼帘的这一类色彩和形象尚未分辨清楚，就被人领进了走道，从那儿进入了剧场，探头一看，场内远比想象的来得复杂，浓墨重彩、纵横交错，宛如一片大海。当茶室的男侍拉开走道隔扇门，说声"这边请"时，阿延眺望前方剧场，就得到了这样的印象。对于喜好出入这种场合的阿延而言，这一不再稀罕的感觉可以说早就成了她永远新奇的感受。她的眼前一亮，如同一个穿越了黑暗，突然来到光明世界的人一样。当自己置身于如此氛围中的一隅，成为眼前晃动的富有生气的华彩的一部分时，自己的举止行为全都会融入其中。这一意识，此刻清晰地浮现在她那颇为紧张的心头。

座席上不见冈本的身影，只有他妻子和两个女儿，留有足够供阿延坐的地方。而且，大女儿继子担心自己会挡住阿延座位的视线，她转过身侧斜着身子问道：

"看得见吗？要不我跟你换个座位？"

"谢谢，这儿完全没问题。"阿延摇着头说。

坐在阿延前排的十四岁的二女儿百合子是左撇子，她左手拿一只小小的象牙望远镜，手肘搁在缠有红布的栏杆上，回过头来说：

"迟到了吧？我还以为您上我家去了呢。"

她还年轻，不懂得询问津田生病的情况。她又问：

"您有事吗？"

"哎。"

阿延简单回答后把视线投向舞台，那是两姊妹的母亲专心致志凝视着的地方。她一见到阿延时，只是默默行了个礼，直到梆子声响起，未发一言。

四六

"多亏您来了。刚才我还在对继子说，搞不好今天您不会来呢。"

大幕拉开后，夫人才无拘无束地与阿延闲聊起来。

"你看，还是我说得对！"

继子得意地冲着母亲说，又向阿延补充说：

"我跟妈妈打了赌，今天您会不会来，妈妈说搞不好您不会来，而我说，您一定会来的。"

"是啊。再抽一次签看看。"

继子拥有那只长两寸五、宽六分的小签盒，这黑色的签盒上烫有"神签"两个篆书金字，里面装有一百根削平、精巧的标有号码的象牙牙签，她说："我抽给您看看吧。"像摆弄小牙签盒那样，摇出一根长条形诗签状的薄薄的牙牌，又将与签盒一般大小的折叠本摊开，从双层仿绸的印花布袋里取出作为附属品的一只小放大镜，以阅读牙牌上的蝇头小字。她煞有介事地把放大镜搁在文字上观看。这东西是阿延和津田到浅草去游玩时，花了差不多四日元的高价，从商店街上买来送她的玩具。这个精巧的馈赠物，对于明年二十一岁的继子而言，是可以给她在游戏之中蒙上神秘的处女色彩的装饰品。有时出门时，继子从桌上拿上它，连盒套都不取下，就夹在腰带中外出了。

"今天也把它带来啦？"阿延半开玩笑地问道。继子苦笑着摇摇头否认。母亲从一旁替女儿回答：

"今天的预言并不是来自神签，而是比神签更了不起的预言。"

"是吗？"

阿延想听下文，轮流看着母女俩。

"阿继呀……"母亲刚开口，继子立刻强行制止了她。

"别说了，妈妈。这种事情这儿不便说。"

妹妹百合子一直在默默地听着三人交谈，她吃吃地窃笑起来。

"我说给您听吧。"

"百合子，不许说！你使坏心眼，好，我不帮你练钢琴了！"

妈妈为了不影响邻座观众，小声地笑了。阿延也笑起来，同时还在追问原委。

"告诉我吧，惹姐姐生气也没关系。有我在，怕什么。"

百合子故意向前翘起下颌望着姐姐，她鼓起鼻翼的那副夸张的样子，大大表示出说与不说全在我的掌控之下的胜利感。

"好吧，百合子。随你的便吧。"

说着，继子起身推开身后的拉门，到走道上去了。

"你姐姐生气了吧。"

"她不是生气，是不好意思。"

"她也不是不好意思，是因为提到了那件事。"

"那你就说说呗。"

百合子比继子小六岁，观察到她小孩子心理的阿延，原本想设法好好加以利用。不曾想姐姐突然拂袖而去，竟破坏了刚才的好局面。阿延的怂恿一点未达到目的，不得已，只能由妈妈来承担善后的责任了。

"其实没什么。阿继的意思是，由雄哥是个心善的好人，凡事会依着阿延，所以，你一定会来的。"

"是嘛。由雄在继子眼里竟然如此可靠呀。真是值得感谢哪，应该向她道谢。"

"后来，百合子说，那么，姐姐也嫁一个像由雄哥那样的人就好啦。这话她实在不好意思让妹妹在您跟前说，所以跑了出去。"

"哟。"这一声柔弱的感叹，阿延表露得十分凄凉。

四七

一个自私自利的男人津田突然出现在阿延的心中，自己原本想对丈夫尽心尽力朝夕伺候，悉心照料，却又担心丈夫要她做出的牺牲毫无止境，这种怀疑深深地占据了她的脑海。她觉得，能够打消自己疑念的唯一的人选就在自己跟前，她看着冈本的夫人。对于远离双亲的阿延来说，这位夫人就是整个东京城内唯一可以依靠的姑母。

"丈夫难道就是只晓得吸收妻子情爱而生存的海绵吗？"

这是阿延碰到夫人后老早就想问的。可是不幸的是，她有一种与生俱来的派头，因见解而异，也可以说成是逞强或者虚荣，她对于姑母的态度，因此受到了强烈的牵制。从某种意义上说，其实夫妻关系就像上了赛场的相扑运动员，一见面就扭打在一起，从内里观察，妻子总是丈夫的对手，而有时就是敌人。然而一旦面向社会，无论在什么场合，若不搀扶丈夫的肩膀，就会觉得暴露了夫妇婚姻不和谐的短处，就会因此而羞愧得无地自容。所以，即使非常渴望敞开心扉诉说衷肠，从自己这对夫妻的角度看，这位姑母其实还属于社会上的他人，一旦坐在她的跟前，阿延就会害怕造成社会名声不良，于是什么也不想说了。

而且，阿延还深知，自己对丈夫的善待并不会得到相应的回报，也不能让旁人觉得是自己对丈夫的照顾不周才导致丈夫的不满。在所有的流言蜚语之中，她最最害怕的就是被人家指责为愚蠢。

"有的年轻女人，很快就能把比津田更难伺候的男人笼络在自己的手心里，可已经二十三岁了，却不能如愿掌控丈夫，说到底，还是缺少智慧呀。"

阿延把智慧和德行看成同一回事，听姑母那么一说，感到十分痛苦。作为一个女人，要是承认自己缺少对付男人的本领，那就等于自白自己不能发挥做人的作用，那该有多么屈辱，多么损伤自己的自尊心呀。在不合时机及场合的剧场里，无法进行深入的交谈，阿延只好沉默。她意味深长地看了夫人一眼，马上把视线转向了别处。

舞台上落下的大幕在微微地颤动，有人从幕布的接缝处瞅着观众席，或许是心理作用的缘故，阿延总觉得那人是在看自己，便把刚刚移过来的目光又投向别处。剧场内有人离席，有人入席，还有中间走动的人，一下子开始嘈杂起来。大多数坐在位置上的观众也随心所欲一刻不停地改变着自己的坐姿。无数个黑脑袋宛如一个个旋涡，他们身穿漂亮的服装，将色彩流动中造就的不稳定的快感搞得纷乱混杂。

从隔成方形的观众席上放眼望去，阿延的目光越过人群的低谷审视前方。这时，百合子忽然回过头来说：

"那边吉川的夫人也来了，看见了吗？"

阿延有点儿吃惊，赶紧朝她所说的方向望去，很快发现了吉川夫人的身影。

"百合子的眼睛真尖哪，什么时候发现的？"

"哪里是发现的，我刚才就知道了。"

"姑母和你姐也知道吗？"

"是的，大家都知道。"

阿延这才明白，不知情的只有自己。她还是注视着百合子的身影，这时，不知是有意还是无意，只见吉川夫人手中的望远镜突然朝向了阿延她们的观众席。

"我讨厌叫人这么观望！"

阿延缩起身子试图躲避，可是对面的望远镜怎么也不离开阿延这个目标。

"太可怕了，只能逃出去了。"

阿延紧跟着继子，跑到走廊上去了。

四八

从那儿看去，也只有地点好的地方显得热闹。有水渍的地板，下面钉有横木，随时可以拆除，不相识的陌生人不停地在上面走来走去。阿延站在走道的一头，半靠在立柱上，过了一段时间，总算看到了继子。发现继子在对面一排商店的跟前，她马上下去，轻轻地快步踏着地板，朝她要找的人那儿走去。

"在买什么呀？"

阿延从身后偷窥似的问道。吓了一跳回过头来的继子的脸与阿延的脸几乎碰在一起，彼此相视一笑。

"我正犯愁呢。想给阿一买点儿礼物，正在挑呢，可是他喜欢的东西，这里什么也没有。"

继子误会了，她是想买男孩子要的玩具，面对着店主放在眼前的各式各样的东西，买也不是，不买也不是，正在进退维谷中。站在与演员有关的带有花纹的花簪、钱包、手巾跟前手足无措，向阿延投去求助的目光，阿延赶紧发声解救。

"不行的。那孩子只喜欢手枪、木剑等可以杀人的玩具，那东西在这种排场的地方怎么会有？"

商店的男主人笑了，阿延趁机拉起了姑娘的手。

"还是去问问姑母吧！——对不起，再见啦。"

说完，她快步离去，将不好意思的继子拉到走道的一端，两人站定后，以一根立柱作为掩护站着交谈。

"姑父怎么回事，今天为啥不来呀？"

"马上就会来的。"

阿延感到意外，连四个人坐都感到局促的地方，再挤进一个大个子男人，怎么坐得下啊。

"姑父一来，像我这样单薄的身子还不得让他给挤瘪啊。"

"和百合子换呀。"

"为什么？"

"别管为什么，那样才合理啊。反正百合子看不看都无所谓的。"

"那么，要是由雄不生病，和我一起来了，又当如何？"

"船到桥头自会直，总有办法的。再多定一格，再不就和吉川他们坐在一起。"

“与吉川先生他们是早就约好的？”

“是啊。”

继子没有再往下说。阿延没想到冈本和吉川两家的关系那么密切，她有点儿纳闷，莫非其中有什么奥秘？不过，她又觉得那是有闲阶级中常见的、单纯的娱乐约会，他们有前来看戏的充分的余裕，所以，最后什么也没再问。两人的交谈全被吉川夫人收进了望远镜中，阿延故意冲着她打了个手势。

“这样正面冲着人看，真吃不消。”

“很不客气，不过，那就是西式派头。我爸爸说过。”

“西方人是不讲究这些的，那我也可以像那样毫无顾忌地盯着她的脸看啰。我就朝着她看看吧。”

“请吧。她看到会高兴的，还会说，阿延挺洋气的。”

两人出声大笑起来。不知何处出来一位年轻的男子，站在跟前。他身穿素色外褂，下身穿着用同衣料条纹相同的斜纹哔叽无裆裙裤，这位年轻的绅士与两人一打照面就说了声“对不起”，朝对面敷设地板的房间走去，平静中表露出郑重其事的态度。继子羞红了脸。

“我们进去吧。”她马上催促阿延进了场。

四九

场内的状况与刚才完全相同，在池座里来回走动的男女观众，仿佛在别人头上挪动似的，令人极其厌烦。到处是尽力吸引人们眼球的夸张的举动，但是很快就消失了，让位于另一种色彩。映入眼帘的小世界始终是不安定的、杂乱无章又经过粉饰美化的。

相对安静的舞台里侧，摆放道具时使用的铁锤敲击声不时响彻剧场，引起人们的猜想。其间幕后传来的梆子声，听上去就像是惊堂木，将观众纷乱的注意力再集中起来。

不可思议的是观众们，在这长久的幕间休息期间，无所事事，既不发牢骚，也不见乏味，显得那么太平从容，空空的腹中装了零零散散的刺激，昏昏然地虚度时光。他们看上去都很沉静，还很愉悦。他们沉醉在彼此呼出的气息中，稍有清醒，立刻扭头去看旁人的面容，并马上发现那出神的表情，然后与之抱有同样的心境。

两人回到座席上，快活地环视周边，像约好了似的朝吉川夫人那边望去。夫人的望远镜不再对着她俩，连望远镜的主人居然也不知去向了。

"哟，她不在了！"

"真是的。"

"我帮您找一找吧。"百合子立刻把自己的观剧用望远镜放在眼前。

"不在，不在了，跑到哪儿去了？那位夫人有两个人那么胖，一眼就能看到，还是不见了。"

说着，百合子放下了望远镜。这姑娘高高地系着腰带，几乎遮盖了漂亮的印花绉绸的和服后背，话不多，却不装模作样。姐姐忍住笑，摆出年长者的威严训导她。

“百合子！”

妹妹毫无反应，照例鼓起她的鼻翼，一副不解其意的表情，故意看了继子一眼。

“我想回家了，爸爸快来就好了。”

“想回家就回吧。爸爸不来也没关系。”

“不过我现在还不走。”

百合子没有动身，不是小孩子就很难做出这种淘气的神情。而阿延则摆出一副与年纪相仿的懂事的模样对姑母说：

“我得去向吉川太太请个安吧。装作没看见可不好意思呀。”

老实说，阿延并不喜欢这位太太，她觉得对方其实也讨厌自己。她还有一个朦朦胧胧的理由：是她一开始就讨厌我，两人之间才出现了这种不愉快的现象。她还很有自信：我并没给过她讨厌自己的机会，对方就开始讨厌自己了。刚才被夫人用望远镜盯着看的时候，阿延就意识到不去问候一声是不行的，但因当时没有决断的勇气，所以现在才把内心的不安以与姑母商量的形式提出来，心里还在期待，为了能够顺利地完成这项义务，姑母最好能陪着自己一同前往才好。

姑母立刻回答：

“噢，你还是去一下的好，去吧！”

“可是她现在不在啊。”

“大概跑到走道上去了吧，去了一看就明白。”

“不过……姑母您也一起去吧。”

“我吗……”

“您不去吗？”

"去也行。我想反正待会儿吃饭时会在一起，现在就免了，待会儿再问候吧。"

"哟，你们约好吃饭啦，我一点儿也不知道。谁和谁一起吃呀？"

"大家一起呗。"

"我也一起？"

"是的。"

事出意料之外，隔了一会儿，阿延回答：

"那么，我也到那时再问候吧。"

五〇

没过多久，冈本到了。他从茶店的男侍拉开的门缝中朝里面瞅了瞅，对百合子说"出来、出来"，把她叫到走道上后两人在那儿用不影响他人的轻声交谈了两三句，百合子如约由男侍送离了剧场。冈本取而代之，即坐在后排的座位上。他的身材肥胖，连稍稍变动一下身姿都懒得动。坐定后忽然发现了什么似的，半扭转身体朝后面说：

"阿延，我跟你换个座位吧。我这大块头挡着，影响你吧。"

阿延感到眼前仿佛一座大山突兀地耸起，但想到周边观众都被舞台上的演出吸引，为了不影响他人所以没有动。从未将毛织品衣裳直接穿在身上的冈本，把两条毛茸茸的手臂合抱在胸前，好像打招呼说"那就这样了"，随后把视线也投向观众注视的舞台。只见台上有个奇怪的白面男子在柳树下徘徊，他身穿华丽的粗条纹和服，一条博多腰带故意系在靠下的小腹上，这个小白脸光着脚穿一双牛皮底的竹皮草屦，每走一步，那咔嗒咔嗒的令人不快的声音就钻进冈本的耳朵。他环视了舞台上柳树下的那座桥以及桥对面并排的土仓白墙，然后顺便又看了看观众席。然而观众的表情都很紧张，在舞台上，竹皮草屦咔嗒咔嗒来来回回走动的小白脸的举动，仿佛有什么重大含义似的，令全场鸦雀无声，连一声咳嗽都听不到。对于刚从外面进场的冈本来说，难以很快受到场内氛围的影响，或许是感到无聊，过了一会儿，他又勉为其难地转过身子，小声对阿延说：

"怎么样，这戏有意思吗？……由雄他怎么样啦？"

他接二连三地问了几个简单的问题，阿延一一作答。最后冈本意味深长地使了个眼色，又问：

"今天情况如何，由雄没说什么吗？大概唠叨了半天吧。'我生病卧床，你倒独自一人去看戏，真是岂有此理！'是吗？一定是的。"

"什么'岂有此理'，他没说呀。"

"不过，他一定会说什么的，说冈本这家伙真是太不像话，你打电话时的模样也让人觉得怪怪的。"

旁边没有一人在小声耳语，自己长时间嘀嘀咕咕回答问题有些令人赧然，她只是报以微笑。

"没关系的，姑父事后会去说明，这点事别放在心上。"

"我没有放在心上呀。"

"是嘛，不过总还有点儿放心不下吧，刚结婚就惹丈夫不悦。"

"没事，我说过了没让他不高兴。"

阿延不耐烦地耸动眉梢，本是开开玩笑的冈本也变得认真起来。

"其实今天叫你出来并不是光为了看戏，是另有事情。所以在由雄生病时硬把你叫了出来。只要以后把理由告诉由雄，就可释然的。姑父会好好对他说的。"

阿延的眼睛一下子离开舞台，"什么理由啊？"

"眼下在这儿不大好说，以后告诉你。"

阿延只能沉默。冈本又补充说：

"今天我们会同吉川先生一起在餐厅吃饭，你知道了吧。吉川应该在那边了。"

刚才没有现身的吉川，现在一下子映入了眼帘。

"他与姑父一起来的，从俱乐部那儿。"

两人的交谈到此结束。阿延又认真地朝舞台看去。可是，约莫过了十分钟，她的注意力又被打开身后门的茶店男侍搅乱了，他与姑母咬起了耳朵。姑母马上凑近姑父说：

"哎，吉川传话说，他已经备好了饭菜，下一个幕间休息时请到餐厅去。"

姑父马上传言："知道了。"

男侍关上门走了。阿延默默地等待着会餐时间的到来，心中琢磨接下来将会发生的事情。

五一

又过了一个小时，阿延和继子一起，跟在姑母姑父的身后，来到二楼一角最里面的餐厅，在走道里，她小声问与自己靠得很近、并肩而行的表妹："接下去到底有什么事？"

"我可不知道。"继子低着头回答。

"就光是吃饭吗？"

"是吧。"

阿延觉得越问，继子的回答就越暧昧，于是闭口作罢。也许继子是对前面的父母有所顾忌，也许因为她真的什么也不知道。抑或是她有所知却不想告诉阿延，这才故意轻声简短地作答。

走道上遇见的大多数人都会对她们投去目光锐利的一瞥，而比起阿延来，人们的视线更多地投向继子。阿延的脑中忽然把自己与她做了比较。虽然自己的打扮胜过继子，但是体态和容貌是肯定不及她的，继子任何时候都带着孩子的腼腆，身上充满未经辛劳的纯真无邪，是个水灵灵的闺中少女，阿延用不无嫉妒的目光打量着这个表妹，虽然并未完全打消可怜的轻蔑之意，却也在内心强烈地希冀能与她换个位置。阿延心想：自己的少女时代，是否曾经也经历过这样带有闺秀气度的时光？

有过还是没有，反正她现在已经想不起来了。阿延平时并未把继子作为比较的标准，稀里糊涂地生活过来，此刻与大表妹一起走在这热闹、明亮的走道里，居然感受到一种从未有过的哀愁，那是淡淡的哀愁，却又是容易催泪的。对于刚才不无嫉妒地观望的大表妹，此刻又想紧握住她的手。她在心中对继子说：

　　"你比我纯洁，纯洁得叫我羡慕。然而，你的纯洁，对于将来的夫君而言只是一种毫无用处的武器。就像我这样万无一失地照料丈夫，他却不会像我想象的那样感谢我。以后你为了维系与丈夫之间的爱，必然会失去自己宝贵而纯洁的原貌，即使为丈夫做出这么大的牺牲，可丈夫并不领情，搞不好还会让你吃吃苦头。我既羡慕你，同时也可怜你。不久的将来，你珍贵的宝贝必将遭到破坏，可你还毫无意识，只有天真烂漫的气质。有幸还是不幸啊，我打一开始就不具备你所具有的那种天生的气质，若说我因此损失不大，倒也无妨。但是，你是与我不同的。一旦你离开双亲的羽翼，你天真的形象就会受伤，你会比我更可怜的。"

　　她们俩走得很慢，走在前头的冈本夫妇被行人遮挡看不见身影时，姑母又特意返回。

　　"快走呀！你们在磨蹭什么呀？吉川先生他们早就在那儿等着呢。"

　　姑母的眼睛一直注视着继子，话也是冲着她说的。可是，阿延一听到吉川的名字，就像起了一阵风似的，一下子刮跑了刚才的思绪。她想起了自己不太喜欢吉川夫人，而对方也不太喜欢自己。她想到自己的丈夫平时受到吉川的格外眷顾，作为这位有势力人物的夫人，今天自己必须当着人面表现出礼仪端庄，对夫人多献殷勤才是。平静的外表下包含着内心的紧张，阿延做出一副若无其事的样子，跟在大家身后走进了餐厅。

五二

正如姑母所说，吉川夫妇已经比他们早一步到达了约定的场所，阿延注意的目标人物是吉川夫人，她已经站在门口与姑父交谈。比肥胖的姑父背影还要肥硕的夫人的身段，首先映入阿延的眼帘。与此同时，夫人那堆满笑容的丰腴的脸庞上的眼睛立刻对准了阿延。然而这一来电的交流一闪即逝，直至互相寒暄时止，双方居然没再互看一眼。

阿延对夫人投去一瞥，不能不对她身边那位年轻的绅士也顺便打量一下。没错，刚才和继子一起在走道上半开玩笑地评论夫人望远镜的时候，就是这位一声不吭的男子吓了她俩一跳，她不由得惊出一身冷汗。

在大家互相进行简单的问候之时，阿延低调地站在人们的身后。终于轮到她的时候，吉川夫人只给阿延介绍了她不认识的三好先生。介绍者吉川夫人所用的语言，对姑父姑母、对继子和自己都一样，毫无变化，直到最后，阿延还是没搞清三好是什么人。

入座时，姑父和夫人挨着坐，另一边是三好先生，姑母的座位在餐桌的一角，继子坐在三好的对面。阿延只能坐在剩下的一张椅子上了，她有点儿踌躇，身旁就是吉川先生，对面又是夫人。

"怎么样？坐吧。"吉川从一旁抬起头催促似的说。

"来，请吧。"夫人轻松地说着，从正面看着她。

"请不必客气地坐吧，大家都已经入座了。"

阿延无奈，坐在夫人的跟前，心中有些郁闷，本想先发制人的，没想到反而受制于人。她原本想让人觉得自己是出于礼节的自谦，看来今后觉得要做的事必须立即行动才是。当她看到完全不同于自己的继子那副纯真的模样时，这种意念就更加坚定了。

继子比平时更老实，轻易不开口说话，老是低着头，可以看出她的态度里有近似痛苦的某种东西。阿延怜悯地看了她一眼，立刻将她那妩媚的眼睛移向眼前的夫人，惯于社交的夫人并不是一个缄默的人。

语调优美的片段对话，在两人之间进行了两三个来回，可是她们的话题没有继续深入的余地，便戛然而止了。阿延想以两个人之间共知的津田为话题，正在迟疑由自己提出是否合适的当口，夫人已经把她撂在一边，转向远处的三好先生了。

"三好先生，可别不说话呀。再说说那边的故事给继子小姐听听啊。"

三好与姑母的交谈正好停顿，他转向夫人，平静地开口说道：

"哎，那我就随意聊聊吧。"

"好，谈什么都行，就是不可不谈。"

她那命令式的话语让大家都笑了起来。

"再谈谈逃离德国的经历就行。"吉川立刻将夫人的命令具体化了。

"逃出德国的故事已经重复讲了许多遍了,最近,我觉得自己比别人迂腐了。"

"就连您那么冷静的人,也有点惊慌失措了吧?"

"说有点儿还是好的,几乎到了不顾一切的地步。连自己都闹不明白。"

"不过,没想过会被杀害吧?"

"是啊。"

三好略显沉潜,吉川马上从一旁插话。

"大概不会想到被杀害的,尤其是你这个人。"

"为什么?是我这个人脸皮厚吗?"

"那倒说不上,因为你是个非常爱惜生命的人。"

继子低着头吃吃窃笑。阿延只知道他是战争爆发前后从德国撤回国内的人。

五三

以三好为中心的留洋故事,一时间谈得热闹非凡。吉川夫人不时巧妙地插话,又引出下文来。阿延默默地观察着夫人的说话技巧,已经看破夫人是如何努力在他们四人面前推出这一位未知的青年绅士。这一位沉静却寡言的青年，在自己毫无察觉之际，就上了对她有好感的夫人花言巧语的当。在众人面前，他从最有利的方面展现自己。

在以上的谈话中，阿延几乎没有捞到任何插嘴的机会，只能顺其自然地处在一个旁听者的地位，这倒也使她增添了评论的力量。夫人那包含着很大成分的坦率和直爽的说话技巧，丝毫没有矫揉造作的痕迹，正在一步一步地获得成功。阿延不能不承认，自己的天性与夫人存在着巨大的差距，那不是上下之间，而是一种平面上的距离。那么是否是"不足惧也"呢？绝非如此。除了她那命令似的态度来源于眼下的优越地位之外，夫人的技巧有时还伴随着一种可怕的破坏力，阿延在心里多少感受到了这种危险。

"或许那是自己的心理作用吧。"

正这么想着，这位夫人突然把注意力转到了她的身上。

"延子在这儿愣着呢，是我说得太多了吧。"

阿延冷不防遭到攻击，有点畏缩。她的智慧在津田面前从来不会在语言上穷于应付，此刻却不知所措了。只有泛起虚无的浅笑填补了刹那间的空虚，然而，那只不过是一种毫无作用的虚伪讨好罢了。

"哪儿呀，我这不正听得津津有味嘛。"阿延追加补充道，连自己也意识到错失了说话的时机，一种再遭败绩的苦涩涌到嘴边。今天本来是想好好博取夫人欢心的，可这一劲头现在已经萎靡。夫人很快便颇显残酷地改变腔调，马上对着冈本说：

"冈本先生从国外归来，已经很久了吧？"

"是啊，反正那是很久以前的事了。"

"很久以前，那究竟是多少年前呀？"

"是啊，那是公元……"

不知是自然还是偶然，姑父现出了一种装模作样的念头。

"是普法战争[1]的时候？"

"别说傻话了。我还记得那时是我陪着你家老爷去的伦敦呢。"

"你们去的不是巴黎吗？"

"开什么玩笑！"

打断了三好先生的留洋故事，夫人把话题转到了与西洋有关的其他方面，吉川理所当然地只能充当起与冈本交谈的对手来了。

"总之，那时候汽车刚刚问世，它从路上驶过，大伙儿都会回过头去观望。"

"嗯，那还是慢吞吞的公共汽车大行其道的年代。"

对于不曾使用过那种慢悠悠的公交车的局外人而言，自然不会引起任何回忆，然而，在回忆起当年的两位当事人心中，还是引发出一种淡淡的感慨。比较着继子与三好的冈本，苦笑着对吉川说：

"我们都老啦。平时一点儿也不察觉，还自以为年轻呢，不时地活蹦乱跳，现在这样坐在年轻姑娘身旁，有点感觉了吧？"

"那么，永远地坐在孩子们身旁就好啦！"姑母冲着姑父说。姑父也立刻回应："说得是，刚从外国回来的时候，这孩

1　指1870年至1871年间发生在法国和普鲁士（德国）之间的战争，结果普鲁士获胜。

子还……"说着，他想了想问，"那时几岁来着？"

姑母没有吭声，一副没有为如此粗心的人回答问题的义务的神情。吉川从一旁插进来说："被叫作'外公、外公'的时间，已经就在眼前了。可别不当回事哟。"

继子红着脸低下了头。夫人马上看着丈夫说：

"不过，冈本先生有一个会计算自己年龄的生命时钟，还算不错。可是与你一路走来，我却没有任何可以用来参考反省的机器，真是没办法啊！"

"可是，你不是永远那么年轻吗？"

所有人都放声大笑起来。

五四

没有他们人多、而且显得比较安静的其他食客，不时看向把舞台看戏放在一旁、只顾快活地交谈的阿延一伙人。那些为了节约时间、有意只吃点简餐的观众，连咖啡也不喝一杯便匆匆地离去，可是，在阿延他们的跟前，新的菜肴接连不断地被端了上来。他们无法中途取下餐巾，也不想做出那么心神不宁的样子。这些人与其说是来看戏，毋宁说是来剧场玩耍，所以任何时候都摆出悠闲自得的派头。

"戏又开演了吗？"

姑父环视了一下忽然清静下来的餐厅，向穿着白制服的男侍发问。男侍在他跟前放下一盘热气腾腾的菜肴，恭敬地回答：

"现在刚开始。"

"行呀，开始也罢。这种时候，动嘴比用眼重要。"

姑父立刻朝带皮的鸡大腿发动攻击，对面的吉川也是位对舞台上演什么毫不介意的人物，他紧随着姑父，大谈起与剧情完全无关的美食来。

"你依旧吃得那么香呀！夫人，冈本君以前比现在吃得更多、身材更胖，他骑在洋人肩上的故事，您想听听吗？"

姑母并不知道，吉川又向继子作同样的提问，继子也不知晓。

"是啊，并不是什么体面的逸闻，肯定隐藏起来了。"

"什么呀？"

姑父终于从菜盘子上抬起头，纳闷地看着对方。这时，吉川夫人插进来说：

"可能因为身体过重，把洋人压垮了吧？"

"要真是那样，倒也值得自豪。可是，他为了观看游行队伍，竟在伦敦民众众目睽睽之下骑在一个大个子男人的肩上。"

姑父还是不笑。

"你在捏造什么呀？那究竟是啥时候的事啊？"

"那是爱德华七世[1]举行加冕典礼时的事。你站在伦敦市长官邸前想看游行队伍，与日本人不同，英国人全都人高马大，你万般无奈，恳求寄宿处的老板让你骑在他肩头上看。"

"别胡说，那是你看错了人。骑在人家肩上的家伙我知道，不是我，是那个猴子。"

---

1 Edward Ⅶ（1841—1910），维多利亚女王的长子，1901 年即位，逝世于 1910 年。

姑父的辩解是认真的，他一本正经的嘴里突然冒出"猴子"一词时，大家都笑了。

"是啊，那家伙可真像猴子。再怎么说英国人高大，骑在上面也不合情理。可那只猴子又显得过分矮小了。"

是明知故错呢，还是从一开始就没闹明白事实真相，总之，吉川是好不容易才找到可以让人理解的词汇，为那个人起上"猴子"的绰号，使一桌人高兴的滑稽余韵在反复地回荡。夫人用半是好奇半是训诫的态度说：

"猴子，到底是在指谁呀？"

"是你不认识的人。"

"夫人，您不必担心。哪怕这猴子今天在场，我们也会表里一致，还管他叫猴子。再说，他也同样管我叫猪，一回事嘛。"

在这些拉拉杂杂的交谈进行的过程中，阿延竟不能成为社交场上的一员担任相应的角色，始终没能得到向夫人展示自己的机会。夫人的眼中并没有她，或者说是在故意回避她，而且特地只朝着隔了一个座位的继子讲话，她是要尽早努力把表妹继子拉到大伙儿视线的中心，这样的用心昭然若揭。不会利用这一点的继子，非但不感谢，反而露出不耐烦的表情，每当她毫无顾忌地显示自己表情的时候，阿延总会在心里把她与自己做一番比较，从而在心灵之湖泛起艳羡的涟漪。

"倘若自己处在表妹的位置上……"

进餐时她时常这么想，之后又对不善交际的表妹暗中怜惜，最后又像往常一样心生轻蔑之意：她是个多么可怜的女人啊！

五五

男人们饭后一支烟抽到白烟灰已有寸把长的时候，他们才撤离餐厅。这时不知谁问了一句"几点啦？"以此为契机，阿延的处境突然发生了变化。在起身前的一瞬间，夫人突然主动与阿延搭话。

"延子啊，津田他怎么样啦？"

夫人突然间一问，不等阿延回答，马上又自己接着说了下去。

"先前我还一直想着要去看看他，看看他，结果变成了随口说说的空话了……"

阿延心想，这番说道实在虚假。这并非出自夫人的说话和神情，按照阿延的说法，应该是颇有根据的一种推断了。她清楚地记得，刚进餐厅给夫人打招呼时自己所说的话，那不是为自己，而是为丈夫说的。一见到夫人，阿延就毕恭毕敬地低头说："津田每次都给您添麻烦。"然而，夫人当时一句话也没有提到津田。阿延觉得，既然自己是同桌的最后一名寒暄者，总有充分的时间可以聊上几句吧。可当时，夫人立刻把脸扭向别处，连两三天前津田登门造访的事情好像也忘得一干二净了。

对于夫人的这种举动，阿延并不认为只是讨厌自己，除此之外，必定还有其他缘由。如若不然，夫人再怎么了不起，也没有当着津田妻子的面，回避津田名字的理由啊。她很清楚，夫人是始终中意自己丈夫的，但是，仅仅因为平时提携丈夫，就要忌惮在他妻子面前谈及她丈夫的事吗？阿延闹不明白，在会餐的过程中，她为了能在夫人面前发挥自己讨人喜爱的女性天性，想尝试从她俩唯一共同关注的津田身上谈起，但最终未获成功。此事一直使她心中十分憋屈。在马上就要离去之时，对方提起这件事来，阿延就不仅仅是对夫人的辩解持有疑问那么简单了，除了表面上的社交辞令，现在才说要去探视丈夫的夫人内心，是否还存在着什么别的意图呢？

"谢谢，托您的福。"

"已经动了手术？"

"是的，就今天。"

"今天？那你还到这种地方来？"

"因为并不是什么严重的疾病。"

"那么，他还躺在病床上啰？"

"是还躺着。"

夫人做出一副"那你就不管他了"的样子，从她那闭口不言的模样上，阿延至少可以做这样的理解。她心想，这位夫人对其他人都表现出一副男子汉的大方豪爽，为什么唯独对自己却判若两人呢？

"他住院了吗？"

"算不上什么医院，正好那位大夫诊所的二楼空关着，所以决定在那儿住上五六天。"

夫人问了医生的名字和地址，没有说是否要去探视，但阿延觉得，她就是为了这一点才特意提起津田的话题的，由此觉得自己多少理解了夫人的真意。

吉川与夫人不同，打一开始就没把津田的事放在心上，这时他开口说话了。

"听他本人说，是去年的疾病拖延到现在。现在还年轻，不能老生病，养病不限于五六天，请告诉他，好好休养，直到痊愈为止。"

阿延道谢。

七人走出餐厅，在走道上分成了两拨。

五六

剩下在戏院的时间，阿延陪着姑母一家人一起太平无事地度过。一门心思盯着舞台的阿延，脑海里冷不防地浮现出身穿棉睡衣躺在病床上的津田的面影，他伏在一本一直在阅读的书上，正远远地眺望着坐在剧场里的阿延。然而，当她喜悦地回眸看他的瞬间，他的眼神又告诉她："不，你可别误会。我只是看看你在干些什么，并非找你有什么事情。"受了欺骗的阿延觉得自己太傻，与此同时，津田的身影像幽灵似的瞬间又消失了。当他再次出现时，阿延对他说："我已经不再考虑你这种人的事了。"而他第三次再出现时，阿延简直感到厌烦了。

进餐厅用餐之前，阿延并没有把丈夫的事放在脑中，要让她自己说，这种不可违抗的心理，完全是晚饭之后的一种全新的感受，她默默地将前后两个不同的自己做了比较。至于这一急剧变化的始作俑者，心中反反复复出现的名字就是吉川夫人。她在寻思：要是今晚不与夫人同桌进餐，这一奇怪的现象绝不会在自己心中产生。但是如果有人问道："夫人在哪一点上成了酿成这杯苦酒的酵母菌，又是怎样渗入你的脑海之中的？"她是难以做出明确答复的。她只是掌握了一点似是而非的材料，就做出了比较明确的判断。她并不担忧因自己材料的不够充分，就去怀疑自身断案的失当。她坚信，所有事情的渊源皆在于吉川夫人。

剧终散场后，他们又回到了茶店。阿延害怕在那儿再次碰到吉川夫人，但同时也想碰到了也好，可以进一步深入地聊聊。不过，在观众们都着急要回家的当口，这种机遇是不会出现的。她其实早就死了这条心，却又怀着好奇心，从"不愿见面"的回避心绪背后不时地探出头来。

幸好茶店之中的局面已经改变，吉川夫妇的身影已消失得无影无踪。冈本穿上带有翻毛皮领子的沉甸甸的厚和服外褂，回头看了看正把手插入大衣袖子的阿延。

"今天去我家住吗？"

"哦，谢谢您。"

去还是不去，阿延一边暧昧地回答，一边微笑着看着姑母。姑母又看着姑父，那表情似乎在说："你倒真够安闲的，太没治了。"姑父不知是否察觉，抑或是察觉之后依然满不在乎，用比先前更认真的语气说道：

"想住的话就去住，不必客气。"

"你让她去住，可人家家里只有女佣在，还等着这孩子回去呢。留她住宿不勉强吗？"

"噢，那倒也是，只有女佣一人在家，那可得多加小心。"

姑父做出一副那就免了罢的模样。当然从一开始起，这就是一个怎么都行的事情，他不过是提一提而已。

"我自从嫁给津田以后，还不曾到府上打扰一个晚上呢！"

"啊，是的。品行端庄，令人感佩。"

"不过，由雄也从未有过外宿的事呀。"

"那就太好了。这叫夫妇情笃，共守忠诚啊……"

"此乃不胜恭喜之至。"继子轻声道出刚才戏中演员的一句台词，之后，或许自己也为这种大胆感到羞怯，微微红了脸。

姑父故意大声喝道："你说什么？"

继子腼腆，装作没听见，快步朝门口走去。大家也跟着走到屋外。

坐车时，姑父对阿延说："你若不去我家住也好。不过，这两三天里请过来一次，我有事想问问你。"

"我也正好有事要向姑父求教，还要感谢您的招待，要是得空，明天就去拜访，好吗？"

"All right（行）！"

四人乘坐的人力车，以这句英文为号令，跑动起来。

五七

冈本家的方向与津田家大致相同，只是路程远一些。阿延坐的橡胶轮人力车跟在三人的车后面，在拐向巷子的那个转角上，阿延从车篷里朝他们嚷嚷，可是他们是否听见就不得而知了。他们的人力车已经穿过了电车路。寂静的巷子里，一种寂寞突然袭上心头，迄今为止一直活跃在集体的行动中，不知怎么搞的竟脱离了大伙儿，落到了圈外。她怀着失去依靠的淡淡的忧伤，来到了自己家的大门前。

女佣听到了隔扇的开门声也没有出来，餐厅里灯火通明，铁壶也不像往常那样发出欢快的啸叫声。房间里与早晨相比没有任何变化，她用不同于早晨的眼光巡视了一遍，微寒的感觉开始拥抱她那颗不安的心。一瞬过后，寂寞转为忐忑不安，这时，她刚想把因欢乐而显得疲惫的身体在长火钵前躺倒放平，又突然冲着厨房"阿时！阿时！"地叫起女佣的名字来，同时打开了厨房边女佣的房门。

在两张榻榻米的中间，阿时摊开了针线活，正孩子气地趴在上面。她猛然抬起头，一看到阿延便立刻站起身来答道："是。"此时，已经松散了的西式发束又碰上了为做针线活而特意放低的灯罩，晃荡的灯泡将灯光弄得四处溢散，更使她显得狼狈不堪。

阿延没有发笑，也不想呵斥她。甚至连要是自己碰到这种场合会怎么办的比较念头也没有，对于阿延而言，虽然眼前的阿时睡眼惺忪，只要人在家里，就大可放心了。

"快关上大门睡吧。边门的铁栓我已插上了。"

打发女佣先睡觉后，阿延并没有换下和服，又坐到了火钵跟前。她机械性地扒开火钵里的炭灰，给将要熄灭的炉火续上新炭，然后烧开了水，这就像家庭生活中不可或缺的大事。然而，在这夜阑人静时独自一人侧耳倾听水壶中开水发出的声响，不知从何而来一种莫名的孤独感，比刚才一回到家时更加剧烈，与平时等待丈夫回家时的焦躁感和寂寥感相比，程度大不相同。她不由得以心灵的窗口之眼怀恋地眺望起躺在医院里的丈夫来。

"到底还是因为你不在家啊。"

她对自己脑海里描绘的丈夫的身影如是说，心想明日理应放下一切先去医院探望。可是过了一会儿，阿延的心就不再紧贴丈夫了，中间似乎隔了某种东西。她的心越想贴近丈夫，那中间的障碍物就越是戳向心房，而且，丈夫还装出一副若无其事的样子。于是，她也半是意气用事地说，那也罢了，便不想再搭理丈夫。

如此一来，她的想象便毫无顾忌地飞向了吉川夫人，如同在剧场里就一度想到过的，倘若今夜不遇上夫人，或许对于自己心爱的丈夫就不会滋生如此不愉快的感觉。

末了，她很想向身在何处的某人倾诉心声，于是又拿出昨夜开了头的写给故乡的信件，想继续写下去。她手执毛笔，除了那些老生常谈的"夫妇和睦度日，敬请放心"之外，居然无法把自己的心思如实写上信笺。那些话当然是自己必须经常对父母亲讲的，可是，今天晚上，只说那些是远远不够的。阿延被脑中缠绕的事折腾得筋疲力竭，终于掷下了手中笔。她脱下身上的和服，钻进被窝。剧场的光景长久地刺激着她处于兴奋状态的头脑，反复变换的色泽晃来晃去，有时十分强烈。她被搞得焦虑不安，终究难以入眠。

五八

　　头搁在枕头上，阿延听到时钟敲了一下，两下，后来就不知到了几点，晨光催她醒来。从防雨套窗中射进来的阳光向她说明，今天显然睡过了头。

　　借着阳光，她瞅着昨夜胡乱脱下的衣服，上装、内衣、长衬衫，堆作一团，完全是脱下来时的样子，散乱地抛在榻榻米上，不分上下里外，活像一个乱扔下的彩色布料团。下方有一条金丝线绣成的带褶的柏扇花纹的腰带，一直拖曳到她触手可及的地方。

　　她不无惊讶地望着这一堆乱糟糟的衣物，心想，这难道就是崇尚一丝不苟并将它作为女德牢记心头的自己的所作所为吗？她觉得自己有点儿可怜，自从嫁给津田以后，还从来没有让丈夫看到过这样的不检点，直到看到今天丈夫并没有与自己同居一室，才松了口气。

　　邋遢之处还不只是衣物，要是丈夫不住院，像平时一样在家，那不管夜里搞到多晚，也不会尽情地睡到这种时候，现在醒了也不立刻起床的她，怎么竟会变得如此慵懒，连自己都会蔑视。

　　话虽这么说，可阿延依旧不肯轻易起床。阿时大概是要弥补昨晚的尴尬场面，在阿延不知晓的情况下已经起来了，她的脚步声从厨房里传来，阿延觉得还算不错，自己却依然赖在暖烘烘的松软被窝中。

接着，刚刚醒来时的自责心渐渐消散，她又觉得再怎么说一个女流之辈，一年之中有个一两次睡睡懒觉也不碍事吧。她的关节舒展了，带着从未有过的悠闲舒畅的心情，庆幸地首次体味着婚后的自由。当她意识到这毕竟是托了丈夫不在家的福，真想好好庆贺一下眼下独居的状况。虽然这样每天与丈夫同床共枕，却从未意识到过去疏忽了的这种束缚已经意外地成了一种负担，这使她感到惊异。当然，这种偶然间的觉醒是不会持久的，当她用这一时获得解放的自由目光嘲笑般地审视昨晚焦虑不安的自己时，她起床了。起来后，她又被另一种心情所左右。

虽然时间晚了点，但是，作为一名主妇，她仍然一如既往漂亮地尽了自己的义务。因为津田不在家，她利用省下的时间，也不麻烦女佣，亲手叠好了自己的衣物，然后简单地打扮了一下，立刻出门去了。阿延没有拐向别处，沿着大街直走了五十来米，进了一个新的公用电话亭。

在那儿，她先后给三人打了电话。第一选择还是津田。不过，躺在病床上无法直接来接电话的他说的话，只能靠别人间接传达。阿延认为他别来无恙，结果并未出乎她的预料。她听到一个护士的声音说"很顺利，没有变化"的佐证。为了了解津田是如何等待自己的心情，她托人问道：今天不去探视是否可以？随后护士带来津田的传言，问为什么？看不见他的脸又听不到他的声音，阿延拿着电话歪着脑袋揣摩，一时难以判断。这种场合，津田并不是非叫她去不可的男人，但是自己真的不去，他又会感到不悦。可自己去了，他真的会感到高兴吗？那也未必。弄得不好，他还会辜负阿延的好意，装模作样地说，这难道不是女人应尽的义务吗？突然想到这一点的阿延，在电话里露出了昨天从吉川夫人身上领悟到的对于丈夫的情感。

"今天我必须到冈本家去，不能去看他了。"

她挂断了医院的电话，马上改打冈本家，询问今天能否上门打扰。最后叫了津田的妹妹，简述了他的现状，又返回家中。

五九

由阿时伺候，阿延吃了早餐中餐合并的午饭，对于阿延来说，这还是婚后的首次体验。津田不在家所引起的变化，给了她一种女王式的崭新的心境，同时，这一反常规的贪得无厌的自由，反而比任何时候都更加束缚了她。身体感受到了安闲，精神却更不平静。她对阿时说：

"老爷不在家，总有点怪怪的感觉。"

"是啊，显得冷清了。"

阿延仍然意犹未尽。

"睡到这么晚起还是第一次吧。"

"是呀。可是平时都起得很早，难得早中饭合在一起吃，也不错吧。"

"没想到老爷一不在家，就变成了这副模样。"

"您说谁呀？"

"就是你呀！"

"哪有的事！"

阿时故意大声嚷嚷起来，比起一个蹩脚的对话者，她更能引起阿延的兴趣。她马上不吱声了。

三十分钟后，阿延在沓脱处穿上外出用的木屐，回头看着到大门口来相送的阿时说：

"多加小心哪，像昨天晚上那样睡着了，太不谨慎哟。"

"今天晚上也会晚回吗？"

阿延没想过何时回来的问题。

"我不想搞到那么晚回来。"

可是她的心里还是觉得，难得丈夫不在家，理应在冈本家好好玩一玩。

"我会尽量早点回来的。"

说完，她就来到大街上，朝约定的方向走去。

冈本家与藤井家的方向大致相同，半道上可以乘坐沿河行驶的电车，到终点站前一两站的地方下车。阿延穿过那儿架设的一座小木桥，又沿着对面的路走了一阵。那条路就是两三天前从酒馆出来后，津田和小林走过的路。当时，他们俩带着各自不同境遇和性格造成的情感，议论了去朝鲜和阿金的问题。津田并没有把交谈内容告诉阿延，她无法想象两人议论的情形，她朝着与他俩相反的方向一心一意地行进，终于登上了去姑父家必经的一条狭长的坡道，冷不防，继子迎面招呼她：

"昨天……"

"上哪儿去？"

"学习呗。"

这位去年从女校毕业的表妹利用业余时间学习各种东西，钢琴、茶道啦，花道、水彩画、烹饪啦，什么都想着尝试。阿延了解她的脾性，一听到她说"去学习"，就想发笑。

"学习啥？足尖舞吗？"

她俩关系亲密，这种幽默话只有局内人懂得。不过在阿延看来，这一笑谈对比自己处境优越的表妹难免带有一点讥讽的意味，然而重要的当事人却毫无那样的感觉。

"何至于……"她这么说着，开心地笑了起来。她的笑容，阿延再敏感，也只能认为是天真无邪的。不过，继子最终也没告诉她自己去何处，学习什么。

"你嘲弄我，讨厌！"

"又开始学什么啦？"

"反正我是贪得无厌，开始学啥我也不明白。"

由于学习上的贪得无厌，她被起了这个异名。这在她家是个公开的事实，最早是她妹妹给起的，很快就在家里传播开来，最近连她自己也满不在乎地用上了。

"等着我，马上就会回来！"

她迈着轻巧的步子快步走下坡道，阿延看着她的背影，心中再次泛起了往日那种既尊敬又轻蔑的情感。

六〇

　　阿延到达冈本家时，偶然在门口发现了姑父的身影，他没有穿外褂，系着一条整幅布条做的兵儿带，在打结的地方倒背着手，正在与身旁挥动铁锹的花匠不停地说着什么。姑父一看到阿延，便马上迎面招呼：

　　"你来啦。现在我正在摆弄庭院呢。"

　　花匠的身边，有一株很大的通草藤蔓缠绕着摆放在地上。

　　"我想让这万年藤的枝蔓爬到庭院的门上去，那样才更好些。"

　　网状竹篱墙的中间有用平头斧子砍出的立柱支撑的蓬门，阿延比较着圆木横梁和立柱说：

　　"哎，把那段矮篱笆拔起来挪到这边来啦？"

　　"嗯，不过在那里另修了一个镶边的带穗竹篱。"

　　姑父近来得闲，按照自己的构思改造住房，不知不觉之中，增加了不少与建筑相关的语汇。可是阿延听到"带穗竹篱"之类的词，难以理解，只好以"咦"的应声来对付。

　　"饭后运动，那才好呢。空着肚子……"

　　"开什么玩笑，姑父呀，现在还在吃午饭之前呢！"

　　姑父拉着阿延，特地从庭院处进入客厅，还大声叫喊姑

137

母：“阿住，阿住！”

“肚子饿坏了，快开饭吧！”

“那刚才你和大家一起吃不就得了。”

“我可不能老合着厨房的便利来用餐。世上的事情，总要分个先后主次，这个你懂吗？”

姑母对于自作自受的丈夫的态度是不以为然的，同时，姑父的说辞也总是老调重弹。仿佛呼吸到了故乡久违的空气，阿延在心里不能不将眼前的这对老夫妇与结婚仅一年、可以说刚刚步入新生活的自己夫妻俩做一比较。自己这对夫妻经历长久的岁月后，发展能像他们俩那么顺当吗？此外，即使能够长久生活在一起，要是双方的性格不合，那么立场是否会始终不变？对于尚属年轻的阿延而言，这还是光用智慧和想象难以解决的疑问。阿延对如今的津田是不满意的，但是，未来的自己，是否也会像姑母现在这样失去青春的光泽呢？这是无法想象的。倘若这是自己将来必定的命运，幻想永远保持青春光环的她，就会在某个时间受到悲惨的打击。如果失去了女人的风韵，却依然苟活在这个世界上，年轻的她就只能看到真正令人恐惧的人生。

姑父做梦也不会想到眼前这位少妇的心中涌现出这等遥不可及的思绪，他盘腿坐在桌上的饭菜跟前，注视着阿延。

“嗨，在愣什么神呀？像在深思什么事情。”

阿延立刻回答：“久违了，让我伺候您吃饭吧。”

可是饭桶并不在那儿，正要起身，姑母叫住了她。

“你想伺候他，可是他吃的是面包。”

女佣端来的盘子里装着黄褐色的烤面包。

"阿延，你姑父这才叫惨哪。生在日本，却无法吃米饭。够可怜的吧？"

姑父有糖尿病，主治医生严禁他摄取过量的淀粉。

"就这样老是吃豆腐。"

姑父的佐餐物是一个人怎么也吃不了的雪白的豆腐，就那么生吃。

看着胖墩墩的、故意做出一脸可怜相的姑父，阿延非但不觉得可怜，反而笑了起来。

"还是绝食的好，姑父那么肥嘟嘟地活着，谁看到都觉得痛苦。"

姑父回头看了姑母一眼。

"阿延原本嘴就厉害，出嫁之后就更老到啦！"

六一

阿延从小由姑父照料长大成人，比其他人更多地了解这位活跃在各种场合的姑父的特点。

他肥胖的身躯与神经并不相称，习惯于蜗居斗室，大半天不说一句话。然而，当他见到什么人的时候，就会天南地北地说个不停，相当直爽。与其说那是他的精力过剩，莫如说是出于对对方的关怀，尽量不想让人觉得不快，同时也避免当着他人的面使自己因拘谨而显得手足无措。正经事以外的交谈，常由一种他平时琢磨过的兴趣做主导。他的这一谈话技巧，被认为颇有成效，为社交做出了有利的贡献，他那天生的诙谐会使交谈大放异彩。而从小就在姑父身边长大的阿延的口才，不知不觉中也受到姑父的影响。在他心情好的时候，以他为对象，用俏皮话耍耍嘴皮子，对阿延来说，成了轻而易举的第二天资。可是，自从嫁给津田之后，她马上改变了这种态度。一开始为谨慎起见尽量控制，少说俏皮话，过了两三个月后居然不会讲了，最后，她只能以与在冈本家时迥然而异的另一个自己来面对丈夫了。对此，她是心有不甘的，还觉得自己这是在欺骗丈夫。偶尔到姑父家来，看到他一成不变的样子，自然令她回想起从前自由自在的情景。阿延望着眼前的姑父，觉得在那盘生豆腐前盘腿而坐、一脸滑稽样的他的面容，犹如以前的纪念品那样令人留恋。

"不过，我那嘴损的习性，还不是姑父培养的？我不记得津田教过什么。"

"哼，那倒未必。"

姑父故意操起江湖人的腔调，看了姑母一眼。而姑母对那类腔调的语言十分厌恶，严禁在家中流行。姑母知道姑父的德行，他说的话引人注目后，会越说越来劲，所以装作没听见，不予搭腔。失去讲话对手的姑父只能又朝向阿延说：

"难道由雄就是那么严肃的人吗？"

阿延不作回答，只是冷冷发笑。

"哈哈，看她在笑，还是过得挺快活呀。"

"什么快活……"

"说什么快活，别佯装不知，这不明摆着嘛。不过，由雄真有那么严肃吗？"

"我可不知道他严不严肃。干吗一本正经地询问此事呢？"

"其实我是自有看法的，就看你怎么回答。"

"噢，真可怕。那我就说啦，就像您观察的那样，由雄的确是个严肃的人。那又怎么啦？"

"真的吗？"

"是的。姑父也真够啰唆的。"

"那我就简单地下个结论吧。要是由雄真像你所说的那么严肃，那么他与你这么嘴损的达人是搞不拢的。"

姑父说着，朝缄默地坐在那儿的姑母翘了翘下巴颏儿。

"要是换作这位姑母，倒是理想的匹敌者。"

一股凄凉的心绪，宛如远处刮来的冷风，忽然震荡着阿延的胸脯，冷不防被悲哀的心情笼罩，连自己都吃了一惊。

"姑父总是那么轻松安闲，真是太好了。"

姑父把自己与津田假设为一对十分相爱的好夫妻，阿延也把姑父半带调侃的玩笑当作即兴说说的无稽之谈一笑了之，却在心里留下了极大的空洞。她无论如何也想弥补这样的空洞，又必须当着人的面表现出自己是一位拥有完美丈夫的妻子。有着这样考虑的阿延，没有向姑父倾诉所有真情的自由。再差那么一点，她就要流泪了。阿延眨了眨眼睛，掩饰过去了。

"再怎么好，毕竟上了年纪，无可奈何呀。阿延，你说呢？"

不管在什么场合，姑母看上去总显得比实际年龄年轻。她那么说着，那双水灵灵的发亮的眼睛望着阿延，阿延无言以对。然而，她并未忘记利用这个大好机会来隐藏自己的感情，所以只是感到有趣似的发出了笑声。

六二

　　相比骨肉至亲的姑母，阿延在心中更喜欢姑父，她始终相信，作为回报，姑父也会对她特别疼爱。对于姑父天生的既洒脱又神经质的心绪，阿延十分理解，自己也能在这两方面完全按照姑父的心思愉悦地行动，而且，对阿延来说，因年轻所带来的灵活性，几乎使她不知道何为痛苦，这些都令姑父欣喜，也为自己带来满足。她觉得姑父总是以欣赏的目光注视着自己的所作所为。有时她甚至感到奇怪，一成不变的姑母的骨气为什么老是那么刚硬。

　　至于应该如何对待异性的修养，这一套她也是从姑父身上学来的。她相信，自己无论嫁给谁，只要把它应用到丈夫身上就必有成效。与津田一起生活以后，才感到情况并不那么简单，开始用"果不其然"的眼光审视起自己有生以来的初次体验。她常常会遇到这样的情况，要么努力使新婚的丈夫变成像姑父那样的人，要么努力将早已定型的自己改造得能够适应丈夫。她的爱情落在津田的身上，而她的同情却倾注在姑父类型的男人身上。这种时候，她觉得姑父是会喜爱自己的，一股自然形成的力量会命令她把所有的事情都一五一十地告诉姑父，但是，阿延固执地违背了这一命令，好歹一直忍到了今天，此刻就更没有进行剖白的勇气了。

阿延就这样一直欺骗着姑父姑母，并自信他们不会对此产生任何疑心。同时，敏感的阿延觉得姑父对津田有着与自己相同的隐秘，想对自己说，又不便说。让阿延说的话，姑父的心思早被识破，他并不喜欢珍重阿延的津田。由于两人之间存在着气质上的差异，即使不把他俩做一比较，这一假设也不难想象，至少结婚后的阿延很快就觉察到了这一点。然而，她还拥有更多的证据。这位姑父看似草率粗放，实则细致缜密；看似大大咧咧，实则机智敏锐；嘴上冷漠，内心温存，与津田初次见面时就已经依据直观印象讨厌他了。他问阿延："你喜欢那种人吗？"其弦外之音是"原来你是讨厌我这样的人"，那时，阿延不由得吃了一惊。可是，当阿延反问"姑父的意见是……"时，他显然已经过了不悦的关卡。

"去吧，只要你想嫁给他，就不必顾忌任何人。"

阿延还有佐证的材料。姑父虽然对自己没说什么，却通过姑母之口，听到了他对津田毫不留情的批评。

"那个人的神情表明：好像整个日本的女人都迷上他似的。"

令人不可思议的是，阿延听到此话后并不感到任何意外。她相信自己会竭尽全力地去爱津田，同时也放心地期待着能得到他的深爱。当她意识到姑父又将照例开始嘴损的时候，她先笑出声来，并独自在心中解释：这种嘴损归根结底来源于嫉妒，因而有点儿得意。姑母在一旁帮腔："他自己年轻时候的自命不凡，全都忘得一干二净了！"

阿延坐在姑父跟前，不能不回想起这些往事。她甚至想到：姑父所说的作为"严肃"的津田之妻，自己与他是不是般配的笑谈，其中是否有着认真实在的意义呢？

"像我所说的那样吧。要不就是幸福。不过，万一有点儿什么，或者暂时什么也没有，以后突然冒出来，那就不客气地统统说清楚。"

阿延读懂了姑父目光中蕴含的慈爱的话语。

六三

用笑声掩饰自己伤感的心情。为了摆脱痛苦，阿延马上当着姑父姑母的面，提出了自己带来的问题。

"昨天的用餐到底是怎么回事？"

她按照约定，还是想要姑父做一番解释。这时，理应回答的姑父却反问她。

"你怎么认为？"

姑父特意在"你"字上加重语气，用一副已经明白她心思的眼神凝视着她。

"不知道，没头没脑地这么问。是吧，姑母？"

姑母微微一笑。

"你姑父对我说过，像你那种稀里糊涂的人是不明白的，阿延就一定知道。她可比你来得机灵。"

阿延只能报以苦笑。她的头脑中当然有着模模糊糊的揣测，但是，现在并没有非让她说不可，又何必自作聪明地插嘴呢。自己所受的教育，处事不该那么轻浮。

　　"我也不明白的。"

　　"那你们猜猜，大致上心里有数吧！"

　　阿延看到姑父的眼色是无论如何也要她先说，经过你一言我一语的几个来回，她终于说出了自己的推测。

　　"是不是相亲啊？"

　　"为什么？你是这样看的？"

　　阿延的推测在得到首肯之前，姑父又反问了两三个问题，最后他才大声笑了起来。

　　"猜对了，对了！还是你比阿住聪明呀。"

　　快活的姑父为这点事也要在她们俩中间分出优劣，阿延和阿住都取笑嘲弄他。

　　"我说，这点事姑母也能想到的吧。"

　　"你受到我的褒奖，难道还不高兴吗？"

　　"嗯，一点儿也不领情。"

　　阿延的脑海里又浮现出吉川夫人大显身手、八面玲珑的模样。

　　"反正我想也就是那么回事。那位夫人自始至终都在拼命抬举继子及三好，真是煞费苦心呀。"

　　"可是，继子来后显得颇不上台面，你想抬举她，她却一个劲儿地退缩，活像纸袋里的小猫。到那种场合，还是阿延那样的人合适，至少能迎合时尚。"

　　"那是因为我脸皮太厚的缘故吧。辨不清人家是在夸我还是在损我。看到继子那么老实温顺，真想学得像她一样。"

阿延如此作答。在她看来，昨夜的宴席是令人不愉快和不满意的，因为没能得到发挥姑父所说的迎合时尚的机会的余地，所以终究是以失败告终的。

"我有什么必要出席呢？"

"你不是继子的表姐吗？"

如果把亲戚作为必须出席的唯一理由，那么除了阿延之外，理应出席的人还不少呢。而且对方不是也只有一人到场，可除了介绍人吉川夫妇外，代表对方的人一个也没有。

"总有点儿奇怪。这么说来，要是津田不生病那么不是也非得以亲戚的身份来出席，否则就不行啰？"

"那是两回事。我是另有用意。"

姑父的用意中包含着让津田和阿延利用昨晚的机会，多方接近吉川夫妇的好意。阿延从姑父口中听明白之后，觉得自己平时认定的姑父的性情果然在此又表现出来了，便暗暗地感谢姑父的关爱。同时，她又不免有所抱怨：既然如此，为什么姑父不想办法促使吉川夫人对自己更亲密些呢？为了使她们接近，特地安排同坐一席用餐，结果，说不定反而比接近之前关系更糟了。阿延这一特殊的心理，姑父是一无所知的。阿延真想批评他，男人无论怎么办事周到，毕竟还是个男人。但是，事情过后，她又觉得，既然姑父不知道自己与吉川夫人之间的微妙关系，那么谁也无可奈何，谁都无法解决问题的。带着叹息，她又萌生了谅解之情。

六四

阿延打算把这个问题先放在一边，试图搞清其他尚未理解的重要问题。

"哦，原来还有这样的用意啊，那我得好好谢谢姑父。不过，除此之外，还有别的吧？"

"或许还有。即使没有了，单凭这一点，我叫你来参加不就有着足够的价值吗？"

"是啊，有是有的。"

阿延只能这样回答。不过，她在心里想，即便如此，那邀请的方式似乎也太过了。姑父还是把最后的招数藏到了心底。

"实际上是想叫你来帮着看看未来的女婿，因为你眼力好才请。你觉得那个男孩怎么样？做继子的丈夫是好还是坏？"

从姑父的日常表现看，阿延难以判断他征求意见多大程度上是认真的。

"嗬，承蒙您给了这样了不起的任务，真是不胜荣光。"

说着，阿延笑着看了看身旁的姑母。但姑母显得格外沉着，阿延立刻降低了调子。

"让我这样的人代为看人，实在有点惶恐不安。就那么坐在一起个把小时，谁也分辨不清的。除非拥有一对千里眼……"

"不，你有具备千里眼般的能力，所以大家都想听听你的意见。"

"你在揶揄我，讨厌！"

阿延故意装出不理睬姑父的样子，可心里却感觉到被人讨好的快感，它来源于相信自己的确会给人那样的印象而产生的自鸣得意。然而，这种自我感觉良好往往立马又会被身边的失意事实打破。作为相反的例证，她不能不马上想到自己的丈夫。结婚之前，阿延一直自信用超级千里眼看透了丈夫的性格，可是结婚以后直到今天，恰似明媚的太阳上有了黑色的斑点，已被错觉和误判的伤痕弄得面目全非，到处是斑驳的污点。经过长时间的体验，自己对丈夫的直觉终究到了需要修正、修补的时刻。在这心中觉得不靠谱的真理面前，她不得不低下头来，她已经不再年轻，不是一经姑父忽悠就会得意忘形的年龄了。

"人嘛，不好好接触，是不可能真正了解的。姑父！"

"这道理难道还要你教吗？谁都知道的。"

"所以嘛，只见一面，是说不出什么意见的。"

"这是男人们的说辞，女人只要看一眼，立刻能发表意见，而且还能说得很到位。我就是要你说说看，让姑父作为参考。不让你负任何责任，尽管放心。"

"可是这太叫人为难了，让人当这种预言家。是吧，姑母？"

姑母这次没有像往常那样帮阿延讲话，不过，也没站在姑父的立场上，既不强迫阿延预测，也不阻止姑父强人所难。她摆出一副愿意洗耳恭听的模样，对于可爱的长女未婚夫的评判，无论多么片面，恐怕也是有其价值的。阿延只能说上一两句左右逢源的话了。

"不是很不错嘛，既年轻又沉稳……"

等着听下文的姑父，因为阿延停了口，便催促地问道："就这些？"

"可是，让我坐在他隔壁，连他的尊容都没好好看清呢。"

"让预言者坐那个位置，也许是有点儿不妥。不过总还是有点看法的吧。不说那些泛泛而谈的观感，最好发挥你的特色，一言中的。"

"这太难了。怎么说也是一面之交，不行的。"

"可是，哪怕是一面之交，倘若非要你说不可，你会怎么说？"

"没法说。"

"没法说？那么你的直觉近来也变得不中用了？"

"是的，自从出嫁以后，直觉渐渐消退，近来变得没了直觉，只有钝感了。"

六五

嘴上的争斗已经反复进行了多个回合，阿延的脑海里，同时并存着其他的想法。

姑父无疑认定自己和津田的夫妇关系是美满和睦的，但是，阿延知道姑父与津田初次见面就不喜欢他，而且之后也不会有所改变。因此，他一定会始终以不可思议的眼光注视自己和津田这对夫妻的。换言之，他的疑问是，为什么阿延这样的女人会爱上津田。姑父对自己的预见性一向很有自信，看错人的不是自己，而是阿延。他始终把这一判断埋在心底，等待着机会向外披露。

"可是，姑父为什么如此执拗地要听取我对三好先生的评论呢？"

阿延难以理解，自己作为一个看错丈夫性格的人，却又在暗地里被姑父指望，她实在不敢无视这一点而去轻诺姑父的要求。无奈之下，她只能以沉默了事。然而，这么多年来在姑父眼中总是毫无顾忌的阿延，此刻她的沉默，实在是近来奇怪的现象。他撇下阿延，朝着姑母说：

"这孩子出嫁以后好像变了个人哪。胆子小了，还是受到丈夫的感化了吧。真是不可思议。"

"这还不是因为你老逼迫人家，老是'说呀''说呀'地盯着催促，谁受得了呀！"

姑母的态度，与其说是责备姑父，莫如说是在袒护阿延。阿延虽然受听，可自己的心中却早已充斥着万千思绪。

"不过，这首先是继子的问题。我觉得，只要继子一句话就可以决定。我这种人不必多插嘴。"

阿延自然回想起当年靠自己选择丈夫的情景。她找到津田后，立刻爱上了他，还马上向监护人提出要嫁给他，得到允诺后就立马出嫁，从头至尾，她始终是主宰自己命运的主人公和责任人。不顾自己的主意，依赖别人的主张，这种事阿延还从未经历过。

"继子妹妹是怎么说的呢？"

"她什么也没说，比你更胆小。"

"重要的当事人都那样，那还有什么办法！"

"嗯，那么胆怯的确没法子。"

"那不是胆怯，而是老实敦厚。"

"不管是什么，总之是没办法。她什么也不说，或许是什么也说不出，无从说起。"

阿延的心中始终摆放着这样的疑问：两个人稀里糊涂地结合在一起，真的能确定和谐的夫妻关系吗？"连我自己的婚姻都是这副德行……"她的脑海里闪现出这样的论理，"毕竟自己的婚姻也同她的大同小异"，那么，这种场合她什么看法也没有，只是直视着前方，不是在发傻，而是感到恐惧。她心里想：姑父是个多么轻松乐天的人哪！

"姑父。"阿延强行睁大茫然眯缝着的眼睛看着他。

"不行，那闺女从一开始就什么也不愿说。本来是想叫你在场帮忙参谋参谋的，说句老实话……"

"可是，我在场又有何作用呢？"

"反正那闺女就是那样恳求我们的。她认为你要比她聪明得多，只要你去了，即便自己不懂，相信事后你一定会为她出点子的。"

"要是您一开始就这样吩咐，我就会留意了。"

"可是那闺女又不让我们说，说是一定要保密。"

"为什么呢？"

阿延朝姑母看了一眼，姑母回答："不好意思呗。"姑父打断了她。

"哪是什么害羞，那丫头觉得，有了成见，就听不到好的评判意见。也就是说，她要听到你的最公正客观的第一印象啊。"

阿延这才理解了姑父强人所难的做法的含义。

六六

在阿延眼里，继子在这个家庭中占有特殊的地位。从关心阿延的利害关系上说，她不如姑母；从趣味相投这一点上说，她又远不及姑父。然而，撇开来自血缘关系的亲和力和基于异性的吸引力，年龄相近的两人却具有极其有利的接触途径。

面对年轻女性动心的种种问题，她们睁大充满兴趣的眼睛，阿延自然而然地要比姑父姑母更易接近继子。这种时候，她的天分当然会优于继子，她的经验又可以成为其前辈。阿延心里明白，至少自己这种人，是会被继子高看一眼的。

这位小崇拜者，习惯把阿延说的所有的话都当真并接受。阿延自己感觉到，她们俩在同一个家庭里共同起居的漫长日子里，不知何时，她已经把那个自恃优越、性情浮夸的表妹改变成温柔灵活的姑娘。

"女人必须一眼就能看透男人。"

阿延说过的话曾经把天真无邪的继子吓了一跳，她还对继子表现出自己就是熟谙此道、独具慧眼的人，于是，继子的惊讶又从艳羡变为赞赏，最后到达接近崇拜的地步。这时，恰巧发生了能够实现阿延自信的她与津田的恋爱事件，宛如一团神秘的烈焰，在继子面前熊熊燃烧起来。对于继子而言，她的话成了永恒的真理。阿延拥有对于普通社会的处世经验，对付继子就更加显得游刃有余了。

阿延对津田的观感，会立刻传达给继子。继子平时没有接触外界的机会，无法耳闻目睹的未知世界全部由阿延给她的间接知识予以弥补，这样就很容易给她塑造一个津田的完美形象。

结婚半年以上，阿延对津田的认识已经有所改变，然而，继子对他的看法仍一成不变。她彻头彻尾地相信阿延，而阿延也不是个自食其言的人，她总是在继子面前标榜自己的先见之明，因而是个能够专享天赐洪福的少数幸运儿之一。

阿延只能让两人过去的这一段关系留存在记忆的舞台上，面对眼前的局面，与其说难堪，毋宁说是不悦，她觉得大伙儿聚在一处，似乎在间接地谴责她，要她快快坦白过去一贯糊里糊涂的弱点，而且，比起自己的"任性"，看上去似乎对方更加心术不正。

"对于自己的过失，只要自己感到痛苦，那就足够了。"

阿延的内心深处，平时就淤积着辩解之词，却又不能向一无所知的姑父姑母及继子全盘托出，倘若让他们知晓真相，那就无异于煽动他们对自己冷嘲热讽，等于搬起石头砸自己的脚。

姑父叫人撤下饭桌，开始咕嘟咕嘟地喝起姑母新沏来的茶水，他不可能知道阿延心中这些翻江倒海般的别扭。姑父眺望着那个远处修整过的庭院，一脸的喜悦，时而与姑母嘀咕上几句，对自己设计的树木与景观石的配置评论一番！

"我想明年在那棵松树旁栽上一棵枫树，从这儿看过去，总觉得那边空落落的，不合适。"

阿延漫不经心地朝姑父手指的地方望去，与隔壁人家毗邻的围墙边的泥土堆得高高的，那茂密的南天嫩竹下，果然如同姑父所说，显得稀疏空落。她早就在暗暗等待改变话题的时机，以此为转折点，一下子变得活络起来。

"是啊，那儿不补上一点，被人当作全是故意插上的小竹子，可不好。"

果然不出阿延的预料。谈话就此改变了方向。然而，当话题再次返回原来的轨道时，却不得不翻越比先前更加险峻的陡坡了。

六七

刚才在大门处挥锹的花匠请姑父外出一趟，就在他离开又返回的时间当口，姑母和阿延谈起了尚未放学的百合子和阿一的情况，她俩偶然之间提起了继子。

"'贪得无厌'鬼该回来了吧。她在干啥呀？"

姑母特地用百合子起的外号称呼继子，阿延立刻想起了她的模样。她在自己被许可的小天地里十分放肆，可是只需跨出一步，立刻会变成一个谨小慎微、畏葸不前的呆子。她在父母监护的家庭笼子里，像只欢快鸣啭的小鸟，一旦打开笼子门放她外出，她反而不知道如何展翅飞翔，如何发声鸣啭了。

"今天她去学什么啦？"

姑母说："你猜猜看。"接着马上正面回答，满足了阿延上坡道时半途中带来的好奇心。可是当阿延听说继子热心去学的竟是外语时，再一次对表妹的贪心感到震惊，心想她怎么样样都学，究竟要干什么。

"不过学点儿外语倒是有点儿特殊意义的。"

姑母这样说，有为女儿辩解的意思，同时也向阿延说明继子的用意。这与她眼下的婚事也有间接的关系。阿延当着姑母之面，只能用钦佩的表情点头表示赞许。

丈夫的兴趣爱好，丈夫职业上妻子能够懂得的东西，在婚前便能够预见并学到手，这一用心对于未婚夫来说肯定是种善意，或者单纯为了取悦丈夫，一定也是一种有效的办法。但是，除此之外，还有许多做人、做妻子的重要的东西等待着继子去学习呢，可是不幸的是，在阿延的脑海中，这一类的学习并不会使女人变得更加美好，却会使她们变得敏感些、狡猾些，将她们打磨得聪明伶俐些。阿延向姑母学习到这些初步的知识，又多亏了姑父，让自己发展到了今天，两位老人对于自己的一手栽培阿延是满意的，常常以欣赏的目光打量自己。

"同样的目光，二老怎样才能对继子表示满意呢？"

姑父姑母从未对表妹的行状表示过任何的不满，这让阿延觉得不可理解。如果勉强做一解释，只能说二老对外甥女和亲生女儿观察的眼光有所不同。这种想法一出现，阿延便觉得窝心，而且这种念头还不时发作，使她揪心。但是，姑父胸无城府，对自己悉心照料，姑母对儿辈公平亲热，总是在不满的火焰燃起前就将它吹灭。阿延用人们看不见的衣袖遮挡住自己羞愧的红脸，同时依然总是用带有疑虑的眼睛，凝视着成为难解之谜的二老的心境。

"不过，继子妹妹真是幸福，不像我这样叫人操心。"

"那闺女比你更叫人操心哪，只是在家里时，你没有可操心的事，所以才那么满不在乎的。"

"可是，我觉得两位老人家在照料我的时候，担心的事太多了。"

"这是因为你和继子……"

姑母话说到一半就停止了，不知道她的下文是什么，在细究她说的话究竟是性格不同呢，还是境遇不同之前，阿延不由得一惊，仿佛撞上了迄今为止从未意识到的东西，引来一阵心惊肉跳。

"昨天我被拉去参加相亲，莫非是让容貌不佳的自己，去陪衬相貌俊俏的表妹？"

这一想法像燧石火一样在脑中倏忽闪亮时，阿延的意志力以超出平时数倍的力量逼迫她，不过，她终于抑制住自己，不动声色。

"继子妹妹真幸运，谁都喜欢她。"

"那也不见得。这也是人各有志吧，那么傻的丫头……"

姑母话音未落，姑父上了过道走廊，他一边大声问道："阿继她怎么啦？"一边回到客厅里。

六八

于是，始终压抑在阿延心中的某种情感一下子又燃烧起来。姑父那永远兴高采烈、精气十足、舒畅乐观的胖嘟嘟的脸，刹那间刺激了阿延。

"姑父真是太坏了。"

她只能没头没脑地说了一句。迄今为止，这一句在二人中间重复了数百遍的老套话，今天的含义可不同寻常，表情也变得特殊了。但是，刚才阿延心中涌起了什么样的大潮，姑父全然不知，他不像平时那么细心，甚至有点儿天真。

"我就有那么坏吗？"

他照例故意装糊涂，若无其事地把烟丝填进旱烟斗里。

"我离开一会儿，你姑母说什么了？"

阿延依然不吱声，姑母马上回答。

"你这个人坏，就是我不说，哪个不清楚。"

"言之有理。阿延是个直觉派，或许是这样。她一眼就能看穿男人怀里藏着多少钱，辨明他是把钱藏在前兜裆布里，还是塞进腰兜的肚脐眼上，你们可千万不要大意哟。"

姑父的玩笑完全没有收到预期的效果，阿延低着头，眉毛和眼睫毛都在颤动，不知什么时候，睫毛梢上已挂满泪水。姑父信口的胡诌也戛然而止。一种不正常的压抑笼罩在三人身上。

"阿延，你怎么啦？"

姑父为了填补沉默的空虚，用烟管刻着烟灰。姑母也设法打起了圆场。

"怎么搞的，真像个孩子。这么点小事还要流泪？这不是很平常的玩笑话吗？"

姑母的抱怨，听上去其实是兼顾姑父面子的尽情分的说辞。只要了解深知两人关系的姑母的立场，那么她的话怎么说都是公允的。这一点阿延很清楚。然而，她越是觉得姑母的责备正确，就越想大哭一场。她的嘴唇颤抖着，难以遏制的眼泪滚滚滴落，接着，冲破了关闭的话匣，边哭边说：

"干吗要那样捉弄我……"

姑父一脸的惶惑。

"没有捉弄你，是在表扬你呢。你嫁给由雄之前，不是有过对他的评论吗？大家都在背后钦佩你呢。所以……"

"够了，那些事您就别提了！总之，是我不该去看戏！"

又沉默了一阵。

"发生了什么意想不到的情况？是姑父的玩笑惹你生气了？"

"不是，全怪我不好！"

"说俏皮话是不好。不过不知道哪儿惹你生气了，所以才问问。"

"所以我不是说了嘛，都是我不好！"

"但是你没说出原委。"

"没有原委。"

"没有原委，只有悲哀啊。"

阿延又哭了起来。姑母一脸的不高兴。

"你这人怎么搞的！变得那么娇气啦。过去在家里时，不管姑父怎么调侃，你从未这样哭过！出嫁后被丈夫一娇宠，马上就变成了这德行，年轻人，这可不好办。"

阿延咬住嘴唇不吭声。姑父倒把所有的责任归结到自己身上，一副可怜兮兮的模样。

"别那么责备她了。是我不好，说笑过头了。我说，阿延哪，是吧？一定是的，好啦好啦，姑父惹你生气，要送你好东西补偿。"

阿延的发作劲头总算过去了，心想，姑父这样把自己当作孩子对待，应该好好化解一下这样的尴尬场面才行。

六九

就在这时，对家中情况一无所知的继子学完外语，一下子露出脸来。

"我回来了。"

三个人正愁没有和解的好方法，忽然看到继子都高兴起来，几乎同时招呼说："欢迎回家。"

"这么晚呀，早就等着你呢。"

"哎，已经等得不耐烦了，都在说继子怎么啦，怎么啦的。"

姑父的态度有点神经质，他想挽回刚才的败绩，显得比平时更开朗。

"说是见到继子后，还有重要的事情要说呢。"

他甚至说出了这种多余的话，把事与愿违的影子反而投到阿延身上，自己却在扬扬得意。

可是，女佣已跪在隔扇门框边告知：洗澡水烧好了。姑父好像突然想起了什么，站起身来。

"我还不能马上去洗澡，庭院里还有一点活儿。……你们可以先去洗。"

他要自己中意的花匠做帮手，为让秋日西斜的残阳晒晒泥土，又下到庭院之中。可是刚到院子里，又回过头来说：

"阿延，去洗个澡，留下吃晚饭。"

说着，刚走出四五米，又折返回来。阿延感慨地望着他，他那操心、忙碌的模样，就是他的特色。

"阿延来了，要不晚上把藤井也请来？"

虽然职业不同，但因为在同一所学校毕业，藤井老早就是姑父的朋友。加上与津田的关系，现在藤井比过去与姑父走得更近。阿延虽然认为那是姑父对自己的好意，却并不因此感到高兴。藤井一家与津田原本就是各自为战，阿延与他们家关系就更加疏远了。

"不过，他能来吗？"姑父说话的神色，反映了阿延的担心。

"近来大家都管我叫'隐居、隐退'的，他的隐居主张，更是由来已久，为我等之辈望尘莫及。我说阿延啊，要是请藤井伯伯来吃饭，你说他会来吗？"

"那我可不知道他会不会来。"

姑母委婉地说了自己的看法。

"大概不会来吧。"

"我看他轻易也不会来的，那就作罢。不过，是否打个电话问一声？"

阿延笑了，"打什么电话，他家没装电话。"

"那就没法子了，派个人去吧。"

不知是嫌写信麻烦，还是舍不得时间，姑父说完，就快步走向庭院。姑母说："那就允许我先去洗个澡吧。"随后就起身离去了。

姑父有洁癖，大家都让着他。只有姑母不买账，不顾忌，照姑父说的先去洗了。姑母的这种态度，阿延是既羡慕又憎恶。一方面觉得那不像一个女人的行为，令人讨厌，另一方面又觉得富有男子汉气势，感到若是自己也能那么做该有多好。转念一想，不对，年龄再大，自己也不想那样做。如同平时那样，两种想法总在阿延心中打架。

她茫然地目送着姑母的背影，只剩下一人的继子突然发出邀请：

"到我房间去吧！"

两人撇下火钵和茶具摊得乱七八糟的客厅，走开了。

七〇

继子的房间，其实就是阿延嫁给津田前居住的房间，坐在并排置放的桌子跟前，当时的心情还残留在墙壁和天花板上。镶有玻璃窗户的小搁板上依然端正地摆放着木雕的人偶，绣有蔷薇花的针线包也一切如故，她俩一起去三越百货商店买来的印有蓝釉蔓草花纹的陶瓷小花瓶也照样放在原处。

阿延把室内环视了一遍，屋内处处洋溢着她与表妹共同度过的处女时代的气息。那充满甜蜜幻想的气息由于得到了津田之后才终于得以实现。那时的她，感情忽然间变成了艳丽的火焰，她不禁在火焰前兴奋地手舞足蹈起来。她觉得，虽然眼睛不能看见，但是因为有了煤气，"啪"的一声就会燃起火焰。她断言：梦想和现实之间不需要设定任何障碍。回首一看，从那时至今，已经半年多过去了，不知不觉之中，她发现幻想依旧停留在幻想的原处，不论到何处，都不可能变成现实，抑或是很难变成现实。为此，阿延的心中满是唉声叹气。

"往昔如同淡淡的梦幻，难道它不是与我渐行渐远了吗？"

带着这样的想法，她打量着坐在跟前的表妹。觉得阿继也会走上与自己相同的道路，弄得不巧，甚至会导致比自己更加失望的未来。这个闺女的命运骰子，完全紧攥在姑父的手心里，撒下后在榻榻米上翻滚几下，或许在今明两天中，就会被永远地定格。

阿延微笑了。

"继子妹妹，今天我来帮你抽个签吧。"

"为啥？"

"不为啥，好玩。"

"光是玩玩没啥意思，要许个愿才行。"

"许什么愿呢？这我可不知道，你自己决定吧。"

继子不肯轻易开口谈结婚问题，阿延胡乱开口谈论也不甚方便，她希望通过间接的方法从某处触及这个问题，其意图是显而易见的。阿延希望让表妹开心，可是，后续若会引起麻烦，当然也不情愿。

"那么我来抽签，你定下愿望。好吗？你的心中总有最想知晓的事，就定它吧。你自己随便定就行。"

阿延夫妇赠送的礼品就放在继子的桌上，她想去取，继子却突然按住了她的手。

"不要嘛。"

阿延并没有缩回手来。

"为啥不要？行了，借我用用。我会抽出你喜欢的上上签。"

阿延对于神签之类的东西并不执着，只是突发奇想地逗逗继子。这是一个很好的媒介，可以让继子想起阿延结婚之前的处女时代。对付体力较弱的人，阿延的腕力像男性一样有力。她把继子按住她的手甩了回去，已经忘记了最初的目的，只是想从桌子上抢到那个神签盒。或许在继子定下愿望前，两人想争夺一番，争夺中的两人不顾一切，同时发出了女性本能的叫喊声，为这场游戏助兴。最终，她们把砚台盒前珍贵的小瓷花瓶打翻，花瓶从紫檀台座子上骨碌碌地滚到榻榻米上，瓶中水洒了一地。两个人这才歇手，默默地凝视着从原先位置上跌落翻转的可爱的小花瓶。随后，再次互打照面，像是猛然受到巨大冲击似的，一起放声大笑起来。

七一

这偶然发生的事让阿延变成了孩子，在津田跟前不曾体会到的自由瞬间复活了，她完全忘记了现在的自己。

"继子，快去拿抹布来。"

"不，是你打翻的，你自己去拿！"

两人故意推诿，故意斗嘴。

"那就划拳决定。"阿延握紧纤细的手，用力杵到继子跟前，继子也马上迎战。宝石戒指发出的光芒在两人之间闪亮，每划一下，姊妹俩都要大笑。

"狡猾。"

"你才狡猾呢。"

最后，阿延输了。泼出的水早就被桌布和榻榻米的草席缝吸干了，她震惊地从衣袖里掏出手巾，覆盖在湿的地方。

"不需要抹布了。这么一盖，就足够了。水已经被吸干了。"

阿延把翻倒的花瓶放回原处，将破碎凋零的花朵小心地插回花瓶，她忘记了刚才的嬉闹，一切回归了平静。可是继子仍然憋不住滑稽，独自一人笑个不停。

嬉闹停止后，继子从腰带里拿出隐藏在套盒里的神签，放到身旁书箱的抽屉里，"咔嚓"一声上了锁，还故意瞅着阿延。

这种无意义的疯闹继子多久都可以持续，可是，阿延却不可长时间持续。虽然一度玩得忘乎所以，但是她还是比表妹清醒得早些。

　　"继子妹妹总那么轻松快活，多好呀！"

　　说着，她回头看了看继子，这句不开罪人的话语，继子并不理解。

　　"那么延子姐姐不快活吗？"

　　继子的语气像是在说，你自己不也挺快活吗？她的反问中夹杂着某种不满：你们谁都别把我当作没见过世面的小姑娘。

　　"你和我总是有所不同吧。"

　　两个人年龄不同，性格不同，但是，所受到的拘束、具有的顾虑有什么不同，继子还从未考虑过。

　　"那延子姐姐有什么担心事，请说来听听。"

　　"我没有担心事。"

　　"你看，那你还不是一样快活吗？"

　　"快活是快活，不过和你的快活相比，还是有点不一样的。"

　　"那又为什么呢？"

　　阿延无法说明，也不想说明。

　　"你很快就会明白的。"

　　"可是延子姐姐和我只差三岁。"

　　继子从未将女性婚前与婚后的差异纳入自己的思考。

　　"这不光是年龄的差别，还有境遇的变化呀。比方说闺女出嫁成为夫人，丈夫去世夫人又成了寡妇。"继子惊诧地看着阿延。

"延子姐姐在家时和去由雄家相比，哪儿快活呀？"

"这……"阿延支支吾吾了。继子不给她寻找答词的余地。

"刚才不是很快活吗，你说呢。"

阿延不得不说："不光是这些……"

"可是津田难道不是你自己热爱的人吗？"

"是啊，所以我是幸福的。"

"幸福不就是快活吗？"

"快活是快活。"

"那么说，尽管快活，还是有担心事？"

"像继子妹妹这样刨根问底地逼问下去，我可受不了啊。"

"我不是逼问，而是闹不明白，才这样问问的。"

七二

她俩的会话渐渐变得紧张起来，不知不觉中扯上了继子的结婚问题。阿延本想千方百计地回避，但已经到了骑虎难下的份儿上，从情理上说，也不能回避了。别说对一个缺少经验的处女谈点她所期待的预言，即便是对男女关系多有见识的年长女性，她也有着提请注意进行告诫的善意。阿延委婉、顺利地度过了交谈过程中的艰险陡坡。

"那可不行。与津田相亲时是我自己的事，我看得清清楚楚。可是轮到别人的事，情况完全不同，那就一点儿也不了解了。"

"你不用那么客气嘛。"

"不是客气。"

"那就是冷漠。"

阿延回答前，稍作停顿。

"继子妹妹，你要知道，女人的眼睛，只有遇到缘分相近的人才灵验，那时候的一秒可建十年之功，也只有那种时间。而且，人的一辈子，这种机会并不多，弄得不巧，一生中一次都摊不上也未可知。所以，我这种人的眼睛与瞎子无异，至少平时是……"

"可是，延子姐姐不是有着一双明亮的眼睛吗？为什么轮到我，你就不肯使一下？"

"不是不使，而是没法使。"

"不过，常言道：旁观者清。你站在局外，应该看得比我公正得多呀。"

"那么，继子妹妹打算靠旁观者的眼睛来决定自己一辈子的命运吗？"

"那倒未必，不过可以作为参考嘛。尤其是对延子姐姐特别信任的我而言。"

阿延再次沉默片刻，然后以不同于刚才的态度说：

"继子妹妹，我刚才已经对你说过，我是幸福的。"

"是啊。"

"你知道我为什么感到幸福吗？"说到这儿，她有所停顿，不等继子开口，她又补充说道，"我的幸福，其实并没有什么其他的意义，只是我使用自己的眼睛选择了丈夫，不是靠旁观者的眼睛嫁人的。你懂吗？"

继子一脸的不安。

"那么，像我这号人，怎么也无望得到幸福啰？"

阿延觉得必须再说上几句，可是一下子又说不上什么。最后，她一下子显得激动起来，不由急切地诉说起来。

"会得到的，会得到的。只要相爱，也要让对方爱上你，只要做到，就大有得到幸福的机会。"

如此陈述的阿延的脑中，只有自己的配偶津田的形象在鲜明地晃动。话是对继子说的，却几乎没有想到三好。幸好继子认定阿延在为自己着想，但也并未因她的这番话引起正面的感动。

"爱谁呀？"继子吃惊地看着阿延的脸，"是昨晚见到的那位先生？"

"谁都没关系。只要爱上一个自己喜欢的人，而且一定得让他也爱上你。"

阿延平时并不外露的倔强劲渐渐露出了锋芒，而温柔的继子却在逐步退却，最终发觉两人之间的鸿沟越来越大时，她才轻轻叹了口气。这时，阿延又抬高了嗓门：

"你在怀疑我讲的话，那是真的。我绝不说谎，真的，你真的会幸福的！明白吗？"

为了让继子首肯，她又自言自语地补充道：

"谁都一样。一个人即便眼下不幸福，只要打定主意，将来也一定会幸福。一定！一定会让大家看到的。继子妹妹，是这样的吧？"

继子并不了解阿延的心意，她茫然地思考，如何将这番预言应用到自己的身上。然而，不管她怎么思索，也还是不解其意。

七三

这时，走廊里传来了急急的脚步声，"哗啦"一声打开隔扇门，放学回家的百合子旁若无人地走进屋来。她取下沉重的书包，放在自己的桌子上，只向姐姐打了个招呼："我回来了。"

她书桌所占的地方，正好位于阿延坐的右侧的一角，阿延嫁给津田后，百合子立刻取而代之，对她而言，表姐走了，可是太大的好事。对此，阿延心知肚明，故意问道：

"百合子呀，我又要来添麻烦了，行吗？"

百合子没说"欢迎"，她把脚跷在桌角上，用手抚摸着大脚趾，那双黑袜子上似乎已经有了一个小洞。然后，把脚放到榻榻米上说道：

"你来住，好哇，只要不是被赶出家门的。"

"哇，好刻薄。"阿延说着笑起来，隔了一会儿，又对百合子说：

"百合子，要是我被津田赶出家门，你能可怜可怜我吗？"

"嗯，那我是会可怜你的。"

"那么，那时就再收留我住这个房间？"

"是啊，"百合子稍稍想了想，"可以让你住，不过，得等到姐姐出嫁之后。"

"不，是在继子出嫁之前哟。"

"在那之前你就被赶出来啦？这个嘛，你还是忍着点吧，尽可能不被赶出来才好啊。我家也有不方便的情况。"

百合子说着，连同两位年长的姐姐一起笑了起来。她连和服裙裤也不脱，就来到火钵旁坐下，接过女佣递来的木质点心托盘，立刻吃起里面的糕饼。

"现在你还能吃八块吗？一见这木碟子我就想起来了。"

阿延想起了自己像百合子那么大小时，一放学回家，就迫不及待地伸出手去抓各自跟前木碟子里的点心，那情景历历在目。继子微笑着看着吃得津津有味的妹妹，好像也会想起从前相同的时光。

"延子姐姐，你现在再吃八块看看。"

"有时能吃，有时吃不下。特地去买么，嫌麻烦，吃家里有的东西，总觉得不像过去那么好吃了。"

"是缺少运动的缘故吧。"

就在两人闲聊期间，百合子已经将木碟里的点心吃得精光。她用驴唇不对马嘴的腔调插进来说："这是真的，我姐姐马上就要当新媳妇了。"

"是嘛，嫁到哪儿去呀？"

"嫁到哪儿还不知道，不过，总是要嫁的。"

"那么，她嫁给谁呢？"

"名字不知道，嫁是肯定的。"

阿延有耐性地问第三遍：

"他是谁呢？"

百合子满不在乎地答道：

"类似由雄先生那样的人吧。姐姐很喜欢由雄先生，她说，由雄先生什么都听阿延姐姐的，是个大好人。她就是那么说的。"

臊红了脸的继子冲向妹妹，妹妹发出怪叫声立刻逃离。

"哟，不好啦，不好啦！"

百合子在门口稍作停留，然后撇下姐姐和阿延，独自逃出了房间。

七四

之后，女佣再次来催吃饭，阿延才和继子一起起身前往。

一家人在明亮的餐室里聚首，先前还在闹别扭，躲到走廊里去不肯轻易外出的阿一，现在也高兴地与姑父说话。

"阿一活像一条狗哇！"百合子特意前来告知时，阿延从这位小妹妹嘴里听说，他曾经张大嘴巴，一口咬住从上方递往他鼻尖旁的点心。

阿延微笑着倾听"活像条狗"的男孩的谈话。

"爸爸，看到彗星，就会碰上什么倒霉事吧？"

"嗯。从前，人们是这样认为的。可是如今科学发达了，已经没有人这么想了。"

"西方呢？"

古代的西方世界是否也存在着同样的迷信，姑父并不知晓。

"西方？西方过去就没有。"

"可是，不是说恺撒[1]大帝死前就出现过彗星吗？"

"噢，是在恺撒被杀之前啊。"姑父只好含糊地搪塞，"那还是古罗马时代的事，与现在说的西方是两回事。"

阿一似乎接受了，不再吭声。可是，他马上又提出第二个问题，它比第一个问题更新奇，还具备三段论法[2]的形式。既然挖井能打出水来，那么地面之下一定有水。既然地面之下是水，那地面就会塌陷。然而，地壳怎么没有塌陷啊？这是他问题的要旨。姑父对此的回答相当地语无伦次，旁观者都觉得煞是好笑。

"你呀，那怎么会塌陷呢？"

"可是，若下面是水，怎么不会塌陷呢？"

"哪有那么简单的事！"

女人们一下子都笑了起来。阿一突然又跳到第三个问题上。

"爸爸，我觉得咱们家要是一艘军舰才好，您说呢？"

"可是爸爸认为，还是普通的住宅要比军舰好。"

"不过，地震一来，住宅不是会倒塌吗？"

"不错，若是军舰，不论多大的地震也倒不了。嚯，这一点我倒没想到。嗯，有道理。"

阿延微笑着看着姑父心悦诚服的脸。刚才他还在说邀请藤井先生来吃饭，这会儿已将此事忘得一干二净了。姑母也是一副若无其事的样子，好像也早已忘掉了。阿延就问阿一：

---

1 盖乌斯·尤利乌斯·恺撒（约公元前100—前44），古罗马共和国末期的政治家、终身独裁者，被布鲁图等共和派暗杀。

2 三段论法指逻辑学中，由大前提（M是P）和小前提（S是M）引出结论（S是P）的推论形式。

"阿一，你和藤井家的真事是同学吧？"

"是啊。"阿一应道，马上谈论起真事，满足了阿延的好奇心。他所说的，只有孩子才说得出来，既有观察、评论，又富有事实。一时间，餐桌上因他而变得热闹起来。

把大伙儿逗笑的真事轶闻中，有以下一段：

有一天放学回家，阿一和他一起观看一个深坑。那个坑是因建筑工程需要而挖掘的，位于道路的中央。深坑上摆放着一根杉树的原木，阿一对真事说："你敢从原木的独木桥上通过，我就给你一百日元。"愣头愣脑的真事背好背囊，穿着那双所谓的长狮毛狗皮靴，一边问："你一准给吗？"一边走上几乎没有平面的滑溜溜的原木开始过桥。阿一一开始看着他，觉得他马上就会掉下去，但后来眼看着他一步步冒险缓缓走近了深坑对面的自己，一下子害怕起来。他扔下走到深坑中途的同学，撒腿开溜了。而真事正一心一意地关注脚下，等走到原木尽头，才发现阿一不知跑到何处去了。好不容易完成这一冒险的真事，希望如约拿到一百日元，但阿一不知何时已逃得无影无踪了。

"这个阿一，可真有点儿小聪明哪。"姑父评价说。

"藤井真事最近好像不大来咱家玩了。"姑母接着说。

七五

两家的孩子是同一学校的同年级学生，又因为阿延的关系，近来冈本和藤井的交际也颇为特别。未来的各种红白喜事，不论愿意与否，都是必须聚首的。平时大家都认为，只要条件许可，双方都应该提供尽量接近的方便。尤其是代表女方利益的冈本家，比藤井家更感到大有必要。再说，冈本姑父具有一般成功人士所具有的圆滑，天生一副擅长交际的乐天派性格。神经质使他害怕遭人误解，特别害怕遭到贫穷阶层认为自己桀骜不驯的误解。为了调养多年来繁忙的工作和学习造成的健康损伤，目前他暂时过着闲散的生活，多有时间上的余裕，将其用来玩弄自己感兴趣的镶嵌工艺，用以消磨时间。他甚至想到要逐步接近迄今为止从未接触过的那些打自己眼前悠然通过的人和物。

由于带着以上复杂的原因，姑父常常会主动跑去藤井家。看上去排外的藤井，虽然不按照"来而不往非礼也"的礼节回访，却也并不显露讨厌的神情，他们倒是相谈甚欢，虽然说不上是推心置腹，不过，互相交流一下各自的内心世界，倒也多少有点儿兴趣。他们俩的精神世界终究是有着奇妙的不同，一位看上去是那么迂阔，而另一位看上去又显得那么高尚，一位认为是片面和卑俗的事情，另一位却觉得应予以实际的考量，还不时有意想不到的新发现。

"那一位嘛，其实就是一个评论家。不过，光靠评论是干不成什么事的。"

阿延不能完全理解评论家的含义，觉得那光是嘴上的功夫，没有实际作用，蒙骗他人而已。"不干些实事，只会说空话的人，对社会有何作用呢？这种人在物质上得不到相当的报酬，因而陷入困境，乃是理所当然的。"她无法再做展开，便微笑着问

174

道："最近您去过藤井家吗？"

"嗯，上次散步回来时顺便去弯了一下，在我疲倦之时，他家正好位于可以歇歇脚的位置上。"

"又聊了些什么有趣的话题？"

"他依然在想那些奇妙的事情。这次他热烈地谈论男人勾引女人，女人勾搭男人。"

"哟，讨厌！"

"真是傻乎乎的，都这把年纪了。"

阿延和姑母表示惊讶地说，而继子干脆把脸扭向另一边。

"不，有奇妙的情况。那位仁兄做了仔细的调查，令人钦佩。他的说法是：不管是什么家庭，总是男孩恋母，女孩则相反，仰慕父亲。这是理所当然的。不过，那还真的是言之有理啊。"

比起有血缘关系的姑母来，阿延更喜欢姑父，她听后认真起来。

"那又是为什么呢？"

"其实是这么回事：男女若不互相吸引，就不可能成为一个健全的人。也就是说，自己有什么缺陷，光靠一个人是无法弥补的。"

阿延一下子兴趣骤减，因为姑父所说的全是自己早就了解的事实。

"不是自古就有阴阳和谐的讲法吗？"

"阴阳和谐虽然是必然的，可是阴阳不合也是必然的。这不是很有趣的事吗？"

"此话怎讲？"

"不是吗？男女之所以互相吸引，是因为各有不同之处。就如我刚才所说。"

"是的。"

"也就是说，这不同之处是不属于自己的，是自己所没有的东西。"

"嗯。"

"那你请看，与自己完全不同的东西，怎么能合为一体呢？经过一段时间，只能分离的。"

姑父说着哈哈大笑起来，仿佛成了阿延的征服者。阿延也并不服输。

"可是，那只是理论上说说的。"

"可是这道理是走到哪儿都行得通的。"

"不对，那算什么道理！总觉得是怪怪的。是藤井叔叔鼓吹的那套歪理。"阿延无法说服姑父，但是又不愿相信姑父所说的，而且，不论在什么情况下都不愿相信。

七六

姑父半开玩笑似的说了各种事情。

如同男人得到女人才能成佛那样，女人也会有了男人才能开悟。然而，这只是结婚之前的善男信女们的真理。一旦结婚成了夫妻，真理突然间发生叛变，摆在我们眼前的事实与过去的正好相反。也就是说，男人不离开女人就无法成佛，女人不离开男人就难以开悟。迄今为止的吸引力转眼之间成了离心力，于是乎，正如自古以来的常言道："男人交男友，女人结女伴。"我想永远相信这句话。其实，人们之所以例举阴阳和合之效，不过是为了对于不久将至的阴阳不合之理的一种领悟罢了……

姑父从头到尾都是在贩卖藤井叔叔的话，阿延实在难以分辨哪些是他自己的想法，哪些是正儿八经的，哪些是开开玩笑的。不善动笔的姑父倒是一位能言善辩的达人，稍有一点可以发挥的，他就能添油加醋，说得天花乱坠。平时所说的警句之类，会不停地从他口中蹦出，阿延越是反对，他就说得越来劲，滔滔不绝毫无止境。阿延不得不见好就收地打住。

"姑父真是太能讲了。"

"要论耍嘴皮，谁也敌不过他，停止吧。我要是再说点儿什么，他就会更加意气用事了。"

"是呀，对我们，这就仿佛是一场故意酝酿的阴阳不合啊。"

阿延和姑母轮流对姑父进行评论之时，姑父却笑吟吟地望着她俩，等到她们说完，他慢慢地宣布说：

"终于认输了吧。既然折服了，那就投降才对。我是不会对失败者穷追猛打的，因为男人还有一个美德就是怜悯弱者，可以这么认为。"

他摆出一副胜利者的神情，起身拉开隔扇门走到室外。煞有介事的脚步声走向书房方向，越离越远。过了一阵返回时，一只手上拿着四五本薄薄的小书。

"唉，阿延，我给你拿来了好东西。你明天上医院，把它们带给由雄吧。"

"是什么呀？"

阿延马上接过书本看着封面。上面是英语的标题，她并不熟练掌握外语，看上去有点吃力，断断续续地念道："诙谐的、读物；英国式的、智慧及其幽默……"

"咦。"

"全是滑稽书籍。俏皮话、谜语，最适合睡觉前阅读，令人感到轻松愉悦。"

"难怪对姑父胃口。"

"对姑父胃口的东西还无妨，由雄再严肃，看到这些还不至于生气吧。"

"怎么会呢……"

"行啦，这也是为了阴阳和合，拿去试试吧。"

阿延谢过，把书放在膝盖上。姑父又把另一只手上拿的纸片递给她。

"这是刚才惹哭你的赔偿金，说好的，顺便一起带走。"

阿延接过纸片之前，就明白那是什么。姑父故意晃动着它。

"阿延，在阴阳不合的时候，此乃最好的药物。这灵丹妙药，一般只要服上一帖，立马见效治愈。"

阿延抬头望着站立的姑父，以柔弱的声音反抗：

"不是阴阳不合，我们是真正的和谐哪。"

"和谐就更好，那时服下，精神会更加健全，身子会更加强壮。总之不论到何处，它都是最好的灵丹妙药。"

阿延从姑父手中接过支票，紧盯着票面的眼中，热泪盈眶。

七七

　　阿延谢绝了姑父叫车为她送行，却难以回断姑父要送她到车站的好意。他们俩并肩沿着长长的坡道下到河岸边。

　　"运动对姑父的病情最为有利，怎么说，走路是最随自己方便的。"

　　姑父胖得爬坡时呼吸短促，痛苦地喘息，那模样令人发笑，他说起话来，仿佛流连忘返。

　　一路上，两人谈起了昨天夜晚的事，阿延提起了阿时趴着打瞌睡的情形，因为她原来是姑父家的女佣，后来来到新婚夫妇的家里，所以姑父作为斡旋介绍的人应负有几分责任。

　　"你姑母很了解她，是个正直的好女人。让她看家正合适，这可以担保。不过独自在家打瞌睡那可不行，太不小心了。念她年龄还小，比较贪睡。"

　　不管怎么年龄小，阿延觉得要是自己也绝不会那么呼呼大睡的。对于姑父的见解，她边听边笑。她打算今天早点回家，不让昨夜的情况重复出现。

　　她急忙乘上驶来的电车，从车厢里对姑父叫了一声"再见"，姑父也说："再见，向由雄问好。"两人这才道别。可是，一种声音和不安马上掌控了她。

在电车上，阿延并没有思考什么完整的事务，反复交替出现在眼前的，是从昨天开始的有关人员的面容和身姿，那些就像自己乘坐的电车车轮那样在飞快地旋转，不过，她在心里承认，在这眼花缭乱的影响中，有一样始终不变的东西，抑或是以这种东西为基础，那些片段性的影像才能在眼前飞转。她想把那东西按定后看个究竟，可是，她的努力很难取得成效。犹如看到了一个个面团子，还没来得及将它们串成一串，就下了电车。

拉开大门口的隔扇门，阿时马上从厨房里跑出来，如阿延所预期的那样说道："您回来啦。"她恭敬地把脑袋贴到榻榻米上，态度显然不同于昨天。阿延把这一切看成是自己教导有方的缘故。

"今天回来得早了吧？"

女佣好像并不觉得怎么早，看到阿延那扬扬得意的神情，才不得已地应道："是啊。"

阿延又退一步说："本想再早一点回家的，无奈现在白天太短。"

她让阿时叠好自己脱下的衣服，问阿时：

"我不在家时，有什么事情吗？"

阿时回答说"没有"，为慎重起见，阿延又问了一遍。

"没人来过吗？"

于是，阿时好像突然想起了什么遗忘的事情似的，提高嗓门答道：

"啊，有人来过，那个叫作小林的先生……"

丈夫的朋友小林，阿延并不是首次听说，她记得曾与他交谈过两三次。但是，阿延不大喜欢那个人，也能理解丈夫为何看不起他。

"他来干啥？"

自己竟说出如此粗俗的话，随后马上又用平常的语调问阿时："他来有什么事吗？"

"他是来取那件外套的。"

因为从未听丈夫说起过，所以阿延完全不解其意。

"外套？谁的外套？"

细心的阿延连连提问，想搞清小林的来意，但那一切都是徒劳的。她越问，阿时越答，二人反而进了迷宫。末了，两人都觉得奇怪的是这小林，而不是她俩，遂放声大笑起来。津田常常爱说的英语"nonsense"（无聊）在阿延的记忆中苏醒了，把小林与这个单词结合起来思考，阿延忍不住感到好笑，任由那滑稽感发作似的在心中涌起，一时竟忘记了电车上带回家来的放心不下的课题。

七八

这天晚上，阿延又给住在京都的双亲写信，前天和昨天一直写写停停，今天她下决心一定要把它写完。阿延的脑中并不只有父母亲在活动。

她心神不宁，为了摆脱心中的不安，她需要把注意力集中在某一点上，急切地希望解决刚才就产生的疑问。总之，她觉得只要给京都写了信，自己无法平静的心情就会安稳下来。

　　阿延提笔，从问候开始，机械性地报告了久疏问候的原委，完后，略作思考。要给京都写信，就得言及自己与津田的关系，那是谁家的父母都最想从新婚的女儿嘴里听到的事情，也是每一位出嫁女必须报告娘家父母的。阿延平时就觉得，撇开这些事，几乎就没有写信的必要了。她手中拿着笔，静心思考自己与津田眼下的关系，究竟在哪些方面发生了怎样的联系。她还没有被逼迫到非将所有事情都如实报告父母的地步，然而，作为嫁给这个男人的妻子，她深切地感受到自己有必要弄弄明白。阿延陷入了沉思，笔头停留在原处一动不动。她甚至忘记了自己停笔的事情，可是，越想搞个明白就越是不得要领。

　　写信之前，她心中总是乱糟糟的，为不安所烦恼，开始动笔后，总算思想集中起来，却又因新的不安而烦恼起来。刚才在电车里闪现的种种影像，汇集在一起向她攻来。从前后比较中发现不同的她，终于找到了使自己烦恼不安的根源。但是，阿延还是没有搞懂那根源的本质，所以只能顺势将它寄托于未来。

　　"今天解决不了，只好明天解决，明天解决不了的，只好后天去解决。后天还解决不了……"这就是她的逻辑，也是她的希望和最后的决心，而且，她已经当着继子的面公开声明过了。

"对象是谁都没有关系，要通过对自己中意的人的忠贞不渝的爱，使得对方也那样爱自己。"

阿延再次在心中发誓，她命令自己的意志要像迄今为止所做的那样安如泰山。

她的心情稍稍轻松了些，再次动笔写信，毫无顾忌地不停地写下能讨父母欢心的津田和自己现今的生活状况，把两人幸福生活中的各种情趣加以描绘，充满激情的笔头在信纸上刷刷地、愉悦地移动，她感到兴致盎然。长长的家书一气呵成，却完全不知道这"一气"相当于多少时间。

最后，她搁下笔来，把自己写好的信重读一遍，支配她手腕的心情，又支配着她的眼睛，因此阿延觉得没有任何地方需要修改和增删，连平时难以书写、使用时必须查一查《言海》词典的记忆模糊的文字也是落笔就算，毫不介意。她只是将因为重要助词用错而导致句子意思不同的地方做了一些修改，便卷好信纸，在心中默默地对收信后的父母说：

"信中所写，从头至尾皆真实。谎话、宽慰、夸张一字没有。若是有人对此怀疑，我就会憎恨他，蔑视他，向他吐唾沫。比起那个人来，只有我最了解自己的真相，我把外表看不见的事实真相也写在信里了，那是此刻只有我才知道的真相，而它又是将来谁都应该知道的真相。我决不会欺骗你们老人家。倘若有人说，我只是为了使你们宽心才写这封信骗人，那他一定是个睁眼瞎，他才是一个撒谎的人！请你们相信我这个写信者吧，因为上帝已经相信了我。"

阿延将信函放在枕边，睡下了。

七九

　　阿延回想起第一次在京都遇见津田的情形。恰逢与父母别后久违的探亲，到家两三天后，父亲就派给她一个差事，要她去五六百米外的津田家送一封信和一本带函套的汉文典籍。父亲患了轻微的神经痛，时卧时起，无所事事。她首次听父亲说，为了病中排遣无聊，常常向津田父亲借点儿书看。送还读过的，再借来新的，这成了阿延的使命。她站在大门口叫开门，大门处矗立着一块很大的屏风，她正站在那儿惊讶地瞅着白纸上乱舞的怪字，从屏风后面跑出来迎接的，既不是女仆，也不是书童，而是像她一样回家探亲的由雄。

　　两人之前从未见过面，阿延是在传闻中知道由雄的。今天早晨，她才从父亲那儿听说他最近要回家探亲，而且已经回到了家中。适逢父亲又想再借新书，为此写下信件，顺便提到了这件事。

　　由雄从阿延手上接过装在函套里的唐书，不知为什么，他久久地凝视着《明诗别裁》[1]那几个庄严字体构成的标题，这样，阿延也只能一直看着凝视书名的由雄。一会儿，他突然抬起头来，立刻发现了注视着自己的她。可是，阿延是在等待着

1　《明诗别裁》即清代沈德潜和周准两人合编的《明诗别裁集》，收录了三百多位明代诗人的作品。

由雄回复，不得已只能那么做。这时由雄说："不巧，父亲现在不在家。"阿延马上就想回去，由雄又叫住她，当着阿延的面，就未经许可地擅自拆开了那封写给他父亲的信。这一随心所欲的举动引起了阿延的注意，觉得太不讲礼貌，却又显得十分果断，使她无法用粗野和无礼等字眼来评价他。

看过来信之后，他让阿延在门口等候，自己进去寻找所要的书籍。然而不幸运的是，由雄并没有找到阿延父亲所要借的书籍。过了十分钟，他又折返回来，对白白让阿延空等表示歉意，说是自己找不到所指定的书籍，等父亲回来后他会送上门去。阿延说这真是不好意思，约定明天自己会再来取书后，就回去了。

当天下午，由雄就特意送来了对方想借的书，正巧又是阿延出面接转，两人再次见面。这一回，两人都已认识对方，由雄手中提着的书籍，重量大约是阿延今天早晨送去那本书的三倍，用印花布的包袱皮裹着，就像拎着一只鸟笼似的。

由雄应邀进屋与阿延父亲攀谈。在阿延看来，与老人的闲聊，年轻人往往很难忍受，然而他一点儿也不感到厌烦，换位思考式地与父亲交谈。他对于自己拿来的书籍一无所知，对于阿延返还的书籍更是一窍不通，说是笔画很多的方块字完全无法读懂，但是，仍然对阿延父亲要借的《吴梅村诗》[1]四个文字的书籍，满书柜地到处寻找，阿延父亲向他表示了深深的谢意。

当时的由雄，在阿延的眼中熠熠生辉，当时的他与现在的他并非二人，却也不是同一人。简单地说，是同一个人变了模样。最初对阿延不感兴趣的他，渐渐地被吸引了，然而，曾经

---

1 《吴梅村诗》是明末清初吴伟业的诗集。

185

被她吸引的由雄，是否又会慢慢地离她而去呢？阿延的疑问几乎成了她的现实。为了消除自己的疑问，她就必须将现实颠倒过来。

八〇

阿延的全身充满了意志力，平时早上醒来时的怯懦今晨全然没有了，她立刻从床铺上跳起，似乎忘记了昨天睡醒后的惰怠。踢开被褥，离开床铺的刹那间，她感到自己的手臂充满了力量，同时，早晨严寒的刺激，又使她那紧绷的肌肉紧缩了一下。

她动手拉开了防雨套窗，看看屋外的模样，发现自己比平时早起了许多，与昨天相反，今晨居然比津田在家时起得还早。不知为什么，这使她感到高兴。作为对昨天慵懒的补偿，也是她感到满意的一个原因。

她自己拾掇好床铺，扫净房间后，坐到了镜台跟前，解开了已经四天没有梳理的发髻。那些被发油搞脏的地方，用梳子疏通两三下，又将梳不通的打结处勉强缩成一个檐发型，一切完成后，开始叫起了女佣。

在做好早饭之前，她和女佣一起劳动，开饭时，女佣说："今天起得太早了。"一无所知的阿时，好像对阿延的早起有点惊异，又好像对自己比女主人起得还要晚感到歉疚。

"今天得去探视老爷呀。"

“要那么早就去吗？”

“是啊，昨天没去，今天要早点去。”

阿延的回答比平时显得委婉沉着，也带有与沉着相反的意气和果断。她的心态自然而然地表现在态度上。

不过，她并不想立刻出门，又与解下和服束袖带、端着盆子的阿时聊了一阵冈本家的事情。阿时觉得自己曾经受过他家的照顾，对这个话题很有兴趣，两人谈得来劲，有的事可以重复说上几遍，津田不在家时尤其如此。这主要是因为，若津田在家，她们这样谈，会导致津田变成局外人的不良后果，而且还会使他产生自己是在吹嘘家境富裕的误解，在经历了一两次偶发的尴尬之后，意识到这一点的阿延，为避免丈夫的不快，早就特别关照阿时要注意这种情形。

“他家小姐还没决定婆家吗？”

“倒是有人来提亲的，还不清楚结果怎样。”

“尽早嫁个好人家，那就好了。”

“大概也快了吧。姑父是个那么性急的人，加上继子与我不同，长得那么漂亮。”

阿时正想说句什么，阿延不愿听到女佣的恭维，自己紧接着又说：

“女人长得不漂亮总是吃亏的，再怎么聪敏，怎么灵活，长相不佳，男人是不会喜欢的。”

“哪有的事。”

阿时不买账地强调，阿延就更加固执己见了。

“这是真的，男人就是那种人！”

“不过，那只是一时的，一上年纪，就不会那样的。”

阿延没有作答，不过她的自信是不会轻易改变的。

"像我这种丑女人，只有期待来世重新投胎了。"

阿时惊愕地瞅着阿延。

"要是太太不漂亮，那我这样的又当怎么说呢？"

阿时的话既是奉承，又是事实。双方达成你知我知的默契，阿延满意地离座起身。

她在更换出客服装的时候，听到有来客的脚步声，大门的门铃响了，传来了那人对外出迎接的阿时说的话："我有点事找太太。"阿延侧耳静听，试图分辨来者是谁。

八一

阿时用衣袖掩住嘴，吃吃地笑着跑进餐厅来，一下子说不出来客的姓名，只得强忍住好笑，在阿延面前憋得难受，费了好大的劲，才勉强说出"小林"一词。

阿延不知道该如何应付这位不速之客，她正在束着厚腰带，无法马上到大门口去，可是，让来客像个催债人那样老站在那儿，也不合礼仪。她站在穿衣镜前，双眉紧蹙，不知所措。万般无奈之中，她跑到门口特地对来客打招呼说："我马上要出门，不能久陪您。"随后将他请进客厅，然而坐定一看，才发现自己与来客并非素不相识，看来也不能一听他说明来意就打发他回去。更何况小林天生就是个最不懂得酌情取舍及客气谦让的人，他明明知道阿延急着出门，却自说自话地认定，只要对方不给自己难堪的脸色看，坐多久都不碍事。

他十分了解津田的疾病，他说这一次得到了一个位置要去朝鲜，这项工作十分重要，将来会大有可为。他还谈到自己被侦探跟踪的事，就发生在那天与津田一起从藤井家回来的晚上，他饶有兴致地瞅着阿延那张惊讶的脸，似乎对自己被侦探跟踪感到相当自豪，还自加说明：大概对方把我当作一个社会主义者了。

他聊的部分内容给脆弱的女子带来了冲击。阿延从未听津田说起过这些，虽然听得心生恐惧，却也受到吸引，将重要的时间忘到脑后。但是，自己也不能老是"是啊、是啊"地没完没了地听下去，最后，只能不得不开口提醒对方尽快说明来意。小林有点不好意思，总算讲述了来意。还是昨晚阿延和阿时大笑不已的那件外套的事。

"津田已跟我说好要送给我的。"

他的打算是去朝鲜之前先来试穿一下外套，如果太不合身，那就趁早先送去修改缝制一下。

阿延立刻想从衣柜底下拿出外套来给他，但是，这件事津田并未对她说起过半句。

"我觉得，他反正是不会再穿了。"她说着，还是有点儿犹豫。她深知丈夫的脾气，对这种事情的处置显得分外严厉，觉得为了一件旧外套，有朝一日被丈夫数落起不是来，实在吃不消。

"没事的，他一定是说过要给您的，不会信口胡诌的。"阿延觉得，若自己不拿出来送给他，那就意味着小林在撒谎。

189

"我喝得酩酊大醉，神志还是清楚的。再有什么事也不会忘记送给我的东西。"

阿延终于下定了决心。

"那就请您稍候。我打个电话去医院询问一下。"

"太太真是办事认真啊。"小林笑道，不过，脸上丝毫看不到阿延担心的不悦表情。

"只是为慎重起见。否则过后遭到他的指责，我可不好办。"

阿延不得不添上这么几句辩解之词，她小心谨慎，不让小林不快。

阿时跑去打公用电话，在等待津田回音的空当，他俩依然对坐着，用闲谈来衔接阿时的回复。然而，这闲聊突现亮点，令阿延那颗毫无期盼的心激动起来。

八二

"津田君近来稳重多了，这完全是受到太太您的影响吧。"

阿延刚要出门，小林没头没脑地这么说了一句。阿延觉得对方毕竟是个客人，便想不痛不痒地回应一句。

"是嘛，可我一点儿也不觉得对他有什么影响。"

"为什么，为什么？津田完全变了个人呀。"

小林的说辞过分夸张，阿延反而想戏弄他几句。但是，优越感不允许她那么干，所以故意默不吱声了。小林对此依然毫无顾忌，他天南地北的一通胡侃，冷不防地又盯住一点紧追不放。

"还是太太的力量无可阻挡呀，不论那是什么男人。像我这样的单身汉，简直无可想象，这里面的原因，究竟是什么？"

阿延最终无法克制地大笑起来。

"是啊，夫妻之间的确有着小林先生琢磨不透的神秘的东西哟。"

"那就请指教一二吧。"

"单身汉学了也没有用啊。"

"可以参考嘛。"

阿延眯缝起的眼睛里放出智慧的光芒。

"那还是您自己娶上一个太太是最好的捷径。"

小林做出挠头的样子。

"娶是想娶一个，就是娶不到哇。"

"为啥？"

"没人肯嫁给我，自然就娶不成啦。"

"我说你呀，日本是女人过剩的国家！可当媳妇的，什么样的都有，到处皆是。"

说罢，阿延觉得有点说过了头，可小林却若无其事，对于平日里早就习惯于更加激烈言辞的他的神经而言，这几乎是毫无感觉的。

"女人再过剩，要是现在是要去私奔的前夕，怕也没有人会跟我走吧？"

听到"私奔"一词，阿延忽然想起了戏剧中男女两人双双出走的情景，她的心中出现了歌舞伎中类似私奔男女的浓艳恋情，看着与此毫无瓜葛的、只是为了讨一件别人穿旧的外套而坐在自己跟前的小林，她微笑了。

"倘若要去私奔，那还是两人一起走的好哇。"

"跟谁呢？"

"那还用说，除了夫人之外还能有谁呀？"

"哎……"小林应了一声便端坐着不吭声了。他的态度完全出乎阿延的意料之外，使她有点儿诧异和可笑。可是，小林却很一本正经，隔了一阵，便用喃喃自语的语调说出了奇妙的话语。

"假如真有那么一位女性肯陪我私奔到朝鲜的天涯海角，我也许就不会成现在这样的怪人了。说实话，我没有老婆，一无所有，也没有父母和朋友，也就是说，我是没有社会的，再说得宽泛一点，甚至可以说，是没有人类的！"

阿延觉得自己有生以来首次碰到这样的人，她从来不曾从任何人的嘴里听到过这样的话，觉得从表面上理解那些话都有困难，更遑论怎样去读懂这个人了，简直是找不到北。于是乎，小林的态度显得更加感慨万端起来。

"太太，我现在只有一个妹妹，此外别无一人，所以我十分珍爱我的妹妹，不知比一般人珍爱多少倍。即便如此，我还是只能抛下她独自前行。无论去什么地方，妹妹都想跟着我去，我却怎么也不能把她带走。与其两个人生活在一起，还莫如分开生活来得安全，被人杀害的危险性也要小些。"

阿延听得有点毛骨悚然，她盼着阿时快快回来，可仍不见她的身影。无奈之下，她只能改变话题，试图逃离这种压抑的氛围。她马上获得了成功，然而却因此又陷入了意料不到的窘境。

八三

当时具有特殊背景的对话，先是从阿延的问话开始的。

"不过，您说的话是真的吗？"

小林一下子改变了刚才颇为痛心的态度，如阿延所想，主动反问：

"什么话？是我刚才说过的话吗？"

"不，不是的。"阿延巧妙地把话头引向岔道上去。

小林只能回到原来的话题上。

"哎，是说过，我说那一定是真的。"

"津田果真有那么大的变化吗？"

"是的，他是变了。"

阿延以一副难以理解的神情看着小林，小林也摆出自己握有确凿证据的样子看着阿延。两人互相对视的过程中，小林的嘴角始终挂着淡淡的笑容，可是最终却因为没能赢得正式欢笑的机会而消失了。阿延摆明的态度是，自己可不会被小林这种人随意耍笑。

"太太，难道您自己没能有所察觉吗？"

这一次是小林主动发起了攻击。阿延确实察觉到丈夫的变化，然而，她察觉到的变化完全是另一方面的，与小林所想的，至少与他说出口的所谓"变化"，简直是南辕北辙的。自从与津田共同生活之后，他的那种变化，从朦胧到逐渐清晰的感觉，经历了一个色调难以辨认的、缓缓移动的微妙过程。如果只是从外表观察，任何敏锐的观察家都无法判明。这一点，现在成了阿延的秘密，自己所爱的人正与自己渐行渐远，现在正在出现的变化，抑或是早在以前就存在差距的悲哀的事实，如今成了她不得不承认的心理变化。这一秘密，小林之流怎么可能知道呢？

"我从来都没有察觉哪。那您觉得他哪儿发生了变化？"

小林放声大笑起来。

"太太您可真会装糊涂，我这种人只能甘拜下风。"

"在装糊涂的难道不是您吗？"

"好，行了。就算是我装吧。不过，我总算了解到太太有如此高明的技巧，所以，津田君才会发生那样的变化，真叫人感到不可思议！"

阿延故意不做搭理，却也未表露出厌烦的情绪，而是现出一副和蔼可亲、泰然自若的神态。小林又往前跨进一步。

"连藤井先生也感到惊讶哟。"

"为什么？"

听到藤井二字，阿延的小眼睛立刻瞄上了小林。明明知道那是小林在试图诓骗，她还是不得不这样反问。

"这是您的手段吧？把津田君紧紧攥在手心里、自由摆布的奇妙手段！"

小林的话说得过分露骨，但是这么说的他似乎半带讨好似的在阿延面前披露自己的想法。阿延装腔作势地回答：

"是嘛，我有那么大的能耐啊。我自己还不知道呢。不过，要是藤井叔父和婶婶那么说，那兴许就是真的。"

"当然是真的！不论是我，还是其他人，都会认为那是真的，可以确信无疑！"

"谢谢！"

阿延用不屑一顾的腔调致谢，语调中包含的苦涩意味，令小林大感意外，他立刻改用宽慰的语气说：

"太太不了解婚前的津田君，所以不会察觉到自己对他的影响……"

"结婚之前，我就了解津田的。"

"不过，再往前，您就不了解了吧？"

"理所当然！"

"可我就很了解那时的他。"

谈话就这样，最终追溯到津田的过去。

八四

能够深入到自己不了解的丈夫的生活领域，对阿延而言肯定是很感兴趣的事，她饶有兴致地听小林诉说。然而，听着听着，便发现他说得不得要领，他的话语中会略去重要的地方。譬如说到两人深夜来到设有警戒线的地方，只是一笔带过，至于之前在何处待到夜深就故意含混过去，绝口不提。要是提问，他就意味深长地笑笑，甚至阿延觉得他那是故意让自己感到着急。

阿延平时就看不上小林，半是依据丈夫对他的评价，半是相信自己对他的直觉。在对他的蔑视中，还有一个不便公开的重要因素，其实在于小林的穷困潦倒和地位低下。担任一个滞销杂志的编辑，在阿延看来，如同没有固定的职业，她眼中的小林，就像是一个没有国籍的、徘徊于社会的漂泊者，一个无家可归、满腹怨言、令人讨嫌、到处彷徨的流浪者。

然而，在对小林的这一轻蔑当中，总是兼带着一种阴森森的感觉。尤其是对不了解另一阶级又缺乏经验的年轻女子而言，这一恐惧心来得更甚，至少，坐在小林跟前的阿延有这种感觉。虽然不能说迄今为止她没有碰到过小林这样贫穷的人，可是，但凡出入冈本家的人，对于自己的身份均有自知之明，知道人们的身份有等级，只能在许可的范围内行事。阿延还不曾遇到过小林这样厚颜无耻的人，他毫无顾忌地接近自己，既没钱又无势，还那么大言不惭，胡乱诅咒上流社会的丑恶。

阿延突然间意识到：今天与我交谈的，并不是平时所认为的那种傻瓜，搞不好就是最棘手的那种老滑头。

当轻蔑中的恐惧感抬头之时，阿延的态度为之一变。于是，小林又哈哈大笑起来，不知道他是看破了这一点呢，还是满不在乎。

"太太想知道的事，还有的是哪。"

"是嘛，今天就到此为止吧。一次听得太多，以后就没啥好期待的了。"

"那倒也是。那今天就此告一段落，让太太过分焦虑不安，引起歇斯底里，那就是我的责任了。津田君是要恨死我的。"

阿延朝身后望去，身后是墙壁。她注视着餐室那头的动静，希望听到阿时带来的消息。可是厨房门口始终是静悄悄的，早该去去就来的阿时，仍然不见回家。

"怎么搞的！"

"马上就会回来的，别担心，她不会迷路的，不要紧的。"

小林坐在那儿并不想动。阿延无奈，只好借口重新沏茶，想起身离席。即使如此，小林仍要阻拦。

"太太，有时间的话，为了解闷，还是接着刚才的话题继续聊聊吧。反正闲聊也罢，静默也罢，对于我这样的酒囊饭袋来说，都是消磨时光，您不必客气。怎么样啊？津田至今还有不少没如实向您诉说的秘密吧？"

"大概有的。"

"啊，如此看来，他还真的不够直率。"

阿延心中一惊，内心对小林的评论不能不首肯，但正因为这样，感情上就更加过不去。她看着小林，心想：这是个多没教养的人哪，完全不懂得自己的身份。小林依旧满不在乎地重复着刚才的话。

"太太，您不知道的事情还多得是哪！"

"有也无妨。"

"不，实际上你想知道的事情还多着哪！"

"有也没关系。"

"这么说吧，您必须知道的事情还有的是哪！那也没关系吗？"

"是的，无所谓。"

八五

　　小林的脸上溢出了讥讽的笑容，那是一副历历在目的胜利者的表情：无论是进还是退，你都在我的掌控之中。他还想无限放大这瞬间的得意，做出要将自己这一状态永远保持下去的样子。

　　"这是个多么卑劣的人呀。"阿延心想，接下去，他俩互相紧盯着对方，还是小林又开口说道：

　　"太太，我本来必须把津田变化的事例说给您听听的，又怕您听了胆怯，那就以后再谈吧。相反，我把津田丝毫未变的地方说给您听，仅供参考。尽管您可能不愿意，我还是一定要说的。怎么样，您要听吗？"

　　阿延冷淡地回答说："悉听尊便。"小林说了声"谢谢"，笑了。

　　"很久以前，我就遭到津田君的蔑视，今天依然如故。刚才我说过，现在津田君已经大有变化，不过，他对我的轻蔑却和过去一样，丝毫不变。如此看来，太太再聪明也无法感化他的。不过，从您的角度看，那也是理所当然的吧。"

　　说到这儿，小林停下话头，目不转睛地看着阿延那张有点尴尬的笑脸，接着说：

“不，我的意思不是要他改变对我的态度，也丝毫没有乞求太太帮助的意思。敬请放心！说实话，我这个人不光是遭到津田君的蔑视，而是所有的人都看不起我，连无聊的女人都在小瞧我，据实而言，整个社会都在蔑视我。”

小林的眼睛一动不动，阿延则无言以对。

“噢……”

“那可是事实。太太您此刻的心里不也这样认为吗？”

“哪有那种傻事！”

“那是您嘴上只能那么说而已。”

“您也太抱有偏见了。”

“哎，或许是偏见，偏见也罢，不偏见也罢，事实总是事实。不过，那就由它去吧。原本天生就是个废物，再怎么被人看不起也无可奈何。对谁都无法怨恨。可是对于被社会持续不断地如此刻薄对待，那个人的心情，您能了解吗？”

小林久久注视着阿延的脸，等待她的回答。可是，阿延已是无话可说，对方的心情一点儿也激不起自己的同情心，那和自己有何相干呢？阿延有自己必须思考的问题，她可不愿意随着小林去展开想象的翅膀。小林看到她的神情，又叫了声“太太”！

“我是为了讨人嫌才来到这个世上的，专说那些别人不爱听的话，专做那些令人讨嫌的事。如若不那样，我就会痛苦得难以忍受，活不下去，就无法让别人承认我的生存意义。我是块废料，无论别人怎么蔑视，我也不可能尽兴地报复。走投无路的我只能心想，还不如让人讨嫌吧，这就是我的心愿。”

当着阿延的面，他描绘出在另一个世界里生活着的心态。

而阿延的心里却是巴不得被所有人钟爱，巴不得力争人人爱自己，尤其对于丈夫，那是必须做到的。这将是这个世界上无一例外地契合所有人的不可违背的法则，这是她早就坚信不疑的。

"太太听了大吃一惊吧。您大概从未遇到过我这样的人，世上真有各式各样的人啊。"

小林多少露出了一吐为快后心情舒畅的神色。

"打刚才起，太太就讨厌我了，心想：可早点回去，早点走吧！可是不知为什么，女佣老也不回来，只能无可奈何地陪我说话。这些我都十分清楚。不过，太太只知我是个令人讨厌的家伙，却不知道我为什么会成为讨厌者的原因，所以我才稍加说明。其实，我也不是一生下来就那么令人讨厌的。不过，太太您是不明白的……"

小林又大声笑了起来。

八六

在这位不可思议的来客面前，阿延的心情变得混乱纠结起来。她一不理解，二不同情，第三怀疑其诚心。反抗、畏惧、轻蔑、纳闷、荒唐、嫌恶、好奇——种种纷乱念头交织在心头，完全理不出一个头绪来，只能导致她陷入不安。最后，阿延问道：

"那么您是在明说，特地到我家来，就是为了惹得我讨厌啰？"

"不，那可不是我的目的，我的目的是来拿那件外套。"

"那么您的意思是在拿外套的同时，顺便气气我。"

"那倒未必，我打算顺其自然地表现天然的自我，我觉得比起太太来，我谈话的技巧太差了。"

"怎么说都行。您最好明确回答我的问题。"

"所以我才说天然自然嘛。我的意思是：我的天然自然的结果，就惹得太太讨厌起我来。"

"也就是说，这就是您的目的？"

"不是目的，也许是夙愿。"

"目的与夙愿有何区别？"

"没有区别吗？"

阿延的小眼睛里射出憎恶的光芒，清楚地表现了"别以为女人就可以随意耍弄"的秉性。

"别生气呀。"小林说，"我只是向太太说明：我绝不是以自己的小心眼试图报复。我想请您理解，上帝命令我做这样一个专门讨人嫌的人，我是万般无奈的。我希望您承认，我并不怀有任何不良的目的，也希望您了解我自己打一开始就是无目的的人。然而，或许上帝是有目的的，或许是上帝为了达到其目的正在奴役我。再说，说不准被如此役使还正是我的夙愿呢。"

小林的思路过于混乱，阿延的头脑也缺乏攻其逻辑破绽的推敲能力，而且也不具备是否能无条件地接受或拒绝别人意见的判断力。但是，抓住小林那挑衅性言论要点的才能还是完全具备的，她马上把他的意见归纳成："那么，您的意思是说：令人讨嫌，无论做到何种程度，您都是绝不承担任何责任的，是吗？"

"唉，正是！那就是我说的要点。"

"多么卑怯啊……"

"哪是卑怯，没有责任就没有卑怯。"

"当然有的！首先我得问问您：您记得我对您做过什么坏事吗？您说说看。"

"太太呀，我可是一个被社会当作无国籍的人士哪。"

"那与我和津田又有何相干？"

小林笑了起来，仿佛在说，这正是我等待你说的话。

"在太太您看来，或许是毫不相干，可在我看来，那关系真是太大啦！"

"此话怎讲？"

冷不防小林停止了回答，摆出一副将此问题作为回家作业，你去好好思考吧的表情，默默地抽起烟来。阿延更加感到不悦，甚至想下逐客令：你差不多可以回去了！同时，她又想探明小林那句话的含义。看穿阿延的心思，故意不当一回事镇定自若的小林的态度又使她十分生气。就在此时，盼望等待已久的阿时终于回来了，阿延心中的芥蒂，尚未等到机会发泄就不得不告吹了。

八七

阿时坐在走廊上，从外面拉开了隔扇门。

"我回来了，太晚了。我坐电车去了医院。"

阿延脸上有几分愠怒，看着阿时。

"你没打电话吗？"

"不，我打了。"

"电话不通吗？"

反复问答之后，阿延终于搞清了阿时跑去医院的原因。——起初是电话不通，最后电话是通了，但办不成事情。她想叫出护士来，让她转告津田，可是连这一想法都无法实现。来接电话的尽是青年学生和配药员，对他们一说，对方却不得要领。首先是他们言语不清，即便听清了，他们的回话也是牛头不对马嘴，总之，那些人好像不愿意把阿时托他们的事转告津田。阿时无奈，走出公用电话亭，又不愿意事情未办成就回家，于是顺便上了电车到医院去了。

"我是先想回家对您说一声再去的，又觉得那更会耽搁时间，客人正这样等着，所以……"

阿时的话是有道理的，阿延理应感谢她。可是，她一想到由于阿时的耽搁，受到小林那么久的令人不悦的作弄，反而感到这个机灵的女佣太可恨了。

她起身走进饭厅，走到镶有闪亮铜拉环的衣橱边，拉开了最下面的抽屉，从里面取出那件成为问题的外套，放到小林跟前。

"就是这一件吧。"

"是的。"小林立刻接过外套，以旧货店收购人员观察物品的眼神反复打量着。

"比想象的还要脏啊！"

阿延心想，送给你还不够啊！不过，她没有作声，只是看着外套。如小林所说，衣服的确有点褪色，与翻过衣领没经太阳晒过的部分相比，色差十分明显。

"反正是白拿的，我就不再苛求了。"

"要是您不满意，那就别勉强。"

"您的意思是叫我放下？"

"是啊。"

小林还是不愿放手，阿延心中感到痛快。

"太太，我就在这儿穿上试试，可以吗？"

"唉，可以，可以！"

阿延故意正话反说，她坐着不动，以嘲讽的目光看着小林，他正迫不及待把手臂伸进外套紧巴巴的袖子。

"怎么样？"小林边问，边将背脊朝向阿延，外套身后有几条难看的褶皱映入阿延的眼帘，本来应该提醒他去熨一下的，可是她又反过来说：

"正合适呀！"

没有任何旁人在跟前，对于无法当面取笑一下小林背上出现的滑稽模样，阿延还心有不甘。

小林一个急转身，没脱下外套，就一下子盘腿坐在阿延面前。

"太太，人不管穿上什么奇装异服遭人耻笑，还是能活下去的！"

"是吗？"阿延立刻闭上了嘴。

"对于无忧无虑的太太而言，恐怕不解其意吧？"

"是嘛。我倒认为与其活着遭人耻笑，莫如死了的好！"

小林没作回答。不过，他又突然说道："谢谢。托您的福，这个冬天我还能苟活。"

他站起身，阿延也站了起来。两人一前一后走出客厅来到走廊上，小林冷不防回头说：

"太太，既然您那么认为，那就务请多加留神，千万别让他人耻笑哟！"

八八

两个人的脸相距不到一尺，阿延正想往前，而小林向后转的时候，双方必须同时停止动作。两人四目以对，面面相觑。

这时，小林的两道粗粗的浓眉更加显眼地闯入了阿延的眼帘，他那黑色的双眸也盯着她一动不动。这究竟说明了什么？只能靠自己的力量去解释。阿延说：

"多管闲事！我没有接受您提醒的必要。"

"未必没有必要吧。您大概想说，还不曾接受过我的提醒，那只能说明您是一位了不起的贵妇人，不过嘛……"

"够了！您快回吧。"

小林没有应答，交谈在咫尺之间进行。

"可是，我要说的是津田君的事情。"

"津田又怎么啦？要是我是贵妇人，您不能说津田就不是绅士吧？"

"我不知道绅士是什么，首先我并不承认社会上存在这一阶级。"

"承不承认，那是您的自由。不过，您说津田怎么啦？"

"您想听吗？"

闪电般的锐利的目光从阿延的小眼睛里迸出。

"津田是我的丈夫。"

"是啊，所以您才想听吧。"

阿延在咬牙切齿。

"快回吧。"

"哎，我走，我这就回去。"小林说罢立刻转身，沿着走廊朝大门方向走了两步，离开阿延。看着他的背影，阿延觉得难以忍受，于是又叫住了他。

"等等！"

"怎么啦？"

小林慢慢站停，把两只手从过长的大衣袖口里伸到前面，欣赏了一下自己漫画式的形象，冷冷地望着阿延发笑。阿延的话音依然犀利。

"为什么就这样不吭声地走了？"

"刚才我已经道过谢了。"

"我不是指大衣。"

小林佯装不知，做出一副落魄的模样。阿延呵责："你有当着我的面把话说明白的义务！"

"什么话呀？"

"有关津田的。他是我的丈夫，既然在他的妻子面前拐弯抹角地说了怀疑他人格的话语，那把事情说说清楚，难道不是你的义务吗？"

"若是我不同意，顶多取消刚才的话。我这个人嘛，什么义务啦，责任啦，不大有感觉的，所以恐怕难以按照您的要求说清。同时，我这个不知耻辱的人取消自己说过的话本来也是一件无所谓的事。那好，我就取消对津田的失言，而且向您致歉。这样行了吧。"

阿延沉默不语，小林在她跟前姿势端正地说：

"我再次声明：津田君是个人格出众的人，是位绅士（倘若社会上有这么个特别的阶级的话）。"

阿延依然看着地面没有吭声。小林继续说："我刚才提醒太太，留神别被别人耻笑。可您回应我说，没有接受我提醒的必要。所以，后面的话我只好不再开口说了。想来那也是我的失言，也一同予以取消。其他的话若是有拂尊意的，统统取消。都算我的失言。"

说罢，小林在沓脱处穿上自己的鞋子，拉开隔扇门走到外面。最后，他还回头说了声"太太，再见！"

阿延只是默默地颔首回礼，然后久久地站在原地。随后，她突然跑上楼，在津田的书桌前一屁股坐下，"哇"的一声，伏在桌上大哭起来。

八九

幸好阿时没有从楼下上来，阿延才得以肆无忌惮地哭泣，她捂着脸哭了个畅快，待到尽情地哭停时，眼泪也自然而然地干了。

她将濡湿的手巾塞进和服袖袋，猛地打开了书桌的抽屉，眼睛一一扫视了两只抽屉，却没有看到任何新奇的东西。那也是有道理的。两三天前津田要去住院时，阿延在归整他的日用品时已经检查过了抽屉。她看到留下的信封、尺子、会费收据后，又再次一一将它们放好。那石印版的广告小册子上印着巴拿马凉帽和麦秸草帽，使她想起了两人去银座购物时那个初夏的傍晚。那时为了购买夏季用遮阳帽转进一家店中，津田要来了这份样品说明书。红彤彤盛开的日比谷公园的杜鹃花，尽头处可以远望霞关的大街一旁，高高柳树下的婆娑幽影，宛如难以忘怀的联想浮现在阿延的脑海之中。她面对敞开的抽屉，一时陷入了沉思，随后又突然想起什么似的，"砰"地关上了抽屉。

书桌旁有一只同样以多根粗线条构成的书橱，橱上也有两只抽屉。阿延放下书桌，马上转向了书橱，当她的手搭上拉手试图拉开它们时，两只抽屉竟自然地滑了出来，阿延尚未查看里面的东西，便失望了。手上没感觉的地方，是不可能有什么新发现的。她胡乱地翻动着类似旧笔记本之类的东西，一一细读是不可能的，也无法想象那些笔记本中会潜藏着自己想要知道的事情。她深知丈夫那种小心周到的性格，他只会将那些无须特别保密的东西随意放在那儿，这就是谨小慎微的他的天性。

阿延又拉开橱门，看看是否有上了锁的东西，但是，橱柜里一无所有。上面只是堆放着一些煞风景的破破烂烂的无用之物，下面则放满了盛衣箱。

阿延回到书桌跟前，从放在桌上的信札中抽出给津田的信件，一封一封地查看。她认为那些信中不会有什么可疑之处，不过，对那几封初次见到的、尚未触碰过的书信，她觉得还是有必要看上一眼，于是，集中注意力，盯着那些信看了一阵，最终在为了以防万一的理由支配下，动起手来。

信封被一个个地掏空，里面的内容按顺序展开。有的读了四分之一，有的读到一半，剩下的是全文默读。随后，她又按照原先的模样和顺序，放回原处。

阿延的心中突然燃起了怀疑的烈焰，津田曾经把一叠旧书信浇上油，在院子里一把火烧了个精光的情形，又历历在目地呈现在她的眼前。当时，津田惊恐地用竹棍去按住随着火焰飞腾而起的纸片。那是秋风乍起、初寒袭人的季节，一个星期天的早晨，两人面对面吃完早餐不到五分钟后发生的事情。津田放下筷子，马上从楼上夹着一个细绳子捆好的小包，突然从厨房门口绕到庭院里，紧接着用火点燃。阿延来到走廊上时，见厚厚的小包上半段已经烧焦，可以依稀看到里面所装的信件。阿延问津田为什么要烧掉它们，他回答说，因为堆积太多不好处理。阿延又问，那为什么不把它们当作废纸，留在梳头时派派用场。津田未作回答，只是胡乱用竹棍戳向从下面泛起的书信。每次按住信件时，不见明火的浓烟从竹棍头部升腾而起，盘旋的烟雾遮掩了青竹棍的根部，同时也笼罩了那些没被竹棍压住的信件。津田被烟雾呛得背过脸去，不看阿延……

阿延像一个纹丝不动的人偶，久久地呆坐着，直到阿时来催促她吃午饭。

九〇

　　不知不觉之中，时间已过了中午。阿延在阿时的伺候下独自用餐，平时津田去公司上班不在家时，她们俩每天都是这样过的。可是今天阿延与往日不同，她的表情有点僵硬，而且心潮起伏，心绪不宁。连准备外出换好的衣物也格外增添了她不安的心情。

　　倘若自己面临的问题，阿时绝口不提的话，阿延或许会一声不吭地吃完午饭。其实，她连饭都不想吃，又不愿让阿时产生疑问，所以才做个样子吃完午饭。

　　阿时好像也有所顾忌，故意抑制说话。直到阿延放下筷子，她这才问了句"您怎么啦？"她只听到"没什么"的回答，便立刻收拾好饭桌去了厨房。

　　"真是非常对不起。"

　　阿时为自己独断独行地去了医院道歉。阿延则有自己想问她的事情。

　　"刚才的谈话声很响吧，你的房间里也能听到吧？"

　　"没有。"

　　阿延不信的眼神注视着阿时，仿佛要回避似的，她马上说：

　　"那位客人也太……"

阿延什么也不说，只是静待下文。阿时只得继续往下说，两人的谈话也就以此为开端进行下去了。

　　"老爷好像吃了一惊，说：'他太不像话。我又没叫他去取，连招呼也不打一声，就直接跑去找太太要。而且，他明明知道我在住院。'"

　　阿延露出轻蔑的微笑，可是并未发表自己的议论。

　　"他没说些别的什么吗？"

　　"老爷说：'把大衣给他，叫他快滚。'后来他又问我太太是否跟他谈了话？我答道，谈了。老爷的表情十分不高兴。"

　　"是吗，就这些？"

　　"不，他还问谈了些什么？"

　　"那你怎么回答的？"

　　"因为我没法回答，所以就说不知道。"

　　"后来呢？"

　　"老爷还是不高兴，说让那家伙随意进入家门是一个错误……"

　　"他那么说呀。不过，毕竟是过去的老朋友，我又有什么办法呢？"

　　"所以我也这样说了。何况太太正在换衣服，也不能立刻到门口去迎候，才万般无奈地让他进了门。"

　　"就是嘛。接下去？"

　　"接下去，老爷奚落我说：'正因为你过去在冈本家待过，所以碰到太太的事，总要热心地为她辩护，我很感激。'"

　　阿延苦笑。

　　"真是对不起你了。还有吗？"

"还有，老爷还问，小林喝过酒了吗？我说没有注意，不过，现在又不是正月里，哪有大清早就喝得醉醺醺跑到别人家去做客的人！"

"你是说他没喝醉吗？"

"是的。"

看到阿延那模样好像还等着往下听，阿时也并没有就此打住话头。

"老爷吩咐说，回家后好好跟太太说说。"

"说什么呀？"

"那个小林是个不知道会说些什么的家伙，尤其是他喝醉时，是相当危险的人物。所以，不管他说什么，都不要去搭理他。只要认为他是一派胡言就行了。"

"是啊。"阿延不想再说什么，阿时一个人在那里笑个不停。

"堀先生的太太也在一旁笑着呢。"

阿延这才知道津田的妹妹今天上午也去医院探视了。

九一

比阿延大一岁的津田妹妹，已经是两个孩子的母亲了。大儿子四年前出生，单是做母亲的事实，就足以唤醒她的觉悟，四年来，她的一颗心任何时候都是一颗妈妈的心，没有一天不是的。

她的丈夫是个喜欢玩乐的人，因此具有这类人身上常见的豁达气度。自己自由自在地到处游玩，也从不给妻子脸色看，当然也不会频施怜爱。他就是以这种态度对待阿秀的，并自以为得意，觉得那是靠平时修身养性的积累才能到达的境界。若说他的词典之中有"人生观"这样正儿八经的词汇，那么首先应该解释为凡事均采取适可而止、一笑了之的态度，从不执着贪恋。他要悠然自得、懒懒散散、大气恬淡、善良大度地在人世间漫步，这就是他所谓的"通"。由于他在金钱方面有足够的自由，因此能将这套做派持续至今。而且无论到哪儿，他都不会感到不满，这样的好业绩更使他一天比一天乐观。他有谁都喜欢自己的自信，也一心认为阿秀也喜欢他。事实上，阿秀对他并不讨厌。

因容貌姣好而被求娶，嫁到堀家的阿秀，之后才知道丈夫的性格，也终于理解了他海量豪饮、酒肉穿肠的志趣。如此这般无拘无束的男人，能说出为何非得娶自己为妻的正经理由吗？连这样的疑问，也在稀里糊涂的日常生活中消失了。阿秀不如阿延坚忍不拔，还不等明白做妻子的含义，就从丈夫身上将一个妻子的兴趣挪走，把首次成为母亲的明亮目光完全投射到新生儿的身上。

阿秀不同于阿延的地方还不仅是这一点，阿延的小家庭只有夫妇两人，双方的家人都远在京都。与此相反，堀先生的母亲还在，弟弟妹妹也一起生活，还有亲戚寄食者的拖累。于是，阿秀很自然地，就不能光考虑丈夫一个人的事情。尤其对婆婆，她必须付出许多不为人知的操心和辛劳。

阿秀长得俊美，从外表看，她永远那么年轻，比起小她一岁的阿延看上去还要年轻，怎么也看不出她已经是个四岁孩子的妈妈。然而，在与阿延不同的家庭环境中度过了四五年光阴的她，得到了与阿延不同的生活感受，不仅年龄上不比阿延年轻，从某种意义上说，的确比阿延还显得苍老，这不是指她的言行举止，而是说心灵的衰老，也就是因家庭所累造成的。

阿秀难免要用这种养家糊口的眼光来看待兄嫂，所以多有不满。这种不满导致她一碰到什么事情，就与京都的父母站在一条战线上，而且，她会尽量避免与哥哥发生冲突。她还觉得若是与嫂子发生龃龉，甚至比直接冒犯哥哥还要不好，所以平时格外小心谨慎，可是心里却正好相反。比起啰唆的哥哥，对于不爱讲话的嫂子有着更多的质疑和责难。阿秀老是觉得，要是哥哥不同这么追求时髦的女人结婚才好。其实这只是对于兄长的一种偏袒，她从未想到这也是对于嫂子的苛求。

阿秀自以为十分清楚自己的地位，她意识到虽然兄嫂夫妇不至于对自己避之不及，但也绝非怀有好感。但是，她的头脑之中也压根儿没有要改变立场的想法。首先，正因为兄嫂讨厌自己，自己就不会改变自己。要是自己讨厌起自己的立场，那就等于在厌恶自己。其次，是正确的意识在起作用，她的主张是：不论怎么讨嫌，只要想到是为了哥哥，也全不在乎。第三，不能不将此归结于自己讨厌喜好时髦的阿延。她的手头比阿延宽裕，也比阿延舍得花钱，然而，为什么不如自己的阿延反而会不喜欢呢？对阿秀而言，这完全不成问题，可是阿秀上有婆婆，而阿延除了丈夫之外，一切都由自己做主。阿秀对于由此问题造成的相关差异，连想都没有想过。

阿延让阿秀打电话了解津田住院的情况，而第二天阿秀就赶到医院探望兄长，比阿时还早一个小时到医院，那时正是小林到家里索要大衣，走进津田家客厅的时候。

九二

津田昨晚睡得不好，早晨护士送来早饭，他只是稍稍吃了一点，又仰面躺下，为了弥补昨夜的缺觉，合上了沉重的眼皮。阿秀进入病房正是他迷迷糊糊进入半睡状态的时候。他被隔扇门的开门声惊醒，正好与阿秀打了照面，阿秀体谅病人正在休息，特意轻轻地拉开隔扇门。

这种场合下，兄妹双方都不会做出向对方示好的表现，也不会流露出高兴的神色。在他们看来，这一套无非是陈腐透顶的社交形式，一种近乎虚伪的努力罢了。他们兄妹之间有一种默契，只有他们兄妹之间才能成立，而在他们以外的他人之间是难以行得通的。一般人为了互相给对方留下或试图留下好的印象，而尽量做出表面的虚礼，那是他们不愿做的，莫如免去那些骗人的客套，以不违背良心的真实面貌相对而坐，哪怕并不开口交谈。兄妹俩多年来已经养成了这种无声交谈的习惯，所谓不违背良心的表情，其实不过是没有亲切感的冷淡面容而已。

首先，他俩作为一般的兄妹，关系是十分亲密的，因此从不需要客套的角度说，免除那些朴实的客套并不难做到；其次，他俩之间总是还有些不甚合拍的地方，这就是祸根，只要一见面，双方都不愿主动搭理。

一不留神抬起头看到阿秀的津田，眼中正好表现出来自上述双重含义的怠惰和冷淡，仿佛在等待什么似的，将抬起的脑袋又放回了枕头。阿秀也只管自顾自的，不打招呼，悄悄地走进了病房。

她先是看了看枕头边上的餐盘，好像有点不干不净的：横倒的牛奶瓶下，有一只已被压碎了壳的鸡蛋，旁边一只留有齿痕的吃剩的烤面包，还有一只没吃过的面包干干净净地放在盘子里，鸡蛋也剩下一只。

"哥哥，你这就算是吃完了？还要吃吗？"

实际上，津田放置物品的习惯是以拿取方便为原则，因此看上去显得邋遢。

"已经吃完了！"

阿秀皱着眉头，将餐盘送到楼梯口。护士好像不得空，任由哥哥吃剩的早餐乱放在枕边。这对于将自己家里打扫得一干二净后出门的阿秀而言，实在有点看不下去。

"真脏乱。"也不算抱怨，她自言自语地回到原先的座位上，津田依然沉默不语，不予搭理。

"你怎么知道我在这儿？"

"是有电话来通知我的。"

"阿延打的？"

"是的。"

"我叫她不要打的。"

接下来是阿秀不言语了。

"本想立刻就来的，可不巧昨天正好有点事……"

说完这一句，她又不吭声了。结婚之后，不知从什么时候起，她养成了这种话说半句的习惯，导致有时津田也觉得纳闷，不时将其解释为"一嫁人，连哥哥都成了外人"。不过，再一联想到自己夫妇间的关系，又觉得不无道理，当然，津田也不是不可理喻的人。他反倒暗中希望阿延也能以妹妹的态度对外打交道，可是，阿秀用这样的态度对待自己，他也绝不会感到愉快，于是，就没有时间去反省自己也是用同样的态度去对待秀子的问题了。

津田不打听后面的情况就说出自己的想法。

"你今天也不必繁忙中特意赶来，又不是什么大病。"

"是嫂子特意打来电话说，有时间的话请去医院看看。"

"是嘛。"

"加上我也正好有点事要对哥哥说。"

津田总算把脑袋扭转到阿秀的方向。

九三

手术后引起的局部不适感向他袭来，那是因为创口处填塞了纱布，周边的肌肉一时收缩所引起的一种特殊的感觉，可是，它一旦形成后就会像呼吸和脉搏跳动那样，有规律地不断运行。

他是前天下午首次感到这种肌肉收缩的，那正是阿延得到他同意去看戏的许诺，走下楼梯时发生的。但是这种感觉对他而言，并非全新，上次接受治疗时就已经有过这样的体验。所以这一次他就不由得在心里嚷道："又来了！"于是，那痛苦的记忆仿佛故意反复折磨他似的，肌肉开始有规律地收缩，伴随着收缩，填塞进去的纱布粗暴地摩擦周边的肌肉，随后又逐步缓解，可是就在即将恢复到正常状态之时，收缩感犹如一波一波的海浪拍击岸崖，反复猛烈地循环不停。此时，津田的意志对于身体的这一局部完全失去了平时的主导权，越是焦急地想让它平复，肌肉却越不肯听话。这就是手术后的整个发展过程。

　　津田不知道这种异常的感觉与阿延有何关系，若把妻子当作笼中鸟对待，她是可怜的。若老是把她拴在自己身边，也不够男子气，因而大度地让妻子置身于自由的氛围之中。然而，当妻子谢过他后刚刚离开病床边时，他就一下子感到只有自己孑然一身，不满地竖起耳朵，倾听着阿延下楼的脚步声。当阿延拉开大门时，那门铃声大作的动静，令他感到对方实在太毫无顾忌了。身体局部感受到的讨厌的肌肉收缩再次发作，他将其归结为刺激，而且这种刺激来源于神经过敏。可是，阿延的行为难道真会导致他的神经发生如此大的过敏吗？对于阿延，虽然他突然感到了这种不快，却仍然无法做出这样的判断。在他看来，这若非偶然的巧合，却也是不言自明的道理。他按照自己的主意去设想夫妻俩的关系，还打算以后把这种关系说给阿延听。其实自己只是同情妻子，才同意她抛下病床上的丈夫，去享受那一天的快乐。对此产生的不良后果会使她后悔的。不过，他又不知道用怎样合适的话语来表达，即便找到合适的表达方式，她是否能理解接受，的确也是个问题。即使她接受了，也无法让她得到自己这样切身的感受。于是乎，他只能默默地忍受不良心境造成的烦恼。

津田转身朝向阿秀的瞬间，又感到局部肌肉的收缩，立刻让他回想起这些往事，遂露出一副痛苦的表情。

不明所以然的阿秀不可能了解这些原委，她只把哥哥的神态理解为是他一贯的表情。

"若你现在不想听，那就干脆等你出院后再谈吧。"

她并没有对哥哥表现出什么同情的态度，却不得不对住院时的兄长有所体谅。

"哪儿痛吗？"

津田点点头，阿秀默默地盯着他看了一阵。同时，津田局部肌肉的收缩又开始有规律地反复出现，两个人的沉默在持续，在此期间，他脸上痛苦的表情始终没变。

"老这么疼可不行啊。嫂子她怎么啦？昨天在电话里她说，你一点疼痛也没有。"

"阿延怎么知道！"

"那么是嫂子走后才开始疼的吗？"

津田不好说"什么呀，那是受了她的气才开始的"。他好像突然间撒起娇来，觉得脸上怎么表现都可以，心里如果不像兄长的样子，那可不行。

"你到底有什么事啊？"

"算啦，你那么痛，现在不说也行，以后吧。"

津田善于伪装，可是，这会儿又不愿伪装自己。他已经忘记了创口的不适，收缩的阵痛遗忘则止，止住又促使忘却，这就是肌肉收缩疼痛的特点。

"不碍事，你说吧。"

"我想说的事挺麻烦，可以吗？"

阿秀要说的事，津田已猜到个八九不离十了。

九四

"又是那件事啊。"

隔了一会儿，津田不得不开口说道。可是，这时他又重返平时那副不屑一听的面容。阿秀对哥哥这种矛盾的表现很生气。

"所以我刚才就说了，事情是否下次再谈。可哥哥又催促我说，我才说的呀。"

"那你说出来不就得了，反正你就是为说这件事而来的。"

"可是哥哥听后脸色很不高兴啊。"

阿秀可不是哥哥给了脸色看还会加以体谅的人，而且，津田也不会同情妹妹，甚至还会在心里想：做妹妹的，竟然为多余的事责怪哥哥。他不再理会，把话头跳了过去。

"京都那边的来信说了些什么？"

"哎，要说的正是这事啊。"

老家京都方面的消息主要由父亲传给儿子，母亲传给阿秀，这几乎成了惯例，因此，津田认为没有必要再确认写信者是谁。然而，从自己目前的境遇看，就无法对母亲写给阿秀的信中内容采取冷淡处置的态度了。自从第二次向京都发出请求信后，他心里始终惦记着是否有汇款寄到。对于兄妹之间常常心有默契的"那件事"，津田虽然可以采取尽量不听的态度，但是，这件事毕竟与到了月末就要结算住院费用的来源密切相关，从这些事情互相纠缠、不可分割的情况看，他比阿秀更清楚其中的利害关系。所以，他只能主动出击了。

"信里说什么来着？"

"爸爸也在给哥哥写的信里说了吧？"

"是啊，我不说，你也大致明白的。"

阿秀没说是否明白，只是紧闭的嘴角泛起一丝微笑，多少有点儿战胜了兄长的得意神色，津田看了实在生气。从血缘关系上说，充其量是个小妹妹，平时自己从未好好注意过她的美貌，只有在此时，才深深刺伤了他。津田不止一次地怀疑：勉强算你这个人的容貌出众，你就能这样变本加厉地伤害他人的感情吗？他常常想告诫妹妹："难道你就想一辈子靠对别人的以貌取人感到自豪吗？"

过了一阵，眉目端正的阿秀面向哥哥说：

"那么，哥哥打算咋办呢？"

"我还有什么办法！"

"哥哥对父亲什么也没有说吗？"

津田沉默不语，随后万般无奈地回答：

"说了。"

"结果呢……"

"结果是音讯全无！不过，兴许信件已寄到家里，但是，阿延没来，也无从知晓。"

"可爸爸会怎么答复，哥哥心中是大致有数的吧？"

津田再次缄默不语。他的手伸进阿延给自己做的和服棉袍的斜领里，从黑八丈绸的衬领中抽出一根小牙签，开始不停地剔牙。因为他老不吭声，阿秀只能用迂回的说法重复相同意思的问话。

"哥哥觉得爸爸马上会寄钱来吗？"

"不知道。"

津田的回答生硬，还颇为生气地加了一句：

"所以我刚才问你，妈妈来信说了些什么。"

阿秀故意掉转头去看着走廊方向，这只是为了避免在哥哥面前发出遗憾的叹息声而已。

"他们不会不说的。我一开始就猜到了这个结局。"

九五

津田总算听到了妈妈给阿秀的信里所提到的事情。妹妹口头传达的情况是：父亲的愤怒异常激烈，超出了她的想象。他的实际想法是，如果月末的亏空能靠自己筹措解决，那还另当别论；要是连那也做不到，那么为了以儆效尤，今后的汇款，或许需要推迟。如此看来，上次他所说的家中围墙需要修缮啦，房客没交房租什么的均是一派谎言，即便不是谎言，也只能认为是嘴上的托词。父亲的信中为什么对自己说这些明显不把儿子当自家人的话呢？想要呵责，不如像个男人样直截了当地责骂就是了。

他陷入了沉思。留着山羊胡子，凡事都爱装腔作势的父亲；莫名其妙地讨厌束发，总是绾着发髻的母亲，双亲的这些特点是无法为解释眼下的局面提供任何头绪的。

"还是由于哥哥没有践约，这很不好！"阿秀说。

事情发生后，阿秀多次重复这句话，津田实在不愿再听到。不该不按约定违约，这点事情不用妹妹教训，他也十分明白。其实，自己不过认为没有必要践约，而且希望别人应该体谅他的处境。

"那可有点强人所难啊。"阿秀说，"再怎么说父子关系，约定就是约定。而且，如果光是爸爸和哥哥之间的事，倒是怎么都行，可是……"

对于阿秀而言，这件事与她的丈夫堀先生也有关，这才是最重要的问题。

"我丈夫也感到为难，妈妈写来那样的信。"

父亲的意见是：既然从学校毕了业，得到了合适的工作，建立了新的家庭，就应该别再麻烦家长，独立经营生计，凑合着过好日子。是堀先生的力量改变了父亲的想法。受到津田的请求，轻率地答应下来的他，随随便便地准备好诸如物价高昂、需要交际、时代的变化、东京与地方城市的区别之类的各种有利的资料，说服了一辈子勤俭节约的父亲，制定了用盂兰盆节时的奖金的大部分来偿还每个月补贴儿成的方针。他提出的方案一旦成立，其实就负有了连带的责任。不过，堀先生又是一个无忧无虑的人，对于约定的履行，打一开始，就没怎么放在心上。等到践约的时间一到，他几乎已经将这件事给忘了。堀先生接到父亲写的近乎谴责的来信时，正因为从未惦记此事，所以大吃一惊。但是，现在津田早已把现金用了个精光，意识到这一点时，已经无可奈何了。生性乐天的堀先生只是写了封说明情况的辩解信，想要了结此事。然而，津田的父亲给他的教训是：社会并不是由堀先生那样马大哈式的人随随便便构成的，不论过了多久，津田的父亲永远会把他当作一个责任人来看待。

与此同时，与津田的财力极不相称的一只漂亮的戒指在阿延手指上闪闪发亮，首先发现它的正是阿秀。女人之间的好奇心使她的神经变得敏锐，她夸赞了那只戒指，顺便打探购买的时间和地点。阿延并不知道由堀先生担保的津田与父亲之间的约定，她一反平时的谨慎，表现得十分天真，一种努力秀出自己如何受到津田恩爱的想法，打破了一切顾忌，一五一十地将情况向阿秀和盘托出。

阿秀平时就觉得阿延是个爱追求时髦的女人，对她多少怀有不满。她立马向京都报告了事情的始末，而且还在信中说，阿延明明知道盂兰盆节和年末需要践约，却故意唆使丈夫不还该还的钱。津田由于对妻子怀有虚荣心，就没有把与父亲约定的内情告诉阿延。而阿秀认定那是出于阿延的虚荣，就依照自己的误解状告到了京都。至今阿秀尚未从这种误解中解脱出来。因此，从这件事情的关系上看，阿秀的对手与其说是津田，毋宁说是嫂子阿延来得更加确切。

"嫂子对这件事到底作何打算？"

"这件事与阿延有啥关系啊？对她什么也没说过呀！"

"是嘛，这么说，嫂子她最轻松了。"

阿秀露出了讥讽的微笑。津田的脑海中，清晰地浮现出阿延在去看戏的前一天晚上的情景：她把一条闪闪发亮的厚腰带放到电灯光下，说道："把它送进当铺去吧。"

九六

"这事到底该怎么办呢？"

阿秀的这句话既有为难不够检点的兄长的意思，也是自己不知所措的一种表现。她的身后有着自己的丈夫，还有表面更加客气谨慎的婆婆。

"我老公受了哥哥之托才插嘴说话，可是并没有想到要负那么大的责任。话虽这么说，事到如今，我们也不是说对此想不负责任，可现在也没有一份合同可以说，万一有事时该怎么做。所以像爸爸那样所有事都按法律来解释，这就太让我对老公不好交代了。"

至少，津田在表面上只能承认妹妹为难的立场，可在心底里却丝毫不同情她，他的态度自然而然地影响到妹妹对他的看法，她觉得眼前的哥哥相当厚颜无耻，这个哥哥除了自己的便利之外，其他事情一概不予考虑，若说他是有所考虑的，也只是新娶的媳妇而已。而且他对新妻娇宠到简直是放纵的地步，为了使老婆满意，对外比过去更加显得自私自利了。

要让津田说，如此看待兄长的妹妹，是个最缺少同情心的、不像做妹妹的人。若让她用句不客气的话说，会是相当直率露骨的。"哥哥的为难，完全是咎由自取，活该！可我怎么来收拾这个残局呢？"

津田没说该怎么办，也不想有所主张。他反倒认为父亲的主意不可想象，于是向阿秀提问：

"爸爸究竟作何打算呢？突然宣布不再汇款，难道他认定我由雄一定能自己解决吗？"

"就是呀，哥哥。"阿秀意味深长地看着津田的脸，随后补充说：

"所以我才对老公说，事情不好办哪。"

津田的脑中闪现一种轻微的暗示，虽然如同初秋的闪电，离得很远，却很强烈。这与父亲的秉性有关，过去自己毫无察觉，才觉得离得甚远。可是现今一旦察觉，从父亲平时的秉性来推断，就不得不予以认可。他对于自己的儿子，一定会严厉追逼的。津田的内心深处虽然最先有"不至于吧"的嚷嚷声，但紧接着的瞬间，又只能改口道："那是可能的。"

臆测的明镜中照出了父亲的心理状态是试图按照以下顺序达到目的。——先是委婉地谢绝汇款，这样津田会陷入困境。再向堀先生说明迄今为止的尴尬。自感对京都方面负有责任的堀先生无可奈何，只能帮助津田解困，才能履行自己担保的义务。于是，他会不由分说地替代自己按月给津田垫款，父亲只要道声谢便可了事。

仔细分析父亲的这种心态，其中既有处心积虑，又有一定的缘由，或许还得承认有一定的手腕。同时也可以看到，其中没有一点做人的坦率，虽然不到卑劣的程度，却还是有点儿狐狸的狡诈，更见明显的则是对于小额金钱锱铢必较的执着。总之，这一切都是父亲秉性的体现。

无论其他方面发生怎样的冲突，津田都无法赞同父亲的这种做法，他无法谦让阿秀。在任何方面，阿秀都是父亲的同情者，唯有这一点上，她也和津田一样，只能皱起了眉头。父亲的人品，这是另外的问题。津田接受阿秀的补贴，心中肯定不快，阿秀也不可能对兄嫂怀有好感，更何况对于丈夫和婆婆欠下的人情，也使她颇不好受。兄妹两人为如何解决这个问题大伤脑筋，可是又缺乏说出深究这一问题关键的勇气，对于臆测的父亲打算，兄妹俩也只是在交谈中得到一点双方默认的程度。

九七

在感情与理义发生冲突的时候，需要一面化解一面前进，然而兄妹俩都无法做到，他们总是在踉踉跄跄地行走，对于局部问题，双方的态度似合非合，心里又焦虑万分。他俩可是兄妹啊，都具有纠缠不清、黏黏糊糊的性格，只在背地里指责对方不爽快，却谁也不肯上演首先发难的丑角。不过，津田毕竟是哥哥，又是男人，比阿秀更多一些提炼归纳的本领。

"总之，你的意思是，对哥哥并不同情，是吧？"

"不是。"

"那么就是不同情阿延吧。不管对哪个，反正不都一样？"

"哟，对于嫂子，我可什么也没说呀。"

"总而言之，这件事最不好的就是我，搞成这样的结局。现在你不说，哥哥我心里也明白。那好吧，哥哥我甘愿受罚，这个月不拿父亲的钱也要活下去！"

"哥哥能行吗……？"

阿秀嘲笑兄长的语调，立刻引来了津田的回应。

"就是死也要做到！"

阿秀紧闭的嘴角稍稍有点放松，微微露出了白牙。津田的脑中，再次浮现出在灯光下抚弄亮闪闪的厚腰带的阿延的身影。

"干脆向阿延说清迄今为止家里的经济状况吧。"

对津田而言，这是最为容易的解决办法。但是若要实行，又没有再比这困难的自白了。津田对于阿延的虚荣心了解得十分透彻，他一直在满足她，其实，那也是津田自己的虚荣。一旦阿延对自己的信用在重要的部分发生毁损，那就等于说是他自己为自己制造了创伤。与其说对阿延表示同情，莫如说自己会在妻子面前丢失面子，这才是他最大的痛苦。碰到这么一点小事和可能被人嘲笑的微不足道的场合，他就无法动弹了。他总是会信口开河：家里有钱的，多得很，足以在阿延面前保住自己的面子。

而且，津田并不是一个总爱生气发火的人，非常容易忘掉自我，同时又无法做到忘却自我，这种气质是双亲遗传给他的。

他放言说过"死也要做到"后，又看了看阿秀的脸色。津田不以心中压根没有实施誓言的毅力而感到羞耻，反倒冷静地摆弄起心中的天平来，开始琢磨对阿延阐明经济情况的痛苦与接受阿秀补贴的不快的权衡。于是心想，不如冒犯后者，如何？阿秀是完全有能力承担补贴任务的，她只是对哥哥的毫无悔意表示不满而已。另外，她也讨厌哥哥身后的核心人物阿延在装模作样地操控。在阿秀看来，京都的父母拐弯抹角地说服自己的丈夫堀先生，使之成了这次事件的责任人，实在太让人气愤难忍。从这样的种种芥蒂之中，阿秀虽然早已看穿了哥哥的心思，却仍然不便轻易主动地向其示好。

阿秀因为容貌出众嫁进了比较富裕的人家，津田对妹妹的态度也是充满自尊的，他从这个结婚后的妹妹身上嗅出了或者说闻到了一种近似于暴发户的臭味，不知不觉之中，他戴上了兄长庄严的面具对待妹妹，并始终被这种心情支配着。所以，津田也不会怯懦地在阿秀面前低下自己的头。

两个人谁也没有提起钱的事，而且双方都在等待对方先开口。就在这既不干脆又不彻底的家庭内部琐事谈得起劲之时，女佣阿时突然闯了进来，将两人正在酝酿的交流局面一下就冲垮了。

九八

不过，阿时在直奔医院之前，确实给津田挂过电话。他在上楼半道中听到药房配药员不耐烦的嚷嚷声："津田，电话！"他停下与阿秀交谈的话头，反问："哪儿打来的？"配药员从下面回答："大概是您太太吧。"这一冷淡的回答，使卷入复杂话题交谈的津田的心情变得拧巴了。昨天跑去看戏，两天都不现身，阿延的表现使已经暗暗不悦的他感到更加不快。

"用电话来忽悠人。"

他分析阿延昨天早上打，今天早上打，说不定明天早上再打一个电话，把自己牢牢地搋在她的手心里，然后再出人意料地露面。以自己对阿延平时的举止推测，他的分析并不完全没有道理。他想象着自己不留神的时候，她冷不防露出端庄笑脸吓自己一跳的样子，他完全了解妻子的笑脸又将奇妙地影响自己的心情。阿延总是靠着刹那间亮出的锐利武器，当场将自己制服。他持之以恒坚持不变的心如今幡然一变，认为自己又眼睁睁地落入了妻子布下的圈套。

不顾阿秀在场看着，他对打来的电话不予理睬。

"什么呀，反正不会有什么事情，没关系，挂了吧。"

哥哥的话又使阿秀感到意外，这与他遇事勤快的性格不符，其次，这也不是哥哥对阿延唯命是从的态度。阿秀内心将其解释为哥哥是忌惮在场的自己，要隐匿平时对嫂子的娇宠，才故意装出这种不在乎她的样子。心中多少感到痛快的她，听到下面配药员在大声催促接电话的时候，不得已还是代替哥哥下楼去了。但是完全是徒劳无功，因为配药员的随意，电话撂下的时间过久，已经断了。

形式上完成了义务的阿秀又回到了原来的座位上。当兄妹俩再次聊起共同感兴趣的话题时，那一头急坏了的阿时，终于无法忍受，撂下公用电话，乘上了电车。不到十五分钟，津田就出乎意料地从阿时的嘴里听到了意外的消息，又大吃一惊。

阿时回去后，津田的心中很难恢复平静。他自信自己太了解小林的性格，怎么也想不到他居然趁自己不在家突然不请自来地跑到家里，对着与他并不熟悉的阿延大谈特谈。这不光使他感到惊异，还不能不引起他的思虑。并不是给不给大衣的问题，而是与大衣全然无关的小林的品性问题——他居然可以直接从素昧平生的有夫之妇的手里直接讨要别人的外套。或许，这正是他的境遇必然导致的他的第二种性格。他的问题是，进一步推测，小林的这种性格会对阿延产生什么样的影响？这里既有离奇古怪，又有自暴自弃，还有常见的不满者对满意者投去的白眼。他们新婚夫妇俩是小林所接触到的满意者中得意的代表，因而被他选上。津田平时就看不起小林，对他从不姑息，他早就对他做好了事前的思想准备。

"不知道他会说些什么。"

津田的心中忽然产生了一种恐惧，阿秀却反而笑了起来。她几乎无法理解哥哥说三道四地批评小林的用意。

"管他说些什么，没有关系的。小林那种人的话，谁也不会当真的。"

阿秀也十分了解小林的某些方面，但是那仅限于他在藤井叔父面前的表现，而且在他喝了酒以后，反而像变了个人似的，显得相当稳重。

"哪是那样啊，他相当……"

"那个人现在变得那么坏了？"

阿秀依然是一脸的不相信。

"不过，一根火柴也能烧毁一幢大房子的。"

"然而，不管有几盒火柴，只要移开火苗，不就没事了嘛。嫂子可不是那种一点火就着的女人。要不……"

九九

阿秀说出下半句话的时候，津田眼睛瞅着别处，故意一动不动，一直等待着妹妹的下文。然而他想听到的下文最终还是没有出来，阿秀只说了他有所担忧的半句，马上又改口说：

"怎么哥哥单在今天牵挂那种无聊事，有什么特别的原因吗？"

津田的眼神仍然投向远处，那是为了尽量不让妹妹揣测自己，这样她就看不到自己的眼神。于是，这种不自然的做法还是影响了他，他不由得感到了一阵胆怯，他终于面向了阿秀。

"倒不是什么担心。"

"只是有点放心不下？"

这样谈下去，津田只会遭到阿秀的嘲笑，他马上闭上了嘴巴。

与此同时，先前出现的收缩感又在局部发作，他忍受了两三波不舒服之后，担忧不适感又会在一段时间里有规律地袭来了。

阿秀对此全不留意，不知为何，她抓住相同的问题紧追不舍。她发现交谈失去了头绪，便马上换了个形式继续问：

"到底哥哥觉得嫂子是怎样的人呢？"

"你为什么现在要来问这个问题？傻乎乎的。"

"那好，我就不问。"

"你为什么要问？能说说理由吗？"

"因为觉得有点必要，才问了。"

"那你讲讲什么必要。"

"那必要，是为了哥哥呀。"

津田的面色异常，阿秀紧接着往下说：

"哥哥对小林的事过于牵挂，难道不有点奇怪吗？"

"那是因为你不了解个中原委。"

"正因为不了解，所以才觉得奇怪嘛。那么，小林究竟会跟嫂子说些什么？又会怎么说呢？"

"他们之间都谈些什么，我怎么知道呢？"

"换句话说，哥哥还是担忧他会说些什么吧？"

津田不作回答，阿秀直盯着他的脸，仿佛要挖出一个洞来似的。

"简直无法想象。即便那是个坏得出奇的人，想来也不至于会说出什么的吧。"

津田依然不吱声，可阿秀无论如何也想让哥哥做出回答。

"就是那个人提出什么，只要嫂子不予理睬，那不也就过去了。"

"这不用你说，我也明白。"

"所以我要打听呀。哥哥究竟是怎样看待嫂子的？你是相信嫂子呢，还是不信？"

阿秀突然连珠炮似的追问起来，津田难解其意，但是认为应适时给她泼点冷水，他回避了明确的答案，故意笑着说：

"这么气势汹汹啊，我这是在接受审讯吗？"

"别打马虎眼，说正经的。"

"说了，又能怎样？"

"我可是您的妹妹哟。"

"妹妹又怎么样呢？"

"哥哥不直爽，那不好。"

津田难以理解地歪着脑袋。

"这样谈下去太费劲了。你是不是有点儿误会了？我并不是说小林的谈话有什么其他深刻的含义，只是说那家伙趁我不在家时跑去，不知道会对阿延说些什么而已。"

"就那么简单吗？"

"嗯，就是这样。"

阿秀顿时觉得失落，却并不沉默。

"不过，要是我老公不在家，有人跑到家里对我说些什么，他知道后，你觉得会不会担忧啊？"

"堀先生的事我可不知道，你或许断言他是不会担忧的吧？"

"是的，我敢断言。"

"好哇！还有什么？"

"我想说的也就是这些。"

两人只能陷入沉默之中。

然而，这兄妹俩互为因果，命里注定要通过会话将某件事情谈到某种程度，不把对方心底深处的东西抠出来就不善罢甘休。目前，尤其津田有这样做的必要。亟须筹措的钱款，其财源就近在眼前，自己得好好把控，一旦让它溜走，或许永远不会再回到你的手中。不过，就这一点而言，他自然在阿秀面前处于弱者的劣势。他在寻思，怎么才能把失去了的老话题重新捡起再提。

"阿秀，你不在医院吃点饭吗？"

时间点正好适合说这样的殷勤话，巧的是堀先生今天和婆婆孩子一起去横滨的亲戚家串门，不在家，利于津田把殷勤话说得分外有情有义。

"反正回家你也没有什么事。"

阿秀依了津田，两人间的对话轻而易举地恢复了，这只不过是兄妹间的闲聊。不过，这样的闲聊并不能使两人感到满意，他们都在等待能够潜入对方心底的机会。

"哥哥，我手上拿着这东西呢。"

"什么呀？"

"哥哥需要的。"

"是嘛。"

津田似乎未加搭理,他冷淡的态度与自尊适成正比。无论在精神上还是在形式上他都不愿向妹妹低头服输,可是,钱倒是想要的。阿秀呢,她认为钱的事好说,只想让哥哥低头。她想自然而然地以哥哥需要的金钱为诱饵,来达到自己的目的,其结果最终会使其兄长焦急恼怒的。

"交给你吧?"

"嗯。"

"爸爸可是无论如何也不肯给的哦。"

"或许他是不肯再给了。"

"妈妈给我的信里说得一清二楚。今天我本想把那封信带来让你看看,还是忘了。"

"这我知道,你刚才不是说过了嘛。"

"所以我要说把它带来了。"

"带来是为了让我干着急,还是为了交给我?"

阿秀像挨了打似的突然沉默了。眼看着美丽的眼睛里噙满了泪水,而津田则认为那是妹妹悔恨的泪水。

"哥哥近来为什么变得如此刻薄,为什么不能像从前那样接受他人的诚意?"

"你哥哥我与过去相比丝毫没变,倒是近来你有点变化了。"

这时,阿秀的脸上露出了惊讶的神色。

"你说说看,我什么时候、怎么变了?"

"不用去问别人,你自己好好想想,就会明白的。"

"不,我不明白。所以要请您说给我听听。"

津田以冷漠的眼神看着严厉逼问的阿秀,到了这一步,他心中的利害还在盘算究竟是取悦她好呢，还是将她一举击溃来得好。他决定采取以下的路线，便缓缓开口说：

"阿秀，也许你自己不知道，依照哥哥我看来，你嫁到堀家以后，还是变化挺大的。"

"那当然会变的，女人出嫁后生了俩孩子，谁能不变？"

"这不就对了！"

"可是，哥哥说我对你发生了变化，那就请说说吧。"

"这个嘛……"

津田并不把话说全，而是加重语气，使妹妹明白这是不难回答的。隔了一会儿，阿秀立刻反问：

"哥哥心中是否始终认为是我在向京都搬弄是非？"

"那些事就随它去吧。"

"不，那样我准会被人看作眼中钉的。"

"被谁呀？"

这一不幸的对话，仿佛在开天窗的潜在的阿延名字上点了火，阿延好像将手上的松明火把在哥哥的眼前摇晃。

"是哥哥变了。娶了嫂子和没娶嫂子的哥哥，判若两人。谁见了都觉得完全变了！"

一〇一

津田眼里的阿秀对自己可算得上是偏见到了全副武装的地

步，尤其是刚才那波最后的攻击，纯属误解。阿秀口口声声"嫂子、嫂子"，在他听来十分刺耳，妹妹把津田满足自己愿望的行为全都解释为是为了满足妻子的欲望，这使他心里感觉颇为不快。

"我可不是你想象当中的'妻管严'噢。"

"那也许是，嫂子给我打电话时，您还特意在我面前装出冷淡的样子，放下电话不接。"

这样的话语冷不防地从不分场合的阿秀嘴里一一爆出的时候，津田只能忘却了眼前的利害，在心里暗暗咋舌。

"所以我反复提醒阿延，不要给你打电话的。"

津田为了掩饰神经的亢奋，不停地拉着自己短短的胡须。他的脸色渐渐变得痛苦起来，话也少了。

津田的态度竟给阿秀带来了意外的影响，她觉得自己已将兄长的层层伪装一件件扒落到精光的地步，最后他无地自容，只能哑口无言了。于是，她发起更加猛烈的攻势，试图一口气让哥哥在自己跟前认罪悔过。

"与嫂子结婚之前的哥哥，显得更正直些，至少也显得更加直爽些。我讨厌说那些没有根据的话，只是据实而言。所以，哥哥也要直率地回答我的问题。您在迎娶嫂子之前，像这次这样对父母撒过谎吗？"

此时，津田开始败下阵来。阿秀说的明摆着是事实。不过，这事实的造成并非是阿秀想象的原因，要让津田说的话，其实那只是偶发的事实而已。

"那么，你认为那件事的责任人应该是阿延啰？"

阿秀本想回答"正是"，却又故意岔开话题。

"哪里，嫂子的事情，我根本没提，我只是举出哥哥变化的证据，才提出以上事实的。"

表面上，津田已经处于非败不可的境地了。

"既然你那么主张说我变了，那就变了，行了吧。"

"不行！那可对不起爸爸妈妈。"

津田立刻应道："是嘛，"接着又冷冷地加上一句，"那么说也行。"

阿秀一副"事到如今还不后悔"的表情。

"哥哥变化的证据还有着呢！"

津田佯装没听见，阿秀毫不客气地再次抖搂起来。

"哥哥不在家，小林跑过去不知对嫂子说些啥，打刚才起，你不就很担心吗？"

"真啰唆，不是担心，刚才不是给你解释过了吗？"

"不过放心不下是事实吧？"

"随你怎么解释吧。"

"那就好。——怎么说都行。这不就是哥哥变化的证据吗？"

"别一派胡言！"

"不，是证据，这就是证据！哥哥是那么害怕嫂子。"

津田无意中移开视线，脑袋搁在枕头上，从下往上看着阿秀。笔挺的鼻梁上聚起了冷笑的皱纹，他的从容使阿秀感到意外，本想一鼓作气地让他跌进忏悔的深谷，此时却怀疑起哥哥的身后是否还有着平坦的原野。不过，她也只能尽其所能地前行了。

"像小林这号人，不久之前哥哥不是还可以随意差遣的吗？不管他说什么，哥哥不搭理就是了。为什么现在要如此害怕呢？您这么害怕一个充其量是小林的人物，难道还不是因为他的谈话对象是嫂子吗？"

"你那么认为也行，可是，无论我怎么惧怕小林，总不会对不起爸爸妈妈吧？"

"你的意思是说，轮不上我开口说话？"

"噢，大致如此吧。"

阿秀勃然大怒。与此同时，一道闪电从她的脑中掠过。

一〇二

"我懂了！"阿秀厉声吼道。

可是，她这种郑重其事的宣言，并没有给津田带来什么外表上的变化。他已经不想应战阿秀的挑衅了。

"我明白了，哥哥！"

阿秀再次重复刚才的话，仿佛撼动他的身体似的。津田只能开口。

"你说什么呀？"

"我的意思是问，哥哥为什么对嫂子那么器重？"

津田觉得好奇。

"你倒说说看。"

"没必要说！我只要您承认我明白了，就足够了。"

"要是那样，又何必特地声明，默默地放在心里就行。"

240

"不，那可不行。哥哥不把我当成妹妹，又认为与爸爸妈妈没有关系，我在哥哥面前没有任何发言权，所以我就不说了。不过，虽然我不开口，眼睛却照样看着。老实告诉你，别错误地认为我不说就是不知道！"

津田觉得，话说到这种地步只好收场了，非要勉强谈下去，反而会更加麻烦。然而，他一点儿也不想向妹妹屈服，做梦也没想过要向妹妹表示一点后悔。不做这件平时对他来说不难的事，源于一种想象不到的傲慢，因为平时他就看不起自己的妹妹。比起他人来，津田的傲慢对妹妹还会毫不客气地显露出来。因此，嘴上说得再和气也不起作用，他只是用比较和缓的态度向阿秀表达了内心的轻蔑而已。阿秀对刚才开始就已经对自己招架不住的哥哥寸步不让，又叫了声"哥哥"。

此时，津田注意到了阿秀的变化，这是迄今为止不曾发现的。过去，她总是通过自己，将矛头对准阿延，她攻击哥哥也不是虚晃一枪，冲着他这个靶子不说，其实非认真射击不可的还是哥哥身后的嫂子。可是现在不知不觉之中改变了目标，她居然随意地颠倒了主次，一门心思地冲着哥哥的方向杀了过来。

"哥哥，难道妹妹无权对哥哥的人格开口说两句吗？好，就算是无权，那要是妹妹有点儿疑问，那让她一吐为快，难道不是做哥哥应尽的义务？——不说义务，对我而言，这或许是用词不当——至少可以说是做哥哥的一种人情吧？我眼前看到的哥哥却是毫无这样的人情，作为妹妹，我感到悲哀。"

"说什么大话，给我住口！你懂些什么？"津田火冒三丈，开始爆发了，"你懂得什么叫人格吗？充其量不过是个女校的毕业生，竟在我面前大言不惭地用这个词儿，太不合适了。"

"我的重点不是遣词造句，而是重在事实。"

"什么叫事实？我心中的事实，岂是你这等缺少教养的女人能够把握的？真是混蛋！"

"既然如此小瞧我，我倒要提醒你几句，行吗？"

"我没有必要回答行不行。你用这种态度，跑到医院来干什么？还以为自己是个做妹妹的？"

"那是因为您不像个做哥哥的。"

"住口！"

"我不住口，要说我该说的。哥哥给了嫂子以自由，对嫂子可比对爸爸妈妈和我都爱护。"

"对妻子比妹妹更爱护，不论到哪个国家，都是天经地义的。"

"光是这样，倒也无可厚非。可是哥哥不光如此，除了嫂子，还疼爱着别人。"

"你说什么？"

"所以哥哥才害怕嫂子，而且那种害怕……"

阿秀正说得起劲，病房的隔扇门"嗤"的一声被拉开了，脸色苍白的阿延突然出现在兄妹俩的跟前。

一〇三

阿延是在三四分钟前来到医院大门口的，医生看病诊疗时间分成上午和下午，为了照顾在机关和公司上班的职工看病方便，下午的诊疗时间规定从四点到八点，因此，阿延得以在比较清静的时间走进医院。

与三四天之前不同，沓脱处放得乱七八糟的半高帮靴和竹垫木屐一双也见不到，也没有一位患者的身影。她一点儿也没想到这是因为现在不是看病的时间，所以四周才如此静得出奇。

阿延看到大门处寂静的沓脱处整齐地摆放着一双女性用木屐，从价格来看，那绝非是护士们所穿得起的崭新的木屐，这使她的心猛然跳动起来。那木屐确系少妇使用，因小林的话本就满腹狐疑的她，目光久久停留在木屐上，恶狠狠地看着。

右侧小小的方窗里露出一张学生脸，看着伫立在那儿一动不动的阿延，流露出要对她盘查一番的表情。她立刻询问"津田处有来客吗？""是个年轻女人吗？"随后她有意谢绝通报，径直走到楼梯口，向楼上观察。

只听见楼上说话声不绝于耳，不过与一般的流畅的交谈不同，说话者的情绪相当激动、亢奋，而且还听得出说话人在努力压抑自己的情绪，那只能认为是忌惮别人听见。那谈话声像钢针一样刺激着阿延的神经，比刚才看到新木屐时的刺激还要来得强烈。她更加认真用心地侧耳倾听着。

津田的病房就在诊疗室的上方，从房子的结构看，上了楼梯便是墙壁，右边有一个四铺席半的小房间，不经过那间小房间外的走道是无法到达津田病房的。因此，阿延想听的谈话内容来自她的身后，对她的偷听相当不利。

她悄悄地走上楼梯，身子柔软，脚步轻盈，具有活像猫步那般静谧的效果。

楼上走道的一侧，为了防止跌落，装有两米左右的栏杆，阿延倚在栏杆上窥视津田的模样。忽然，阿秀尖厉的声音传进耳朵，尤其是那"嫂子"的词语格外响亮地震动了她的耳膜。出乎意料的阿延再次吓了一跳，极其严重的紧张感不停地向她袭来，阿秀对津田所说的"嫂子"是何用意，她得搞搞清楚。于是，继续侧耳倾听。

　　听着听着，兄妹俩的语气激烈起来，完全成了口角之争。他们的争吵之中，居然把自己也卷了进去，弄得不好，自己还是争吵的主因呢。

　　然而，她并不知道话题的前后关系，因此不能判明自己的处境，何况两人的对话，不，应该说是阿秀的话语像连珠炮那样猛烈不断，不停蹦出的单词含义，实在来不及一一捡起，细细品味，什么"人格"啦、"爱护"啦、"天经地义"的，一个劲儿地钻进并敲击着伫立在那儿倾听的阿延的耳膜。

　　她想一直站在那儿把事情听个明白，于是，阿秀最后发出的炮弹，那句"除了嫂子，还疼爱着别人"的话，突然震撼了她的心灵。听得真真切切的这一句话对阿延而言简直太重要了。同时这一句话又是最叫人摸不着头脑的，不继续听下去，只凭这一句起不了任何一点作用。无论付出多大的牺牲，阿延也必须听清下文。但是从先前起，两人的话声就一句比一句响，此时只能认为已经到达了顶峰，假使还硬要发展下去，搞不好就会有一方要动手开打了。因此，阿延觉得自己必须进病房去充当调和剂，以防止不体面的局面出现。

　　她十分了解这兄妹两人，平时也知道他们不和的原因在于自己，这时间露面，是需要有点儿技巧的。她并不缺乏这种自信，在这刻不容缓的时刻，她拿定主意，故作镇定地轻轻拉开了隔扇门。

一〇四

果然，两个人都突然沉默了。然而，那类似暴风雨来临前的突然中止的沉默，绝非和平的象征。这极不自然的、压抑的、无言的瞬间，潜藏着万分的恐怖。

两人坐的位置关系，首先看到阿延的是津田。他头朝南侧的走廊而卧，当然会先看到迎面走进病房的阿延。刹那之间，她就发现了津田身上的两点：一是不安，二是放心。他的脸上表现出来的不及隐藏的为难和获救的心情，这与突然闯进病房的阿延的预计倒是完全吻合。她从丈夫脸上的部分表情中逮到了某种值得怀疑的佐证，并将它永远藏在心底。不过，那就是秘密。在短暂的瞬间，她必须把顺应丈夫的另一面当作眼下自己来医院的目的。阿延苍白的脸上强颜欢笑，看着津田，正好与阿秀回过头来的时刻同步。在阿秀看来，阿延已经超越自己，和津田达成了默契，脸上不由得泛起了红晕。

"哦。"

"中午好！"

两人互致问候，可是，此后的谈话就不能像往常那样继续下去。两个人都因无事可干而显得无聊难受，阿延不便随意开口，于是解开自己带来的包袱，取出从冈本处借来的英语滑稽本通俗小说交给津田，她手指上闪闪发亮的那枚戒指，正是阿秀始终悬在心头的一个谜。

津田将薄薄的小型书本一一取出，哗啦啦地胡乱翻了几页，重新放到枕边。他连读上一行的心思也没有，更不谈有意发表看法了，只是沉默无语。在此期间，阿延又和阿秀开口讲了两三句，也都是她问，对方做必要的回答，仿佛是从嗓子眼里硬挤出来似的。

阿延又从怀里掏出一封信来。

"上医院来之前看见信箱里有信，就带了过来。"

阿延的话讲得中规中矩，与先前和津田打招呼时相比，变成了判若两人的彬彬有礼。她内心十分讨厌那种待人煞有介事的冷淡态度，但是在人前，尤其是当着阿秀的面，从某种意义上说，这种不自然的话语，倒像是不得已而为之的。

信是从京都父亲那儿寄来的，夫妇俩都盼望已久。和前面的信一样，这封也没有挂号，肯定没什么要紧的内容，这一点，无论是阿秀还是一无所知的阿延都是心中基本有数的。

津田在拆开信封前就对她说：

"阿延，说是不行了。"

"是吗，什么不行？"

"据说无论怎么求爸爸，他也不肯给我们寄钱了。"

津田的语调显出少有的真挚，出于对阿秀的抗拒，他在阿延面前摆出了一副平和的形象，而且好像自己完全没有意识到似的。他这种不摆谱的态度使阿延感到欣喜，她用安慰的充满温情的语调回答，连措辞也不知不觉地恢复了平时的自我。

"行啊，那就靠我们自己设法解决吧。"

津田默默地打开信封。父亲的来信并不长，而且用很大的字体写着，一目了然。两个女人不像刚才交滑稽本通俗小说时那样说上几句，全都把注意力放在那张信纸上。当津田看完信，将它塞进信封，就此扔向枕边时，她俩已经领会了信中的大致内容。尽管如此，阿秀还是故意问道：

"写了些什么呀？哥哥。"

心不在焉的津田哼了一声作答。阿秀扭了一下脑袋，随后又问：

"和我说的一样吧？"

信中的内容果然不出阿秀所料，然而，津田怎么也看不惯妹妹那种自以为是的"你看，不听我的话就会失败吧"的态度，退一步讲，刚才兄妹俩的争执使津田气愤难忍，无法像平时那样给她回答。

一〇五

阿延很清楚丈夫的心情，她害怕自己的内心再起冲突，同时也怀疑丈夫的真意。她眼里的丈夫，平时很有自制能力，不光能很好地自控，而且在他的内心深处，还总有着一股小看对方的冷冰冰的劲头。阿延相信丈夫这种特点之中还潜藏着一些自己难以对付的别的东西。那东西虽然还是个未知数，但是她深信，只要把它弄清楚后予以掌控，就不难把丈夫伺候得心满意足。倘若只在外表上对丈夫做一点评价的话，倒也并不是什么难事，他是一个不会轻易发火的人，用英语说，就是不失心态平稳的那一类人，可是，他为什么会和自己的妹妹撕破脸呢？说得更严密些，在她进病房之前，兄妹俩为什么会弄到那么露骨破裂的地步呢？在退去的潮水再次涌来之前，好歹必须介入其中，并努力把争吵的对手引向自己，由自己来承担。

"秀子妹妹也收到爸爸的来信了吗？"

"不，是妈妈的。"

"是吗，也是为这件事？"

"不错。"

说到这里，阿秀便不再吱声。阿延接着说：

"京都的家里开销也很大，再说，原本就是我们不好。"

阿秀过去还不曾看到过阿延手指上的宝石如此晶莹闪亮。阿延此时又天真无邪地将戴有戒指的手伸到阿秀跟前。阿秀说：

"也未必是那样，上了年纪的人大都古怪，他是相信哥哥的，认为哥哥筹措那几个钱是不难办到的。"

阿延微微一笑："到了紧急关头，总是有办法的。您说呢？"

说着，阿延看着津田，给他使了个"还不快说行"的眼色，可是，津田虽然知道她在向自己使眼色，却不明白那眼色的含义，所以依旧是老调重弹。

"虽然没有办不到的事情，不过，我还是觉得爸爸说的话太奇怪了。一会儿说要修围墙，一会儿又是收不到房租什么的，那几个钱顶得了什么呀？"

"那可不见得哟，等您有一套房子后试试，哥哥！"

"我们不是已经有一套房了嘛。"

阿延以其特有的微笑朝向阿秀，阿秀亦不惜以同样的殷勤应道。

"哥哥那是在怀疑爸爸心底有什么计谋呀。"

"这就是您的不对了，怎么能疑心爸爸呢？爸爸怎么会对我们搞计谋呢？阿秀，是吧？"

"不，他不是怀疑爸爸妈妈，而是怀疑别人心怀不轨。"

"别人？"

阿延大感意外。

"是啊，我想一定另有他人。"

阿延再次朝向津田。

"您说，这又是什么意思？"

"这话是阿秀说的，你就问她吧。"

阿延苦笑，又轮到阿秀开口讲话了。

"哥哥是在认为，是我们对京都暗中说了什么。"

"可是……"阿延无法接着往下说，这么一来，刚说的"可是"也毫无意义。阿秀立刻乘虚而入。

"所以嘛，哥哥刚才的心绪极坏。不过，我俩一见面，准定吵架。尤其是在这种场合谈这件事。"

"真不好办。"阿延叹息，随后又问津田：

"可那是真的吗？您呀，我想您不至于去做那种缺少男子气的揣测吧。"

"不管事实怎样，反正阿秀是那样看待我的。"

"不过，秀子他们这样做，想起什么作用？您想过没有？"

"大概是为了起点警诫作用吧，我是搞不明白的。"

"警诫什么呀？你到底干了什么坏事啊？"

"我不知道。"津田厌烦地说。阿延无所适从地望着阿秀，在她的小眼睛和眉宇之间流露出"帮帮我吧"的表情。

一〇六

"哥哥干吗这么固执呢？"阿秀说。她已经被逼到了非向嫂子解释不可的地步。她说这话的时候，心里更加憎恨起嫂子来，这时的阿延在她眼里，简直是个过分虚伪和恬不知耻的女人。

"是啊，这人真是够固执的。"说完，阿延立刻把脸转向丈夫，"您真是太倔强了，正像秀子所说的。这毛病得好好改改了！"

"我到底哪儿固执了？"

"那，我怎么知道呀？"

"是说我什么都试图问爸爸要钱吗？"

"就是呀。"

"可我从来也没有讲过要不要钱的话呀。"

"是的，您是不会那么说的。再说，一旦开口，达不到效果，也是白说。"

"那么，固执又从何谈起？"

"不要问从何谈起，我也不知道。不过，总有固执的地方。"

"傻瓜！"

挨了骂的阿延反而心情快乐地微微一笑，阿秀却有点憋不住了。

"哥哥，你为什么不坦率地收下我带来的东西？"

"坦率也罢，倔强也罢；收下也罢，不收也罢，你压根儿没有拿出来给过我呀！"

"那是因为你没说要收，所以我才没给啊。"

"要让我说，就是你没有拿出来，我才没收。"

"可是，你没有要收的意愿，我就不乐意。"

"那么，这事该咋办？"

"难道你不明白？"

三人一时陷入沉默，津田突然开口说：

"阿延，你向阿秀赔个礼吧。"

阿延吃惊地望着津田："为什么呀？"

"阿秀的想法是，你赔个礼，她带来的东西就拿出来了。"

"我赔个礼倒是无所谓，只要您让赔，赔多少都行。不过嘛……"

说到这儿，阿延把视线转向阿秀，阿秀打断她的话头说：

"哥哥，你说些什么呀？我什么时候要嫂子赔过礼！胡乱捏造，让我有何脸面见嫂子啊？"

沉默再次降临三人头上。津田故意闭口不言，阿延没有开口的必要，阿秀则在准备开口说话。

"哥哥，我倒是在打算要对你们哥嫂两位尽点义务的……"

阿秀刚说到这儿，津田立马反诘：

"等等，你想说的是义务，还是善意啊？"

"对我而言都一样。"

"是嘛，那就没法子了，因为……"

"不是因为，而是所以！让你们认为我在背地里对爸爸妈妈说了坏话，弄得你们遭麻烦，我心里是不好受的。所以，我想那笔钱由我来设法支付，从这个好意出发，今天特地带来了医院。其实，昨天嫂子来电话时，我立刻想来，可大清早家里有事，下午还需要去银行取钱，终于没有来成。本来钱就不多，反正我也不想一提的，可是我的关心，哥哥一点也不领情，这使我深感遗憾呀。"

阿延还是紧盯着一声不吭的津田的脸看。

"您倒是说话呀！"

"说什么？"

"说什么，道个谢呀。对秀子的好心表示感谢啊。"

"充其量拿这么点钱，就让人感恩，我可不愿意。"

"刚才我不是说了吗，没叫你们说感恩。"阿秀尖声辩解。阿延依旧心平气和地说道：

"所以嘛，叫您别那么顽固，道个谢。假如您不愿借钱，可以不拿钱，只消道一声谢就成。"

阿秀的脸色怪怪的。津田一副"别胡说八道了"的神情。

一○七

三人都陷入了异常奇妙的窘境，弄得骑虎难下，要转移话题都变得十分困难，要中途退席，也无法做到。只能各守其职，想方设法地解决眼下的问题。

客观来看，这并不是什么重要的问题，只要能够眼光放远，对他们的身份和处境冷静观察，这只不过是小事一桩。他们根本无须别人提醒，心里都会明白，却硬要争执不休。他们身上所背负的因缘，从旁人无从知晓的过去伸出看不懂的手来，随心所欲地操纵着他们。

最后，津田和阿秀之间引起了如下的对话：

"一开始就不多说，事情也就过去了。一旦提起这事，我把带来的东西再这样拿回去，那多么不舒服。所以，你还是收下吧，哥哥！"

"你想把东西留下就留下吧。"

"所以你就像模像样地收下吧。"

"我真是不明白，到底怎么做才能让你满意。请你坦率地说明条件。"

"我可没有向你提出什么条件之类的难题，只要哥哥痛快地接受就行。也就是说，只要像哥哥待妹妹那样，就好啦。还有，你要真心诚意地说一句'对不起爸爸'就什么事也没了。"

"我老早就说过对不起父亲的话了，你不是知道得很清楚吗，而且我还不止说过一次两次的。"

"不过我想说的不是形式上的道歉，而是发自内心的忏悔。"

津田认为充其量不过那么点小事，压根儿没想过什么忏悔。

"你以为我的歉意是虚情假意的吗？我再怎么需要钱，毕竟是个男子汉，能那么磕头作揖吗？你好好想想！"

"不过，哥哥事实上是需要钱的吧？"

"我没说不需要啊。"

"所以要向父亲致歉啊。"

"事已至此我还有致歉的必要吗？"

"因而，爸爸才不肯给钱的。难道哥哥没有意识到这一点吗？"

津田哑口无言。阿秀则乘胜追击。

"既然哥哥是这种想法，别说爸爸了，连我都不会给的。"

"那就别给，我又没硬要向你讨要。"

"不过，你不是说过一定想要钱的吗？"

"什么时候？"

"就刚才说的。"

"别找茬，混蛋！"

"不是找茬，哥哥刚才不是在心里一直那么念叨吗？因为你太不坦率，所以没说出口。"

津田恶狠狠地看着阿秀，眼睛里充满着厌恶，却丝毫不见自责的神态。他开口说话的时候，连阿延都感到意外吃惊。他以自己能够掌控的最最冷静的语调，说出了完全出乎阿延意料的话语。

"阿秀，你说得对。哥哥现在再次向你告白，你带来的钱，哥哥绝对需要。哥哥再次声明，你是个情深意切的好妹妹，哥哥感谢你的善意。所以请你把钱放到我的枕边。"

阿秀气得手指都在颤抖，双颊充血，看上去血液从心房一下子涌到脸上，使她白皙的肤色愈加鲜艳。然而，她的措辞一点未变，恼怒中带着微笑。她抛下哥哥，将明亮的目光投向阿延。

"嫂子，怎么办呀？既然哥哥已经那么说了，我就把钱放在这儿吧？"

"这个嘛，还是随阿秀你的便吧。"

"是嘛。不过，哥哥可是说了绝对需要哦。"

"噢，他也许是需要的。不过，我就无所谓需要还是不需要了。"

"那么，哥哥和嫂子是各管各的吗？"

"哪儿呀，我们完全是一体的。我们是夫妇呀，什么时候都是一致的。"

"可是……"

阿延不让她把话说完。

"他绝对需要的东西，我早就准备好了。"

说着，她从腰带里拿出了昨天从冈本姑父那儿取来的支票。

一○八

阿延的动作就像是故意做给阿秀看的，递给丈夫的时候，她的心里对丈夫有一种期许，那是来自刚才谈话进程和她的性格的期盼。她在心中暗暗祈祷，丈夫能与自己密切配合，就把支票接过去，报以会心的微笑，点头致意，颇显大气地把支票放到枕边；抑或是对妻子说上一句简单却又最能使她感到满意的道谢，再将支票返还给她。总之，只要能让阿秀看到对于这张支票，他们夫妇俩是声气相通的事实，这就足够了。

然而不幸的是，对津田而言，阿延的行为和那张支票都显得过于唐突，况且，在这种场合，他的演技与妻子的情趣不同。津田不可思议地瞅着那张支票，然后，缓缓地问道：

"这究竟是怎么回事啊？"

这冷冰冰的语调和冷漠的反问一露头，就无情地摧毁了阿延的热情，使她的期许全部落空。

"没怎么的，因为您需要，我就备好了。"

说完，她还有点提心吊胆的，生怕他追问下去，将夫妇俩平时并不和谐的证据暴露在阿秀面前。

"您在生病，就别问事情的原委了，以后会告诉您的。"

说到这里，阿延依然放心不下，抢在津田尚未吭声之前，赶紧补充说：

"不清楚也没事儿，充其量这么一丁点儿的钱，稍加筹措，哪儿都弄得到。"

津田把那张支票扔到枕边，他是个贪图金钱，却又不爱惜金钱的人。为了挥霍，他比任何人都痛感金钱之必要，可是在蔑视金钱这一点上，他又由衷地苟同阿延说的话。所以他才一声不吭，而且对阿延连一句道谢的话也没有。

阿延心中感到不满，暗自思忖：即便不对我说什么，哪怕对阿秀说上句解气的话也行啊。

阿秀刚才一直看着夫妇俩的表演，她突然叫道："哥哥！"然后从怀里拿出一只漂亮的女式钱包。

"哥哥，我把带来的东西放在这儿。"

她把钱包里取出的白纸包裹的钱款抽出来，放在支票旁边。

"放在这儿，行吗？"

她是对津田说的，暗中却在等待阿延的回答。阿延立刻应道：

"秀子，这真叫人过意不去。您不必那样为我们担忧，要是我办不成的话，那倒还情有可原。不过，好歹还是让我赶上了。"

"您那样说，我的心里又要不好受了。我特意把这个带来，就请您别再说那些，把它收下吧。"

两个人互相推让起来，一再重复着类似的说辞。津田在一旁耐着性子倾听下去，最后，她们俩不得不向津田开口了。

"哥哥，你就收下吧。"

"你说我可以收下？"津田在一旁嗤笑，"阿秀好怪哟。刚才还那么强硬，现在又那么随便地让人收下，到底什么是真意啊？"

阿秀翻脸了。

"哪边都是真意！"

阿秀的回答使津田感到突然，她的强硬语气让始终发出冷笑的哥哥的锋芒受挫。阿延更不用说了，她惊讶地看着阿秀。阿秀的双颊像刚才一样通红，但冷漠的眼睛里所含有的目光却不仅仅是愤怒，除了懊恼、窝心的敌意外，还有一种不得不承认的东西在闪闪发亮，可是那东西除非她自己说出来，否则别人无法知晓。夫妇俩被她的目光吸引，觉得有必要改变一下迄今为止所采取的态度。他们想听阿秀讲讲她那闪闪发亮的眼光说明了什么。就在他们有所期待的时候，阿秀的话已经脱口而出。

一〇九

"说实话，我刚才还在想，到底是说还是不说，但是，遭到哥哥这样的冷笑，我实在不愿就这样一声不吭地回家。所以我想在这儿把能说的都说出来。我想说的与先前的内容稍有不同，如果你们还是用刚才那种态度听，或许我会感到为难的。我的意思是，我不是怕人误解，而是怕我的心意不被兄嫂理解。"

阿秀的解释从这几句话开始，对于已经改变态度的兄嫂两人等于提供了大大超出预期的角度，他俩默默地等待着阿秀的下文。然而，阿秀又再次叮咛：

"我认真说，就请你们认真一点听。"

说着，阿秀把严厉的目光从津田身上移向阿延。

"诚然，并不是我们先前的谈话都是不严肃的，好歹只要嫂子在场，就不要紧了。不管我们兄妹怎么吵闹，最多到时请嫂子拉拉架。"

阿延向她报以微笑，可是阿秀并未搭理。

"我一直在想，什么时候对哥哥说，这还在嫂子到达这儿之前。不过，总没有得到机会，所以到现在还憋着。现在趁你们俩都在时我就一吐为快。好吧，我要说的不是别的，就是你们俩除了自己的事情之外，完全不为他人着想！只要自己过得好，不管别人怎么艰难，怎么麻烦，都不管不问，完全不予理睬！"

对于这样的判决，津田倒是可以接受的。他承认这是自己的特点，正如承认那是人类普遍的特点一样。然而对于阿延来说，这个批评简直太意外了，她听得呆若木鸡。还好，不知是幸运还是不幸，不等她开口，阿秀继续说道：

"哥哥只顾疼爱自己，嫂子又只接受哥哥的疼爱。除了这些，你们的眼里别无他物。妹妹就别提了，连爸爸妈妈也没有。"

说到这份儿上，因为担心兄嫂两人中会有一个人打断自己，阿秀又赶紧补充说：

"我只是说了我亲眼所见的事实，并不是要问你们为什么要索取。因为，时机已经失去，说实话，就是今天，就是刚刚失去的，就在你们不留意的时刻失去的。任何事情都是因缘注定，我只能认命。然而，那些事实引发的结果，必须请两位听听。"

阿秀又将视线从津田身上移向阿延，两人对阿秀所说的"结果"全无意识，所以有了想听一听的好奇心，便默不吱声。

"结果很简单。"阿秀说，"简单到一句话就可概括。不过，你们两位大概是不能理解的，你们并没有察觉，你们是无法获得他人善意的人。听我这么说，你们也许还不能理解，我就再次重复。我的意思是，因为你们只考虑自己，所以失去了接受别人善意的资格。也就是说，你们已经沦为不会感谢他人善意的那种人了，也许你们会认为那样也没有什么，有什么不好呢？但是在我看来，那可是你们天大的不幸啊！如同上帝剥夺了一个人产生喜悦的能力。哥哥，您说过需要我拿出的钱，却又拒绝我拿出钱来的善意，在我眼里，这完全应该相反，作为一个人，完全是本末倒置。那才是天大的不幸啊！而且，哥哥并没有意识到这种不幸，嫂子竟还认为哥哥不收下我带来的钱为好。您刚才一直在嚷嚷，'别让他收下，别让他收下！'也就是说，你们通过拒绝收钱，同时排斥了我的善意。对此，嫂子感到十分得意吧。嫂子也把事情搞颠倒了，您不知道，若是嫂子收下妹妹的真情实意，那时产生的愉悦，不知道要比您现在的得意高尚多少倍啊！"

阿延无法沉默下去，然而，阿秀还是不甘沉默。她以热切的语言压制住阿延试图打断自己话头的气势。她是不把想说的心里话倒个干净便不罢休。

一一〇

"嫂子，您有什么要说的，容我之后慢慢领教。给您添麻烦，请稍加忍受，让我把话说完吧。快了，不长的。"

阿秀的招呼打得十分镇定，与刚才和津田发生冲突相比，呈现一种相反的倾向，即由激昂转向了沉静。这在夫妻俩看来，怎么说都属于意外。

"哥哥，"阿秀说，"为什么我不再早一点把包好的东西交给您，而到了现在又大大方方地拿出来？请想一想，嫂子也一样。"

根本不用想，两个人都认为那还不是阿秀在诡辩，阿延尤其如此。可是，阿秀却是认真的。

"哥哥，我现在希望您像个哥哥的样子。您不是讥笑说，充其量不过那么点钱吗？不过依我看，问题不在金额的多少，只要哥哥能有多少做出哥哥样子的机会，我随时都会利用的。今天，我在这儿已经尽了最大的努力，却遭到了彻底的失败。特别是嫂子到场之后，我的失败就愈加明显了。作为妹妹，其实就是那个时候，我不得不永远放弃对于哥哥的依恋。……嫂子，求求您，再忍受一下，听我把话说完。"

阿秀再次制止了要想讲话的阿延。

"你们的态度，我都明白了。与其听你们讲上一两个小时，还不如我刚才看到的。以我的随便判断，反而能了解得更加透彻。我已经不想再听你们说什么了，不过，我还是有必要说明一下自己。你们一定得好好听！"

阿延沉默着，心想，一个多么自私自利的女人啊！不过，先前她已经有了拔得头筹的胜利者的优势，所以即便一声不吭，也没有什么不满。

"哥哥，"阿秀说，"你看这个。用纸包得好好的，这是阿秀我在家里准备好带来的明证，这里包着阿秀的心意哪。"

阿秀故意拿起枕边的纸包让津田看。

"这就是善意。由于你们无法理解它的含义，没有办法，只能由我自己来解释。而且，尽管哥哥不能像兄长那样对待我，我还是要说清楚，我把从自己家里带来的这份善意放在这儿。哥哥，您觉得这是妹妹的善意呢，还是义务？哥哥刚才问了我这个问题，我回答说都一样。明明是做哥哥的不接受妹妹的善意，妹妹还是想尽其善意，那么，这种善意与义务又有何区别呢？哥哥不是把我的善意转化成义务了吗？"

"阿秀，我明白了。"津田终于开口了。妹妹说的意思清晰地印入了他的脑海，可是，妹妹所期待的他的感情却丝毫没有变化，他早就感到妹妹啰唆，强忍着听取她的唠叨。妹妹在他眼中，既不友善，也不诚实；既不可亲，又不高雅，只是令人厌倦。

"懂了，可以了，已经说够了吧！"

早就死心的阿秀，倒没有露出什么怨恨的神色，只是说道：

"这钱可不是我丈夫给垫上的。哥哥！丈夫给京都的双亲做了担保，立下了字据。因为哥哥毁约，他对爸爸就有担保的责任，只好无可奈何地为您垫钱，不过，要真是那么做，哥哥不会心情舒畅地接受吧？我也不愿意麻烦老公，所以拒绝了那种办法。这笔钱与他无关，是我自己的。这样，哥哥可以无声地接受了吧。哪怕不接受我的善意，钱还是可以收下的吧。与其勉强说上几句感谢的话，莫如默默收下它，反而会使我感到欣慰些。现在的问题并不是为了哥哥，而单纯是为了我。哥哥，你就为了我，收下它吧。"

阿秀说完，便起身离去。阿延看看津田的脸，他的脸上没有任何示意的表情。她只能送阿秀下了楼梯，两人在大门口说了几句寻常的客套话，就分手了。

一一一

单单是在医院遇到阿秀，对阿延而言，算不上是什么意外，但是从这次会面的结果看，还是成了意外中的意外。阿延平时就了解阿秀对自己的态度，却没想到会在这样的场合成为她的对立面。不过，对立之后，她仍然将其解释为那是偶然的结果，甚至没想为了认定其必然性，要去追寻已过去的来龙去脉的因果关系。换句更浅近的话来表述这种心理状态，也就是她认为自己对这场风波完全没有责任，她要把责任全推给阿秀，因此，她的心情显得格外平静。至少在良心上，很难看到她有什么内疚。

这一次会面阿延有两个收获。其一是事后引起的不快，这种不快之中已掺入了阿秀今后会给他们夫妇俩的生活带来的麻烦。阿延因此已做好了摆脱困境的充分的思想准备，不过，其先决条件应该是津田能为自己撑腰。事到如今，她已经有了七分把握，三分不安。对她而言，自己今天把不安降到了何种程度是个重大问题。至少为了得到抑或是讨回丈夫的爱，她已经尽量把自己完全向津田做了展示，并自以为在这方面多了几分自信。

自己明白的信息中，这是最最值得肯定的一项收获。不过还有一个收获是她自己并不知晓，是无意之中得到的。当然，那只是一时的，却因此幸运地避开了丈夫原本要投来的猜疑的目光。那是因为不论从津田的心情来说，还是从他意识焦点的对象来说，他与阿秀周旋之前和产生烦恼之后都是截然不同的。阿延是在引起这一变化的最最紧张之时登场的，她起到了把这一变化顺势推波助澜的作用，等于平白无故地捡到了一只大皮夹子。

冈本为什么一定要请她看戏，昨天她又为什么一定要去冈本家？现在她可以完全省略详细向津田进行解释的手续，甚至连他自己原本主动想谈谈的小林的话题也没有了时间。阿秀一走，夫妇俩的思绪全被她所占据。

两人从对方的表情上便可对各自的想法一目了然。阿延送走了阿秀，登梯上楼，在病房门口倏然一现的刹那间，两人的目光就交汇了。阿延在微笑，于是，津田也微笑。病房里别无他人，只有他们夫妇俩。双方的微笑都渗入到对方的心地。至少对阿延来说，从津田的微笑中久违地看到了他的本来面目。她几乎不知道肌肉上浮现的笑容象征着什么，只是把肌肉展现的一种外形当作可喜的纪念，备加珍惜地藏进了心底深处。

此时，夫妇俩的微笑突然加码了，他们张开嘴来，露出牙齿，一起放声笑了起来。

"吓我一跳！"阿延说着，又回到津田枕边坐下。津田倒是平静地回应：

"所以我才叫你别给她打电话的。"

两人自然非得以阿秀为话题交谈了。

"阿秀不是个基督教徒吧？"

"为什么？"

"没为什么……"

"是由于她放下了钱吗？"

"不光如此。"

"是因为她做道貌岸然的说教？"

"唉，就是！我还是第一次领教，阿秀她竟然讲了那么多艰涩的话。"

"她是一个诡辩者，不把问题诌得复杂，是不会善罢甘休的。"

“我真是头回见识呢。”

“你是头一回，我可不知道领教过几回了。原本平平常常的事情，非要讲得至高无上，那就是她的坏脾气。多半也是受到了一知半解的藤井叔父的感化，中了毒呀。”

“为什么？”

“为什么？她一直在藤井叔父身边，叔父喜好高谈阔论，耳濡目染，最终变得那么能说会道了。”

津田摆出一副感觉无聊的模样，阿延只能苦笑。

一一二

很久没有和丈夫这样面对面地交心了，阿延感到高兴。两人心情愉悦，仿佛隔在他们之间的那层薄薄的幕布突然被扯落了。

因为我爱着他，所以必须也得让他爱我！这就是阿延的决心，它促使她去付出更多的努力。而且，她的努力最终并非徒劳，终于获得了回报，这报偿，至少使她得到了今后的企盼。在阿延看来，那个只能看作失于疏忽的破绽反倒成了她起死回生的曙光。在那遥远的地平线上，她已经能够看到蔷薇色的天空吐出了鱼肚白。在这温暖的希望中，她忘却了那破绽引起的一切不快。小林残酷地遗留了一个不明真相的阴影，仍然残留在她的心中。从阿秀嘴里进出的那一句奇怪的话语也成了一颗疑惑的行星，在她的脑海里闪烁。然而，所有这一切都已退向了远方，至少也不再那么折磨人了。连进入耳中刹那间引起的亢奋的记忆，她认为也没有再去唤醒它的必要了。

"即便有事，我也没关系。"阿延在心里对丈夫已经有了这样的自信，因而也有了届时随机应变的余裕。要搞定对方，那是轻而易举的心绪支撑着她。

"'别人'？那是哪一个呀？"要是有人问，阿延该如何作答呢？那个"别人"，是用淡墨描绘的朦朦胧胧的对象，而且还是个女人，她想从阿延身边夺走津田的爱。除此之外，阿延就什么都不知道了，不过总觉得这个人潜藏在某个地方。倘若阿秀与他们夫妇之间的风波可以顺利地解决，按照应有的顺序，阿延就一定要把津田的这位心上人从遥远之处找出来。

阿延回顾了为这一计划而狂乱的自己，倒也感到幸福。把牵记在心的事往后面放，她一点儿也不觉得难以忍受，心想还不如把这一机会发展到无以复加的紧张程度，让丈夫把自己眼下的柔情深深植入他的脑海，那才是上策。

刚这样下定决心，她马上就扯起谎来，这不过是个小小的谎言。阿延深信，能从精神和物质两个方面将丈夫救出困境的，就是自己带来的这张支票。因而，这个谎言对她而言，就具有重大的意义。

这时，津田拿起支票，再一次仔细查看。支票上的金额比他需要的还多。在讨论这个问题之前，他先对阿延说：

"阿延，谢谢！多亏了你帮忙。"

阿延的谎言随后立刻从她的嘴里滑了出来。

"昨天我去冈本家，就是为了取这张支票。"

津田感到意外，当初他让阿延去姑父家筹款时，遭到她的断然拒绝，而现在她又拿来了支票，前后不过一周时间，她的这番好意究竟是打哪儿冒出来的？津田百思不得其解。阿延是这样解释的。

　　"我可真不愿意去上门，何况还是为金钱的事去麻烦姑父。但是没有办法呀，到了要紧关头，要是没有这点儿勇气，作为妻子，我就没有尽到责任。"

　　"你对姑父说了理由吗？"

　　"是的。那可不好受了。"

　　阿延把自己来这儿梳妆打扮的费时原因也大都归结到冈本身上。

　　"况且，迄今为止我一直装作不缺钱的样子，开口就更显得不好意思了。"

　　津田从自己的性格推断，妻子这种场合的难为情的确可以理解。

　　"你可真不容易啊。"

　　"说起来，要办还是没什么办不成的，只是难以启齿罢了。"

　　"可是，这世上像爸爸、阿秀那样难以说话的人也大有人在呀。"

　　津田的表情，仿佛是自己的自尊受到了伤害，于是，阿延就像帮他解脱似的说：

　　"我可不是因为家里经济困难才去要的。姑父曾经答应帮我买一枚戒指，出嫁时他没给买，说是现在给补买，前不久他那样说过的。所以，我想他给钱大概也是出于这番心意的。您不必挂心。"

津田看看阿延的手指，自己给她买的那枚钻石戒指正在那儿闪闪发光。

一一三

不知不觉之中，夫妻俩变得融洽了。

为了保持自己在阿延面前的体面，津田始终充满戒备的心终于放松了。他在担心自己的父亲在妻子眼中是否会显得鄙吝，还担忧妻子是否会过分小瞧父亲的财力。由于这两方面的原因，他始终为京都父母家罩上一层暧昧的幕纱，现在，这种戒备可以解除了。他并没有意识到这一点，也没有费劲费脑，完全是顺其自然地到达这一境地的。这就意味着谨小慎微的津田在暗中受到了抬举，而且还等于是为了阿延才把他抬到这个地步。阿延也对此感到高兴，自己并没有试图改变丈夫的意图，不料却改变了他，丈夫的态度里还有着天作地合的韵味。

同时，在津田看来，阿延也表现出同样的情趣。其他事暂且不提，结婚后，夫妻俩时常为了金钱问题闹出奇妙的暗斗，下述情况互为因果。与普通人一样，津田喜欢炫富显摆，为了使阿延高看自己，居然比实际情况大大高估了父亲的财产，并对她尽力吹嘘。如果仅止于此，倒也罢了，他的弱点在于总想着再往前跨越，竟想在阿延心目中树立高档人家纨绔弟子的形象。必要时，不管多少钱，都可以指望补贴，即便拿不到补助，每月的支出也绝无短缺之忧。与阿延结婚时，好像就向妻子做过这样的许诺。津田很聪明，深知阿延的性格，在看重金钱这一方面，她与自己不差上下。极端地说，他相信爱情其实是从黄金的光辉中产生的，他有必须在阿延面前维系体面的不安。他最害怕在这方面遭到阿延的轻蔑。之所以拜托堀先生请求父亲每月资助，其实本来并无必要，正好说明了他的盘算。即便如此，他身上总有一些令人局促不安的地方，至少对阿延是表里不一的。机敏过人的阿延对这种表里不一是了如指掌的，自然对丈夫的表现心怀不满。然而，比起对丈夫虚伪的指责，她更憎恨他为人缺少爽直，实在是太见外了。她感到烦恼，为什么他不能像个男子汉那样把自己的弱点暴露在妻子面前呢？结果，她暗下决心，既然你故意制造这种隔阂，那我也做好了应对的精神准备。她的态度又像山谷的回音一样在津田的心里产生了回响，不论做什么，总是合不拢，却又是客客气气的，十分谨慎，尽量不去触碰这个问题。可是，由于与阿秀闹了别扭，阿延心中的这扇门被一下子打破了，而且，阿延自己还毫无察觉。她不曾下过决心、做过努力，试图在丈夫面前解脱自己，却水到渠成、极其自然地放开了自己。所以，在津田眼里，她就像变了个人似的快活起来。

两人就这样不知不觉地融洽了。于是，他们之间很快出现了奇妙的现象。迄今为止刻意回避的问题，现在可以心平气和地讨论了，还共同商讨起对待京都父母家的善后之策来。

两人的共同预感是，这件事不会就此了结，不安同时抓住了他们的心。阿秀一定会有所动作，她会直接将情况报告给京都方面的。如此一来，其结果准定对他俩不利，这些看法是一致的。重要的是之后的善后之策，不过，谈到这儿，两人又各持己见，很难统一起来。

阿延首先指定藤井叔父当调停人，但是津田却摇头不允，他清楚地知道叔父和婶婶是阿秀的同伙。他提出要请冈本担当，可阿延表示反对，理由是冈本与津田父亲交际不深。她提出的方案是，索性简单操作，由自己带着与阿秀和解的目的去阿秀家拜访。津田对此没有异议，即使不为眼下这件事，只要不打算绝交，总要以某种方式恢复两家之间的交往。但是，这个方法可以暂且搁置，两人希望能想出更加有效的办法。

最后，两人异口同声地说出了吉川的名字。他有地位，与津田父亲关系密切，又受到父亲照看津田的委托……越想他所具备的有利条件越多。不过，其中也有难处。要想请如此难以接近的吉川斡旋，非得先说服他的夫人不可。对阿延而言，这位夫人可是位难缠的大对手。她在赞成津田的提议之前，还是稍作思忖。但是与吉川夫人关系良好的津田已看到了大有获得成功的希望，便竭力主张这么办。最后，阿延放弃了自己的意见。

风波之后，夫妻俩经过开诚布公的协商，高高兴兴地道了别。

一一四

由于前一天晚上没有睡好，相当疲倦，当天夜晚，津田睡得格外香甜。次日，沐浴着明媚的阳光，眺望空气爽朗清澈的玻璃窗外，耳中响起洗衣房嘀咻嘀咻用以搓洗的响声，平添了几分秋季的情趣。

"……要走的话，请穿上衣服。去，去，去！"

洗衣房的汉子哼唱的小曲，有节奏地加进了"去，去，去！"的感叹语，使津田想象出他们手忙脚乱工作的模样。

他们突然从一个奇怪的洞穴里扛出白色的衣物上到屋顶，然后爬上晾杆，将衣物一件连一件晾晒在秋季的晴空下。津田自从住院以后，看到他们每天这样劳作，单调而又勤勉，他不明白他们为什么要这么干。

现在，津田必须好好思考一下自己关心的问题，不禁在脑中浮现出吉川夫人的身影。自己眼前的未来还是一片模糊，想将它构思得清楚些，可眼前出现的总是吉川夫人，她始终代表着自己的前程，此刻，这一位焦点人物更有着十分特殊的意义。

其一，是上次造访时产生的牵连。当时，她把尘封在两人心底的问题一下子在津田心中挑明，之后，他想尽量不听她讲下去，却又动心地试图听听下文。既然是夫人打开了天窗，那么，我津田当然就有披露隐秘的权利。

其二，京都的事情令人放心不下。姑且不谈事情的轻重，此事已经迫在眉睫。看来尽早与吉川夫人相见才是上策。但他的身体痊愈至少还得四五天，所以昨天阿延回家前，他甚至想让妻子代自己去见夫人，结果遭到阿延的拒绝，没能说成。不过他还是认为那是妥帖的办法。

津田感到不可思议，阿延为什么不愿为这件事去见夫人，她不是总想和那些人交往吗？这一回，他为了强调自己的动机，等于特地为她去见夫人制造了机会，但妻子却怎么也不肯接受。

津田自然也不能强人所难。这与夫妇关系变得和谐起来有关，不过，换个角度看，那与拒绝前往也有关系。阿延说，若自己去一定谈不成，却没有说出其理由，而只是说，津田去一定会马到成功。津田提醒说即便能够成功，也必须等到出院后才能去见夫人，恐怕会有延误。这时，阿延又给出一个意外的回答，她断言，夫人一定会来医院探病，她认为只要利用那个时机，就能又自然又简便地办妥此事。

　　津田眺望着洗衣房晾晒的衣物，把昨天与阿延交谈的内容前后左右好好整理了一下，觉得吉川夫人可能会来探病，也有可能不来。他不明白，阿延凭什么坚持认为夫人会来。他想象之前她们在剧场餐厅的餐桌边落座时的情景，把阿延和吉川夫人之间的交谈像创作小说似的进行构思。然而，从她们的对话中怎么也找不到可以做出此等预言的节点，因为想不明白，他只能作罢。不幸的是，上帝并没有赋予他，却赋予了阿延几分直觉，在这一点上，他只能永远对阿延有几分畏惧，他没有随心所欲地触碰这一点的勇气。同时，他又无法相信阿延的直觉，心想，是否想个办法把吉川夫人叫到医院来一次呢？他马上想到打电话，并苦心琢磨，是否有既不让夫人感到刁横，也不让她感到唐突，而是十分自然地来到医院的说法？然而，他的苦心恰似在吹水泡，无论怎么努力，立即化为乌有。原本就是异想天开试图将幻想变成现实，怎么能够实现？意识到这一点的津田，只能独自苦笑，又将视线投向玻璃窗外。

　　不知何时起，屋外起风了。洗衣房跟前的一株柳树的树枝和白色的洗涤物一起轻轻地飘忽，悬空的三根电线仿佛掠过它们，和着它们的节拍舞动。

医生走上楼来，津田正在百无聊赖之时，医生一见他便问："感觉怎么样？"随后安慰似的说，"还得再坚持几天。"接着，医生给他更换纱布。

"伤口还得好好养，否则会有危险。"医生一边提醒，一边将局部包扎的地方稍稍松开一看，见有血水渗出，故劝他留神。

更换的纱布只是很小的一块，大伤口处的纱布揭下时，也许血液会喷射而出的。身体处在这种状况之下，津田也无法强行要求回家。

"还是得按照预定计划在这儿好好静养几天。"医生一脸同情的表情。

"哪儿呀，看情况吧，不必那么当件大事对待吧。"

话是这么说，可是医生还是把他当作时间和经济都有余裕的患者来看待的。

"您也没有什么十分要紧的事情等着吧？"

"嗯，在这儿待上一周也没事，可是临时冒出一桩事来……"

"是嘛。不过，快了，再忍受一下吧。"

医生没有更多的话可说，门诊患者不多，于是便坐了下来闲聊几句。其中谈到的一件趣闻，津田听了不禁哑然失笑。当年医生在一家医院当助手时，有人怀疑护士给错了药，导致患者死亡，他冲到药房，一定要把那护士揍上一顿。这故事叫津田感到滑稽，他与这种人的生性截然相反，那么干除了愚蠢，别无其他。换句通俗话说，他只是看到了别人的缺点，暗地里用自己的长处与之相比，还暗自窃喜。其实，这与想不到自己也有缺点的结果如出一辙。

医生的诊疗结束之后，津田对因为这点小病就要在医院窝上一周的自己感到可悲，因为心理作用，他觉得眼下的时光极为宝贵，不禁在心里后悔起来，早知道应该把治疗再往后挪一挪才对。

他又想起了吉川夫人的事情，揣摩有什么办法能让她上这儿来？只要她能来就行。思来想去，他又觉得，由于平时自己老被阿延看穿，因此，对于她的直觉素无好评，然而，现在他倒希望发生例外，让阿延的直觉得以兑现。

他从阿延留下的图书中抽出一本，胡乱翻看了一阵，心想她是要我认同"这全是冈本家的藏书呀"。不幸的是，津田并不懂得什么叫诙谐，书上铅字的意义，通过大脑后在心中引不起什么反应，不少文字连含义都无法理解。责任当然不在于他，为了找到一本适合自己的书，他不停地乱翻了一气，于是，碰巧看到了下面的一本书。

"姑娘的父亲问青年：'你爱我的闺女吗？'青年回答说：'我们已超越了爱不爱的阶段，为了您家的小姐，我早将生死置之度外！只要她用那迷人的眼睛温柔地看我一眼，我就将毫无怨言地死去。我会立刻从那二十丈的高崖上跳下，将一块血肉模糊的肉段呈现在您的眼前。'姑娘的父亲摇摇头说：'实话实说，我也是一个生性好撒谎的人，在我家这样人口不多的小家庭中，很难想象同时出两个爱撒谎的人哪。'"

津田苦笑，撒谎这个词比任何时候都让他感到讥讽，他在内心承认自己是个爱撒谎的人，同时也认定别人基本上也属于同一类人。尽管如此，他并不因此感到厌世，相反，他认为为了生活，撒谎是必不可少的。迄今为止，他就是在这种模糊朦胧的人生观的指导下生活过来的，自己还没有那份自觉，只管我行我素，因此，只要稍稍深入探究，他就搞不清自己的立场究竟是什么了。

"爱与虚伪。"在他读过的小幽默故事里，暗示了两个词的关系，他不明白该作何解释，只觉得自己属于这个重大问题的主要人物，内心要求自己非把这个问题解决好不可。但是，只要他无法得到实践的机会，那就只能在脑海里空打转转。他可不是个哲学家，连至今为止身体力行的人生观也无法以正确的形式给自己道个一清二楚。

一一六

津田翻来覆去地想着那些没头没脑的事，不知不觉之中已过了晌午。脑子感到疲劳，不敢把一件事想得太深。虽然已是秋季，老躺在床上的人还是觉得白天过长。他实在寂寞，又思念起阿延来。今天浮现在眼前的阿延的模样照样刁蛮，他把迄今为止必须忌惮她的事一一细数，相当扫兴，可是想到她马上会来，心境又平复了。此刻，他对于出现在脑海之中的念头，连试图辩解一下自己是没有责任的意念也没有。对于阿延，他有不可理解的地方，然而，自己也把阿延不了解的事情暗藏在心中，这一居心，说不定早就有之。不过，哪怕是这一点，不到万不得已之时，也不会变成明确的话语出现在他的脑海之中。

阿延迟迟不见出现，比阿延更加令人期待的吉川夫人压根儿不见踪影，津田感到十分无聊。打刚才起，近处有人在唱最最讨厌的民谣，刺激着他的耳鼓，令人不快，还冷不防地令他想起留在记忆之中的那块写着"教授谣曲"的细长的招牌。那是挂在洗衣房对面那幢两层楼房跟前的，看来那儿是个授课的教室，因为近在眼前，所以声音震耳欲聋。他找不到任何禁止人家演唱的权利，也就无法抱怨。唯一能够盼望的就是早日出院。

柳树后面的红砖仓库墙上，挂着山形下画有一横标记的店徽，左右两边的墙上各有一个突出的大大的弯头钉，不知派何用场。津田似看非看地茫然地盯着它们望时，突然有毫不顾忌的脚步声传来，有人噔噔噔地踏着楼梯上来。津田一愣，从这走路的势头看，心中已将来访者是谁猜出了八九不离十。

他的预测马上成了事实，他的目光转向房门，与此同时，小林身穿刚刚要到手的大衣，旁若无人地走进了病房。

"你怎么样？"他马上盘腿而坐，津田则以苦笑代替寒暄。一看到是他，心里就想你来干啥？

"瞧这个！"他把大衣袖子伸到津田跟前让他看，"谢谢，多亏您，这个冬天可以混过去了。"

小林当着津田的面，又重复了对阿延说过的同样的话，不过，津田没从阿延那儿听说过，并不觉得他是在挖苦自己。

"夫人来过了吧？"小林又问。

"来过了，那是理所当然的嘛。"

"他对您说了些什么吧？"

津田在犹豫，不知是肯定好还是否定好。他想知道小林对阿延说了些什么，只要他能够把说过的话在这儿重复一遍，那么肯定与否定都无大碍。但是怎么回答才能成功，转瞬之间却难定夺。不过，津田的这种态度，在小林眼里，竟变成了别的意思。

"夫人来发脾气了吧。我猜得到，一定是的。"

津田轻松地逮到这个话茬，立刻跟上去说："因为你欺人太甚了吧。"

"不，我可没有欺负她，只是玩笑话说得过了头，怪可怜的。她没有哭鼻子吧？"

津田吃惊了，"你把她惹哭了？"

"哪儿呀，反正我只是胡说八道。因为夫人是在冈本家那种上流阶层家里长大的，还不晓得天底下竟有我这等愚鲁者存在，所以经不起一点点风雨。您平时该好好教导她，别跟那些混蛋们交往才对。"

"我已经对她说过了。"津田毫不示弱地回应。小林哈哈一笑。

"训练得还稍欠火候吧。"

津田话锋一转。

"你到底说了些什么？是怎么取笑她的？"

"您应该已经听夫人说过了吧。"

"不，没听说过。"

两人面对面相视，同时表现出试图揣摩对方内心的企图。

一一七

　　津田要让小林说出实话，自有特殊的意义。他对阿延性格中的特点了解得一清二楚，她与阿秀不同，从不忘记在丈夫面前尽量表现出顺从和娴雅，同时，也在一定程度上限制了津田的自由。她的才华是纯粹的，但是，应用之时却是兼顾两面的。当她认为不能让丈夫知道，或者还是隐匿为好的事情，那时候的阿延就成了津田最难对付的妻子。她越是温柔，津田就越无法从她嘴里挖出半点东西。她昨天与小林究竟发生了怎样的龃龉？因为阿秀的搅和，没有工夫问个究竟，那是万般无奈的。不过，即便没碰到那样的障碍，要是津田问起详情，阿延会仔细回答、会满足丈夫的要求吗？想来，这依然是个很大的疑问。依照阿延平时的作风推断，她一定会搪塞蒙混过去，把津田蒙在鼓里的。尤其是小林已经说出的津田感到怀疑的地方，她更加会装聋作哑，从丈夫跟前滑过去。至少，津田观察下的阿延是有着这番从容气度的。既然对阿延不能抱什么希望，津田只能在小林身上寻求自己所需要的信息了。

对此，小林多少也有所了解。

"其实，我什么也没有说！不信的话，您可以向夫人确认。不过，回家时觉得对不住她，才过来赔礼的。可说实话，为什么要赔礼，连我自己都搞不明白。"

他这样说着，一副若无其事的样子，然后，突然间伸出手去，在津田的枕边拿起他刚开始阅读的书本，默读了几分钟。

"您在看这种书啊？"他用轻蔑的语气问道。他粗鲁地将书本从后面往前翻页，看到了盖有"冈本"便章的地方，就哼了一声。

"是夫人阿延送来的吧？难怪是本奇妙的书。哦，那冈本是位富翁吗？"

"那我怎么知道？"

"您怎么可能不知道？那不是阿延夫人的娘家吗？"

"我可不是调查了冈本家的财产之后才与她结婚的。"

"是嘛。"

这个简单的"是嘛"在津田脑中产生了奇怪的反响，他觉得里面有"没调查过冈本家的财产，您会结婚吗？"的意思。

"冈本是阿延的姑父，你不知道吗？哪儿是什么娘家！"

"是嘛。"

小林再次重复刚才的话，津田听了更加不快。

"你那么想知道冈本家的财产，我帮你去调查一下吧。"

"嘿嘿，"小林说，"人一穷，连人家的财产都令他烦恼，真没治。"

津田不搭腔，正想不再谈这个话题，小林又扯回了原题。

"不过，说真的，他到底有多少钱啊？"

这种态度才是他的特色，而且任何时候都可以做两种解释。

若是打心眼里认定他是个蠢材，那倒也罢了，当你觉得自己受到了他的愚弄，便觉得会无止境地受气下去。对于小林，津田处在半信半疑之间，因此，觉得自己也有弱点的时候，他只能倾向于自己受气的解释。他微笑着，小心谨慎地应对，免得让对方得意忘形。

"让他借点给你吧？"

"我不愿借，要是能给一点，那还差不多。给也免了吧，因为他不会给我的。实在没法子时，就去设法弄一点。"小林哈哈一笑，"去朝鲜之前，给冈本提供一点有趣的秘闻，问他要上一点。"

津田立刻把话头扯到朝鲜。

"何时出发？"

"还不能确定。"

"不过，去总是得去吧？"

"总得去，您催促也罢，不催也罢，日子一到，自然会走。"

"我可不是催你，有时间的话，想为你举行一个欢送会呢。"

津田想到，今天要是听不到小林叙说详情，不如利用欢送会的时间再打听，暗中预备创造了第二次机会。

一一八

不知是故意还是偶然，津田想提出的问题，小林总是不予

280

回应，对于这样的小林，津田也许还真得好好留神。任何时候，小林总是以一种若即若离的态度对待津田的提问，同时执着地只是围绕他自己的话题纠缠。当然这和津田要问的事也有间接的关系，因此，他觉得既焦急又烦恼，总觉得小林是在对自己搞弯弯绕绕的讹诈。

"我说，吉川和冈本是亲戚吗？"小林开口了。

"不是亲戚，只是一般的朋友。有一次你问我，我不是已经回答过了吗？"

"是嘛。因为与我关系甚远，容易忘记。不过，即便他们只是朋友，关系也不一般吧？"

"你说什么呀？"他最终没在后面再补上一句"混蛋！"

"哎，我的意思是说，他们是相当有交情的朋友。何必那么生气呢？"

吉川与冈本的关系，诚如小林想象的那样。单从表面现实看，不过尔尔，但是从深处看，若把津田和阿延摆进去，同时观察表里，其意义就一清二楚了。

"你可真是幸福，"小林说，"只要善待夫人就没错。"

"所以我待她很好啊。这事不用你提醒，我还能不懂？"

"是嘛。"小林再次使用这个词，每当他重复这个假装正经的"是嘛"时，津田总会觉得受到了他的威胁。

"可您和我不一样，您聪明。人家还以为您完全向阿延投降了。"

"人家指谁？"

"藤井叔父和婶婶呀。"

藤井叔父和婶婶会那么想，也是在津田预料之中的。

"说是完全投降，别人要那么说，也是无可奈何的。"

"是嘛。不过像我这样正直的人，是学不会您的做派的，您还是一位了不起的人。"

"你算正直，我是虚伪吗？虚伪的人了不起，那正直的人不就是混蛋了吗？你是什么时候发明了这套哲学？"

"这套哲学，我早就发明了，现在不过是重新发表而已。关于去朝鲜的事情嘛……"

津田的脑海里闪现了一个奇妙的暗示。

"旅费都凑齐了？"

"我想旅费总得想办法凑齐的。"

"报社肯定给出钱吗？"

"不出，已决定向先生借钱了。"

"是嘛，那可太好啦。"

"一点儿也不好。承蒙先生的照料，实在觉得不好意思，过意不去啊。"

如此讲话的小林，正是将自己的亲妹妹阿金交给藤井处置的家伙。

"我再怎么恬不知耻，在金钱问题上还要给先生添麻烦，那就太惭愧了。"

津田无言以对。小林用故作天真的语调商量说："您有没有可以敲一笔的地方？"

"没有！"津田断言，故意扭过头去不予理睬。

"没有吗？我想总会有的吧。"

"没有的，最近很不景气。"

"您怎么啦？这世上不是只有您，总是那么生机勃勃嘛。"

"别胡扯！"

冈本给的支票、阿秀留下的纸包都交给了阿延，津田现在的钱包是空空如也。即便那些钱都在自己手上，他也不愿意在此时为小林做出财力上的牺牲。首先，只要事情不到万不得已的地步，他认为完全没有与之谈这个问题的必要。

奇怪的是，小林也不再强求，反而把话题转到了奇妙的地方，令津田十分诧异。

他说，今晨去了藤井家，一如往常地在他家吃了招待的午饭，随后长时间地在他家整理原稿。大门处的隔扇门被拉开，他就轻手轻脚地外出接待，居然偶然间看到了阿秀。

听小林这么一说，津田不由得在心中开骂："叫你这畜生抢先了！"可事情不是到此结束，小林的心中还藏着更令津田惊讶的素材。

一一九

然而，小林吓人的方式，自有他一流的程序。他一开口就用这件事取笑津田。

"听说兄妹吵架了吧。先生您和太太都被阿秀说得无言以对了。"

"你在一旁听到了吗？"

小林苦笑着挠挠头。

"哪儿呀，我可不想听，只是声音自然地进入耳根。总之，说者是阿秀，让她说的就是先生您啊。"

阿秀身上有一股死板单调的犟劲儿，只要稍加刺激，平时的冷静就荡然无存，表现出一种与平时迥异的凶悍，特点与津田完全不同。叔父又是叔父的一套，不论什么事都大有刨根问底的作风，单在嘴上讲讲倒也罢了，他却在行动上也始终如一地非搞到合乎逻辑的最后一刻，否则就决不善罢甘休，这就是他对待谈话对手的态度。他一向靠笔杆子处理思想问题，这种习惯导致他在脱离了铅字的日常生活之中也体现了这种精神。他允许对方敞开讲，却又会不停地提问，提到一定的程度，便不称其为质疑，常常变成了诘问。

津田的心中想象着叔父和妹妹坐着对谈的情景，不禁怀疑，弄得不巧，在那儿又会发生一场新的风波。不过考虑到小林就在跟前，于是故意摆出一副高姿态。

"大概胡乱说了一通我的坏话吧。"

小林以哈哈大笑替代回答，随后说："竟然与阿秀吵嘴，也太有失您的身份了。"

"因为是哥哥，所以才吵嘴。那家伙要是在堀先生面前，会老实得多。"

"言之有理。世上夫妻吵架是常有的事，不过，兄妹吵架比起夫妻来更为常见。我没有娶过妻，当然不知个中奥秘。可我有个妹妹，一直打算好好品味兄妹之情。您这算什么呀，像我这样的哥哥，还不曾记得何时与妹妹吵过嘴呢。"

"那是因妹而异呀。"

"不过，也可以说是因兄而异嘛。"

"再怎么当哥哥，也总有发脾气的时候嘛。"

小林冷冷地独自发笑。"不过，不论您是个什么样的哥哥，总不会认为惹恼妹妹阿秀是个上策吧？"

"那是当然，谁乐意与那种家伙吵架呢。"

小林越笑越厉害了，每笑一次，就有了再变一种腔调的余裕。

"大概是迫不得已吧。不过，让我说来，我可不在乎与任何人吵架。因为我是个与人吵架后不会受损的人，从一开始起，我就没有可付出的损失之物。总之，吵架可能引起的一切变化都是使我得利的。毋宁说，我是希望吵架的。可是，您就不同了，一吵架，您绝不会有好处，再说，世上再也没有谁像您那样能洞悉利害得失，岂止是洞悉，您还能在那种状态下从早到晚地安然入睡，睡醒即起，至少您始终认为那就是生活的必要。行啊，您那么……"

津田厌烦地打断了小林。

"好啦，我懂了，明白了。你是在提醒我别跟别人发生冲突。尤其是倘若与你发生冲突，我是会吃亏的，所以在忠告我妥善地处置事情。这就是你的主意吧？"

小林假装糊涂地回应：

"什么，跟我？我压根儿没想过要跟你吵架。"

"我不是已经说过明白了吗？"

"明白就好，我可提醒您，不要误会，我打先前起，就觉得阿秀是有问题的。"

"那我也明白。"

"您说得明白，是指京都方面的事情吧？是说他们事情办得不厚道？"

"那当然。"

"可是，岂止如此啊，您啊，还有弦外之音呢，当心点吧！"

小林说到这儿就停止，为了检验自己话语的效果，瞄了瞄津田的脸色。果然，津田有点沉不住气了。

一二〇

小林抓住了这个绝妙的时机。

"要说阿秀嘛……"小林已经把津田控制在手中，"告诉你吧，阿秀到您这儿来之前，还去过另一户人家。那是哪一家？您可以想象吧。"

津田的心中没谱，他认为至少那件事，除了藤井家，她没有可去的别人家。

"在东京，她没可去的人家吧。"

"不，有的。"

没有法子，津田只能在脑中东猜西想，可是，怎么想也没有个头绪，最后，小林笑嘻嘻地道出人名，津田果然大吃一惊地嚷嚷起来：

"吉川？她为什么要跑到吉川家去？跟他家有何干系啊？"

津田是百思不得其解。

如果只是为了给吉川和堀家结交关系，那津田轻而易举地就能做到，根本没有心存过分幻想的必要。津田夫妻结婚之时，已尽媒妁之劳的吉川夫妇和妹妹阿秀及妹夫堀先生有了社交关系，这谁都看在眼里。但是，仅仅凭借这一点，阿秀就带着问题去登门造访，实在是毫无理由的。

"她大概单纯是去串个门子，聊表敬意吧。"

"不过，听阿秀讲述，好像并非如此……"

津田忽然想听听阿秀说了些什么，可是，小林并未满足他的要求，反而提醒道：

"要说您这个人哪，看上去非常小心周到，却总有遗漏。总想着别疏失别大意，所以有些事就难以出手。这次的事情不就是吗？首先，以您的立场，就不该激怒阿秀。再者，让她往吉川家跑也是失策。而且，您压根儿没把她会去吉川家当一回事，这些都全然不同于您平时的作风哟！"

从已经形成的结果看津田的漏洞，对小林而言，易如反掌。

"令尊和吉川是朋友关系吧，令尊还拜托吉川要多方照应您吧，那阿秀跑到他家去，不是理所当然的吗？"

津田想起自己住院之前，在公司的董事办公室听吉川说过以下含义的一番话：别让上了年纪的人担心。你在东京干些什么，我知道得很清楚。假如你做出不地道的事，我会告知京都方面的。当心点儿！

如今看来，那番话只是半开玩笑的一种训诫而已，然而，要是这番话语现在已经变成了正式的告诫，那么，推波助澜者就是阿秀。

"真是个古怪离奇的家伙！"

正因为古怪并非津田家的遗传，所以，他的抨击包含着某种意外的观念。

"不知她在吉川家胡诌了些什么。吉川要是真信她的话，就只对她有利，其他人都得遭殃。真是糟糕！"

在津田的脑海中，除了直接的影响之外，还有更加重大的后果在远处闪现：诸如他在吉川面前的信誉，吉川与冈本的关系，冈本与阿延的情谊等，说不定都会因为阿秀的行状产生变化。

"女人真是浅薄的东西呀！"

听到此话，小林突然笑了起来，这是他到现在为止笑声最大的一次，令津田吃惊，他这才意识到自己刚才说了些什么。

"那就由她去吧。不过，阿秀到吉川家去讲了些什么，请你把她对叔叔说的告诉我吧。"

"她在不停地讲，老实说，我觉得厌烦，也没好好听进去。"

说到关键之处，小林又佯装不知地跳出圈外。津田感到失望，在对他的失望品味了一阵子后，小林又返回圈内。

"不过请您稍候，不管怎样都得让您听听的。"

津田想，阿秀总不至于再来吧。

"哪是阿秀呀，她不会再来了。是吉川夫人要来。千真万确，亲耳听到的。阿秀明确说出了吉川夫人要来的时间。大约再过一会儿吧。"

阿延的预言应验了。津田想方设法邀请的吉川夫人，过一阵子就会到了。

一二一

　　津田的脑海里相继跳出了两件事情，一是有一个事前的暗
示，自己必须好好接待即将到达的吉川夫人。她能亲自到医院
来探视，从原定计划看，无疑是他最最希望的。不过，既然来
访的意义有了新加的内容，自己应对的方式也必须有所改变。
就说想象中的夫人的态度吧，就令他多少感到不安。经阿秀注
入了偏见之后的夫人与不曾引起反感之前的夫人，在他看来就
是大不相同的。可是，他平时具有的自信还在，他有信心通过
这一场会见，把夫人带有的偏见和反感一扫而光。倘若不能做
到这一点，至少自己的未来是可忧的。他怀着三分不安和七分
自信，等待着夫人的来访。

　　另一件事情就是，他觉得自己应该临时改变一下对待阿延
的态度。刚才因为无聊，他分分秒秒地期待着阿延的到来，可
是现在，他因为别的事情感到紧张，正在预想来自截然不同的
方面的刺激。现在是不再需要阿延的，不如说，她在身旁反而
显得麻烦。而且，他还有着只愿和夫人两个人对谈的特殊问题。
他认定，自己必须防止阿延和夫人在这病房里会面。

　　作为附带的条件，自己还有必要尽快赶走小林。可是这小
林一面说吉川夫人马上会到，一面却完全没有要告辞回去的意

思。他是绝不会因为干扰了他人而感到愧疚的人，甚至因时间和场合而异，还会故意妨碍他人，而且，叫人无法判断他的妨碍是纯属无意呢，还是明知故犯的捣乱。他会满不在乎地自行其是，令人焦虑万分。

津田打了个哈欠，这一举动与他此刻的心情完全不相称，把他分成了两半：一面有点心神不宁，一面又不知所措地应付着小林，明显地表现出谈话即将中断的气氛。尽管如此，小林依旧若无其事地佯装不知。津田拿起枕边的手表，又将它放下，同时不得已地提问：

"你还有什么事吗？"

"倒不是没有，不过，也不是非今天谈不可的。"

小林的用意，津田已经大致明白。但是，他并不想向他表示屈服，更没有即刻将其击退的勇气，只能陷入沉默。于是，小林又开口说道：

"我也想和吉川夫人见见面呢。"

津田心想：开什么玩笑！

"你有什么事吗？"

"您老是喜欢说事情、事情的，与人相见不一定非得有事啊。"

"可是，你是个陌生人啊。"

"正因为陌生，所以才要见一见嘛。我在想她的长相如何。毕竟我是个没进过有钱人家门，也没有和他们打过交道的人，所以想趁此机会，见上一面，哪怕是一小会儿也行。"

"她可不是个供人观赏的人。"

"唉，只是出于单纯的好奇心，再说，今天我有空。"

津田傻眼了，他很不愿意让夫人看到自己的朋友中居然还有如此寒碜的人。一旦被夫人轻蔑地斥为"竟然与这种货色打交道"，那就变成事关自己前程的大事了。

"你也太悠然自得了。吉川夫人今天来这儿干什么，你不是也知道的吗？"

"知道啊。会打搅吗？"

津田只能做最后的指引："是打搅。所以趁她还没到，你就早点回去吧。"

小林倒也不生气。

"是嘛。那么，我回去也行。不过，把我的来意说一下，好不容易来一次。"

津田很不耐烦，终于主动谈起了他所说的事情。

"是说钱吧？若是为我的事花钱，我可以负担。不过我身边一文钱也没有。话说回来，你不可以趁我不在家，像拿大衣那样跑到我家去取。"

小林又冷冷地嗤笑起来，那表情似乎在说，那我该怎么办？津田还有事要问小林，在他动身之前最好再与他见一面。不过在医院见面有让他与阿延会面之虞，不甚方便。他以开欢送会为名，约定了碰头的时间和地点，才总算轰走了这个麻烦鬼。

一二二

津田立刻采取了第二套预案，他挪开放在床上的小型化妆盒，从下面抽出常用的信纸和薰衣草色的信封，马上用钢笔写道：今天我有点别的事情，你可不必来医院探病。这封简单的信件他没用一分钟时间就写成了，心急如焚的他，连重读一遍的时间都舍不得，便立刻封上信封，也不曾顾虑，要是内容没说清楚，是否会引起阿延的怀疑。他已经丧失了平时谨慎小心的作风，不仅毛手毛脚，而且有一种奋勇向前的心态。他拿着写好的信立刻下楼去叫护士。

"有点儿急事，这封信交给您，请让车夫送去我家。"

护士说"好的"。接过信，一脸"哪有什么急事"的神情，看了看信封上的地址。津田的心中甚至连车夫往返所需的时间都计算好了。

"请让车夫坐电车去。"

他担心车夫与阿延正好错过，阿延在收到这封信之前已动身来医院，那自己的一番苦心就都白费了。

回到楼上后，他仍然在为这件事苦恼。想着想着，仿佛阿延真的已经出门坐上电车，正朝这边赶来。当然，与此事一起在脑中纠缠的还有小林，他觉得，如果在自己的目的达到之前，妻子苗条的身影已经出现在楼梯之上，那一定就是小林的罪过。被他浪费了珍贵的时间，最后恳求似的将他送走，目送着小林离去的背影，津田还想过利用他完成眼下的急事。"真对不起，回去时到我家绕一下，让阿延今天别来医院了。"话到嘴边，他才大吃一惊地咽了下去。实际上他心想：倘若此人不是小林，这么做该有多么便利啊。

津田的神经变得敏锐起来，"快来了吧，快来了吧。"在焦急的期待中，分分秒秒地等待着吉川夫人的到来。可是就在这段时间里，他托护士转递阿延的信件，已经落入未曾预料的命运之中，这是他奈何不得的。

信件按他的吩咐交到了车夫手里，车夫按照护士的命令，拿着它马上搭乘了电车，又在指定的车站下了车，稍作步行，穿过大街，拐进小路，轻而易举地找到了那幢写有户主名牌的漂亮的两层小楼，走近大门，将手上的信件交给了出来应接的阿时。

到此为止，一切如津田设计的顺序进行。但是之后摆在他面前的事实是他在写信之时万万没有想到的：那封信并没有立刻落入阿延之手。

如同津田担忧的那样，阿延并不在家，也并不是他所担心的已到医院来了，而是去了别的地方。这一结果正说明敏捷的阿延充分发挥了她善于利用时机的优势。

那一天的早晨，还是平常的阿延，像平时一样起床，一如既往地行动。由于丈夫不在家，她就必定可以度过一个相对闲暇轻松的上午。吃过午饭后，她去了澡堂，打算去医院之前打扮得漂亮一点，所以在那里磨蹭掉不少时间，带着心旷神怡的好心情，包裹好出浴后光泽的肌肤回到家中。听到阿时向自己报告了一个难以置信的消息："堀先生的夫人来过了。"

阿延简直无法相信女佣的话，近日阿秀居然会特意唐突地来家里造访，这是毫无来由的。她几次三番地向女佣确认，为什么不问清她的来由，为什么不让她在家等候？可是，女佣却什么也不知道，只说阿秀的佣人称，她是从藤井先生家回来，顺便过来看看而已。

阿延瞬间改变了既定的计划，决定今天不去医院，改上阿秀家。这不过是将自己与津田今天商定的时间对调一下而已，不会留有什么痕迹的。她赶紧出了门，好似在追踪阿秀似的。

一二三

大体上说，堀先生的家与医院是同一方向的，多坐两站电车就是，下车后马上右拐，再走上四五百米路，就来到堀先生的门前。

这座位于远郊外的房子，与藤井家和冈本家不同，几乎没有庭院，更没有人力车和马车的调头处。一幢两层楼房可以说是临街而立，与门口只有不到六米的地方，而且铺满了石子，看不到泥土的颜色。

市区改建的结果导致大街的路面拓宽，比别处看上去宽阔许多，但是商店很少，街上几乎找不到一家。律师事务所、诊疗所、旅馆一家连一家，四周显得繁华，大街上却又十分恬静。

马路两旁整齐地栽有柳树，因而到了好季节，连市内煞风景的大风，到这儿也会将两侧的绿色柳枝摇晃出情趣。其中最大的一棵，其修长的树枝正好从堀先生家的墙头斜着长到门楣之上，粗看上去，仿佛是为了装饰门面，将树枝特意移到这儿的，形态优美。

说到其他特点，譬如门口处的那只废物——防火用大铁桶，让人联想起贫民区的当铺之类的地方，与一旁的大门构造倒是十分般配，因为门口比较宽阔，进口处全用细隔门拦住，门板与隔扇等装饰一概看不见。

总之，一句话可以将此处概括为洋气十足的宅子，至于住家是什么职业，只要仔细观察一下房子的外表就能做出判断，可是令人不可思议的倒是这家的主人，他还不知道自己住进了什么样的房子，不会因此感到烦恼，不论别人怎样议论他的家业，他也始终不动声色。虽然是个花花公子，却和那些缺少教育的土豪不同。就人品而言，他住在这种演员们居住的房子里似乎并不合适，不过，他又是个私心很少的人。说得难听一点，他是个缺少自我个性的人，凡事都按照世间的习俗行事，轻松安闲地度日，连自己家中的旧习俗也不想改变。用他父母亲的话说，他满足于在祖先营造的仓库式的、具有艺人趣味的房子里生活，倘若这就是他的优点，那么他故意表现出的不得意忘形的低调态度是值得赞赏的。然而，他并没有可以得意忘形的理由，若这幢宅邸可以使他得意，那就显得过于迂腐了。

阿延每次看到堀先生的家，总会觉得自己与那幢房子之间存在着不和谐感，进了家门，也会经常想起她与这家人之间的距离。在阿延看来，只有堀先生的老母亲才配安详地坐在这幢房子里，然而，她却是这家人中阿延最不喜欢的人，与其说不喜欢，莫如说难对付。时代不同了，说得冷酷一点，她给人以"恍若隔世"之感。要是这个说法并不确切，那么诸如"合不来""生不逢时"之类的评语应有尽有，说到底，结果都一样。

接下来，堀先生这个人也有问题。在阿延眼里，这位主人与这个家庭似乎很和谐，又不太和谐。进一步说，他无论上哪一家，都会显得既和谐又不和谐，两者成了同义语。要是一开始就不把它当作一个问题，那就不会有什么大不了的变化，这种暧昧恰好表现了阿延对堀先生感情上的好恶，老实说，她对堀先生似乎是喜欢，却好像又不喜欢。

最后来看阿秀，可以将她的问题一语道破。在阿延看来，她是这个家庭构成中最不和谐的。这个判断再说得煞有介事一点，从心理角度来说，无论何时，她是无法与这个家庭氛围保持一致的。阿延每次把堀先生的母亲与阿秀两人放在一起比较，总会感到一种巨大的矛盾。不过，这种矛盾的结果究竟是喜剧还是悲剧，就无从判断了。

想到这户人家的成员居然如此组成，使阿延纳闷的唯有这一点：

"与这个家庭最为和谐的堀先生母亲是最使自己感到束手无策的；而与婆婆性格迥异的阿秀在另一种意义上，又是会给自己带来痛苦的冤家。"

拉开玄关处的隔扇门，门铃大响起来，将她从平时常有的思绪中惊醒。

一二四

堀先生的老母昨天陪着孙子去横滨亲戚家还没回来，对于被带进客厅的阿延来说，倒是有了意外的机会。这机会要看怎么看，或许十分有利，抑或是结局不妙。虽然回避了与很难讲话的老妇接触，却也带来了与劲敌阿秀面对面周旋的不利。

　　阿延不知内情，从造访的一开始就被打乱了方寸。通常，堀家梳着个小发髻的老母亲会放下手上的事情最先露面，颇讲礼节地奉承一番，可是今天最先出来的是阿秀，估计随后就会现身的老母总不出场，阿延按照经验所表现的自然的风度，首先被破坏了。当时，她看了阿秀一眼，眼睛里露出困惑的神色，但是那并不是"对不起"之类后悔的表示，而是出自昨天一战胜利之后扬扬得意的反作用力所产生的羞怯，是击中了某个劲敌而产生的轻微的恐惧。同时，她的心中还感到心烦意乱，不知道怎样才能从眼下的场合中脱身而出。

　　阿延朝阿秀投去一瞥的瞬间，就觉得自己今天被对方掌控了，但是，这已经是在自己的一瞥之后，阿秀的目光突然显现，这目光来自高处，来自她掌握的技巧奈何不得的地方。她并不能制止隐秘处突发袭击的威力，只能甘愿等待事情的结果到来。

　　阿延的一瞥果然对阿秀起了作用，然而对此做出反应的阿秀，又叫人大出意料。看她平时的表现，看她与平素决裂的昨天，看她如何修复与哥哥津田裂痕的始末，凡此种种，若结合平时在他人眼中的一贯性格来看，她是无论如何也不肯善罢甘休的。她不掀起大大小小的风波来了解这件事，连十分看重自己手段的阿延也无法相信。

　　所以，阿延吃惊了。阿秀落座后，比平时更加殷勤地寒暄，阿延大为惊讶，简直要怀疑自己。暂且把自己的疑虑放到一边，认真地观察阿秀对待自己的态度，不禁有点害怕起来。她在惊讶对方的变化之大，进而引起的疑虑是：这到底是什么意思？

　　不过，阿秀始终不肯把重要的意思说给阿延听，不仅如此，连昨天在医院里发生的不幸的失和事件也绝口不提。

既然对方已有所准备，故意回避危机问题，要是阿延主动提起，反而显得不自然，首先自己没有必要主动去触及痛处，不过，话说回来，如果不是为了把事情在某处告个段落，双方都来个痛快的解脱，那么，自己今天为什么要跑到这儿来？她有点儿拿不定主意，可是，既然没有通过和解的方式就已经达到了和解的效果，再把那些事抖搂一遍，不是也很傻吗？

聪明的阿延软了下来，谈话越是顺利地进行，一种遗憾的心情越是抬头，最后到了她试图突破对手的某个部位，窥探一下她的内心。想到这里，颇具冒险精神的阿延并非不知道万一失败将引起的危险，但同时她对自己的才干也颇有信心。

而且，阿延还有一个希望。倘若时机允许，她想探询一下阿秀心思的某个特别之处，从那儿叩开其心扉，充分倾听她在局部上自然发出的心声。这虽然与他们夫妻俩商定的访问目的毫无干系，但是从阿延自身来说，比完成讲和的目的就离去有着更为重大的意义。

这事情必须对津田保密，其性质与津田要她保密的事情本质上是相似的。正像津田不在家时在乎小林对阿延说过什么一样，阿延也想把自己不在场时，阿秀对津田说过的话查个一清二楚。

她十分想要找个借口。思来想去，一筹莫展的阿延又把阿秀回去时顺便拜访藤井先生家的事情作为话题。两人落座之后，阿延提出已经准备好的话头："听说刚才您来过我家，不巧我到澡堂去了。"接着她回复道："您有什么事吗？"阿秀只是简单地回答说"没事"。干脆地将阿延顶了回去。

一二五

　　接着，阿延想从藤井入手。据阿秀自白，今晨她造访过叔父家，这为谈话的推进提供了便利。然而，即便是这一点，阿秀的防备依然是壁垒森严，每当有需要的时候，她就会跑到门外，亲切可掬地应对阿延。阿秀全靠叔父照应才长大成人，这一点阿延十分清楚，此外，她还知道阿秀在精神上也受到叔父的感化，因而阿延必须首先对藤井叔父的人格和生活卖弄几句阿秀听了满意的话语。可是，在阿秀眼里，阿延的每一句话都带有夸张和虚伪的味道，她不仅找不到阿延有真诚对话的态度，而且在冗长的陈词滥调的反复之中，脸上自然露出了不悦之色。机敏的阿延立刻意识到自己过分小瞧了对手，遂即设法挽回。这时，阿秀开始喋喋不休地讲起冈本家的事。阿秀与藤井家的关系，恰似阿延与冈本家的关系一样，冈本对阿延而言是位极其重要的人物，不过，阿秀却感觉不到他任何的亲切，他如同一个陌生的路人。所以她说的话，如同纤巧滑腻的肌肤，重要的肌体却是无血无肉的。阿延只能把阿秀亲手烹饪的恭维话的回礼，津津有味地吞咽下去。

　　等到再一次轮到阿延说话时，她又大献殷勤。阿延并不是一个要把一切都强加于阿秀的愚蠢的女人，她会抓紧时机，巧妙地收场。接下去，她又想着用吉川夫人来撩拨。但是，如果还是用跟先前同样的方法，只是一个劲地吹捧，有可能再次陷入不成功的泥潭，所以她不谈善恶的标准，只将夫人的名字点了出来。她打定主意，先看看对方的反应再决定下面的步骤。

阿延虽然知道自己去澡堂不在家时，阿秀从藤井家顺道而来，却压根儿也没想到阿秀去藤井家之前还去拜访了吉川夫人，而且还是昨天在医院爆发那场风波后特意去的吉川家，这一点，也是阿延做梦也想不到的。这方面与津田同样天真的阿延，恰如津田被小林吓了一跳一样，阿延也受到了阿秀同等程度的惊吓。然而，两人受到惊吓的方式截然不同，小林明确地报告了事实；阿秀则是颇有含义的缄默，还有随同无言沉默时微微泛红的脸色。

夫人的名字刚从阿延口中吐出时，阿延觉得仿佛是一粒仙丹从天而降，落在她俩的中间，她马上注视着眼前的效果。然而不幸的是，这效果完全不起作用，至少，她不知道如何才能对效果加以利用。这意料之外的光景，只能使她惊讶。她刚一说出夫人的名字，便顿觉失言，心想看来应该道歉才对。

于是乎，第二次预料不到的意外发生了。看到阿秀稍稍背过脸去的样子，阿延觉得自己应该改变最初对她的印象了。她这才明白，阿秀脸色的改变，并不是由于恼火生气。这种表情其实是多年来早已看腻的单纯的羞涩，不禁使阿延感到更加惊异。她清楚地确认了这种表情，不过，若要搞清这种表情的由来，则必须等待阿秀的说明了。

阿延还在举棋不定，可是阿秀却牛头不对马嘴地突然换了话题。新的话题与刚才的谈话全不搭界，却离奇地使阿延第三次感到震惊。不过，阿延还是有自信的，她马上认真倾听。

一二六

　　阿秀嘴里道出的意外话语，最打动阿延的就是那个"爱"字。这个古已有之的陈腐词汇，给阿延带来宛如伏兵骤降的新奇感，其原因定是由于前言不搭后语的单炮突发，再就是在两人的谈话中，还是首次使用到这个词汇。

　　相比阿延来说，阿秀是个爱论理的女人，但是在得出结论之前，多少需要一些说明。而阿延呢，她是个爱将自己认定的道理付诸行动的女人，因此平时不做空谈，那并不是她不会讲，而是因为她觉得没有必要。不过，要论由别人灌输的知识，她也没多少储备，连女学生时代读惯了的杂志，近来也很少触碰了。虽然如此，她却从来不承认自己知识贫乏，与她的虚荣心相比，求知欲一点儿也刺激不起来，这并非她缺少时间，也不是缺少竞争对手，完全是由于她自认为自己没有什么了不起的不足。

　　但是，阿秀在受教育方面完全与她不同。读书对她而言，几乎成了她的全部，至少，使她懂得了读书就是生活的一切。藤井叔父与书籍结下了深厚的渊源，藤井对她教育的结果，在她身上留下了善恶两面的奇妙的结果。她把书籍看得比自身还重，不过，尽管如此，自己还是要完全独立于书籍生活下去，因而又势必让自己与书籍分离。若用更合适的话语来说，就是她竟不时会表现出大发不合身份议论的弊端，且反省的能力很弱，远远无法察觉到自己是在为议论而议论，有点穷极无聊。谈起她的个性，是自我意识太强，简单地说，就是自我本位。她还喜欢特意从自己尊崇的书中引用一些与自我本位并不相干的论证，来维护自己的谬论，难免闹出用重炮炮弹对付匕首短刀胡乱发射的笑话来。

话题的起源是某一本杂志，阿秀读了月刊杂志上发表的诸家恋爱观，遂提出了她的问题。老实说，阿延对此并不感兴趣。但是，当她如实告知尚未过目时，一下子勾起了阿秀的好奇心。她决定用自己的想法来把这个抽象的问题活用发挥一下。

阿延耐着性子听取阿秀那经常流于空谈的说教，对于即将闯进艰难的实际问题中的阿秀并未表现出不合时宜的态度。如果只是为了议论而议论，还不如一开始就不搭腔的好。所以，她觉得有必要从一开始就不让她脱离地面。然而不幸的是，这时的阿秀，从一开始早就离开了地面，她嘴里的爱，既不是津田的、堀先生的，也不是阿延、阿秀的，只是在空中飞舞漫游着的爱。所以，阿延的努力，首先必须把阿秀那像漫天飞舞的气球一样的话拽下来。

阿延觉得阿秀已经是两个孩子的妈妈，凡事应该比自己更具家庭观念，当她发现阿秀远比自己不切合实际时，虽然口头上顺着她点头称是，内心却十分心焦，简直想开口说："别耍嘴皮子了，还是脱去伪装，用实力来相拼吧。"她在思忖，怎样才能使这个空谈家露出真面目来呢？

不一会儿，阿延心中有了主意。这主意不是别的，要解答好这个问题，要么牺牲阿秀，要么牺牲自己。二者必居其一，否则无法如愿。要牺牲对方并不困难，只要抓住对方的某个弱点揭露一下就成。至于其弱点的真伪，那就不是阿延需要斟酌的了，对于单纯以试探本能反应为目的的刺激，其真伪无须多虑。当然，其中亦有相应的风险，阿秀听了肯定会发火，然而，惹她发火，正是阿延的目的。可是说真的，又不是她的目的。因而阿延变得犹豫不决起来。

最后，她抓住时机站了起来，在她起身之时，已经决定牺牲自己了。

一二七

"听你这么一说，我真不知道该说些什么。我这号人，津田是不是爱我，自己就像在五里雾中。这一点，秀子妹可真是幸福啊，早在出嫁时对此就有了把握。"

阿延尚未与津田结婚之前，就知道阿秀是靠容貌被迎娶的。这一点对一般的女人，尤其是阿延这样的女人而言，无疑是相当羡慕的。第一次从津田嘴里听说此事时，阿延虽还没见到阿秀，就已经对她产生了淡淡的嫉妒。后来了解到阿秀不过是个缺少内涵的浅薄女人，她脸上泛起的微微冷笑中，感到了复仇似的快感。之后，有关爱的问题，阿延对于阿秀的态度始终是鄙视的。她在表面上把阿秀的事情当作可喜可贺的消息，摆出一副你我相通的样子，其实只是一堆奉承话而已，说得更难听些，其实是一种嘲弄。

幸好阿秀并没有注意到这一点，她也不会去注意那些的。不要说嘴上的功夫，就是实际生活中对于爱的体验，阿秀也远不是阿延的对手。她没有强烈钟爱一个人的体验，也没有被人痴情狂爱过的记忆，因此，她是个并不知晓爱情的力量有多伟大的女人，但她却是一位令丈夫满意的妻子。诚如"无知成佛"的谚语，最能说明现实中的阿秀。当初结婚，丈夫亲手为她的未来盖上了爱的印章，她把那玩意儿当作可靠的证书，永远地装进心田。所以，阿秀天真地把阿延的奉承话语真诚地加以接纳。

阿秀尚未见识过真正的爱，目光锐利的阿延不仅能够看穿她随心所欲胡乱使用的言辞，而且还知道阿秀满不在乎地以自己夫妇的状况来推论阿延和津田的关系。这从阿秀听到阿延的话之后所表现的惊讶神色中可以看出，津田爱不爱阿延为什么到此刻才成为问题？而且这问题还出自其妻子之口，这成何体统！何况还是在丈夫妹妹的面前说这种事，到底是什么意思？——这就是阿秀听此话后的反应。

事实上，在阿秀看来，阿延是个对于津田的爱情不知满足的刁蛮之妇，再不就是一边把津田完全掌控在手掌之中，一边故作不知的虚伪的女人。

"哟！"阿秀说道，"您这是在想让他更爱你一点吧。"

这种客套是阿延平时乐意接受的，然而现在却不能让她满意。她必须再说上几句，以阐明自己的意愿。不过，若要明确表达，她就必须露骨地说："津田要是除我之外另有意中人，我就无法满足于现状吧？"如果自己下决心这样说出，不就等于自己毁坏了自己的计划？所以，她刚说了一声"可是"，便逡巡不前了。

"你还有什么可不满意的呢？"

说着，阿秀的目光移到了阿延的手上，那里的戒指正在毫无顾忌地大放光芒。可是，阿秀那锐利的一瞥，并没给阿延造成任何的影响。阿延对于戒指的纯真情感与昨天毫无差异。而阿秀倒是有点着急了。

"可是，延子嫂不是挺幸福的吗？想要的东西，什么都给你买；想去的地方，哪儿都愿意带你去……"

"嗯，这一点倒还算蛮幸福的！"

阿延原本就认为对外人强调自己不幸，就等于向外暴露了自己的缺陷，那是不合适的。所以在这种场合，将平时储存的客气话全都用上了。没想到又走进了死胡同，她把去看戏的翌日在冈本家对继子说过的那番话又原样重复了一遍，才发现今天的听众是阿秀。阿秀的表情似乎在说："这些地方都感到幸福了，那不就足够了！"

阿延虽然怀疑津田，却不肯向阿秀透露任何的蛛丝马迹。不过，要是装出若无其事的样子，眼睁睁地被阿秀当笑话看，就更不情愿。因此，在应对上更需要节奏感。在到达目的之前，她觉得自己已经付出了很多的努力，却没有意识到所付出的努力是毫无指望的。于是，她的态度又为之一变。

一二八

　　阿延果断地向前猛跨一步，她要抛弃那些碍于情面的拘谨的表达方式，面对面地与阿秀直接交锋。不过。话要说得抽象一点，她觉得，靠辩论的刺激，能够触及事实的真相，倒也是一个不错的选择。

　　"一个男人，要是同时爱上两个女人，这究竟是否可能？"

　　阿延以这个问题作为原点起步时，阿秀找不到一句现成的可以回复的答词。她从书籍和杂志上得到的知识，只是有关一般恋爱的，于这种特殊场合派不上用场。胸无点墨的阿秀思索了一阵，老老实实地回答：

　　"这问题，我可不明白。"

　　阿延觉得她实在可怜。"你的身边不是有个可供研究的活材料堀先生吗？与丈夫朝夕相处，他对于妻子的态度，难道你没有看在眼里吗？"阿延心里正想着，阿秀又冒出第二句话来。

　　"怎么可能明白呢？我是个女人呀。"

　　阿延认为这也是一句蠢话，若这就是阿秀的实际情况，足以推测她头脑的迟钝。但是，阿延迅速利用她的蠢话发挥起来。

"那么，我们从女人的角度来看看怎么样？可以想象自己的丈夫又爱上了其他女人吗？"

"那么，延子嫂能够想象吗？"阿秀这么一说，阿延不禁一怔。

"莫非如今我已经到了非作想象不可的地步了？"

"那没关系的。"阿秀立刻出面担保。阿延则马上重复阿秀的话。

"没关系！？"

不知句末到底是疑问还是感叹，连阿延自己也闹不明白。

"没关系的。"

阿秀再次重复，刹那间，阿延发现她的嘴角上挂着冷笑，可是，她并不去理会。

"这对秀子妹来说当然是没有关系的，原本嫁给堀先生时就作为条件说好的。"

"那延子嫂呢？难道不也是津田哥看中的吗？"

"谎话，那是你的情况。"

阿秀一下子答不上话来，阿延正好省去徒劳，不必再去发掘没有收获的秘密。

"津田对于女人究竟抱着怎样的见解？"

"这一点，夫人总比做妹妹的清楚呀。"

阿延被顶了回来，这才发现自己也像阿秀那样问了句蠢话。

"不过。津田与你是兄妹，你比我要了解得多哟！"

"是啊。不过，我不论了解多少，对延子嫂都没有什么参考价值吧。"

"当然会有参考价值。不过，要是指那件事，我也早就清楚了。"

紧要关头，阿延的招数抛了出去，阿秀果然上了圈套。

"不过，没关系的，因为是延子嫂，所以不要紧的。"

"说是不要紧，可还是危险的。想请秀子妹把详情告诉我。"

"哟，那我可什么也不知道呀。"

阿秀说着，突然满脸绯红。难道这是因为某种羞怯引起的？连神经有几分紧张的阿延也无法揣摩，而且，她并没有忘记这次来访时一开始出现的同样的情景。当时点到吉川夫人名字时，她那张微红的脸与眼下的红脸究竟有何联系？即便是区分事物异同深得其妙的阿延也闹不明白。在这种场合，她只能把这两个现象勉强地联系在一起，却又无法找到将它们连上的绳索，对阿延而言，最不幸的问题就是按自己的推测，现在自己无力判断的这两者之间肯定存在着某种关联。她有一种预感，这种关联对自己一定有着相当重要的意义。当然，她只能进一步地深挖下去了。

一二九

在突发冲动的支配下，阿延已经无法掌控自己脱口而出的谎言了。

"吉川夫人也曾问过我哪。"

话一出口，阿延才发觉自己竟是如此大胆。她需要停止脚步，观察一下冒险的结果如何。只见阿秀的红脸一下子变了，露出不可思议的神色反问：

"哟，你说什么事啊？"

"就是那件事。"

"那件事，是哪件事啊？"

阿延已经毫无退路，可是阿秀却大有前程。

"撒谎吧？"

"不是撒谎，是津田的事。"

阿秀一下子无言以对，她故意把冷笑的阴影聚放在紧闭的嘴角，那阴影更明显地外露时，阿延仿佛走错了路，陷进了深水田中。要不是她特有的不服输的犟劲儿在起作用，说不定就会在阿秀面前低下头来求饶呢。

阿秀说："怪了，吉川夫人怎么会谈论津田哥的事情呢？这究竟是怎么回事？"

"不过，那是真的，秀子妹。"

阿秀放声笑了起来。

"那应该是真的，谁也没认为那是假的呀。不过，那究竟是什么事呢？"

"津田的事呀。"

"哥哥的什么事呀？"

"那就不好说了，要么请你先说。"

"那就太强人所难了，让我说，搞不清说什么呀。"

阿秀显得十分镇静，一副来者不惧的样子。阿延的腋下渗出了冷汗。她突然间猛扑过去。

"秀子妹,你不是基督教徒吗?"

秀子一脸的惊讶:"不是啊。"

"假如不是,我觉得昨天你就不会说出那样一番话来。"

昨天和今天,两人就像换了个位置。阿秀依然是一副立于不败之地的从容姿态。

"是啊,那么,算也可以。延子嫂大概很讨厌基督教吧?"

"哪儿的话,很喜欢哪。所以恳求你还是用昨天那么高尚的心情,怜悯我这个渺小的阿延吧。要是昨天我做错了,今天我就在你面前这样伏地道歉!"

阿延戴着戒指的手撑在阿秀面前的地上,就像她嘴里所说的那样,真的低下了头。

"秀子妹,请不要瞒着我,全都告诉我吧!阿延是如此诚恳地向你道歉,向你忏悔的。"

阿延流露出一番真情,双眉紧蹙,从小眼睛里溢出的泪水,滴落在她的膝盖上。

"津田是我的丈夫,你又是津田的妹妹。他对你很重要,同样,对我也很重要。我们都是为了津田,为了他,我们就打开天窗说亮话吧。津田是爱我的,他就像爱你这个妹妹一样,也爱着我这个妻子。因此,被爱着的我应该为津田了解一切。被津田爱着的你也会把一切都告诉我的吧,这才是你作为妹妹的情分。哪怕你对我无甚善意,我也毫无怨言。不过,你对自己的哥哥应该是怀有相当的善意的,这种善意十分充足,从你的表情就能看出。你绝不是一个冷酷的人,就像你昨天自己说的,你一定是位好心人。"

阿延说完这些,看了看阿秀的脸色,发现她的表情有了特

310

殊的变化。原先的红脸变得有点苍白，她用格外急促的语调表明她恨不得立刻要否定阿延的讲法。

"我不记得自己做过什么坏事，对哥哥对嫂子有的只有好意，没有一丝一毫的恶意。请您不要误解。"

一三〇

阿秀的辩解，使阿延感到意外和突然。这种辩解从何而来，又是为何而发，阿延全不理解，她只是吃了一惊，宛如天降恩惠一般出现在自己面前的阿秀背后潜藏着什么？阿延想冲破黑暗，于是，第三次的谎言又从她的嘴里吐出。

"这我知道。你做的事情，表现的精神，我都明白。因此，你不要隐瞒，请把它都说出来吧。你不愿意？"

阿延说这些话的时候，直看着阿秀，尽量在小眼睛里漾出温柔可亲的神色，然而，这种只可能对异性有效的媚眼此刻完全落空，阿秀好像吓了一跳，突然提出了另一个问题。

"延子嫂，您今天来这儿之前，去过医院了吗？"

"没有。"

"那么，是去别处后再转过来的？"

"没有，是从家里直接过来的。"

阿秀总算放下心来。不过，接下来就不再吭声了。阿延还是紧盯着不放。

"好吧，秀子妹你请说说吧。"

这时，阿秀明亮的眼睛里放出了残酷的光芒。

"延子嫂可真是一位任性的人，看上去您自己得不到专注的爱就好像不肯善罢甘休一样。"

"那当然。难道秀子妹碰到这种情况会无所谓？"

"您看看我的丈夫。"阿秀立刻这样说着表示退却，但是，阿延却故意把堀先生排除在外。

"堀先生我们不谈，说他什么都行。不过无论怎么说，男人三心二意的，即使秀子妹也不会喜欢的吧？"

"但是，除了自己的妻子之外，对其他女人全不在意的男人，这世上怕是没有的吧？"

只靠杂志和书本获取知识的阿秀，这时候突然以浅薄的实用主义者的面目出现在阿延面前，阿延没有时间去理会她话中的矛盾。

"有的，怎么可能没有？既然用上了'丈夫'这个名称……"

"是吗？哪儿有这样的好人呢？"

阿秀又将含着冷笑的眼睛朝向阿延，阿延怎么也没有大声叫出"津田"名字的勇气，只能在嘴上应道："那是我的理想，不能做到那一点，我可不同意。"

如同阿秀变成实用主义者一样，不知不觉之中，阿延也变成了一个理论家，两人的位子发生了颠倒。但是她俩谁有没有意识到这一点，只是任由自然推动她们向前。接下来的对话不管是理论还是实用都不再计较，说到哪儿算哪儿了。

"您再有理想也不管用哦，当您的理想实现之时，那么妻子以外的女人就必须丧失她们做女人的资格啰？"

"可是，只有像我所说的那样，人才能享受完美的爱！倘若做不到这种地步，那么就会一辈子感受不到真正的爱情！"

"我不懂其中的奥秘。不过，您不把除您之外的女人当女人，觉得自己才是这世上唯一的女人，这是否缺少一点理性啊？"

阿秀终于开始朝"您"开了火，可阿延却一副满不在乎的样子。

"从理性上说怎么都行，我只求在感情上把自己当作唯一的女人看待，那就好了。"

"您的意思是只能把您一人看作女人？我明白啦。可是，如果不准把自己以外的女人看成女人，那就无异于自杀。要是您的丈夫把您以外的女人都不当作女人，那么，连重要的您，也不会被他当作女人的。这就好像在说，只有自己家庭院里开的才是花，世上其他地方开的都不是花，而是枯草！"

"我认为把那些看成枯草也行。"

"您认为可以，但是男人们却不认为那是枯草，这可没有法子。不如说这世上令人中意的女人太多，其中最值得喜欢的就是您。这样，嫂子您不是会更加满意吗？这就意味着您被真正地爱上了。"

"我说什么也要得到绝对的爱，什么相对的说法，我从一开始就讨厌！"

阿秀面露轻蔑之色，可以清晰地看出她在心里说："多么缺少理解能力的女人啊！"

阿延愤愤然地说："我嘛，反正是个糊涂蛋，不懂那些道理。"

"我只是向您举了个实例，没什么可听不懂的。"

阿秀冷冷地结束了谈话。阿延的心里十分窝火：特意花了
九牛二虎之力，却什么也没能得到，遂离开堀家回去。不在家
的时候津田来了信，所以她并不知晓。

一三一

就在阿延和阿秀坐着舌战的时候，医院里也有一场预定的
事件在进行。

津田恭候的吉川夫人在医院里露面时，去给阿延送信的
车夫尚未回来，从时间上说，正好是小林离开后十分钟左右
的时候。

津田从护士口中听到夫人名字的时候，首先庆幸近似小丑
的家伙没在这狭小的病房里被撞见，这样顺当的好事是值得祝
福的。至于当时为了赢得这一便利所做出的物质上的牺牲，那
就不屑一顾了。

他一见到夫人，立刻就要从病床上起身，夫人站立着制止
了他，接着，她回过头去，看了一眼领她上来的护士手上捧着
的花钵，商量似的问："放在哪儿？"津田欣赏着护士白制服
胸前的红叶，非常艳丽。小小的花钵里，三根相同的枝干紧挨
在一起，下面还有形状漂亮、大小合适的盆景石装点，夫人让

护士将它放到壁龛上，然后入座。

"怎么样？"

津田从刚才起一直在观察夫人，这时才搞清了她对自己的态度。他曾在心里暗自担忧，万一发生什么意外呢？夫人的这一句问话，把他的心事吹掉了一半。夫人不像平时那么开朗，不过也不像平时那么随意。总之，她带着津田从未看到过的心情走进了病房，一方面，她表现了自己的沉稳，另一方面，也是最大限度地表现她的落落大方。津田有点儿吃惊，正因为被她的好意吓到，所以才不能不有点儿害怕。即便夫人的态度并不意味着对他的反感，却也不清楚她骨子里藏着什么。即便其骨子里没藏有什么可怕的东西，却也无法知道后面谈话的过程中，她的心理会发生怎样的变化。按照夫人平时的风格，总是喜欢别人取悦于她，而她的态度总是那样千变万化，或者说怎么变也无妨。津田面对这样的夫人，从某种意义上说，简直就处在把她当作女性中的暴君来侍奉的地位。用汉语来表达，即夫人的一颦一笑，福兮祸兮，此刻的津田更要悉数认真对待了。

"今天早晨，秀子来过了。"

她首先提出秀子来访的事情，仿佛这是今天的第一议题。本来，津田对此就必须回答，而在夫人到达之前，他已经斟酌过了。他知道阿秀去找过夫人，却打算佯装不知。那是因为若被问到听谁说的，他讨厌列出小林的名字。

"哦，是嘛。平时许久未见，如果不登门道个不是，也不好意思吧。"

"不，不是那样。"

听到夫人的话，津田马上说出下面的谎言。

"不过，那家伙又没有什么事情。"

"可是，她是有事的。"

"哎。"津田惊奇地应了一声，等待夫人的下文。

"她有什么事，你猜猜看。"

津田假装糊涂，做出一副思考的模样。

"是呀，要说阿秀有事……嗨，她有什么事呢？"

"你不知道吗？"

"有点不明白，对不起。我和她虽是兄妹，可性格却大不相同的。"

津田故意暗示本无须说明的兄妹关系，其实是事到临头，为了从远处为自己辩护，同时也是为了看看夫人怎么理解这番话语，想听听她的反应。

"她爱讲点大道理嘛。"

一听夫人这么说，津田觉得正中下怀，连忙乘虚而入。

"那家伙的大道理一来，我这个当哥哥的也被她搞得苦恼不堪，谁也无法大人大量地耐心听她讲下去。所以每次我与她发生争执，总是见好就收。于是，她就得意忘形，以为自己胜利了，还到处散播，净往对自己有利的方向去想。"

夫人微笑了，津田可以确认那是同情自己的微笑。不过，夫人后面说的话却和他的想法背道而驰。

"恐怕也不见得是这样。你不觉得她是一个相当通情达理的人吗？我喜欢她。"

津田苦笑。

"她总不至于傻到跑去你家，胡乱暴露自己的真面目吧？"

"不，秀子她还是比较坦诚的。"

阿秀比谁坦诚，夫人并没有说明。

一三二

　　津田起了好奇心，夫人此行的目的，他也大致心中有数。然而，把话题转到那方面去，却是有悖他初衷的。他只想对夫人和阿秀的关系深挖下去就行。兼带着探病的夫人的用意，其实也就是想好好谈谈这个问题。不过，夫人也有着她特有的兴趣，她没有时间上的限制，不许他人恳求，只要有机会，就深入到别人的内部生活，对于晚辈们，尤其是她中意的晚辈，总爱去帮点忙。此外，她还若无其事地流露出喜好玩乐的本性，有时候会显得焦急不已，慌忙办完自己的事情。可是，话说回来，她有时候又表现得正好相反，拉着你胡扯一通，显出饶有兴致的样子。宛如猫在戏弄老鼠，不管别人怎么看待，她自己却将这视为给闲暇增添曲折的波澜，是悠闲者必要的特权。上了当的对方，这时最主要的是忍耐，这忍耐一定会获得答谢。她以此来奖励对手，还自以为这是她伦理上的骄傲。夫人和津田共同遵守着这种默契，使津田蒙受重大损失的，迄今为止只有一件事。对此，夫人心中如何对他负有责任，这是聪明的津田不会忽视的。虽然津田凡事都按照夫人的旨意行事，但是暗地里却一直仰仗着这个法宝。不过，这也是以防万一时的撒手锏而已。他平时甘愿成为猫前的老鼠，听任对方逗弄戏耍。这时的夫人，在触及要点之前，还需磨蹭一点时间。

"昨天秀子来过这儿了吧？"

"哎，来过了。"

"延子也来过了吧？"

"是的。"

"今天呢？"

"今天还没有来。"

"马上就会来的吧？"

津田不知怎么回答才好。他刚才去信叫阿延别来，这又无法在夫人面前说起。他还没有收到回音，说实话，还正有点担心呢，是否传递有失误。

"谁知道呢。"

"不知道她来还是不来吗？"

"唉，是不清楚，大概不会来吧。"

"这不显得太冷淡了？"夫人嘲弄似的笑着说。

"是指我吗？"

"不，指双方。"

津田苦笑，闭口不言，夫人又开口了。

"延子和秀子两人昨天在这儿碰了头是吗？"

"是的。"

"后来又发生了什么？奇怪的事情……"

"没什么……"

"别装傻！有就说有，像个男子汉。"

夫人渐渐表现出她固有的性格和语言风格，津田穷于应付，心想：只能先不吭声，看看情况再说。

"听说你们俩，把秀子好一通责难啊。"

"怎么会有那种事？是阿秀她发火生气，就回去了。"

"是嘛，可是你们干仗了吧？我说的是吵架，不是打架。"

"虽说是吵架，不过也没有像阿秀说得那么夸大其词。"

"也许她有夸张，不过多少是有那么回事吧？"

"那不过是有点意见相左而已。"

"当时你们俩进攻，欺负秀子了吧？"

"没有欺负，倒是那家伙摆出一副基督教徒的气焰。"

"不管怎么说，你们总是两个人，对方是一个吧。"

"那倒是的。"

"瞧瞧，这就不对了嘛。"

夫人只是断定不对，到底哪儿不对，津田怎么也想不明白。但是，这种场合中，夫人表现的特点是绝不允许别人顶撞的，这一点，津田早已熟记脑中，除了乖乖挨训，别无他法。

"倒不是说我们有意为之，大概是自然的架势，不知不觉地就弄成了那种结局。"

"不是大概，应该明确说就是。如此失礼的行为，说明你是过分宠爱延子了！"

津田歪着脑袋思考。

一三三

　　夫人是个聪敏的人，她同阿延的关系搞成这样，津田是大惑不解的。正像当着津田的面，夫人要给阿延几分面子一样，这反而使同时了解两个女人的津田糊涂了。他能够把女人的客套话打上折扣来听取，但在这方面最终却还是忽略了。他当真并接受了夫人在自己面前发表的"阿延论"，同时，对于进入耳中的阿延的"夫人论"也深信不疑。而且，他们双方的"论"都显得很美。

　　两位女性只能在内心互相感知，并努力不使自己的真情外露。然而，此刻这种微妙的龃龉却迫于一种必然的要求，不得不像雾霭一般渐渐地在津田面前消散开来。

　　津田对夫人说："也谈不上特别宠爱妻子，这方面不必多虑。"

　　"不，好像并非如此。社会上大都这么认为哟。"

　　"社会上"这个夸张的词汇让津田吓了一跳，夫人只好解释：

　　"所谓'社会上'，其实就是大家的意思呗。"

　　津田对"大家"这个词的含义也不甚了了，不过，"社会上"也罢，"大家"也罢，夫人强调这些夸张词汇的用意倒也不难推测。她是想把这些观念灌输进津田的脑海之中。津田故意笑了起来。

"什么'大家',不就是阿秀嘛。"

"秀子当然是其中一人。"

"是其中之一,又是代表者吧?"

"也许是的。"

津田又一次放声大笑起来,可是,笑完之后,立刻意识到,这笑声对夫人产生了不良的结果,却已经覆水难收了。他决定二话不说,赶快请罪,随后,马上脸色一变道:

"总而言之,今后我多加注意就是了。"

然而,夫人并不因此而满意。

"如果你认为只是秀子一人那就错啦。还有你的叔父、婶婶也有着同样的看法呀。要想到这些才对。"

"嗯,是呀。"

明摆着,连藤井夫妇的信息也通过阿秀的嘴巴传达给了吉川夫人。

"此外还有。"夫人又补充说。

津田说了声"是的",看着夫人的脸,他预料之中的话语立刻从夫人嘴里冲了出来。

"说实在的,我也和大家的意见一样。"

夫人以富有权威性的语调最后一说,津田自然认为自己没有必要再鼓起反抗的勇气,但是心里同时觉得自己是估计错误了。他开始怀疑:为什么她会突然改变态度呢?指责我宠爱阿延,这不等于也在指责阿延吗?

这一疑问对津田而言是全新的,新到连要想象怎样才能符合夫人的本意都很困难的地步。津田在面对这个疑问之前，盘旋在脑海之中的还有一个疑问。

"冈本叔叔也有这样的评价吗？"

"冈本的不算。他的事与我无关！"夫人若无其事地说着，津田不禁一怔，"那冈本先生真的与您毫不相干？"按照自然的顺序，这个问题一下子冲到了他的喉咙口。

说实话，津田并不像"社会上"所传说的那样宠爱阿延，这一评价混杂着许多的误解。这样的传闻从哪儿引起，怎么会产生的？若要对他人说清，将会很费口舌。但是，在津田本人的脑海之中却有着明晰的观念，其事实的脉络是了如指掌的。

首先对此负有责任的是阿延本人，她被津田爱到什么程度，她又给了津田多大的自由，她是一个喜欢用最最曲折的角度向所有方面反射扩散，而从不忌惮发挥这方面的能力的女人。第二责任人就是阿秀，她那带有夸张的眼神，又加上了一种嫉妒之色，津田不大清楚她的嫉妒心从何而起，她是在结婚以后才开始领悟到"小姑子"的含义，却又解释不清，于是便束手无策了。第三责任人是藤井夫妇，他们既无夸张，也无嫉妒，但是对于浮夸却深恶痛绝，所以，结果还是与误解相同。

一三四

对津田而言，既然误解了就由它去误解，这也是有其特殊原因的。而且，这原因早已被小林识破。所以津田试图尽可能地保留由这份误解产生的来自冈本的好意，以期对自己有利。之所以善待阿延，其实就是为了讨好冈本家。既然冈本和吉川是如同兄弟一般的亲密关系，那么他越是待阿延好，未来的前程就越是可靠，他自诩熟谙谙利害得失理论，决不会傻到只把吉川夫妇公开为自己做大媒当作单纯的荣誉而喜不自禁。他从这件事上看到了远比荣誉更加重大的含义。

不过，这仍然只是一般的隐情而已。如果再剥去一层伪装，深入内里，就会发现山外有山。早在事情没有发展到这步田地之前，津田和吉川已经因为外人不知晓的原因建立了关系。他们经过只有两人知道的内外曲折的过程，应该以比旁人更加复杂的眼光去看待半年之前他们之间建立的这种新型关系。

实话实说吧，津田在与阿延结婚之前爱过一个女人，而促成他爱上那女人的正是吉川夫人。夫人好管闲事，让两个年轻人忽而相好，忽而分离，随心所欲地翻手为云，覆手为雨，搞得双方一会儿如痴如醉，一会儿晕头转向，夫人为此感到十分开心。津田对夫人的好意深信不疑，夫人也毫不忌惮地断言两人最后的命运，也曾计划时机成熟时让两人永成好合。然而，每次一到关键时刻，夫人的自信就轻而易举地受挫，津田的自命不凡也无济于事，与夫人的自信一起被一棍子打死。珍爱的小鸟一下子飞离，再也没有飞回夫人的手心。

夫人责怪津田，津田责怪夫人。夫人感到了自己的责任，可是，津田感觉不到自己有责任，他至今不解其中的奥秘，如同彷徨在五里雾中。就在这时，出现了与阿延的婚姻问题。夫人再次挺身而出，介入了他的第二次恋爱，还与丈夫一起当了形式上的红娘，漂亮圆满地完成了这桩喜事。

津田当时仔细观察夫人的表情，觉得那倒也难怪。

他心想：夫人是想对那件事做些补偿吧。

他基本上是出于这种心态来思考今后方针的，他认定，和阿延好好过日子，便是对夫人应尽的一个义务。他甚至肯定，只要不与妻子吵架，自己的未来就不会有什么问题。

津田觉得，这一想法是万无一失的，他向来就是以这种态度来对待夫人的。可是眼下，尽管夫人兜着圈子委婉地说着，但他还是嗅出了她有责怪阿延的意味，所以会感到一愣。在为取悦夫人而改变自己立场之前，有必要先把原委搞搞清楚。

"您说我不该过分宠爱阿延，此外，阿延要有什么缺点，希望毫不客气地给我以忠告。"

"其实今天我说的这些，已经够了。"

听到这话，津田不知道夫人接下去还会说些什么，心中充满了好奇。夫人接着又说：

"这件事，我觉得除了我当面跟你交代外，任何人都不会对你说的。要是你误会是阿秀唆使我来说的，那就不好办了。以后就会给阿秀添麻烦，我就会对不起她。是吧？当然，阿秀也会为这件事专门来医院的。但是，我们的想法有点不同。阿秀主要关心的是京都方面，从你的角度说，京都是令尊，你也不会怠慢。尤其是令尊那么恳切地托付过我丈夫，我们也不会默默地不闻不问、听之任之吧。不过，京都方面还只是问题的枝蔓，但根子却在别处。我觉得治本才最为有效。否则，像这次这样的矛盾一定还会发生的。要是矛盾只是发生那还好，可每当这种时候，阿秀就会找上门来，我又得大费口舌地受累。"

夫人所说的病根的确就是指阿延。然而，津田想：这病根又该怎么治疗呢？既然不是肉体上的疾病，要么离别，或者分居，要治疗这一病根，谈何容易啊！

一三五

津田不得已地问："总而言之，我该怎么办才好呢？"

在这孩子般的提问下，夫人露出了慈母的喜色。不过，她不立刻触及问题的实质，只是微笑着，仿佛在说，这才是问题的要害。

"你对延子究竟怎么看？"

津田想起昨天阿秀用同样的话语提出过相同的问题，自己是怎样回答的？他还没有对夫人准备好该做出怎样特别的回答，这样反倒使自己处于一种可随意回答的地位。他觉得既然心中并无需要隐讳的东西，那就按照夫人所希望的那样回答算了。然而，夫人脑中爱听的答复却是他完全想象不到的。他张口结舌，嗤嗤地笑着。夫人顺势又紧逼了一步。

"你很喜欢延子吧？"

这一提问，也是津田不曾料到的。如果半开玩笑地将夫人提出的问题调侃一番，他还多少有点办法，但是，要认真严肃、负责任地作答，而且要让夫人听得满意，那就不能信口开河地胡诌了。他的心态是怎么回答都行，对他而言，那是最方便的事，也是最不方便的事。因为事实就是，他对阿延是既爱，又不怎么爱。

夫人显得越来越认真了，她第三次的发问语气已经是不容推诿了。

"这是你我之间的秘密，你尽管坦率地说。我想听什么都不重要，只要听到你说的真心话就行。"

心中没底的津田愈加迷茫了。夫人说：

"你这个人真让人着急，能说的，就要像个男子汉爽快地说出来就是了！谁也没问你什么难以回答的问题嘛。"

津田终于不得不开口了。

"倒不是问题无法回答，只是问题提得比较模糊……"

"那么没办法，就让我来说，可以吗？"

"那就拜托您。"

"你呀，"夫人开口后略作停顿，接着说，"真没关系吗？我这个人心直口快，常常一针见血地说完之后又后悔覆水难收。"

"没关系的。"

"要是你听了不高兴，我就随时打住。免得再干过后再怎么认错也追悔莫及的蠢事。"

"不过，只要我不介意，不就行了吗？"

"要是你真不介意，那当然行。"

"没关系，不管是真是假，只要是夫人说的，我决不会生气。请您不客气地直说吧。"

津田觉得把一切责任都推到对方头上去的做法最妙，他做出这番承诺后，便以催促的眼光看着夫人。夫人几经叮问确认，觉得保险了，这才开口道：

"万一说得不对，请多多包涵。其实，正像大伙儿感觉的一样，我觉得你内心并不怎么爱延子吧？我和秀子不同，早就是这么看的。怎么样，我的观察靠谱吗？"

津田没有吭声。

"当然啰，我刚才已经说了，我并不怎么珍爱延子。"

"不过，那是您的客套话呀。"

"不，我说的可是实话。"夫人坚决不同意，"别打马虎眼了，让我继续往下说，行吗？"

"好的，请。"

"你对延子并不那么珍爱，表面上又要装得十分宠爱她的样子给别人看，不是吗？"

"阿延那么说了吗？"

"不，"夫人断然否定，"是你自己说的。你用自己的表情和神态原原本本地告诉了我，使我完全了解了。"

夫人稍事停顿，接着问：

"怎么样，说中了吧？连你为什么要那么装模作样的理由，我也知道得一清二楚。"

一三六

夫人的这番话，津田从未听说过。对于夫人站在旁观的立场上用怎样的观点在看待他们夫妇俩关系的问题，津田并未好好关注过，现在总算意识到了。他觉得夫人应该早一点提醒自己才对，此刻，不管夫人是鉴定还是意见，唯有老老实实地听下去才是上策。

"那就请您毫无保留地说吧，以利于我今后多加注意。"

话已经讲到一半的夫人，即便津田不请，她也停不下来，她马上把剩下的话一股脑儿地倒给了津田。

"你完全看着我丈夫和冈本的面子，才那么宠爱延子的吧。你若想听我说得更露骨些，我也可以如你所愿。你在表面上那么宠爱她，其实内里并非那样。对吧？"

津田没有想到对方的观察居然具有如此深刻的讽刺意味。

"夫人是从我的性格和态度上这样观察的吗？"

"我是这样看的。"

津田仿佛被一刀砍中，挨了斩的他要询问其理由。

"为什么？您为什么那么看？"

"你别设法隐瞒。"

"我不想隐瞒呀……"

夫人确信自己的推断百分之百地击中了要害，但是津田心中只承认六成，他的话语当然可以透露出模棱两可的暧昧，但在眼下的场合，那很容易成为引起误会的根源，所以夫人重复着自己的意见，要把津田追逼到自己可接受的方向去。

"你别隐瞒，隐瞒的话，接下去就不好说了。"

津田很想听下去。可是要听到下文，就必须完整地承认夫人的认定。夫人的一句"你瞧瞧"便将津田赶了过去，随后才说：

"你呀，真是天大的误会。你把我和丈夫看成是一伙的人了，又把我丈夫和冈本看成是一伙的，这就大错特错了。把冈本和我家那位当成一伙的倒也罢了，可这一次的事件，把我和丈夫与冈本同等对待，不是太可笑了吗？如此看来，你真不像是个做学问的人。"

　　津田总算明白了夫人的立场。然而，其立场的原因以及她与自己的关系仍未搞清。夫人又说：

　　"这还不是再清楚不过的吗？只有我和你有着特殊的关系。"

　　"特殊关系"这句话里包含着什么内容，津田心里很清楚。不过，那却不是眼下的问题。因为他相信只有充分理解了这种特殊关系，夫人才会为自己的行动赋予相应的色彩。自己只有搞清楚这种特殊的关系是怎样支配夫人的，才可能有新问题的出现。因此，津田只承认自己误会了是无济于事的。

　　夫人一语道破：

　　"我可是你的同情者呀！"

　　津田回答："这一点我从未怀疑，完全相信，还对这一点深深感谢您。可是，眼下的场合，您究竟打算在什么意义上做我的同情者呢？恕我迂阔，对夫人的心意领会不深，请您说得更明白些，好吗？"

　　"我想，眼下作为你的同情者，我只能为你做一件事。不过哦，恐怕你……"说到这儿，看了看津田的脸，判断他是否着急。当她发现并非如此时，夫人突然掉转了话头。

　　"我的话你倒是要听，还是不听？"

　　津田还备有一些常识，他必须思考与这相关的另外几人的情况，却又不敢把自己的想法公开向夫人明说。这么一来，他的态度就变得游移不定，难以明说是听还是不听了。

"也好，那您就说吧。"

"什么叫'也好'？你若不明确答复，我就不想说！"

"不过……"

"'不过'也不行！要像个男子汉明确说：要听！"

一三七

津田不清楚夫人会提出什么要求，暗暗有点儿害怕。要是再陷入一种接受下来再撤回的窘境，那就彻底完了。他想象了一下到时夫人的情景，无论从地位、性格上说，还是从与自己的特殊关系上说，夫人绝不是一个能够宽容自己的人。倘若夫人永远不宽恕自己，那么津田就活像一具被剥夺了复活条件的僵尸。小心谨慎的津田完全没有跨进无望生还的险境的勇气。

而且，夫人不同于一般人，不知道她会拿出什么样的难题。她身处过分自由的境遇之中，闲适安居，几乎从未觉察到自己的蛮横无理。说起来，大部分事情她都能行得通，万一偶尔有行不通的时候，就靠意气用事。更叫人不好办的就是，她从来没有碰到过非把自己的动机进行详细说明不可的时候，与其说她具有那种余裕，莫如说那是一种松懈。她认为自己在帮人忙的时候，所有行动都是充满好意的，完全不带私心的，是由上帝钦定的。因此不可能有不安，她从不进行自我批评，别人的批评也听不进去。谈话发展到这一步，也就有了自然的结果。

在夫人跟前被逼到这步境地，心中来回盘旋着这些事情，越来越找不到方向。夫人看到他的窘境，终于笑出声来。

"什么事情想得那么为难啊？大概你又在认为我给你出难题了吧？可是我不会勉强你去做无能为力的事情。只要你愿意做，轻而易举地就能做成！而且结局是对你有利的。"

"真有那么便当吗？"

"是啊，就像开个玩笑一样。说得夸张些，简直是半开玩笑地闹着玩玩！所以你就干脆点说干吧！"

津田觉得一切都是谜，但是，"充其量是闹着着玩的"这种想法占了上风，他终于下了决心。

"虽然不知道是怎么回事，不过，还是试试看吧。您请说！"

但是，夫人并不直接说明这玩笑的性质。在得到津田的保证之后，她又话锋一转，接下来说的，无论从什么意义上说，都与闹着玩全不相干，至少对津田而言，是有着重大关系的事情。

夫人问道："之后，你见过清子小姐吗？"

"没有。"

津田有点儿吃惊，并不仅仅是因为问题提得唐突，那个突然抛弃了自己的女人的名字此刻竟然出现在夫人嘴里，而她是应该对此负有一半责任的。夫人接着说：

"那么，她现在情况如何，你不知道吧？"

"完全不知道。"

"完全不知道，那可以吗？"

"不可以也没有办法，她不是已经嫁人了吗？"

"清子小姐婚宴时，你参加了吗？"

"没去，即便想去，也不太方便吧？"

"送来请帖了吗？"

"送来了。"

"你结婚的婚宴，清子好像也没有来参加吧？"

"是的，没有来。"

"发过请帖吗？"

"请帖倒是发出过。"

"那么说，你们双方，就此断了？"

"那当然。要是还不断，不就成问题了？"

"是啊。不过，也要看具体情况。"

津田不理解夫人话语的意思，夫人却在具体说明之前再次岔开了话题。

"延子是否知道清子的事情？"

津田语塞了。不把小林研究透彻，这个问题没法回答。夫人再问：

"你自己没对她说过吧？"

"没有。"

"那么说，这件事延子一点儿也不知道？"

"至少我一点儿没听她说起过。"

"是嘛，那简直是太纯真了，抑或是也有意识的吧？"

"是吧。"

津田不得不有所思忖，但是，也只能把自己的判断压在内心。

一三八

谈着谈着，津田又触碰到想象不到的夫人的心理。他始终深信，不把清子的事情告诉阿延，不仅对自己有利，也是夫人的意愿。现在才意识到，夫人还是觉得这件事还是让延子有所察觉的好。

"她心中大致上还是有数的吧？"夫人说。正因为津田十分了解阿延的性格，所以更加难以回答。

"那事不让她知道就不行吗？"

"不行。"

津田不明所以，但是却如此答道：

"如有必要，当然告诉她也行……"

夫人笑了。

"你现在才去做这件事，要搞砸的。不如干脆佯装不知，混到底吧。"

说到这里，夫人停了下来，又另起话题。

"谈谈我的判断吧。延子那么聪明，她一定会有所察觉的。不过，她不可能知道全部，要是她通晓一切，我可就麻烦啦。我觉得她只有似乎了解，又不全部了解，那才正好。所以按照我此刻的认定，现在的延子一定会乖乖地听从我的特定安排的。”

津田只好回答“是嘛”，心中却在想，能够支撑夫人结论的材料几乎没有看到。然而，夫人还是坚持说：“有的，否则延子就不可能那么虚张声势。”

将阿延的态度说成虚张声势，夫人还是第一次，津田对这个措辞感到惊讶，不过换个角度说，他对这个带有讽刺性的词汇首先要表示肯定，却又做不到毫不犹豫地表示赞同。夫人又若无其事地笑着说：

“没啥关系的，要是她什么也不知道，到时候再说，总归是有办法的。”

津田默默地静听着，等待下文。可是，夫人接下去突然又把话题转到清子身上。

“你对清子小姐还有点恋恋不舍吗？”

“没有。”

“一点儿也没有？”

“一点儿也没有！”

“这就是男人的谎言！”

津田并不想说谎，但他也觉察到自己说的并非全是真话。

“我这样也能看得出还有依恋不舍之情吗？”

“那是看不出的，你……”

“那您为什么那么下结论？”

“是呀，正因为看不出，所以才那么猜的。”

夫人的逻辑与常人相反，却也从不露出支离破碎的破绽。她扬扬得意地引申开去：

“别人认为外表和内里是一样的，可是我觉得你外表看不

334

出来，所以只能认为你是隐藏在内里的。"

"夫人打一开始就认为我依恋不舍，所以才那么说的吧？"

"我一开始就认定有什么不对吗？"

"您那么随意认定，我可受不了。"

"我何时随意认定了？我并不是认定，我说的是事实，是只有你和我才知道的事实。既然是事实，又怎么能够瞒过对此一清二楚的我呢？哪怕再能蒙骗外人。如果只是你个人的秘密，那还另当别论。两个人知道的事实，除非经过协商，将其彻底埋葬，否则只要有记忆，那就不可能消失的！"

"那我们俩协商好，就此将它埋葬掉，如何？"

"为什么要将它埋葬？有那种必要吗？你又为什么不利用它一下呢？"

"利用？我可再也不愿意靠近罪孽了。"

"什么罪孽？我什么时候叫你去作孽了？"

"可是……"

"我想说的你还没有听完呢。"

津田的眼睛里充满好奇。

一三九

夫人把津田尚未忘情于清子的证据拿出来，就等于把他制服了，既然做了坦白，津田就想请求夫人把这段谈话告一段落。

但是，在这个问题上，夫人并不像津田一开始想象的那么粗暴，她好像出人意料地细心观察着津田的心理状态。一旦获取胜利后，她就会向他出示证据。

"总是留恋、眷恋地嚷嚷，那可不是云里雾里捉迷藏似的闹着玩玩的。我有着自己掌握的证据，完全可以明确地向别人说，你对清子并没有死心。"

津田听得一头雾水，莫名其妙。

"请您给说明一下吧。"

"你希望，我可以做说明。不过这么一来，就等于揭了你的老底啰。"

"唉，没关系。"

夫人笑了。

"你这样不理解别人的话可真叫人为难。现在你自己明明掌控着事实，却说自己不知道，硬要别人加以说明，不是显得很傻吗？"

"可是，我的确是不明白。"

"不，你明白的。"

"那么，是我没有意识到吧。"

"不，你是意识到的。"

"那又是怎么回事？……难道是我瞒着这事吗？"

"嗯，就是。"

津田豁出去了。已经被逼到这步田地，如果还想继续隐瞒，那就连自己都觉得无理了。

"是傻瓜也无奈。我接受您说我傻，请您说明吧。"

夫人轻轻叹了口气。

"啊，啊，真是没劲。我煞费了一番苦心，你这位关键的主角却搞成这样，我就像在白辛苦。还是什么也别多说，早早回家去吧。"

津田完全被拖入了迷宫，明明知道夫人拽着他的鼻子走，却只能跟在她的身后奔跑。同时，他的好奇心也在发挥作用，他对于夫人的情分和顾虑，也绝非轻如鸿毛。他用相同的话一再催促夫人快作说明。

"那我就说了。"夫人最后应允的表情毋宁说是扬扬得意的，"作为交换条件，我得先问你。"夫人劈头就给了他一个下马威。

"你为什么不与清子结婚呢？"

问题来得突然，津田一下子就瘪了。见他一声不吭，夫人换了个角度。

"那么，换个方向问吧。清子为什么不与你结婚呢？"

这一次津田应声答道：

"为什么，我可一点儿也不知道，只是觉得不可思议。怎么想也想不出一个所以然来。"

"她是突然跑到关先生身边去的吗？"

"是的，很突然。突然的一反常态。当惊讶地回首张望时，她已经结婚了。"

"是谁感到惊讶？"

对于津田而言，这个问题是无聊的。谁感到惊讶，这不是多管闲事的问题吗？但是，夫人却不肯放过这个问题。

"是你感到惊讶，还是清子小姐感到惊讶？或者是双方都惊讶。"

"这怎么说呢？"

津田不得不陷入沉思，夫人却抢先一步作答。

"清子小姐不是并不介意吗？"

"这个嘛……"

"你怎么老是这个、这个的？你要说你的观点！当时清子的态度，不是满不在乎的吗？"

"是有点满不在乎的样子。"

夫人用轻蔑的眼光看着他。

"说得那么轻巧，你呀！是因为清子满不在乎，才使你感到惊讶的吧？"

"也许是的。"

"那么，当时你打算怎么处置你的惊讶呢？"

"我没法处置。"

"虽然没有办法，但实际上还是想有个结果的吧？"

"是的，所以我想了许多。"

"想明白了吗？"

"没想明白，越想越糊涂。"

"因此就不再想啦？"

"不，还是忘不了。"

"那么现在还在想着？"

"是的。"

"瞧瞧，这不就是你还没有忘情嘛。"

夫人终于使津田按照自己的思路就范了。

一四〇

准备大致就绪，夫人要把问题的要点逐一展示在津田跟前，她在见机逐步向前推进。

"那你还是得更像个男子汉才行，是吧？"夫人先说的依然是这句暧昧的话语。津田心想：怎么又来了！打刚才起，夫人一会儿"要像个男子汉"，一会儿又是"不像个男子汉"的，听得津田在心中暗暗冷笑。他在怀疑，夫人所谓的"像个男子汉"究竟是什么意思？他只能得出这样的结论，夫人并非要他擦亮批判的眼睛，无非是为了压服自己，才根据她自己的方便一厢情愿地任意使用这些话语。他苦笑着问：

"您所说的像个男子汉……怎么做才能像个男子汉呢？"

"只要抛弃了你的依恋之情就行，你懂的！"

"为什么？"

"你不是老在想怎么才能摆脱那种依恋吗？"

"那我可不清楚。"

夫人突然趁势挺进。

"你可真是糊涂，这么点事情都闹不明白。见上一面问候一下不就得了。"

津田无言以对，既然见面如此必要，那么用什么方法，又在哪儿见面呢？这些都是先要解决的问题。

"所以嘛，我今天不是特地到这儿来探访了吗？"夫人说话时，津田不禁看了她一眼。

"实际上，我老早就了解你的心意。碰巧今天早晨阿秀为那件事来见我，我觉得是个好机会，所以就上医院来了。"

完全没有心理准备的津田，脑袋活像是一盆糨糊。夫人还是看透了他。

"你可不要误会，我是我，阿秀是阿秀，我不是受阿秀之托来为她说话的，这一点你应该很清楚，就像我刚才所说，现在我还是你的同情者。"

"嗯，这一点我是清楚的。"

到这儿会话告一段落，紧接着，夫人又进入要点的第二阶段。

"你知道清子小姐现在哪儿吗？"

"不是在关先生那儿吗？"

"那是说平时。我说的是现在，她现在哪儿，在不在东京？"

"我不知道。"

"你猜猜看。"

津田觉得这样猜测太无聊，故没有吭声。这时夫人说出一个令人意想不到的地名，那是一个相当有名的温泉地，从东京过去只消一天的路程。对津田而言，那并不是久远的记忆，那一带的风景一下子出现在脑海之中，他只是在嘴里应道"是这样啊"，后面的话就接不上来了。

夫人为津田做了热情的解释，她告诉津田，清子为了安静休养，才去那个温泉逗留的。夫人还知道清子去休养的原因，对津田说她是因为流产之后为了恢复身体才去的。夫人看着津田意味深长地笑笑，津田心中对她的微笑也基本有数了，不过，那已经是过去的事情，无论对津田还是对夫人，都不是眼下要解决的问题。他不想对此发表评论，于是便默默地很顺从地听夫人说下去。于是，夫人又跳到了第三个阶段。

"你也到那边去吧？"

在没听到这话之前，津田的内心已经有点儿动摇，听夫人这么一说，却又下不了要去的决心。夫人便进一步地挑唆他：

"你去吧！你去对任何人都不会造成麻烦。若无其事地去，没啥大不了的。"

"那倒也是。"

"你就是你，打一开始就是独立的，没啥关系。什么顾虑啊，拘束啊，带上那些多余的情感反而坏事。再说你病后出院，上那儿去休养一段时间也很必要。所以请你一定去。带着极其自然的表情旁若无人地过去，那样的话，就能像个男子汉大大方方地了却一场旧情。"

夫人为促使津田前往，竟提出旅费由她负担。

一四一

给出了旅费，又通融安排了上班工作的事，让自己去一个舒适的温泉做病后的疗养，这对谁都是求之不得的好事。尤其对于以享受人生快乐为主旨的津田而言，更是机会难得，要是眼睁睁地错过这个机会，那就简直是愚不可及！然而，一想到夫人所附带的条件一定也是很不寻常的，于是，他又顾虑起来。

夫人拉扯津田所用的心思是一目了然的，可是，津田只感到夫人心里的能量，却无暇顾及她的用意。在这一点上，夫人比他自己观察的更加清晰可靠。夫人看出已经答应要去的津田多少有点动摇，接着又说：

"你明明心里想去，却又摆出一副扭扭捏捏的样子，要我说，这就是你最不好的不像男子汉的地方！"

津田对被评为缺少男子气已经习以为常，他回答说：

"也许是那样，不过，还是得仔细琢磨一下……"

"就是这琢磨的毛病，在你的人格里作祟！"

津田"哎？"的一声感到惊讶，夫人却一副什么事也没有的样子。

"这种时候，女人是什么也不琢磨的。"

"那琢磨的我不正说明像个男子汉吗？"

听到津田这话，夫人的态度顿时变得严厉起来。

"你别那么傲慢地顶嘴。光嘴上厉害不解决任何问题。傻瓜！你还算个进过学校做过学问的人，连自己也看不清楚，真让人可怜。所以，清子才离你而去的！"

"哎？"津田又说一声，夫人并不搭理。

"要是你不明白，那我来讲给你听。你为什么不想去？我心里很清楚，那是因为你害怕，所以不敢到清子面前去。"

"那倒不是，我……"

"你等等。你是想说自己是有勇气的，不过，会牵涉到面子。照我看来，你要摆这点架子，恰恰是你胆小的表现。对吧，为什么这样说？摆这架子其实不过是为了那点儿虚荣心，为了我们常说的装装门面。除了这些还有些什么呢？好比一个新娘子，宾客们什么也没说，她自己却害臊得三顿饭不好意思吃一样。"

津田听得发呆，夫人依旧喋喋不休。

"由于过分多情，才会在不必要的地方固执己见！那样，你就会变成一个骄傲自负的怪人！"

津田万般无奈，只好沉默。夫人却毫不留情，进一步说起了他的自命不凡。

"你总是很优雅地保持沉默，想着不动声色地蒙混过关。可是，你的心中却总是在为那件事痛苦。你再咬咬牙坚持一阵吧。我总觉得要不了多久，清子也会主动上门来解释的……"

"那些事不堪回首啊。我无论如何也……"

"不，那与想象相同。要是现实仍然保持不变，那么即使说也无济于事的。"

津田已经失去了反抗的勇气，机敏的夫人立刻再次乘虚而入。

"你这个人真是有些厚颜无耻，难道你认为这样厚颜还是处世的品德吗？"

"那倒不至于。"

"不，就是那样。你要是认为我不懂，那就大错特错了。好吧，你就厚颜无耻吧。我喜欢脸皮厚的人。那就请你像个男子汉那样，充分发挥你的厚脸皮特性吧。我就是为了这件事才不辞辛苦地赶到这儿来的。"

"是要发挥厚脸皮的精神吗？"津田说着，又改口了：

"她是独自一人去温泉的吗？"

"当然是一个人。"

"关先生呢？"

"他在这儿，这里还有事情呢！"

津田终于下定了去的决心。

一四二

不过，夫人和津田之间还有一个问题尚未解决，两个人必须回过头去再做商量。不等夫人掉头，津田先回过神来了。

"那么，要是我过去，您刚才说的那件事又该怎么办？"

"对啦，这就是我现在想的。要我说，再也没有比这更好的治疗了。怎么样，你的想法如何？"

津田没有回答，夫人又叮问。

"明白吗？下面不说也……"

夫人的想法不说，津田也大致明白。不过，这件事夫人打算用什么方法对阿延施加影响力，津田并不明确。夫人又笑了起来。

"你只要佯装不知道就行，后面的事由我来搞定。"

"是嘛。"津田说着，心里是有疑惑的。后面的事情全交给夫人一手操办，这就等同于把阿延的命运交由他人主宰。他对夫人的手腕多少还是存有戒心的，他十分担忧，不知道夫人将会做何安排。

"拜托您安排没有问题，不过我想，要是能了解您的手段与方法，岂不更加方便。"

"那些事你不必知道，你就好好看吧，我一定会把你太太培养得更出色的。"

在津田的眼里，阿延当然是不够完美的。然而，津田不满意的阿延的缺点，未必是夫人想要纠正的地方。夫人显然是将这两者混为一谈了，她有一个误解，以为至少只要将阿延打造成合乎自己的心意，就是为津田培养出了最合适的妻子。还不光如此，倘若更深一层地探索夫人的内心，说不定还会发现更加惊人的结论：由于夫人并不喜欢延子，弄得不好，她是否会设下圈套来苛待她，或许因为不称心，便以打击冤家对头的方法来对付延子也未可知。幸好阿延生活得还很自在，她身处的境遇是：万事她都得经过自我确认，不论是世人还是自己都不能强迫她反省。

对于阿延的教育——夫人的嘴里露出了这样的话语。津田不曾有机会可以从心里看穿夫人与阿延之间的关系，当然也就没有怀疑她这句话的资格。他基本上相信夫人是出于真心的，但是，当夫人的真心起作用时，自然也会引起津田的畏惧之感。

"不必担心的。办法有的是，只要下功夫，你就等着看结果吧！"

不管津田怎么追问，夫人也不详细回答。她随意客套了几句，又教训似的对津田说：

"你那位妻子有点过于自鸣得意，且表里不一。表面上十分客气礼貌，内里却主见太强。她很聪明，外表不显山露水，其实是傲气十足。所以，那些毛病都得改掉……"

夫人正在对阿延肆无忌惮地品头论足之时，护士站在楼梯中央的喊声传入两人的耳朵。

"堀先生有电话给吉川夫人。"

夫人"哎"地应了一声，立刻起身。走到门槛边，又回头看看津田。

"什么事情？"

津田也不明所以。下楼接电话的夫人转身又上来了。

"不好了。"

"什么事？怎么啦？"

夫人笑着镇定地回答：

"秀子特意打电话来提醒我。"

"什么事？"

"说是延子到她家去闲聊。回家时或许会到医院来，所以先来告知一声。阿延现在刚刚离开她家。唔，来得正好，要是正好在骂她时来，倒真要好好羞辱她一番。"

她刚刚落座，马上又站了起来。

"那么，我还是先告辞吧。"

她刚才还在议论阿延，见面之后多少会有点不自在的吧。

"趁她还没有来，还是早点走吧。劳驾了。"

告别的话语留在耳边，夫人就走出了病房。

一四三

这时，阿延已经走在来医院的路上了。

从堀家去医院，出门后朝街东走上一二百米，那儿有一条丁字形的大马路，再向前走过一条街。阿延刚走过拐角，一辆电车从北面驶来，正好停在她的面前，从方位上说应该是在她所在的位置稍稍斜对过。阿延漫不经心地抬头看了看电车这一侧的车窗，发现乘客中有一个女人，因为角度关系，虽然她只能看到女人的三分之一到半个侧脸，但是，她还是一惊，立刻反应到：她不正是吉川夫人吗？

电车很快开动了，阿延没有足够的时间观察她发现的对象，只能目送驶离的电车背影，然后，穿过马路朝东面走去。

她所走的全是小街小巷，因为熟悉这一带的地形，便挑选近路，左拐右弯地，打算早一点到达医院。可是，刚才看到电车之后，阿延的脚步顿时沉重起来。从距离上说，她已经走了二三百米，却又想改变主意，不再去医院，干脆直接回家。

她的心情，其实在走出堀家家门时已经变得沉重了，在那儿，她不顾一切地抢白阿秀，反而招致反击，郁闷极了。非但没能搞清重要事情，反倒让对方嗅出了内情，实在令人心烦意乱。就算了解到一些多余的情况，也是让人比以前徒增不安。

她首先想到的一个疑问，是否自己被人抓到了弱点，从而被对手更加自由地随意玩弄。

阿延的敏感还远远不止这些。她总觉得有人正在某个地方秘密地为自己设置阴谋。不管谁是主谋，阿秀一定是其中的一员。还可以明确地推测，吉川夫人也脱不了干系。——如此想来，阿延有点胆怯起来。不知不觉之中，在重围之中孤军作战的心境从远处向她袭来。环视四周，除了丈夫之外，竟无一人可以依靠。她只能奋不顾身地朝津田奔去。虽然对丈夫有点猜疑，但基本的信任犹存。无论碰到什么事情，丈夫总不至于成为那伙人的共谋者吧。她刚刚跨出堀先生的家门，便自然立刻跑向医院。

就在这种心理状况笼罩下的阿延，又在马路上看见了电车的身影，打内心起了诅咒：要是电车里的那个人就是吉川夫人，而且她是去医院探视津田的，倘若在探病的同时顺便……那往后的事情，不论阿延如何聪明伶俐，由于没有推测的依据，无论如何也难以想象。不过，结果就只有一个，她的脑海里突然之间从阿秀、吉川夫人到津田开始跳跃，不禁反复揣摩起三人的关系来。

"说不定这三个人靠着自己未能察觉的电波串在一起了呢！"

刚才还想到丈夫那儿去避难的，如今，她不得不做新的考虑。

"既然如此，就不便再去。去了又会如何？"

她发现自己还没拿定主意就跑到医院来了，于是，在目前情况下，自己应该用何种态度，怎样去会见津田，才是最有效的，就成了她最重要的问题。幸好自己并没听到旁人指责："明明是夫妻，还穿上出客服见面，算什么呀！"她觉得还是先回家，让心情平复一下再去医院为上策。虽然到医院不过再有五六分钟的路程，她还是从小街折返，来到栽着柳树的繁华的大马路上，乘上了电车。

一四四

黄昏时分，阿延回到了家。下了电车走了一百来米，傍晚的雾霭笼罩着她，她最喜爱的就是家里的火炉边。脱下外衣，坐到炉盆边就伸出手去烤火。

然而，几乎连一分钟的休息时间也没有给她。刚刚坐下，阿时就把津田的信交给了她。信上的文字相当简单，只要打开信封，就可以读完。但是读完信的她已经不是读信前的阿延了。只有三行字的信却比一本书对她的震动更大。信件给她从外面带回的情绪点上了火，她的心在信函前跳动。

"'今天不要来医院'，这是什么意思？"

要是没收到此信，她原本也该去医院一次的。阿延无暇顾及时间，立刻起身要外出，把从厨房送来晚饭的阿时吓了一跳。

"我回来后再吃饭。"

她披上刚脱下的外衣，出了家门。可是来到电车马路上时，她又在巷子的拐角处停了下来。不知何故，阿延忧心忡忡，觉得现在去医院是毫无意义的。

"按照丈夫的性格，他怎么连信上的意思都不能爽快地跟我说明白呢？"

她胆怯了，看着眼前朝左右两个不同方向开去的电车。坐上往右开的电车能到医院，乘上往左开的可到冈本姑父家。阿延想，干脆取消原计划，到冈本姑父家去算了。可是她马上又想到一个难题，要去冈本家商量，就必须将情况和盘托出，不把过去隐藏的夫妇之间的老底抖出来，也就无法商谈。自己必须在姑父姑母面前坦承看错了人。阿延又觉得，自己目前尚未被逼到必须忍辱求全的地步，在挽回的希望还很渺茫之时，就轻易扼杀自己的虚荣心，这种所谓的正直，是她最不屑一顾的。

究竟上哪儿，阿延还在举棋不定。就在她徘徊时，津田已经在床上坐起，满不在乎地看着护士送来的晚餐。先前阿秀打来电话时，他预想到阿延即将来访，送走了吉川夫人，暗暗调整了自己的心态，以便在病房与妻子见面。可是妻子中途又折回家去，令他稍感失望。直到现在吃晚饭的时候，可能等得有点儿疲惫，一看到护士就搭讪。

"到底是开饭时间了。独自一人待着，日头太长，真无聊。"

护士的身材矮小，血色不良，但其长相让津田怎么也看不出她的年龄，她总是身穿一套白制服，更使她与一般妇女大不相同。津田心中常有疑问：她穿普通女子服装时，肩头的衣褶究竟是收起的，还是放开的？记得有一次，津田很认真地问过她这个问题，当时她嫣然一笑，回答说："我还是个见习护士呢。"于是，津田的心中也大致有数了。

护士把餐盘放在津田的枕边，并没有立即下楼。

"您寂寞了。"她说着，笑眯眯的，紧接着补充道："今天夫人没有来嘛。"

"嗯，没来。"

津田的嘴里已经塞满了烤煳的面包，没法再说什么。可是护士却很自如。

"不过，有别的客人来过了吧？"

"嗯，你说的是那个老太太吧？那位太太可真是太胖啦！"

护士不想接口说人家的坏话，津田只能一个人自说自话。

"要是有一些更年轻、更漂亮的人来探病，病也一定会提早痊愈的吧？"

津田的话逗笑了护士，她马上调侃回敬他。

"每天都是女人前来探视，看来您的艳福不浅啊！"

护士好像不知道小林来过。

"昨天来的那位太太相当漂亮啊。"

"算不上多么漂亮。那是我的妹妹，有点像我吧？"

护士不说像，也不说不像，依旧笑嘻嘻的。

一四五

这一天对护士来说，可是意外赚了的一天。医生有点儿腹泻，不能来诊所上班，请来一个朋友替代他。但是这位朋友只是上午来对付了一下，从下午到晚上都没见到他的身影。

"今晚应该他值班，听说不能来了。"

护士说着，悠悠地坐在津田的食案跟前，全然不见平时那副忙碌的样子。

有人陪着解闷儿，津田的舌头就管不住了。他饶有兴致地问了许多事。

"你老家在哪儿？"

"在栃木县。"

"不错，你一开口，口音还真是。叫什么名字？"

"名字不知道。"

护士不肯把自己的名字告诉别人。津田觉得她那股抵抗的劲头特有趣，便有意反复问相同的问题。

"那么，以后我就管你叫栃木县，行吗？"

"哎，可以的。"

她的名字当头的字母是"tsu"。

"是 tsuyu（露）吗？"

"不是。"

"嗯，不会是露字，那么是 tsuchi（土）？"

"不是。"

"等等，既不是露，又不是土……哈哈，我明白了，是tsuya（艳），或者是 tsune（常）？"

津田扯个没完，每次说完，护士都摇头否定，嘻嘻笑着。她一笑，津田就更加穷追不舍，最后知道她的名字叫 tsuki（月）时，津田又把这奇妙的名字玩味了一通。

"叫阿月啊，好名字！谁给起的？"

护士突然以逆向反问回答。

"您太太的名字叫什么呀？"

"你猜猜！"

护士故意罗列了两三个女人的名字后说：

"叫阿延吧？"

她猜对了。其实，那是她什么时候听到后记下的。

"对，阿月可得小心呀！"

津田正说在兴头上，阿延本人冷不防露出脸来，护士回头看到吓了一跳，她立刻端起餐盘就走。

"哦，你终于来啦。"

阿延接替护士坐到津田枕边，马上盯着他问：

"你认为我不会来了吧？"

"那倒未必。不过今天已经晚了，以为不会……"

津田的话并不假，阿延这点识别能力还是有的。可是，如此一来，矛盾就更加复杂化了。

"不过，你刚才不是捎信去了吗？"

"是的。"

"你写了'今天不要来'。"

"嗯，因为有点儿不大方便。"

"为什么我一来就不方便？"

津田这才意识到，他打量着阿延回答：

"没什么，一点不值一提的小事。"

"可是，专门差人去送信，还是有点事的吧？"

津田还是想搪塞过去。

"一点小事，干吗要那么当回事呢？你可真傻！"

津田本想对阿延慰藉一番，没想到反而引起了相反的结果。

阿延的乌眉抖动，默默地从腰带里取出刚才收到的信函。

"请你把这封信再看一遍！"

津田一声不吭地接过信去。

"不是什么要紧的事都没写吗？"津田嘴上这么说，心里却做了否定。信写得很简单，却足以引起阿延的怀疑。他处于被怀疑的弱势，觉得这事情实在是搞糟了。

"正因为什么也没有写，所以我才来请教理由的。"阿延说，"你就说一说嘛，好歹我特意来了。"

"你就是为了问这来的？"

"是的。"

"特意？"

"没错！"

阿延毫不动摇。津田意识到对手实难对付时，偶然想到了一个绝妙的谎言。

"其实，就是小林来了。"

小林两个字的确在阿延心中引起了反响。但是，事情并没有就此过去。为了使阿延满意，他倒反而必须对那件事做点说明。

一四六

"我觉得你是讨厌见到小林的，所以特意通知你的。"

这番解释并不能使阿延释然，津田不得已，只能再对阿延说些宽心话。

"让你和他那家伙见面，即便你不讨厌，我还讨嫌呢。何况那家伙还提出了一件我不愿意让你知道的事情。"

"我听了不好的事情？那么，就是你俩之间的秘密啰？"

"不是那么一回事。"津田看到阿延的小眼睛警惕地盯着自己时，慌忙补充说：

"他又死乞白赖地要来借钱，就为了钱。"

"那么，我听到为什么就不好？"

"我没说不好，只是说不想让你听到。"

"这么说，你给我写信只是对我的一番好意啰。"

"就是嘛。"

阿延始终盯着丈夫的小眼睛眯缝得更细了，而且嘴角上也挂上了笑意。

"啊，真是难得。"

津田有点儿难以自持了，他顾不上仔细地剔除那些有欠考虑的词句。

"你不是很讨厌见到那家伙吗？"

"不，一点儿也不。"

"撒谎吧。"

"撒什么谎？"

"那个小林不是对你说过些什么的吗？"

"是的。"

"所以我才说，你讨厌见他呀。"

"那么，你知道我听小林说过些什么？"

"那可不知道。不过，他那张嘴里是讲不出什么好话来的。他到底讲了些什么？"

　　阿延咽下了已到嘴边的话，反问道：

　　"小林到你这儿说了些什么？"

　　"什么也没有说。"

　　"你才是撒谎呢。你是要瞒着我吧。"

　　"要隐瞒的不正是你嘛！他信口开河乱说的那一套，你居然会当真……"

　　"也许我会隐瞒。不过既然你要瞒我，我也没有办法。"

　　津田沉默，阿延也不吱声，双方都在等待对方开口。但是，阿延的忍耐比津田先行崩溃，突然，她尖声吼叫起来：

　　"撒谎，你说的全是一派胡言！小林到这儿来算个屁事，你是为了蒙骗我才故意造出这番情节来。"

　　"造出来，那对我有什么好处呀？"

　　"不，你是为了掩盖其他人来过的事实，才拉出个小林来糊弄。"

　　"其他人，其他什么人啊？"

　　阿延的眼光落在放置在壁龛上的那盆枫树盆栽上。

　　"那是谁拿来送你的吧？"

　　津田觉得糟糕，他后悔为什么不早点把吉川夫人来过的事情告诉阿延。可是，之所以不说这件事，是他经过反复思考的结果，要说这件事并不难，问题在于自己与夫人商谈的内容使津田在阿延面前自然地心虚起来，思来想去，于心有愧的他觉得此事还是不提为佳。

　　津田回头看了看盆栽，本想说出吉川夫人的名字，可嘴巴并不利索，这时，还是阿延来了个先发制人。

"是吉川夫人来过了吧？"

津田不禁问道："你怎么知道？"

"这点儿事情，我能不知道吗？"

津田注视着阿延，总算恢复了胆量。

"是啊，她来过。你的预测正确。"

"我连她坐电车离去的情况也知道。"

津田又吃了一惊。她以为会有小车在马路边等着她的，因此，并没有注意夫人使用的交通工具。

"你在哪儿见到她的？"

"没见到她。"

"那你又是怎么知道的？"

阿延用反问代替回答。

"夫人来干什么呀？"

津田若无其事地回答。

"这正是我现在要告诉你的。不过，可别发生误会。小林的确来过，之后才是夫人来了，所以是前后脚。"

一四七

阿延发现，自己的性子比丈夫还急，以这样的气势压过去，竟然还是不能将丈夫击溃，发现这一点时，她觉得自己应在露出破绽之前调整战术了。

"是啊，那样也行。小林来不来，与我无关。你倒是该把吉川夫人来说的事给我谈谈。当然，我的判断是她不会只是为了探病来的。"

"话是那么说，她来也不是什么大事。你的期望值那么高，听了以后或许又会失望的，所以我还是先对你打个招呼。"

"没关系，失望也无所谓。只要听到了事实真相，也就能消除成见，心安哪。"

"她本来是来探病的，附带谈了点事情，行了吧？"

"行，怎么说都行。"

津田只是极其简单地把夫人请他去温泉的建言提了一下。正如阿延有阿延的谋略，津田也有着津田的战术，他巧妙地省略了不方便多说的地方，只把那些谁听了都会觉得坦率、合理的说明对阿延讲述了一番，使阿延大面上连一句非难的话语也插不进去。

只是双方都感到了不安，阿延想通过丈夫简单的说明看透内里，而津田则千方百计绝不容她钻空子。一场相当和平的暗斗，只能以比胆量、比技巧的方式上演。不过，既然处于守势的丈夫有着弱点，那么进攻的妻子平添了强有力的威势也很自然。姑且不说两人的天赋，但就他们的地位来看，阿延已经不战而胜了。津田有着这样的自知之明，阿延心中也早已预估到这种局面。

这一场战斗的关键，看是否能够将对方的隐秘逼出，然后将事情告一段落。只要津田能够坦白，那么胜负可以轻易决出；然而要是他不肯完全坦白，那就再也没有比这更加难以攻克的城池了。可怜的阿延啊，直到现在还尚未造好迫使津田投诚的武器，她处在无法逼迫对方打开城门的境遇之中，从结果来看，几乎只能是枉然。

阿延为什么在取得内心胜利后，不肯见好就收呢？为什么不在形式上高奏凯歌后就不愿善罢甘休呢？这是因为她现在还缺少这样的余裕，还有比这样的胜负更加重要的第二、第三的目标在后面等待她去争取，这个目标不能突破，后面的就无法操作了？

还不光是这些。说实话，胜负对她而言并不是最主要的。她真正的目的还在于搞清真相。比战胜丈夫来得更重要的是澄清疑虑。消除自己的疑问，是以拥有津田的爱情为目标的阿延的生存所绝对需要的。这件事本身就是最重大的目的，摆在她面前的这一重大的意义，可以说几乎不必去在乎什么策略和手段。

只要在理智允许的条件下，按照事情的前后关系，女人会不顾一切地全力以赴，这对她是很自然的。然而不幸的是，整个外部环境比她要强大得多，这股不知名的力量在比她高出很多的上空投放出貌似公允的光辉，甚至不会忌惮杀死她这个可怜的女人。

每当她往前挺进一步，津田便离她往后退一步，她挺进两步，他就后退两步。每一次的挺进，都会使两人的距离渐渐增大，客观的外部环境毫不留情地蹂躏着她的局部领域，每一步都在无情地破坏着她的目标。她暗自注意到了这一点，却无法领悟其中的奥秘。她心中思忖着"不会是那样的"，最终终于失去了心中的平静。

"我在心里如此这般地牵挂着你，你怎么一点儿也不体察我的心意。"

津田也是一副为难与无辜的表情。

"我可是一点也没怀疑你啊。"

"那当然啦。你要是还对我表示怀疑，我还不如去死了的好。"

"别说什么死啊活啊的了。首先，根本就没有什么事情，没有什么！如果你认为有，就请说！我可以向你说明，向你解释。可是，讲那些压根儿不靠谱的怨言，叫人从何说起呢？"

"那谱儿理应就在你的心中！"

"你一口咬定，这就不好办了。你是受了小林的挑唆吧？准是的！小林都对你说了些什么？你说说看，别有顾虑！"

一四八

阿延从津田的说话和神色中，不难推测出他的心态——丈夫不在家时，小林来过，因此他心里很不舒服。小林究竟对阿延说了自己些什么，他尤其感到不放心。小林所说的内容，直到现在自己还摸不着头脑。所以，现在他是在引我上钩呢。

很明显，那里有着秘密。早已存入了阿延心中的一切素材，既不可疑，也没有矛盾，全都指向一个方面。秘密是确实存在的，宛如青天白日一样，明亮无阴影。阿延凝视着蓝天，却毫无办法。

在心烦意乱的时候，阿延还有几分思考的机智，顺着丈夫的套话，立刻回敬过去。

"那我就实话实说。实际上，我从小林先生嘴里听说了所有的详情。所以，你想瞒也瞒不住了。你可真是个狠心的人哪。"

她的话语几乎全是胡诌，可是说话时的心情却是一本正经、十分严肃的，她不能不充满激情地说上一句"狠心的人"。

丈夫听了之后立刻有了反应，他在这派胡言面前露出了畏惧之色。阿延虽然在阿秀家吃过了苦头，现在却又想再来冒险一次。她的胆量即将得到收获，便一跃向前。

"你为什么不在事前就告诉我？"

"在事前"这个词说得很暧昧，津田为揣测其含义煞费苦心。重要人物阿延其实也搞不清楚，所以津田问她，她也不做解释。津田只能含含糊糊地问道：

"你莫不是在说去温泉的事吧？要是你觉得不妥当，不去就是了。"

阿延露出意外的神色。

"谁那么不讲道理？只要公司方面没意见，为了病后的康复，那不是一件大好事嘛。你以为我会那么糊涂，反对你去温泉，这傻帽，我又不是歇斯底里！"

"那么，我可以去啰？"

"当然可以！"说着，阿延突然从衣袖里掏出手帕捂住脸，抽抽搭搭地哭了起来。她的话变得支离破碎，从她的啜泣声中断断续续地漏出来。

"无论我怎么……任性……也不至于……妨碍你去……疗养……我对你平时给我的自由心存感激……我从未想要……妨碍你找地方疗养……"

津田终于放下心来。可是阿延还有下文。一阵发作平静之后，她比较流畅地接着往下说：

"我是不会介意那些小事情的。尽管我是个女人，是个傻瓜，可我也有自己的体面。女人要像个女人，傻瓜就像个傻瓜，我还是想要维护自己的体面的。要是我的体面遭到损毁……"

说到这里，阿延又哭了起来，接下去的话又变得断断续续的。

"万一……真有那种事情……那是给冈本姑父……姑母丢脸……我再也没脸见他们了……即便不是那样，我也被秀子她们欺负到家了……可你却在袖手旁观……任其发展……装聋作哑……"

津田突然开口问道："阿秀欺负你了？什么时候？是今天你去她家的时候吗？"

津田无意识之中说出了这番离谱的话。只要阿延不提，他是不可能知道她和阿秀的会面的。果然，阿延的眼睛亮了。

"瞧瞧，今天我去阿秀家的事你也知道得一清二楚呀！"

"阿秀来过电话啦。"话到嘴边，并没有冲出津田的咽喉。他在犹豫该不该讲。但是时间上刻不容缓，要是不说，情况会益发不妙，他几乎陷入了绝境。然而，就在这刻不容缓的刹那间，一个绝妙的口实从天而降。

"是车夫回来后告诉我的，大概是阿时对车夫说的吧。"

幸好阿延和阿秀是前后脚出来的，女佣也知道。这偶然的借口竟发挥了偶然的奇效，使津田再次放下心来。

一四九

　　阿延本想靠一通盲目的攻击突破津田，此刻只能止步了。一想到丈夫并没有怎么蒙骗自己，就有点儿泄气，本想一鼓作气拿下的战斗变得无法进行了。津田期待的就是这一刻。

　　"阿秀之流，管她说什么呢。阿秀是阿秀，你是你嘛！"

　　阿延答道："那么，小林之辈，对我讲些什么又有何关系？你是你，小林是小林嘛！"

　　"是没有关系，只要你挺得住就行。不过，要是引起疑心和误解，到处瞎吵吵，那就麻烦了。我也不会一声不吭的。"

　　"我也一样。不管阿秀怎么欺负我，也不管藤井婶婶怎么冷淡我，只要你坚定，我就不会感到痛苦。关键是你的……"

　　阿延走进了死胡同，她缺少明确的事实，也就说不出有力的话语。这时，津田趁机再捞上一把。

　　"或许人家认为你做了有损颜面的事吧？其实，不如你靠我紧一些，不就可以安下心来吗？"

　　阿延突然提高了声调："我是想靠上你，想安心的。你简直想象不到我是怎样想靠上你的！"

　　"想象不到？"

　　"是的，你完全想象不到。要是你能想到，就会变个模样的。因为想不到，所以才那么一副满不在乎的样子。”

“我可没有满不在乎呀。”

“你不觉得自己缺少同情心，不觉得我很可怜吗？”

“什么同情心，什么可怜……”

津田反复念叨着，一时语塞。接着他又结结巴巴、很不流畅地说：

“你只会抱怨我不为你着想……再怎么为你着想……也得有可着想的机遇啊。有就会想，没有的话，又有什么办法呢？”

阿延因为紧张，语音都在发抖：

“你，你……”

津田沉默了。

“请让我可以放心吧，请你帮帮我，让我放心。除了你，我便是一个无依无靠的女人。如果被你抛弃，我一下子就会倒毙的。我是个胆小柔弱的女人。所以请你对我说一句‘你放心吧’，只要说一句就行。”

津田回答：“没事的，你放心！”

“当真？”

“真的，你放心！”

阿延冷不防以破釜沉舟之势猛扑过去。

“那么，请你告诉我。不要隐瞒，在这里把一切都说出来，让我彻底地放心。”

津田仓皇失措，心里像波涛一样摇晃起来。他想，不如索性把一切都告诉阿延得了。可是同一时间，他又推测到自己仅仅是被怀疑而已，阿延并不掌握真凭实据。如果阿延知道了真相，她一定会不依不饶地扇自己巴掌的。

他变得可怜了，同时，也还有一条逃生之路。道义心和利害观上上下下地折腾着他，于是，要去温泉的权重也大大地增加了。践约是他对吉川夫人应尽的义务，也是他必定会产生的要求。一个念头渐渐地占了上风，至少在自己的温泉旅行结束之前不把事情说出来为上策。

"讲这些絮絮叨叨的事情，只会弄得大家不好意思，没个底，还是算了吧。不过，我可以给你做个保证，总行了吧。"

"保证？"

"做个保证，为保全你的体面，做个书面保证。"

"为什么？"

"为什么，除此之外没别的方法了，我对你发誓！"

阿延缄默无语。

"也就是说，你只要说一声'我相信你'就行，说一声'万一有事，由你负责'就行。这样我就可以回答说：'行，我保证！'怎么样，可以做这样的妥协吗？"

一五〇

"妥协"这一汉语词汇用在这个场合多少有点不太合适，但是，用来说明津田此时的心事倒是颇为妥帖。事实上，这个词汇所代表的最确切的含义就藏在他的心里，这是真的。明眼的阿延看到这一点时，她那亢奋的心情渐渐受到了压抑。津田原本还在发愁，阿延的感情的高潮是否会卷土重来？这样一来可是得救了，接下来他就有时间想方设法，把阿延受到压抑的情感引向相反的方向。他开始安慰阿延，多多使用她爱听的词句，从外表看，他态度稳重，又能够巧妙地随机应变，顺应对手，其努力没有白费。阿延看到了久违的婚前的丈夫，开始重温订婚时的记忆。

"丈夫没有变，他还是从前的津田。"

阿延这样想着，她的满足足以将津田从困境中拯救出来。一场即将演变成狂风暴雨的波澜终于平息了，不过，事前和事后夫妇关系毕竟不同了，他们在不知不觉之中互相间发生了变化。

随着风波的停歇，津田领悟到："女人终究还是易于抚慰的。"

一场风波为他带来的自信使津田暗自欣喜。以往与阿延打交道，每一次都使他感到棘手，他既看不起阿延，又为她伤神不快，每天都在那种困境中度日。他无法确切地分析那究竟是阿延的直觉呢，还是由她的直觉转化成的谋略，抑或是别的什么东西。总之，事实还是事实。而这个事实他一直将其封存在心底，从未向外透露过，因此，这事实已经成了一个秘密，那么，津田为什么要把一个明确的事实故意搞成秘密呢？简单地说，他是想尽可能地抬高和尊崇自己。以打爱情战争的眼光来看他们夫妇俩的生活，总是处于失败地位的津田，其实内心充满了自傲，虽然被阿延征服，但那是不得已的就擒，并非心悦诚服的归顺。他往往不是堂而皇之地成了爱情的俘虏，而是遭到了暗算的结果。阿延从来不会留意丈夫的自尊心受到挫伤，她一心只想通过征服丈夫，从而得到爱的满足。与此相同，津田也厌恶失败，却只能在表示遗憾的时候，因无力反抗而俯首称臣。当这种特殊的关系经过一夜苦口婆心的说服转败为胜时，他对阿延的想法发生变化自然是理所当然的。津田从未看见过像阿延那样如此正面凶猛地扑过来，而实际上技巧拙劣、毫无本事的女人，他只要怀揣弱点四处躲避一下，便可以战胜她。结果胜败分明。津田终于可以蔑视她了，同时，也比过去更加同情她了。

阿延还是阿延，这场风波之后，她还是在不停地发生变化。她不曾用这样的态度对待过丈夫，因为过分醉心于攻破丈夫的弱点，反而把自己的弱点完全暴露在津田面前，这使她抱憾不已。她一心想得到丈夫的真爱，而且相信只有靠自己平时的本领才能得到，还得坚决地贯彻自己的见识才行。其实她的见识并不复杂，只是有那么股犟劲而已。不论丈夫的爱对自己何等必要，也绝不用摇尾乞怜的寒碜的态度去获得。假如丈夫不能像想象的那样爱自己，她就决心靠自己的本事来争取自由。她坚持着这样的决心并加以实施，其实等同于将自己的精神状态置于紧张之中，这种紧张状态到达极限时一定会溃败。一旦溃败，就等于自己毁灭了自己的见识，后果是一目了然的。可是，不幸的是，阿延并没有意识到这种矛盾，还在盲目地向前冲击。所以最终导致了溃败，溃败之后她才感到了后悔。其实，命运对于幸福并不比预想的更加残酷，她在暴露了自己的缺点的同时，也得到了补偿。迄今为止，津田无论怎样夸下海口，也不曾表示过满足，可是，他现在也有点变化了。他朝着自我满足的方向前进了一步。他明确地使用了"妥协"的字眼，这是不是要坦白自己拼命想要发掘的秘密？坦白？阿延在叮问自己，这种坦白难道是要默认自己的罪过？在做出确认的时候，阿延既窝心，又喜悦。她不再为难丈夫，正像津田有意怜悯她一样，她也觉得津田是值得怜悯的。

一五一

然而，命运却比想象的来得固执，两人不能就此作别。奇妙的是，一时已经太平的局面又出现了一点小小的波折。

那是阿延一度亢奋的心情平复以后，又产生的一点反响。恰似一个喝醉了的人趁着酒兴提问似的，她问津田：

"那你何时去温泉呀？"

"出院后马上去，那样对病体恢复也有好处呀。"

"是啊，还是早一点去的好，既然决定去了。"

津田放下心来，心想这真是太好了。可是，阿延突然冒出一句："那我也陪你一起去，行吗？"

本已松了口气的津田一下子惊出一身冷汗，回答之前，他必须好好考虑一番。一开始，并没有带阿延去的计划，不过，要是拒绝，事情更不好办。单就谢绝的话一讲，对方就不知道会发生什么变化。该怎么回答才好呢？就在他苦苦思索的时候，已经错过了重要的良机。阿延催促说：

"怎么样，我可以去吧？"

"可以呀。"

"不行吗？"

"怎么会不行……"

津田打算把不带她去的想法，一点一点地向外透露。要是看到阿延有猜疑的眼光，那就只能见机行事了。说实话，津田现在的心理状态与阿延完全相同。刚才那场风波的影响尚未消失，他只能将计就计，别无他法。他立刻想起了"抚慰"二字，"只有抚慰。只要进行抚慰，女人就会平静下来。"他以刚才得到的新的认识，对阿延讲了起来：

"可以去呀，不仅可去，说实话，我还想请你去呢。首先光我一人不方便，为了有人照顾，你能去是再好没有了。"

"啊，那太好了！那我就去！"

"不过嘛……"

阿延马上不高兴了。

"不过什么呀？"

"不过，你打算家里怎么办？"

"家里有阿时在就行。"

"就行……像个小孩子那样说着玩可不行！"

"为什么？哪是说着玩？要是只留阿时不放心，那再去找个人来。"

阿延一口气爆出两三个合适的看家人的名字来，凡是能拒绝的，津田都拒绝了。

"年轻的小伙子可不行，能让他和阿时一起留在家里吗？"

阿延笑了起来。

"莫非……不会有事的，只有短短的数天。"

"那不行，绝对不行！"

津田的态度坚决，同时也做出思考的样子。

"没有一个合适的人吗？如果有个合适的老婆婆，就可以请她来。"

藤井家、冈本家和其他人家都没有这样有闲而又合适的人。

"哦，那就好好想想。"

津田想就此结束这个话题，可是阿延抓住他的衣袖不肯作罢。

"要是想不出一个人选来，怎么办？如果没那么一位老婆婆，我去就不行吗？"

"没有说不行！"

"可是怎么会找到这么一位合适的老婆婆呢？这事不想也能明白。要是我去不方便，就请你明说吧！"

被逼得走投无路的津田，不可思议地又想到一个好借口。

"那么，实在不行的话，有没有人看家都无所谓的。不过只留阿时一人看家还有个麻烦事。这次是吉川夫人给我出旅费，假如被别人认为我们夫妻两人拿着别人的钱外出游玩，不是很不好意思嘛。"

"那我们可以不用吉川夫人的钱呀。我们有那张支票。"

"那样会影响这个月的支出的。"

"不是还有阿秀留下的钱吗？"

津田又词穷了，但他又想办法杀出一条血路来。

"不借一点钱给小林也不行吧。"

"那种人……"

"你说的那种人，他可是要去遥远的朝鲜哟。也怪可怜的，再说我已经答应借他了，那可没办法了。”

阿延原本就不可能满意的。可是被津田胡乱地东讲西说了
一番，总算混了过去。

一五二

后面的交谈进行得出人意料地轻松，没过多久就达成了第
二次妥协。为了对小林尽朋友之谊，也为了不食曾经的诺言，
津田打算从阿延拿来的支票中提出部分来赠给要去朝鲜的小
林。名义上当然是出借，但津田明知他是无意偿还的，即便将
这笔钱编入预算，今后也不可指望，结果等于就是白送。不用
说，夫妇俩在谈妥这件事之前，阿延多少有点面露难色。给小
林那种厚颜无耻之徒施舍金钱实在太傻，即使让他留下借条，
借钱给他以解燃眉之急，她也不可能释放这份善意的。不仅如
此，她还动辄打探丈夫为何如此坚决地要借钱给他的内幕，每
逢这种时候，总是遭到津田的冷遇。

“我真不明白，你对于那种人，为什么要那般无微不至地
亲热？”

这类话阿延是一遍又一遍地重复，津田也不顾她的脸色，
只是坚持说，那不过是碍于人情罢了。于是，阿延又一步蹿到
前面，说道：

“那你倒说说理由看！若是说出如此这般的理由，不这么

做有碍什么人情，那把这张支票全送给他也无妨。"

津田知道这可是个重要的关口，怎么也不能让阿延轻易闯过。但是，他不为小林辩解，只是列举了两个人的旧交，由那时的交往之中产生的令人难以忘怀的往事。当用了"难忘"这个字眼遭遇非难之时，他就无奈地把话题扯得更远，说过去的小林并非今天的小林。他发现这样说仍然不能使阿延释然，便冷不防地提高说话的格调，大谈起人道主义之类的道道来。不过他嘴里的人道说到底只是一种功利，还全然不知地迈向自己挖掘的陷阱，差点儿被阿延绊住脚给推下深渊。他的代表性的发言用简单的话概括起来就是：

"总之，一切都很不好办。因为在国内待不下去，所以要流落朝鲜。难道不该给他一点同情吗？你却在胡乱攻击他的人格，那就太不合情理了！不错，那小子确实没出息，那是肯定的。可是，只要想一想他落魄的成因，就觉得可以理解了。他就是愤愤不平而已，为什么不平呢？就因为他挣不到钱。然而，那小子既不蠢也不傻，脑袋还相当灵光。不幸的是他缺少正规的教育，才变成那样的。想到这一点，还是得可怜他。也就是说，不是他那个人不好，而是他的境遇不好，一句话，他是个不幸的人。"

要是只说这些，还可以认为是嘴皮子耍得不错，可是，津田却一发不可收拾。

"还有一点你也必须考虑到。要是我们得罪了那种自暴自弃的家伙，可不知道他会干出什么事来。他曾经跑到这儿来狂妄地叫嚣，跟谁都能干仗，跟谁干他都会得利，的确难缠哦。所以说，要是我现在不满足他的要求，他就会恼怒。光发怒倒也罢了，他还会干些什么，会进行报复。可是，我们都是些体面人啊，而那小子却是个不要脸的家伙，一旦激化，我们可不是他的对手，明白吗？"

话说到此处，先前那套人道主义已经分崩离析了。但是，要是津田就此打住，阿延或许也只能点头称是，不再吭声了。不过，津田还要借题发挥。

"再说，那小子的主张若光是拿上流社会做攻击对象，光说一般有钱人的坏话倒也罢了，但他可不是这样，他更加实际，会首先从最近处下手，一点点地发展下去。如此一来，最先遭殃的必定是我。思来想去，我觉得自己应表现出相当的亲热，使他感到满意，尽早一点地奔赴朝鲜，这才是上策。否则，哪一天碰上吃不了兜着走的事就难说了。"

听到这儿，阿延憋不住非说几句不可了。

"小林再不可理喻，你若是没有什么亏心事，又何必那么惧怕他呢？"

两人一来一去的，为了那张支票的处置就花费了十分钟的时间。不过，只要给小林的钱定下来，剩下的事情就好办了。阿延的条件是，余下的款项要由她任意支配，作为她的零用钱满足其嗜好，这件事情马上就说定了。同时决定阿延不再和津田一起去温泉，去温泉的费用则接受吉川夫人的好意支持。

晚秋寒夜料峭，这对年轻夫妻间的波澜总算平息，两人暂时作别。

一五三

　　津田手术后的恢复良好，简直可以说一帆风顺。到了第五天，医生按计划为他更换了所有的纱布，并有把握地说：

　　"情况相当好，只是伤口有一点出血，里面一切正常。"

　　第六天，还是同样地换取纱布，而且局部状况比前一天更加完好。

　　"出血怎么样啦？还未止住吗？"

　　"不，基本上已经止住了。"

　　津田不懂为什么会创口出血，也就不理解这句回答的意思。随便将它理解为已经痊愈，不禁心中大喜。然而，事实并不像他想象的那样，他和医生的如下对话道破了内情。

　　"如果治得不好，后面会怎样？"

　　"那就再开一刀，那样会比上一刀的创口浅一些。"

　　"真叫人害怕。"

　　"没事，十之八九会治愈的。"

　　"那么，真正痊愈，还要很长的时间吗？"

　　"快则三周，慢则四周。"

　　"哪一天可以出院？"

　　"明天后天出院都无妨。"

谢天谢地！津田决定出院后就去温泉。他生怕碰到一个不怎么地的医生，商量后禁止他转地疗养，反而伤神吃亏，所以现在故意不提此事。不过，如此轻率冒失的做法是有违他平时一贯的作风的，他一面甘愿决心冒险，一面因内心的矛盾有点不安，所以就问医生一个不问亦可的问题。

"您说要留下括约肌，可为什么下面要塞满纱布呢？"

"括约肌并不在创口上，而是在缩进去五分左右的地方，在它下侧斜着切除了三分左右。"

当天晚上，津田开始喝粥了。长时间耐着性子啃面包，嘴里喝到了充满水分的大米汤，感到十分新鲜。他虽然还不具备寒夜饮粥所能体味的雅兴，但是比起那些在秋夜寒冷中体味稀粥温暖的普通俳句诗人来，还是更加珍爱这啜粥的感受。

为了治病，他已经很长时间不能大便，现在为了通便，需要稍微服一点泻药。随着腹中不再那么难受，身子感到轻松了，心情也舒畅起来。他躺在病床上，只是盼望着出院的时刻到来。

出院那一天，照例是夜尽天明，一看到雇车来接他的阿延就说：

"总算可以出院回去了，多谢你。"

"有什么好谢的。"

"哪里，要谢的。"

"你是说比起医院来，还是家里好吧？"

"噢，也许是吧。"

津田的语调一如往常，他好像突然想起什么似的补充说：

"这一次，多亏你给我缝制的棉袍帮了大忙。也许是新棉的缘故，穿在身上很舒服唉。"

阿延笑着调侃丈夫："怎么回事？突然说起好话来了。不过，你的鉴定是错的。"

她一面折叠棉袍，一面坦诚说明棉袍里面放的并非全是新棉。这时津田正在换衣服，他把杂纹绉绸的兵儿带认认真真地一圈圈地缠在身上，深情地望着那件松软的棉袍，并没有把阿延直爽的回答当回事，只说了一句："啊，是嘛。"

"如果你喜欢，就把它带到温泉去吧。"

"这样就可以时时刻刻想到你的关怀了。"

"可是，要是温泉旅馆拿出的棉袍比我的好，我可就丢脸啦。"

"不会的！"

"不，可能的。东西品质不好，总是要吃亏的。到那时候，关怀之类的说法就不知道飞到哪儿去了。"

直率的阿延所说的话，并没有被津田如实地听进去，她的话里是带有挖苦意味的。棉袍就像一种象征，被津田接受了，但是他也并不愉快，背朝着阿延，给兵儿带扎上了死结。

不一会儿，在护士的相送下，两人走出了大门，立刻坐上了等候在那儿的人力车。

"再见！"

一个星期的多事的住院生活，在这再见声中，终于落下了帷幕。

一五四

　　津田在去温泉之前，按照既定的计划，先得去见见小林。约会的那一天，他从阿延手里接过所需的钱款，笑着回头看了妻子一眼。

　　"真有点舍不得呀，叫那家伙拿走这么多。"

　　"那就别给了！"

　　"我也真想不给。"

　　"既然想不给，为啥不中止？我替你去回绝他吧。"

　　"嗯，可以托付给你。"

　　"在哪儿可以见到他？只要你说出地址，我就替你去跑一趟。"

　　津田也不知道阿延说的是真是假，不过，每逢这种场合，他总是认为那是开开玩笑不碍事的，结果，却往往弄得自寻烦恼，下不来台。阿延呢，却是个一言既出就说到做到、决不马虎的女人。倘若让她代表津田去击垮小林，她可不管是不是失信，说不定会主动承领这项任务。然而，津田还是小心翼翼地不踏进这个雷池，故意将话题扯到玩笑上去。

　　"你可真是一位女勇士啊，人不可貌相么。"

　　"我自己就是这么认为的。只是没有一显身手的机会，所以我自己也不知道实际上究竟有多大的能耐。"

"你不知道,我可明白得很。这就足够了!女流之辈光凭蛮勇,做老公的就会遭到麻烦。"

"一点麻烦也没有。妻子有勇气代丈夫出头,做丈夫的会有什么麻烦呀?"

"当然,有时会碰到幸运的场合。"他原本就没有打算正儿八经地答复妻子,"直到今天才看到你有如此之大的勇气,佩服,佩服!"

"就是嘛。不过我表面上不大外露,可是你到我内心瞧瞧,可不像你想象的那么太平哟。"

津田不答,可是阿延却停不下来。

"你觉得我是不是很痛快?"

"是的,看上去是很痛快。"

在这番随意的废话之后,阿延轻轻叹了口气说:

"没有意思,做女人的。我为什么要生做一个女人呢?"

"这话对我说没用,只能对你在京都的爹娘抱怨去。"

阿延苦笑着,仍不停嘴。

"行,咱们走着瞧。"

"瞧什么呀?"津田有点儿吃惊地反问。

"瞧什么都行,走着瞧就是。"

"是瞧着哪,可究竟是什么呢?"

"不到实际问题冒出来,是无法说的。"

"无法说的意思,就说明你并不知道。"

"唉,是的。"

"这算什么呀?就像是天空抓云彩似的预言。"

378

"但是这预言马上就会兑现的，你等着瞧吧。"

津田用鼻子哼了一声，阿延的态度却越来越认真起来。

"真的，不知怎么搞的，最近我始终在想，我心中蕴藏的勇气，总有一天非爆发出来不可。"

"总有一天？你这不是在胡思乱想吗？"

"不，并不是说一辈子只爆发一次，而是说在最近，不久的某一天就会爆发。"

"越说越离谱了。要是不久的将来在丈夫面前耍一次蛮勇，那谁受得了？"

"哪里呀，那全是为你呀。刚才不是说过了吗，那是为丈夫挺身而出嘛。"

看着阿延那张一本正经的脸，津田只会逐渐地被套住。他的性格之中没有阿延那种诗情，反倒是一些令人不快的琐事始终威慑着他。阿延的激情，也就是津田所说的胡思乱想，渐渐地活跃起来。一直以为小鸟已经死去，没想到抚弄它翅膀玩耍的时候它竟动弹起来，他觉得奇怪，立刻截断了话头。从腰带里掏出表来看看。

"时间到了，我该出门了。"

他起身便走，阿延送他到正门口，把从衣帽架上取下的茶褐色礼帽递给他。

"去吧，别忘了告诉小林，阿延向他问好呢。"

津田头也不回地冲向傍晚的寒风中。

一五五

　　与小林见面的地点，选在东京最热闹的大街中央段稍稍往一旁拐入的地方。为了避免对方登门来邀请时的不快，也为了省却去小林租房处的麻烦，津田定下时间约小林在这儿见面。

　　约定见面的时间竟然因乘电车而耽误了。不过，由于换衣服，从阿延手里接受钱款，又坐着聊了一阵而延缓的时间，那是完全无关津田的痛痒的，老实说，他才不想在小林面前表现出严守交往礼节、拘泥于细处的样子来，相反倒想迟到一点，以便挫一挫他那放肆的锐气。名义嘛，称作钱别会或其他的什么都行，反正此番会面一方是给钱，另一方是拿钱，既然如此，津田当然处于上方。因此，他想尽可能地发挥优越者的特权，事先分清主人与客人的地位，以防范小林的傲慢德行于未然，这才是上策。搞搞脱离利害关系的报复，其实也是挺有趣的。

　　坐在轰隆隆的电车中，津田看了看表。视情况，现在就见厚颜无耻的小林还为时太早。要是自己早到了，他想，可以在夜市逛上一圈，让那个贪得无厌的厚脸皮再急上一阵。

　　在车站下车后，他看到大街上到处灯火通明，看得出都市之夜的活跃。站在街上，他开始犹豫：在拐向目的地的小街之前，是否在满街的灯光下漫步一阵呢？当他推开塞到脸边来推销的晚报时，不由得吃了一惊。

刚才还在设想那小林大概已经等得不耐烦了，没想到他竟然就在马路对面。由于他站在津田下车的与人行道隔了一条车行道的十字路口的一角，两个人的视线不易相遇，加上晚间闪烁的灯光和晃动的人影，使双方更加不易发现对方。何况小林的视线并未朝向这一边，他正站着与一位津田不认识的青年交谈，津田这儿看去，只能看到青年三分之二、小林三分之一的面孔，他几乎不用担心自己暴露，便可站在这边观察两人的动静。他们俩心无旁骛地面对面地认真交谈着，相似的身影清晰地映入津田的眼帘。

两人的身后是墙壁，正巧两边都没有窗户，因此没有强光照过来。可是，一辆从南面驶来的汽车发出巨大的声响，试图在十字路口转弯。车前灯光完全照亮了两个人，津田这才看清了那位青年的容貌：他脸色苍白，帽子下面左右两侧耷拉着好几个月没有理过的蓬乱的头发，甚至妨碍他的视觉。汽车驶过去后，津田马上转身避开两人所在的人行道，故意朝相反的方向走去。

他漫无目标，看着那一家家彩灯照耀下的商店，其兴致只是集中在都市之美的风光上。除了行业不同商品的变化之外，再也找不到耐人观赏的趣味。尽管如此，他还是到处看个不停，满足自己的视觉享受。最后，当他发现一家洋货店的店头陈列的时髦领带时，终于走了进去，拿起自己想要的商品，翻来覆去地打量着。

觉得时间差不多了，他又把领带放回了原处。这时，站在人行道上的两个人果然不见了踪影。他稍稍加快了脚步，约定见面的那家馆子的窗户里有温暖的灯光照射到马路上，砖砌的窗户设得比较高，并挂着淡黄色的窗帘，看上去光线十分柔和。站在马路上抬头望去，可以想象那是个设有温暖的煤气取暖炉的高雅餐馆。

那家餐馆位于巨大街区的一个角落，并不很大，却很幽静。津田只是在最近才知道它的。有一个朋友告诉他，这家餐厅是一位为驻法公使做饭的厨师开的，味道很好。因此他来此处已经四五次，选在这儿与小林见面，其实并没有其他的理由。

津田一下子推门入内，果然，小林已经先到了，一副无所事事的样子，表情严肃，正看着一张不知是晚报还是什么东西在打发时间。

一五六

小林抬头看了看门口，马上又把视线回落到报纸上。津田只好默默地走近他坐的餐桌旁主动招呼："对不起，来迟了，让你久等了。"

小林这才折起了报纸。

"你带表了吗？"

津田故意不拿出表来，小林回头看看挂在正面墙上的大钟，指针指着的地方已超过约定时间四十分钟。

"其实我也刚到。"

两人相对而坐，周边只有两对其他客人，而且都带有衣着入时的妇人，餐厅里显得十分宁静。特别是两人身旁两米开外处煤气暖炉中的火苗，给这洁白清爽的屋子里带来了恰到好处的温暖。

津田的心中出现了奇妙的对比，上一次晚间小林把他拉进一家奇特的酒吧，那光怪陆离的景象历历在目。当时的对手现在被自己带到了这家餐馆，对于津田而言，颇具得意的意味。

"怎么样，这家餐厅？整洁，心情不错吧？"

小林这才发现似的看了看四周。

"嗯，这里好像没有侦探。"

"倒是有美人。"

"哎呀，全都是些艺伎啊！老兄。"他突然发出很大的声音。

津田被他说得扫兴，训斥道："别胡说！"

"那可说不定哟。这世上哪儿都有稀奇古怪的东西，谁知道呀。"

津田更加压低了嗓门。

"要知道，艺伎可不是那一身的打扮。"

"是嘛。你那么说，就不会错的吧。像我这样的乡巴佬，首先根本无法区分。只要是身穿漂亮服装的，我就把她们当成艺伎。"

"你还是那么喜欢说挖苦话。"

津田露出几分不悦的神色，小林却依然是满不在乎。

"不，哪是挖苦啊。事实上是因为我太贫穷，未开眼界罢了。老老实实地说想法。"

"这么说倒也可以。"

"不可以也得可以。那是事实啊，老兄！"

"什么事实？"

"事实就是当今的所谓贵妇人和艺伎又有何区别？"

津田在这个善于装糊涂的狡猾对手面前，不能表现得过于天真，不能认真地回以实话，同时，他也不想对其进行迎头痛击，所以便克制了。或者可以说，他也说不出一句可以对其予以迎头痛击的话来。

"别开玩笑了。"

"真的，不开玩笑。"小林说着，抬眼看了看津田的脸，津田马上察觉了。他很机灵，已经领会到对方又在动什么脑筋，自知无法顺利地摆脱，所以只好先用不痛不痒的话把话题岔开，不能束手就擒。

"怎么样？这里的饭菜。"

"对于我这种味觉不发达的人来说，这家的饭菜那家的饭菜都是大同小异的。"

"不好吃吗？"

"好吃呀，挺不错的。"

"好吃就好。老板亲自掌厨，比别处大概会强一些。"

"不论掌柜的手艺多强，要想合我的口味，他是难以匹敌的，会叫苦连天的。"

"不过只要口味好就行了。"

"口味好就行没错，但是他的口味好得要像十钱一盘的小菜一样，那他还受得了吗？"

津田只能苦笑。小林却还在独自叨叨。

"现在的我呀，可没工夫去说法国菜好吃，英国菜不好吃，只要吃进嘴里的，统统都是好吃的。"

"那你刚才说的好吃，又是何种理由呢？"

"这不明摆着嘛。肚子饿了就好吃，还需要什么理由啊？"

津田又被呛住了。但是，一时间的沉默压得心中喘不过气来时，他正要再开口，忽然又被小林抢先说了起来。

一五七

"依照你这样的敏感者的眼光，我就像一个愚钝者，或许任何地方都被人小瞧。我也知道，被人看不起也没有法子。不过，我也有我自己的苦楚啊。我的愚笨不一定都是天生的，若给我时间，给我金钱，那你就等着瞧吧，我会以何等面目出现在你的眼前。"

这时的小林已经有了几分醉意，半是玩笑，半是当真的劲头，也有点借酒发泄的味道。津田只能表面肯定他说的价值，做出附和他话语的样子。

"你说得不错，所以我还是同情你的。我的心意，你应该明白吧。否则，我也不会特地来为你去朝鲜饯行了。"

"谢谢。"

"噢，这可不是瞎说，事实上，前两天我还向阿延介绍过你的情况哪。"

小林的眉宇下发出狐疑的目光。

"唉，是真的吗？你能在夫人面前为我讲话，可见你身上还留有几分老朋友的交情嘛。可是……你夫人又说了些什么？"

津田一声不响地把手揣进怀里。小林注视着他的举动，故意不让他做出动作似的补充说：

"哈哈哈，有必要加以辩解，想想总有点儿奇怪。"

津田揣进怀里的手又原样抽了出来。他原本想对小林说："阿延的回答就在这儿。"随后把带来的钱漂亮地交给他，可现在又踌躇起来。他把话头又推回到前面。

"人嘛，还是靠境遇决定一切的。"

"我认为是生活的优裕决定一切的。"

津田并未反驳。

"是啊，也可以那么说。"

"我从生下来到今天，总是过着这不死不活的日子，从不知道什么叫优裕。你想想看，我和那些从小养尊处优，随心所欲地奢侈享乐的人相比，该有多大的差异呀。"

津田微微浅笑，小林却相当认真。

"其实不必多想，现成的例子就在眼前。拿你和我做一比较，立刻就能明白：优裕和贫困生活的结局，有多大的不同。"

津田在心中对此是有几分赞同的，不过，他又觉得现在再发这种牢骚已毫无意义。

"所以结果怎样？我始终被你看不起，还不光是你，还有你的夫人，谁都看不起我。不，你等等。还有一个事实，这是你我都承认的事实。一切都像刚才所说的那样，但是，你和夫人都不知道的事实，这儿有一件。当然，现在我告诉你，也不可能改变我俩的地位，这是无可奈何的事。我这次去朝鲜，不知道是否还能活着回来与你再见……"

说到这儿，小林有点儿激动起来，马上又如实地补充道："不过，我这个人也说不准，也许跑到朝鲜一看，不喜欢又跑回来也说不定。"津田不禁笑起来。小林停顿了片刻，接着又说：

"哦，请你好好听着，说不定将来能成为你生活上的参考。老实说，正如你看不起我一样，我也在轻视你。"

"这个，我清楚。"

"不，你不清楚！也许你知道我轻视你这个结果，但是其意义，不论你还是夫人都不明白。所以今晚我酬谢你的好意，也作为临别的赠言，给你说一下，好吗？"

"好的。"

"你说不好，我也没办法。像我这样的穷鬼，能留下什么东西来谢你呢？"

"所以我说好的呀。"

"你安静地听。你要听，我就说了。不论是今天你招待我吃这顿法国大餐，还是上次我拉你去那个肮脏的酒吧喝酒，其实对于我这个没有味觉的人而言，都是美味好吃的。仅此一点，你就会看不起我了吧？可我自己却以此为自豪，反过来看不起轻视我的你。这里的意思你懂吗？你好好想想，在这一点上，你和我到底是谁在受拘束，谁显得更自由？谁更幸福，谁更感到受限制的压力？谁更太平，谁更担忧？依我之见，老兄你腰杆总也挺不直，缺少胆量。总想着躲避令你讨厌的事，拼命想去追求你所钟情的事！这又是为什么呢？不为什么，就是一心想追求自由，因为那儿有奢侈的余地。正因为你没有被逼到我这样走投无路的境地，所以不会像我这样产生恣意妄为的心情。"

津田原本是从九天之上鄙视对手小林的，却也无法不承认他所说的事实。小林的脸皮的确生得比他厚得多。

一五八

然而，小林的规劝并未结束，他留心观察着津田的神态，突然又回到原先的令人出其不意的地方来，就是两人一开始见面后提到的，一会儿又被别的话题岔开没有继续谈下去的问题。

"我的意思，相信你已经领会了。但是，你似乎并没有心悦诚服，这是矛盾的。我知道那是为什么，首先，是因为我这个既没有身份、地位，又没有财产和固定职业的人连累了聪明的你。倘若这些话出自吉川夫人或其他什么人之口，那么哪怕说得再无聊，你也会正襟危坐地老实听着的。那不是我的偏见，而是无可争辩的事实。不过，你可得好好地思考，只有我才会对你讲出这番话来。你和夫人都应该明白，只往那条道走下去是不行的！为什么呢？其实不为什么。你再穷也不曾尝试过我的经历，何况，他们是比你生活得更加优越的一伙人。"

津田不知道他所说的"他们"指的是谁，只能在心中揣测，大概指吉川夫人和冈本他们吧。小林并不给对方留下提出这种问题的时间，只顾自己继续往下说。

"其次嘛，以老兄眼下的境遇，对于我的建议——或者说忠告也行，单纯提供一点知识也行，总之，都不会让你感到是在提醒你需要注意。你的头脑中是理解的，但是心中是不肯接受的，这就是现在的你！大不了就像你心中认为的你和我根本不同，那是无可奈何的，所以就拒绝接受。不过，我还是想提醒你注意，其实这就是我的目的。我说呀，人的境遇和地位的悬殊，并没有什么了不起的，正儿八经地说，十个人都是各不相同的，都以不同的形式去重复大致相同的体验，说得更加明确一点，就是我以我最确切的眼光去观察体验，你又以你最妥帖的眼光去观察体验，差异仅此而已。所以嘛，身处顺境之中的人，平时稍一受惊，就张皇徘徊，稍稍受点挫折，眼球就变了颜色，不过，即使眼球变了颜色，他所在的位置可不会马上变的。也就是说，你一朝有事，就一定会想起我这一番忠告的。"

"那我一定留意，牢记不忘。"

"嗯，是别忘了，一定会有应验的一天。"

"好的，懂了。"

"你再怎么说懂了，还是不行的，到时就出洋相。"

小林说着，一下子笑了起来。津田不解其意，不等他提问，小林又说：

"到时候你多多留神，好吗？到时候你吆喝一声，看是否能变个戏法，摇身一变变成我小林。"

"那我可不会。"

"不是会不会，你肯定变不了的。你一面有所忌惮，一面还要跑到这儿来，这需要相当的修炼。我虽然愚钝，可是对于现在的自己，也是要付出鲜血的代价的。"

小林扬扬得意的模样让津田觉得不舒服，心想这家伙想放出点狗血来捞取什么呀？他故意流露出不以为然的神色问道：

"那你为什么对我讲这番话呢？即便我记住了，到了关键时刻不是也派不上用场吗？"

"用场是派不上的。不过，你听听总比不听强。"

"那还是不听的好哇。"

小林得意地把身子靠在椅背上，又笑了起来。

"说得对，如此一来就正中下怀了。"

"什么意思？"

"没什么。只是说出了事实。我还是给你说明一下吧，你若是被逼到走投无路的时候，就会想起我说的话。虽然想得起，却无法照我说的去做。那时就会觉得，倒不如不听这些似是而非的话了。"

津田感到厌烦。

"傻瓜，你这是想在那儿干什么？"

"不干什么。也就是说，只有那时候，我才能向你对我的蔑视实行报复。"

津田改变话题。

"你对我就有那么大的敌意吗？"

"怎么会，怎么会？不但没有敌意，反倒是充满了善意。而你对我的蔑视，倒是始终不变的。当我指出其实质来提醒你，从我的角度看你也有该被蔑视之处时，你不是依然高高在上，不以为然吗？也就是说，光停留在嘴上说是没用的，必须要靠实战来解决问题。我是不得已才说这番话试图搞清是非曲直的。"

"是嘛，我懂了。你想说的事，就这些吗？"

"不，怎么会？接下去才进入正题哪。"

津田怔怔地望着小林将啤酒一饮而尽的样子。

一五九

小林继续说话之前，放下酒杯环视一下餐厅。带着女伴的客人中，有一对客人中的女方从衣袖里取出漂亮的手帕，擦拭在洗手盆里洗过的拿水果的小手。他们对面坐着的一对客人中的二十五六岁的女客，手上端着咖啡杯，看着男方喷出的烟雾，但刚才起，就不时偷看着津田这边。他们俩不停地谈论着戏剧的话题。两组客人都比他们早进来，理应比他们早退席，上菜的顺序就是依此安排的。见此状况，小林说道：

"正好，他们还没走。"

津田一惊，这小林又要说伤害别人的话，还要让人家听到。

"喂。差不多适可而止吧。"

"我又没说什么呀。"

"所以我才提醒你。你攻击我，我都可以忍受，可是对素不相识的人说坏话，请你慎重，在这种场合。"

"你真是太小心了。你的意思是，这儿可不比小巷子里的酒吧间吧？"

"正是。"

"若是这样，你把我这样的无赖领到这儿来，就做错了。"

"随你怎么说。"

"嘴上说随我，心里却在提心吊胆吧。"

津田不再吱声，小林有趣地笑起来。

"又赢了，赢啦！怎么样，投降吧。"

"要是认为这就算赢了，那就随你以胜利者自居吧。"

"我要让你知道，今后你会越来越被人看不起。你对我的蔑视，其实什么也不是！"

"你爱怎么想就怎么想。真啰唆！"

小林注视着津田那张闷闷不乐的脸。

"怎么样，搞懂了吗？喂！这就是实战，不论你多么优裕，不论你与有钱人怎么结交，也不论你怎么妄自尊大，在实际战斗中都会败北的！所以我刚才说过，未经过实践锻炼过的人，就如同一个废物。"

"就是，就是。世上只有老滑头和老酒鬼的脸皮最厚！"

小林原本还有话说，但是他又朝那个带女伴的食客环视了一圈后说：

"那么我就说第三点了。趁那位女客未走之前不把话说好，还有点不甘心哪。怎么样，老兄，让我接着讲吧。"

津田默默地扭转脑袋，小林却毫不介意。

"第三点，换言之也就是要进入我的正题了。刚才我说坐在那里的女人是艺伎，老兄听了就训斥我，把我当作对贵妇不懂礼仪的野汉子。好，就算我是野汉子，野汉子是不懂贵妇和艺伎的差别的。那么我要向你请教，艺伎和贵妇的区别究竟在哪里？"

小林说着，第三次把视线投向女客。用手帕擦手的那位女客就像受到了暗示，起身离去。剩下的那位也在招呼侍者结账。

"终于走了。要是再待上一阵就更有趣了，真可惜。"

小林目送着离去的女客的背影。

"哎呀呀，另一个也要走啦？真没法子，只剩下你一个了。"

他转过脸来又对着津田。

"问题就在这儿，老兄。如果我不能分辨法国大餐和英国菜肴，不辨粪便与酱汤的差异，你就不会理睬我，小看我充其量是个只知塞饱肚子的人。其实，老兄啊，味觉不好的人，吃的内容完全是一样的。如同搞不清艺伎和贵妇的区别一样。"

那又怎样了？津田翻起不悦的眼睛看着小林。

"因此，结论也只能归结为一个。我可以断言，正像在味觉上我受到你的蔑视却比你幸福一样，对于妇女的识别，虽然遭到你的轻视，却处在比你更加自由的境遇之中。也就是说，男人越是能够清楚地分辨哪个是艺伎，哪个是贵妇，他就越是苦恼。为什么这么说呢？那是因为到头来，他是会这个讨厌，那个也看不上的，或者就是这个要，那个也要的。那不就是作茧自缚吗？"

"假如他愿意作茧自缚，那也没有办法吧。"

"这就对了，终于。说到食物，你不搭理，一说到女人，你就不能沉默了。这就是问题所在。对于这个实际问题，下面我再来议论一番。"

"够了！"

"不，还完全不够呢！"

两人对视着苦笑。

一六〇

　　小林巧妙地拖住津田，津田对此心知肚明，故意迎合他。两人终于面临短兵相接的紧要时刻。

　　"比方说吧，"小林说，"你曾经热恋一个名叫清子的女孩吧？有一阵子你总是不能不提起她。不光如此，对方也认为除你之外，天下没有第二个男人。可是，结果怎么样呢？"

　　"结果就像现在。"

　　"那不是太清淡了嘛。"

　　"不过，那也是没有办法的事。"

　　"不，办法还是有的吧。即便有，你也要摆谱装出不以为然的样子，要不就是瞒着我，今天正在干什么吧。"

　　"别瞎说，如此胡说八道是要闯祸的。请注意一点！"

　　"说实话……"小林开口后，又摆出一副后面我不说你也知道的样子。津田赶紧问："什么实话呀？"

　　"其实，上次我对你夫人全说了。"

　　津田的表情骤变。

　　"说了什么？"

　　小林在玩味对方的语调和神色，稍稍沉默了一阵。等到他开口回答时，态度为之一变。

"我乱说的，是给你开个玩笑嘛。不必担心。"

"不担心。如今那些事即使被人告密也……"

"你不担心？是嘛。那我就是说真的，实际上我告诉她的全是实话。"

"混蛋！"

津田的嗓门很大，端正地坐在椅子上的侍女微微抬起头来看着这一边，小林立刻就地取材。

"贵妇受惊了，轻声一点！跟你这样的无赖一起喝酒，让人看到多么丢脸！"

他朝侍女投去微笑，女人也微笑着。津田不能独自一人生气，小林便又趁机而入。

"那件事到底是怎么个来龙去脉的？我没有听说详情，你也不讲。要不，是我忘记啦？不过那都不碍事，那是对方逃离你的，还是你甩了她？"

"这一点倒真的是不碍事。"

"对我来说当然是没有关系，实际上也是这样。可是，对你而言却不同了，关系大着哪！"

"那是理所当然。"

"所以我刚才已经说了，你呀，境遇过于优越，使你变得过分奢侈，其结果就是喜欢的东西刚刚到手，马上又想要下一个。而心爱的东西逃离后，又捶胸顿足地窝心懊悔。"

"我什么时候是那样子的？"

"有过，而且现在还在继续上演。这都是你的优裕在作祟，也是我最感痛快的事。这就是一种因果报应，是贫贱向富贵的复仇。"

"这从头到尾都是你自己的想象捏造，还用来评判他人，不过尔尔。我根本没必要辩解。"

"我完全没有自我捏造，只是想指出你的实际状况。你闹不清楚，我可以告诉你。"

津田不置可否，最终还是让他说明了。

"你是按照自己的心意迎娶阿延的吧？可是如今，你对阿延又是很不满意的吧？"

"然而，这世上绝无十全十美的人，这难道不是不得已的事情吗？"

"你是想以此作理由，再找个更好的吧？"

"别说这种难听的话。你就像自己所说的是个十足的无赖，眼光卑劣浅薄，言行放肆粗野！"

"所以，这就成了你蔑视的理由？"

"当然。"

"是啊，再这样斗嘴下去也没有意思了。没有真正的实战还是不行。我已经做了预言，咱们走着瞧。现在，我们之间的实战刚刚开始，到时候你就会明白我说你不是我对手的含义。"

"没关系。输给一个老滑头将关系到我的名誉。"

"真犟啊，你这可不是在与我战斗。"

"那么，我在与谁战斗啊？"

"你是在内心与自己战斗，过上一阵子，你就会进行外在的实际行动。你那优越的境遇会煽动你去打一场徒劳的败仗！"

津田冷不防地从怀里掏出了钱包，把与阿延谈妥的表示饯别的钱款放在小林面前。

"把这个交给你，请收下。跟你聊下去，怕会越来越不想履行我的承诺了。"

小林展开对折的十日元纸币新钞，数了数。

"三张呀。"

一六一

小林把收下的钱就这样胡乱塞进了西服口袋里，如同他平淡的举止，他的答谢也很无耻。

"谢谢。我是打算借的，但恐怕你是打算送我的吧。从你的眼神就可以知道，因为你认为我没法还，也不想还的吧。"

津田回答：

"当然这是送给你的。但是从你接过钱的样子看，还是感受到自己所处的矛盾了吧？"

"不，我从未感受到过。矛盾究竟为何物？从你那儿接受钱款就是矛盾吗？"

"那倒不是。"讲这话时的津田采取的是以上对下的态度，"你好好想想！这笔钱刚才还在我的钱包里，转瞬之间就转移到了你的衣袋之中。如果讨厌使用小说创作的语言，那就说得更直白些。是谁把这钱的所有权从我这儿一下子转到你的地方？回答！"

"是你呀，你给我的。"

"不，不是我。"

"你说些什么呀？叫人听不明白的话，那是谁呀？"

"谁也不是，是优裕，是你刚才攻击的优裕给的。所以收下了钱的你一面胡乱攻击优裕，一面却在优裕面前低下了你的头，这不矛盾吗？"

小林眨了眨眼睛后说：

"的确，你这么说也许是的。不过，似乎有点儿滑稽。实际上，我一点儿也不想在优裕面前低头的。"

"那就还给我！"

津田把手伸到小林的鼻子跟前。小林瞅着那只像女人一般柔软的手掌。

"不，我不还。是优裕没叫我还。"

津田笑着缩回手来。

"瞧瞧！"

"瞧什么呀？看来你还不懂得优裕没叫我还的意思啊。可怜的贵公子。"

小林说着，转过头去朝着门口的方向，又加上一句。

"该来了吧。"

打量着小林的津田不由得一惊。

"谁要来？"

"没有谁。是比我还不优裕的人要来。"

小林故意轻轻拍一拍装着纸币的衣袋。

"你向我转交了优裕，优裕没让我再把它还给你，而是会命令我转给比我更不优裕的人。财富似流水，只会由高处流向低处，不可能由下往上倒流啊。"

津田基本理解了小林的意思，却无法清晰地解释，所以陷入了一种半醒半迷糊的状态。这时，小林的话又一股脑地冲了出来。

"好吧，我在优裕面前低头，我承认自己是矛盾的，我同意你的诡辩。一切都无所谓，我向你道谢，感谢你！"

他突然扑簌簌地开始落泪，这种急剧的变化，令津田感到吃惊，更加不安起来。他不能不想起前不久被他拉进酒吧间的情形，他皱起眉头想到，要想利用小林，现在正是时候了。

"我对你，可没有期望得到什么感谢，是你，忘记了过去。我像从前一样做的事，你统统给予相反的解释。所以我们的交往越来越麻烦了。比方说吧，我不在家的时候你去取大衣，那时还对我妻子说了些什么……"

津田说到这儿，暗自观察对方的模样，可是小林低着头，他还是无法揣度其心理的变化。

"说什么你也不该搞那种恶作剧去破坏朋友的夫妻关系啊。"

"我不记得说过你什么呀。"

"不过，刚才你不是……"

"刚才是开开玩笑嘛。你嘲弄了我，我才揶揄你的。"

"不知道是谁先挖苦对方的，那怎么都行，只要把真情告诉我就好。"

"所以我说啦，我不记得说过你什么，已经说了好几遍了。你只要和夫人对质一下就可以明白的。"

"阿延她……"

"她怎么说？"

"就因为她什么也不说，我才不好办哪。不说出来埋在心里，我没法辩解，也无从说明，所以才遭罪么。"

"我什么也没有说，问题是今后你是否要做个像样的丈夫。"

"我……"

就在这时，随着走近的脚步声，一位新进来的顾客已经站到了他们的餐桌边。

一六二

此人便是刚才站在大街一角与小林对谈的长发青年，津田认出他时，更加吃惊了。在惊讶的同时，他也暗暗怀着对他有所期待的心情。津田的感觉说白了，就是认定这种人不可能到这餐馆来的，但是要是有人会来此参观，那又非他莫属。这是一种矛盾的预想。

说实话，刚才车前灯照亮此人，映入津田眼中的这个人的印象是很奇特的。津田看看自己，再把视线从小林投向青年，轮流看了一遍，发现从阶级、思想、职业、服装等各个方面均有很大的不同。津田自然要离远一点去看，可是，越有距离感，他的印象和记忆就越深刻。

"小林居然和那种人在打交道啊。"之所以这么想，是因为津田自己当时与这类人并无瓜葛，回看自己的立场还觉得很幸福。他很清楚自己对于这位新来者的态度，仿佛突然有一位形迹可疑者在向自己打招呼。

他脱下窄帽檐向上翻卷的、软不拉耷的帽子，拿在手上，坐在小林的身旁，面对津田似乎感觉到局促不安，眼中闪着异样的目光，这是一种反感、恐惧、不习惯于与人交际的乡土自尊的错杂的神经质光芒。津田越发觉得讨厌起来，小林对青年说道：

"脱下你的斗篷吧。"

青年默默地站起，脱下吊钟似的防雨长斗篷，扔到椅子背上。

"这位是我的朋友。"

小林这才把他介绍给津田，他姓原，是位艺术家。这几个词总算进入了津田的耳帘。

"怎么样，混得还行？"

这是小林接下来的问题，却未及等到对方的回答。小林紧接着又说：

"不行吧，肯定不行的。那个家伙，他能懂得你的艺术吗？好吧，坐下来好好吃点东西。"

小林忽然用刀背敲击餐桌。

"喂，给这一位拿点吃的东西来。"

一会儿，原面前的酒杯里注满了啤酒。

默默地看着两人举动的津田，这才意识到自己要办的事情已经完成，要是再这样耗下去，真是受不了的。他想伺机起身告辞。这时，小林突然冲着他说：

"原君能画一手好画，你买它一幅吧。他现在正困难，挺可怜的。"

"是嘛。"

"怎么样，下个星期天，送到府上让您看看。"

津田大惊。

"我不懂画的。"

"不，那怎么可能呢？我说阿原哪，你就拿上一幅作品让他看看。"

"好的，只要不添麻烦……"

给津田带去的麻烦还用说吗。

"我对于绘画和雕刻之类的完全没有兴趣，请不必。"

青年的表情好像受到了打击，小林立刻出马声援。

"别撒谎。像你那样具有丰富鉴赏力的人，这世上实在不多。"

津田只能苦笑。

"又在胡诌了，别取笑我。"

"我说的是事实，怎么会取笑你呢。你具有对女人的发达的鉴赏力，那么对于艺术也不会差的。是吧，阿原，既然喜欢女人，就一定也会喜欢艺术，再怎么隐蔽也不行的。"

津田渐渐有点忍不住了。

"我们谈得很久了，我提前一步失敬了。喂，小姐，结账！"

侍女刚起身，小林就大声制止，又转向津田说：

"现在他正好有一幅好画，去买主那儿谈价钱回来，顺路来这儿弯一下，这可是个好机会呀。你一定得买下它。我的见解是，好作品别卖给那些不是玩意儿的家伙，只晓得对艺术家胡乱砍价。我刚才在大街上就跟他约好，要帮他斡旋一个好的买主，让他回来时到这儿来一趟。你就买下吧，没问题的。"

"你不等人家看过画，就随意约定，能这样干吗？"

"画要给你看的。阿原，画你没拿回来吗？"

"对方让我再等等，把画放在他那儿了。"

"你真是糊涂，末了会被人白白骗了走的。"

津田听到他们的对话，这才松了一口气。

一六三

两人将津田抛在一边，不停地谈论着绘画。津田不时听到什么"三角派"[1]和"未来派"[2]等奇怪的名称之外，还听到几个他迄今为止闻所未闻的片假名外来语。所有这些都引不起津田的兴趣，觉得无须别人把他逐出谈话圈，自己早已逃离了他们的圈圈。仅此一点，津田已经感到无聊，还有一个令他厌恶的原因，一开始他就看出，眼前的这两个人，尤其是小林，完全是个不懂装懂的半桶水，在胡乱得瑟所谓的新艺术。他带着自己的偏见，注视着两人乔装成学者的神态。他俩的共同目的恐怕是想忽悠无知的津田羡慕，没想到他刚被强硬压得坐下的身子又想站起来了。于是，小林再次挽留。

"再坐一会儿，大家一起走嘛。等等吧。"

---

1 三角派即立体派，是以毕加索为首的美术团体。因为主张排除写生，尊重几何学的结构，所以把大正时代初期日本美术家称为三角派。

2 指1910年前后以意大利美术界为首，波及文学、音乐的新艺术运动的群体，主张无视传统，释放奔放的活力。

"不，已经太晚了……"

"还是别让人家笑话我们好不好。难道等阿原吃完再走，会关系到你绅士的体面？"

原将蔬菜沙拉放在火腿上，停下正要去叉火腿的手。

"您请，不用客气。"

津田轻轻地点点头，正要起身，小林开始自言自语起来。

"今天这顿饭究竟是怎么回事？号称饯别会，却把重要的宾客扔下，自己先回家。世上有这么侮辱人的家伙吗？真让人讨厌！"

"我可没那种意思。"

"如果没那种意思，那你就再待会儿。"

"我有点事呀。"

"我也有事的呀。"

"要是谈画，我恕不奉陪。"

"谈画也不会硬叫你买的，别说小气话。"

"那有什么事就快办吧。"

"站着说怎么行？还是像绅士那样坐下来谈吧。"

津田无奈，只好再坐下。从袖兜里取出香烟点上。忽然发现烟灰缸里已塞满了敷岛牌香烟的烟蒂，在脑海里浮现出一个想法，觉得作为今夜的留念，这样做是最最合适的了。抽上一支烟，不出三分钟，香烟就变成烟雾、灰烬和烟蒂，最后不过是将毫无用处的凉意留在烟灰缸里而已。一阵阴影淡淡地掠过他的心头。

"你所说的事情是什么呀？不会是又要索取什么吧？"

"所以刚才我不是已经说过了吗？别说小气话。"

小林用右手抓住西装的右前襟，左手伸进了口袋，像在黑暗中寻找什么东西似的，但是眼睛却始终盯着津田。这时，一种古怪的幻想突然浮现在他的脑海中，同时，那种离奇的妄想，就像先前的烟雾一样，淡淡地掠过心头。

"这家伙莫非要从怀里掏出手枪，然后用枪指着我的鼻子？"

这一戏剧性的瞬间，轻轻撼动他的预感时，津田的神经末梢宛如纤细的树枝在看不见的微风中颤动。同时，他冷眼观察着这一出小林自编自导的空想剧，心中泛起的理智的力量正在嘲笑那种荒诞。

"你在找什么呀？"

"东西都放在一块儿，不用手好好摸索，就不能拿出给你看的东西来。"

"要是错把刚刚放进去的钞票掏出来，就不好办了。"

"说什么呀，钞票可没事，它和纸片不同，手一摸就明白，正在衣兜里跳得欢呢。"

小林会耍嘴皮子，故意拿出一只空手来。

"哎呀，没有了，奇怪！"

他再把右手伸进左边的衣兜里，抓出一条皱巴巴脏兮兮的手帕来。

"是要用这手帕变戏法吗？"

小林只当没听见津田的话，一本正经地站了起来，双手同时拍打左右两腰，突然说道：

"在这儿哪。"

他从裤子口袋里拽出来的是一封信。

"其实，我是想请你读读这封信。今后会有一段时间没有与你相见的机会，只有今晚了。所以我想趁我和原君闲聊的时候，你稍稍过目。没有别的理由，信是稍微长了些。"

津田几乎以机械性的动作接过了信函。

一六四

这封用钢笔写成的信字迹潦草，篇幅是一般信件的一倍。信封上收信人的名字是小林，寄信人却是津田没见过也没听说过的陌生人。津田看了信封的正反两面，确认这封信和自己完全没有关系。不过，冷漠及不感兴趣的同时也引起了好奇心，他从信封里抽出信纸，眼睛落在每页十行，每行二十格的格子信纸上，一口气读了下去。

"我不得不后悔这次来到这儿。你一定认为我是个做事没有常性的人，然而，这是因为你我不同的性格所导致的，是没有办法的事。闲话少说，你就听我诉说吧。叔父对我说，家中只有女人，夜间令人很不放心。让我做完银行的工作晚上住到他家，替他看家。'你若喜欢写小说就随便写，若是想去图书馆，可带上便当去，下午想去学绘画也行。要是你的银行迁到东京，就送你去外国语学校学习，房子的事情完全不必担心，还可以帮你出搬家费。'我是被如此值得庆幸的条件所诱惑的。——当然，我也不认为他的话百分之百的可靠，但相信其中的几成应该没问题。哪知跑来一看，竟都是彻头彻尾的谎言。叔父不仅常住在东京，而且把我当作书童，从早到晚地任意使唤，并公然当着人面，我也在场的时候称我为'舍间书童'。于是，从席间的斟酒到走廊的打扫擦拭都成了我的差事，且一分工钱也不给。我穿的一日元一双的木屐裂了，他只肯买十钱两分一双的给我穿。现在他打发我的家人去姐姐家住，说是明天就发工钱，可是迁好以后，发钱的事便只字不提，让我可归之家也失去了。

"叔父的工作简直是冒险投机，一点钱也没有，夫妻两人都相当冷酷，相当吝啬。我来这儿之后，一时间吃不饱肚子，每隔三天就去姐姐家要点饭吃。粮食吃光后，就用烤山芋和马铃薯充饥，不过，那只是我一人是那样的。婶婶是个给人印象极坏的女人，事事精明算计，又死要面子，到处吹毛求疵地挑人毛病，我已经被她整得活不下去了。叔父虽然没钱，却嗜酒如命，到了乡下，还摆出一副老爷的模样耀武扬威。可是，你看看他的内幕，尽是些吓死人的事情。他家发生了许多诉讼事件，临到出发却没钱买火车票，跑到当铺或姐姐家去苦苦筹措。他或许还若无其事地用我的伙食费去抵账呢。

"婶婶可能一开始还认为我可以写稿挣取饭费呢，我拿起笔写作时，她便冷嘲热讽地说，写这种东西能派什么用场？她还把报纸上的'招募事务员'的广告塞过来，闪烁其词地做点暗示。

"这样的事情反复发生，我简直搞不明白，自己为什么来到这儿，我的思路混乱了。这个不像样的奇妙的家庭生活，变幻无穷的古怪的家庭内幕，从早到晚的可怕的梦魇，占据着我的头脑。即便我说给别人听，也不会被人理解的。这世上只有我一人被恶魔缠身，如此一想，就更感到恐惧，而且，常常会几近疯狂，我甚至怀疑自己已经疯了，恐怖得无以复加。我是在地牢中受苦，不见阳光，连手脚都失去了。因为举手投足，周边也是一片漆黑，再怎么诉说，坚厚阴冷的墙壁阻断了我的声音，世人无法听见。如今，我是天下唯一孤独的人，没有朋友。即使有也如同没有；即使有可以通往我幽灵一般心境的头脑，也等于没有一样。我在痛苦之余写下这一封信，并不是为了呼救。我了解你的境遇，从你那儿获得物质上的补助的想法丝毫没有。我只希望我的痛苦能有几分传到你流通的富有人情的血脉之中，能够带起些许同情的涟漪，我的心就可以满足了。那样的话，我就可以得到'自己还是存活在这世上的人类的一员'的确证。难道不能从这恶魔重重围困之中，向人类的大千世界投射一缕光亮吗？连这一点，我现在都是怀疑的。但是我想根据你是否回信，来解决这个疑团。"

信到此结束。

一六五

这时，刚才点上的香烟不知不觉中已变成一寸来长的灰烬，一下掉落在信纸上。那掉在蓝色信纸竖线上的散开的烟灰刺激着津田的视觉，他这才发觉自己拿着纸烟的手也僵直不动了，毋宁说是他的嘴和手忘却了这支纸烟的存在。再说，读完信件和烟灰掉落不是同步发生的，这之间只能认为他处在茫然若失之中。

这段空白的时间怎么会产生的呢？本来，这封信与津田是毫不相干的，首先，他并不认识写信人，其次，他也不知道写信人与小林是何关系。至于信中所写的内容，如同另一个世界发生的事情与津田的地位和境遇完全风马牛不相及。

然而，津田的感想并不到此为止。他有几分惊讶，过去，他只是抬头向前看，当他发现这里还另有一个世界的时候，便突然回头张望，并停下脚步注视着不同于自己的一切。于是会产生这样的感慨：哎呀呀，这也算是个人吗？他开始注意迄今为止从未见到过的幽灵来。一个事实摆在他的眼前：因缘很远的人物，反而是因缘挺近的存在。

他停留在原地，并且不断徘徊，但是并未向前迈进一步。他已经在相应的意义上，了解了这封让人读了不悦的信件的含义了。

他抖落信纸上的烟灰，一直在同阿原谈话的小林马上掉过头面朝津田。为了结束谈话，津田听到小林说："没关系，以后会有办法的，不必担忧。"

津田默默地把信还给小林，小林接信之前问道：

"看了？"

"嗯。"

"怎么样？"

津田未作回答，不过，他觉得有必要搞清对方的用意。

"你究竟为什么要让我看此信？"

小林反问："你究竟觉得我为什么要让你读此信？"

"这位写信人，我并不认识。"

"你当然不认识。"

"不认识也无妨，可那跟我有关系吗？"

"你是指写信人，还是这封信？"

"指什么都行。"

"你怎么认为？"

津田又踌躇了。其实这态度就可以证明他是理解这封信的意义的。说得更明确一点，一种可以按照他自己的方式来理解这封信的意识使他难以回答。过了一会儿，他回答说：

"按照你的意思，我与这信完全无关啰。"

"我的意思又是什么？"

"不知道。"

"不知道，你说说看嘛。"

"不，我看就算了吧。"

津田怀疑，小林是否会像刚才谈买画时一样，又把这封信推到自己跟前。他总是设法让自己成为物质上的牺牲者，还摆出一副"看你那熊样，服输了吧"的态度，这对他而言，简直是一种孰不可忍的侮辱。不管小林用什么样贫穷的幽灵来进行威吓，我也不会上当的。津田的这番气概，自然会影响小林的。

"你就摆出一个男子汉的样子，向我说说你的想法。"

"像个男子汉？哼。"小林作一停顿，接着又说：

"那我就向你说明。这个写信人、这封信乃至信的内容都与你无关。但是，从社会的意义上说，行吗，对于社会的意义请不要误解，这我也要顺便解释一下，你对于这封信的内容，对于世俗的社会，也是不负所谓的义务的。"

"那是理所当然的。"

"所以呀，我的意思就是，从世俗的观点来看，与你是无关的。但是，倘若把你的道德观放大一点来看，结果会怎样呢？"

"无论你怎么放大，我也不觉得自己有给钱的义务。"

"是吧，你是那样的。不过，你多少还是会起些同情心的吧？"

"那是肯定会的。"

"那就可以了。在我来说，所谓引起同情心就是给点钱帮助的意思。但是，要是事实上不想给钱，那就会引起良心上的斗争和不安。这样做，就能完全达到我的目的。"

说着，小林把手伸进西装口袋里，将刚才装入的三张纸币掏了出来，并排放在餐桌上。

"来，拿吧，要多少就拿多少！"

说着，他看着阿原的方向。

一六六

小林的这一举动，对于津田来说是完全出乎意料的。他冷不防地遭到反击，备受嘲讽的心，面对他的对手，激烈地跳动起来，只能称之为憎恶的电流，刹那之间传遍了全身。

与此同时，一团疑云从他聪明的脑中掠过。

"莫非这两个小子打刚才起就要合谋对我实施欺诈吧？"

这么一想，先前小林和他在街角交谈的样子，小林来到这儿以后的举动，半当中进来的阿原的模样以及后来三人之间交谈的问答，所有这一切的迹象，分不清什么是因、什么是果，像燃放升天的焰火一样在津田的脑海中旋转闪亮。他看着整齐地摆放在白色餐桌布上的三张十日元的新钞纸币，心中不禁喊道："难道是这个老滑头导演的一场滑稽短剧吗？这个混账！我可不会上你的当！"

虽然自己的自尊心遭到了挫伤，但也得等到这一场不光彩的戏演完之后才能与这两个小子道别。但是，眼下如何才能扭转这个对自己相当不利的局面，迅速巧妙地走出困境呢？事先对此毫无思想准备的津田，完全是一筹莫展。

表面上维持着镇静的津田，内心却在为思考对策做徒劳的努力。但是，这从头到尾都只是一种忙乱，最终并没有为他带来什么有用的结果。他怒上心头，只能焦急得心扑通扑通乱跳，这种心神不宁让他陷入了一种异常狼狈的境地，令人遗憾的是，他自己也已经意识到了这一点。

就在这千钧一发之际，他又碰到了一个意外的现象。小林放在餐桌上的十日元纸币对年轻的艺术家产生了影响。他那异样的目光落在纸币上，目光里的惊讶和喜悦，充满着饥渴之念和攫取之欲。而且这惊讶、喜悦、饥渴和欲望，无一不是真真切切的表达。怎么也看不出假装、欺骗或者是合谋共演的滑稽闹剧的迹象，至少，津田的感觉就是如此。

紧接着又出现足以证明津田判断的情况。阿原对于极想得到的钞票并没有伸出手去，却也没有表现出断然谢绝小林好意的勇气。想伸出去的手又不好意思，忍耐着没伸出去时的痛苦的表情，清晰可见地写在他的脸上。倘若这位脸色苍白的青年最终不伸出手去，那么小林煞费苦心地导演的这一出滑稽戏，大半也就前功尽弃了。要是小林违背刚才的宣言，不把刚才从口袋里掏出的纸币分些给阿原，又照原样收回，那就会变成一出更加滑稽的喜剧。不论何种结果，在津田看来，事情都在朝有利于挽回自己颜面的好的方向发展，因而产生出一缕希望，便决定暂且静观事态的发展。

过了一阵，他俩开始对话。

"为什么不拿呀？阿原。"

"可我拿了，你不太可怜了嘛？"

"我是我，我倒是觉得你实在太可怜。"

"哦，谢谢！"

"坐在你跟前的人是个男子汉，他在可怜我呢。"

"是吗？"阿原一副大惑不解的样子看着津田，小林立刻解释：

"这三张纸币，刚才是他给我的。刚刚拿到，还热乎乎的哪。"

"那就更不好意思了……"

"不是'更不好意思'，而是'所以'。所以我可以轻而易举地把钱给你，你也可以轻而易举地收下。"

"你还不是那一套逻辑呀！"

"那当然。如果那是我通宵写稿，一张稿纸三十钱五分赚来的钞票，我也会难以割舍的，那就会对不起我那滴滴答答往下掉落的油汗。可是现在这些钱不算什么，是有钱人向周围散发的善款，捡到的人所受的功德越多，有钱人就越高兴。津田君，我没说错吧？"

津田原本已涉险过关，现在反而又在最有利的节骨眼上被对方要求谈判了。他只要大气地点点头，那么今晚的三个人不和谐的聚会，至少在形式上也算有了个体面的结束。但是，津田为了避免给人以临阵退却的丑陋印象，还是抓住眼前的机会说：

"是啊，这样最好了。"

他们你一言我一语地争执推让了一番，最后，小林把三张钞票中的一张递给了阿原，剩下的两张重新放进口袋时，他对津田说：

"奇怪，财源竟从下往上走了。但是，到我这儿就不可能再往上倒流了。所以，还是得向你道谢。"

三人走出餐馆，来到河边等待电车，其间，一起仰望月色，夜空中星光明亮。

一六七

不一会儿，三人分手告别。

"那就对不起了，我不去车站送行了。"

"还是去送送的好吧。老兄的旧友可是去朝鲜啊。"

"不管是去朝鲜，还是去台湾，都对不起了。"

"多么无情无义呀。那我出发前再到府上辞行，可以吗？"

"够了，不必去了。"

"不，要去的。否则是过意不去的。"

"那就随你的便吧。不过，你去，我也不在家。明天我就要出门。"

"出门？上哪儿？"

"需要静养一段时间。"

"是转地疗养吗？够潇洒的。"

"要让我说，这也是财富给我的恩赐，我与你不同，始终要感谢财富。"

"你是坚决拿我的提醒当废话啰？"

"坦率地说，的确如此。"

"好吧，胜利属于谁，咱走着瞧。与其手握小林的启发，莫如接受事实的戒饬，那可更见实效。好哇！"

这就是两人告别时的一段对话。对于津田而言，这只是昨夜遗留的坏情绪以及黄昏以来集聚的对于小林的恶感的一种表现罢了。津田觉得心中的郁闷已经得到了一些宣泄，也没有余力再去思考对方最后话语的含义。他不管是非曲直，赌上一口气也要抛弃小林之流的思想和议论。独自一人坐在电车里，他立刻想象起温泉的情景。

第二天早晨起风了。秋风把雨丝斜刮到地面上。

"真讨厌。"

准时起床的津田在走廊边仰望天空，眉头紧锁，天上的云层像肉眼可以看到的风一样在不停地滚动。

"看样子，说不定到晌午时分天气会晴朗起来的。"

阿延似乎也支持按照既定计划实施，她说：

"耽误一天就等于浪费一天，还是早去早回的好。"

"我也这么想。"

冷雨并没有打乱夫妻俩的约定，直到临出发之前，才发生了一点小分歧。阿延拉开抽屉取出自己的衣裳，与丈夫的西服一起放在柿漆纸上，津田发现后说：

"你可以不必去了。"

"为什么？"

"不为什么，下雨天出去，不是太辛劳了嘛。"

"一点儿也不辛劳。"

阿延的话说得率真，津田哑然失笑。

"让你去过于麻烦，我才拒绝的。我太过意不去，充其量不过一天不到的路程，还请夫人去送，岂不有点儿滑稽。连小林要去朝鲜，我昨晚也对他说了，不去送行了。"

"是啊，不过我待在家里，也没什么事情。"

"玩嘛，那有什么关系。"

阿延终于苦笑着不再争执。津田这才坐上人力车出了家门。

与雨后周边的一派混杂相对照，车站倒是一片宁静。津田呆呆地看着刚买好的二等座椅车票，一位学生突然跑到他的跟前，像跟老朋友打招呼似的说：

"这天气可真不巧啊。"

此人就是不久前见过的吉川家的书童，与上次在家门口做传达时的冷漠态度截然不同，今天他脱下了鸭舌帽行礼，显得很亲热。津田不明白这是何意。

"您是哪一位？准备去哪儿？"

"不，我是前来送行的。"

"送谁呀？"

书童一副很尴尬的样子。

"是这样的，夫人现在有点事，所以让我带着这个代她前来为您送行。"

书童让津田看手上拿着的水果篮。

"哎呀，这真是太感谢了，不敢当呀。"

津田想去接过果篮，可是书童不让。

"不，我帮您送上车去。"

火车开动时，书童默默地恭敬行礼，津田回礼："多谢你了。"他在不怎么拥挤的车厢一角慢慢坐下，心想："还是没让阿延来的好哇。"

一六八

津田从大衣口袋里取出报纸阅读，报纸是机灵的阿延临走时塞进衣袋的，津田看得比任何时候都认真。窗外天气状况越来越坏，刚才还显得稀稀落落的雨丝一下子加密了，放眼望去，充满了整个空间，从便于眺望的车窗处看去，更加骇人。

大雨之上是浓密的云层，大雨的周边也全是云团，云雨连成一片的广阔空间，一览无余。那荒凉的车窗外的景致，与车内设备齐全令人愉悦的环境正成对比。津田觉得，让自己生活在舒适的环境之中，此乃文明人的特权，可是一想到下午将在雨中奔波，又不禁要打寒噤。坐在津田身旁那位四十上下的男子，每每看到不停打在车窗上又散开去的雨点，都显得怅然，他稍稍前倾上半身，与盘腿坐在对面的同伴搭话。不过，雨声和列车的震动声太大，对方听不清他所说的话。

"雨下得太大了。看这模样，轻轨列车的线路是否会被冲坏呀？"

那男子无奈，提高了嗓门，这回连津田也听清了。

"没关系吧。只是名字叫轻轨，要是在轻轨遭到损坏时乘坐，那就要倒霉了。"

这是对方的回答。他是一位身穿呢绒和服外套的六十上下的老汉，头上戴一顶奇妙的无檐帽，其料子即便去琳琅满目地摆满进口细条纹布零头布料、南洋印花布、卷烟盒等袋装物商店，若不事先订货，也休想买到。老汉的语音一听就知道他是个地道的东京人，津田除了觉得他的服装奇特之外，还对他那豁达的神态和充沛的精力感到惊讶，同时对他的地道东京腔的谈吐也感到意外。

刚才老爷子意外使用的"轻轨"一词，对津田来说是一种暗示。他就是整个下午在这轻轨列车中摇晃几个小时转向外地的一位疗养者。津田觉得那两位聊天者或许也是去同一目的地游玩的，便对他们的谈话一下子变得敏感了。因为没法再换座位，只好忍受着不方便的座位和两人大声的噪音，他们的谈话内容倒是每一句都听得真真切切。

"没想到这天气变得这么坏。早知道的话，推迟一天就好了。"

那位戴着礼帽、身穿骆驼绒外套的稳重的男子一说，老汉立刻答道：

"不过是下点雨罢了，淋湿嘛，没事的。"

"可是行李就不行了，一想到在轻轨列车上淋雨，我就不放心哪。"

"不如让咱俩去淋雨，把行李搬进车厢里来吧。"

两人放声大笑起来。随后，老汉又说：

"不过，刚才出了个乱子。火车开到半路上，蒸汽机裂了个口子，车动不了啦！真叫人担忧。"

"当时是怎么才开过来的？"

"后来对面就开来的机车等在半山腰，用那辆蒸汽机车做的牵引。"

"原来如此，那么，那辆换下来的坏机车怎么办呢？"

"不错，我们换掉了他的，那边就麻烦了。"

"所以我才问您哪，那辆换下的机车怎么办？不见得为了救别人，自己被抛下后走投无路吧。"

"现在想想倒也是。不过当时完全没有想到那台机车的事情。天色已黑，寒冷刺骨，直打哆嗦呢！"

津田的推测渐渐得到明确的证实，这两位一定是到轻轨列车到达的车站两侧的三个温泉中的某一个去的。可是自己还需要在这列车里再待上两三个小时，要是碰上他俩所说的糟糕透顶的事件，那么在这风雨交加的天气会遇到什么样的灾难就难说了。不过，那老汉的话里带着东京人常有的夸张口吻，原本津田想插嘴问"怎么会那么不完善吗？"竟也省略了，只在心中苦笑。接着，他将轻轨列车与清子联系起来，心想："那地方倒是女子一人可以轻松来往之处呀。"随后便不再听取那两人随性的聊天说笑了。

一六九

　　列车就要到达目的地之前，三个人都曾担忧的天气渐渐地稳定起来。津田遥望着雨后的天空，看到了行色匆匆的云影。那行云朝着与列车行进相反的方向快速地飘去，仿佛是后者追赶前者那样，源源不断地挤堆在一起。在这滚动的天空中，有一处开始明亮起来，与周边的云层相比，云团变薄的地方开始多了起来。尤其是天空的一个角落，风再吹上一阵，或许就会从被吹散的云层窟窿中，露出蔚蓝的晴天来。

　　老天对自己显示了意外的好意，津田满怀着感激之情下了火车。在换乘的电车里，他又看到了刚才在火车上遇见的旅伴。果然像他预计的那样，他俩是和自己一样利用相同的交通工具前往同一目的地的。这时，他留意到他们手上的行李，却没有发现有什么害怕淋雨的大件物品，而且，那老汉连自己刚才讲过的话似乎也忘得一干二净了。

　　"谢天谢地，真是太好了！所以呀，我还是觉得想走就走最好。要是还在东京磨蹭，你看，那就太无聊啦。那你就一定会后悔：早知道这样应该下决心今晨就出发的。"

　　"就是。不过，东京现在是否会变成这样的好天气？"

　　"那不在东京是不知道的。要不，打个电话过去问问。

不过，基本上是错不了的，不论到哪儿，在日本，天空都是相连的。"

津田觉得有点好笑，于是，老汉立刻过来搭讪。

"您也是去做温泉水疗的吧？我刚才就看出，您大概也是去那儿的。"

"为什么？"

"为什么？去那里玩的人，一看模样就明白。是吧？"

说罢，他扭头看了看邻座的同伴，戴礼帽的汉子不得已地应了一声："是啊。"

对这位天眼通的老汉，津田不禁觉得好笑，正想结束谈话时，直爽的老汉却不肯放过他。

"不过，近来旅行大大地方便了，不论去哪儿，都不费力，太便利了。尤其对于我们这样性急的人来说，更加合适。这一次，我们什么行李也没带，除了这只布制大提包和那位老兄的皮包，剩下的就是我们的两条命了。是吧，老兄。"

这位被称作"老兄"的又只是"哦"地应了一声。假如就这么一点手提行李也要带进车厢，那么所谓的"轻轨"就会十分拥挤，弄得不好，或许会弄到通常无法预测的混乱程度。津田本想问问他俩这个问题，又觉得问也没用，便不再吱声。

下电车时，津田没看到他俩的身影。他在车站前的一家茶馆，一边看着照相版和石版的各种独具匠心的温泉宣传画，一边吃着午饭。从时间上说，这一顿比平时晚了一个小时的午饭，美食家尽情享受了一番，不过，发车的时间临近了，他只能放下筷子，跑去转乘轻轨列车。

这儿是始发站，就在他坐下休息的茶馆跟前。他看着比电车还要狭窄的轻轨列车，从侍女手中接过饭钱的找零，马上走出门去。检票口与月台之间几乎没多大距离，只消五六步就可以上车。在轻轨车厢里，他又见到了刚才的两位乘客。

"啊，你好。请到这边坐吧。"

老汉挪动身子，为津田腾出地方，让他铺下手上捧来的盖膝毯。

"今天车厢里很空，太好了。"

老汉依然用他的语调有趣地解释，从每一年的年终到新年前来避寒，七八两个月又来避暑，汇集到这条线路来的水疗游客真是热闹非凡。他看了看自己的同伴者说：

"那时候如果带女伴来真是受罪，她们屁股那么大，首先坐不下。接下去就是晕车，那就叫人受不了。车厢里像沙丁鱼那样挤得满满的，又吐又呕的，成何体统！"

他的口气，似乎全然忘记了坐在他身边的就是一位年轻的妇女。

一七〇

即使在轻轨列车上，津田平和的心境也动辄被那位上了年纪的乐天家所干扰。津田想象着即将到达目的地时的情景，按当时的情况自己应采取的态度，同时也描绘着那儿的旅馆、山谷和溪流，所有这一切，一一漫无目标地显现、移动，可是老汉又把他从幻觉中唤醒。

"又是过这临时便桥，可真耐得住性子！你瞧，土方工程就是那么慢腾腾的。"

正式的桥梁因为去年洪水泛滥被冲走，至今没有建好。老汉咒骂着社会的怠惰，随后指着入海口处新盖的一座房子，提醒津田注意。

"那栋房子去年也被冲走了，可是他马上就新建好了。比起轻轨来，多少值得钦佩！"

"那是为了不错过今年夏季避暑的游客吧？"

"在这儿待上一个夏天，基本就会产生这样的感觉。要不是有利可图，干活哪儿有那么快呀？这轻轨列车就是一个例证，反正那临时便桥还能凑合使用，所以公司方面就老那么拖下去，不肯新建啊。"

津田只能随声附和这老汉的见解，谈话告一段落时，他便闭上眼睛随意想象自己的事情。

他的脑海之中，不断浮现出散乱的影像。其中有今晨所见的阿延的面容，也有赶来车站送行的吉川家书童的身影，还有那只送进车厢的果篮。他一度想过打开果篮盖子，把里面吉川夫人赠送的水果分些给两位旅伴，但是，由此引起的麻烦，对方收受后因不好意思而过分的答谢也鲜明地在脑海里描绘出来。接着，那老汉和戴礼帽的男子突然消失了，取而代之的是肥胖的吉川夫人的黑影……所有这些都像被打开了闸门纷纷涌入，联想的翅膀又立刻飞向了温泉浴场的中心点清子身上。他的心随着列车，开始前后摇晃。

也冠以火车之名的这列不像话的轻轨列车，刚刚吃力危险地爬上海边陡峭山坡的半山腰，很快又穿过两山之间的沟谷，还几次上上下下的，山间谷地坡面上栽种的蜜柑，在美丽的蓝天之下，点缀着温暖的南国之秋景。

"那蜜柑一定好吃。"

"说什么呀，一点不好吃！不过，从这儿看去还相当漂亮。"

当列车爬上一个较为险峻曲折的坡道时，突然停了下来。那儿也没有什么车站，只有一片薄霜彩染的杂木林。

"怎么回事？"

老汉说着从车窗探出头去，列车员和司机都急忙下了火车，不停地交谈着。

"脱轨了。"

听到这话，老汉马上看看津田和自己前面那个戴礼帽的同伴。

"所以我不是说过了嘛。一定会出点什么事情的。"

他以冷不防流露的预言家的口吻，又打开了话匣子，仿佛在说自己施展口才的机会又来了。

"反正出门的时候已经喝过了诀别水酒，早就定下决心了。不过一旦事到临头，要像弁庆那样站着死[1]，我可不干！可是这么老等下去，脱轨看来也很难修复。日头很短，性子也急，也受不住这空闲——怎么样？还不如大伙儿一起下车帮忙推一推吧。"

老汉说着，很有精神地率先跳了下去。剩下的乘客都苦笑着站起身来，津田也不能一个人坐着不动，和大家一起下了车。他们把站在黄色草坪上发呆的女人留在身后，用力推起车来。

"哟，不对了，推过头了！"

1　指《义经记》上所记载的武藏坊弁庆最后在衣川的战斗中背着七样道具，以大长刀为拐杖站立而死的传说。

列车车厢又被合力拉了回来，接着又往前推，前推后拉了两三个来回，总算回到了正线上。

"这么一来，又要误点了。老兄！"

"这怪谁呀？"

"怪轻轨呗。不过，要是不发生这种事，也会困得难受的。"

"特地前来的游兴全没了吧？"

"说得是。"

津田担忧时间太晚，便在车站前与这精气神忒好的老汉道别，独自一人向日暮的雾霭中走去。

一七一

难以分辨究竟是雾霭还是夜色中浮现的朦胧的小镇，宛如一派寂寥的梦境。津田将四周闪烁着的星星点点的微弱的灯火以及那灯光无法照射到的横亘在眼前的巨大的黑影做一番比较，觉得自己真的好像就在梦中。

"此刻，我就在这梦境一般的地方行走。离开东京之前，更准确地说，是吉川夫人劝自己去温泉之前，不，更深入地说，那还是在与阿延结婚之前——那么说恐怕还是不够，而是自打清子突然与我分手的那一刹那起，我就已经因这梦一般的心境而遭殃了。而且，此刻我还正处在追逐这个梦境的途中。回首望去，由过去带来的这个梦境，是否会随着自己到达了目的地而幡然醒悟了呢？那就是吉川夫人的意见，而且不能不说那也是赞成吉川夫人的意见，并将其付诸实施的本人的主意。然而，这果然就是事实吗？自己的梦真会因此就被擦拭得干干净净吗？我真的有着足够的信心，到那个梦境一般的朦胧的寒村之中去体验一番？进入自己眼帘的是：低矮的屋檐，不久之前铺好了砂石的狭窄的道路，昏暗的电灯光影，倾斜的稻草屋顶，放下黄色车篷的单马车，分不清是新还是旧的景观，仍然像梦境一般装点着清凉、寒夜与黑暗。——这一切来自朦胧事实中的感受，难道就不是迄今为止自己宿命的象征？过去是梦，现在是梦，将来的也是梦，然后再怀着梦回东京。说不定那就是事情的结局。不，或许多半就是那样的。那么，这一次自己究竟为了什么从东京来到这儿的呢？终究是傻子行为吗？要是得到肯定的回答，不是可以立刻就打道回府了吗？"

这种想法一股脑地涌上心头，不到半分钟的光景，这些程序、段落、理论和空想一起成团从他的脑海中掠过。但此后，就由不得他自主了。一个男青年不知从哪儿冒出来，接过了他的行李。没有片刻的犹豫，立刻把他带进了前面的茶馆，询问他要去哪个旅馆。在确认他要坐马车还是人力车时，那股津田未曾想到的亲热劲儿，短时间里表现得相当出色。

不多久，他便不容分说地坐上了带帆布车篷的马车。他发现刚才那位年轻人就坐在自己跟前，还对他说了声"对不起"，不禁吓了一跳。

"你也一起去吗？"

"是的，打扰您了，请包涵。"

这个年轻人是津田要去的那家旅馆的二掌柜。

"这儿还插着一杆旗帜。"

津田扭头去看车夫座位的角落里插着的一面小红旗，天色太暗，上面印着的文字看不清楚。随着马车的加速，旗帜迎风朝他的座席方向飘拂，他赶紧缩起脖子，竖起大衣领子。

　　"夜里已经十分寒冷了。"

　　背对着车夫座位的二掌柜，因为位置关系，一点儿风也吹不着。他的那句感言在津田听来觉得有点儿滑稽。

　　道路的两旁连接着田地，道路和天地间似乎有一条小河，不时听到潺潺的流水声。田地的两边几乎全被窄小的山岭隔断了。

　　津田只将帽子和大衣衣领遮挡不住的部分脸庞暴露在风中，他向二掌柜做出抵御寒冷而静思默想的姿态。二掌柜也觉得这样正好，无意让别人开口说话。

　　津田突然动了心。

　　"客人很多吗？"

　　"哎，托您的福，谢谢！"

　　"有多少人？"

　　二掌柜回答不出，反而辩解似的说：

　　"现在因为季节的关系，游客并不多。寒冷季节是从年末到正月，可是一到夏季，对了，七八两个月，顾客盈门。到时来的临时客人，每天都有，不得已只好劝退的呢！"

　　"那么，现在正好是淡季，对吗？"

　　"是的，您请安心疗养。"

　　"谢谢。"

　　"您是身体有恙才特地来这儿的吧？"

　　"嗯，是啊。"

　　津田原本的目的是想了解一下清子的情况，说到这儿却忽

427

然停滞了。他不好意思提起清子的名字，甚至觉得以后还是别引起什么麻烦为好。于是将视线离开二掌柜，倚靠在马车椅背上，恢复到沉默无言的状态。

一七二

过了一阵，马车差点儿撞上一块黑色的大岩石，从它的脚下绕了过去，仔细一看，对面也有同样的岩石碎块，乱七八糟地堵在路旁。赶马车的车夫跳了下来，赶紧解开了马缰绳。

道路的一边耸立着参天大树，星月之夜的微光中的巨大黑影说明，那些是古老的松树。突然间又听到奔腾的急流声，使许久未离开都市的津田心境为之一变，仿佛唤醒了业已忘却的某种记忆。

"人世间竟然留有如此美妙的风光，为什么过去会忘了它？"

不幸的是，这一番感慨不会被允许孤立地消失。津田的脑海里立刻出现了即将见面的清子的模样。分手之后至今已快一年了，自己却不曾遗忘过她。在这样的夜晚，自己坐在马车上一路颠簸，说句老实话，无非是为了追逐那位姑娘的倩影。车夫刚才怕时间太晚，想不接这单生意，现在倒也不停地扬鞭抽打马儿前行。要是把津田追逐失去女人倩影的心情翻译一下，岂不正像眼前的这匹瘦马吗？这一匹鼻孔喷着粗气的可怜的瘦马，就是自己。而粗暴扬鞭抽打它的是谁呢？是吉川夫人吗？不，还不能武断地下结论。那么，还是他自己？津田不愿意就此做出精确的结论，他把问题放在一边，依旧思考迫在眉睫的事情。

"去见她究竟为了什么？是为了永远记住她吗？那么，即使不见，自己不是到现在还未忘记她吗？说不定事情就是这样的，不过，说不定也不是这样的。古松的颜色和潺潺的流水声使自己回想起已经完全忘却了的山岭和溪水。然而，并未完全忘却的那位姑娘，在想象之中隐约闪现的那位姑娘，特意从东京赶来追寻的那位姑娘，将会对自己产生什么样的影响呢？"

山间的冷空气和把群山涂抹得神秘而黑暗的夜色将津田完全吞没，当它们重叠在一起的时候，津田感到了莫名的恐惧，他不寒而栗。

车夫取下了马嚼子，从桥上缓缓地通过。桥下是湍急的水流，在岩石角上飞溅起白色的泡沫飞奔而去。这时，几盏电灯光映入津田的眼帘，他立刻意识到：我已经到了。说不定哪一盏电灯正照亮着清子小姐的身姿呢！

"这就是命运的守夜灯啊，除了直奔目标，别无他求。"

津田不是诗人，原本说不出这样的语句，不过，现在的心情使然，他把脑袋伸向二掌柜。

"好像已经到了吧，你家的旅馆是哪一个？"

"再往里走百把米吧。"

只能通行马车的温泉街太狭窄了，况且故意把路修得这么弯弯曲曲的，车夫已经无法再坐回位子上去扬鞭驾驭，不过到达旅馆也用不上五六分钟了。山谷是如此的宽阔，而街道却是如此的狭窄！

正如二掌柜所说，旅馆十分幽静，而且不光因为是在夜间，也不仅是因为房屋宽敞，主要原因还是游客太少。在恬静的氛围中，津田被领进了自己的房间。他十分感激这样偶然的机会，邂逅了这样的好季节。按照他本人的性格，是喜欢热闹的，但现在的清静也正合适，他问坐在饭桌前的侍女：

"白天也这么安静吗？"

"是的。"

"怎么哪儿也看不到游客呀？"

侍女向他说明这儿有新馆、别馆和本馆，为他释疑。

"这旅馆这么大啊！不熟悉的人是会迷路的。"

他想问明白清子所在的位置，不过，就像不便露骨地询问二掌柜一样，现在也无法直截了当地问侍女。

"这样的旅馆，单身客来得不多吧？"

"那也不一定。"

"你是说男人吧？女客不会一个人住下的吧？"

"现在就有一位。"

"是嘛，是有病吧？她……"

"或许是。"

"她叫什么名字？"

由于不是她负责的客人，侍女说不出她的名字。

"是年轻女子？"

"哎，又年轻又漂亮。"

"是嘛，请给我介绍一下。"

"她去澡堂时，会从您门前走过的，您想见，随时都……"

"能见面，那太好了！"

津田又讨教了女人住的方位，便命侍女撤下食案。

一七三

津田想在睡觉之前洗一个澡，便让侍女带路，他这才领悟到刚才侍女所说的这家旅馆之大，想不到走廊曲折，在意外的楼梯上上上下下，等到要去的浴池出现在眼前时，他怀疑待会儿能否独自回到自己所住的房间。

浴场用木板和玻璃板分隔成几个区间，左右各有三个小浴池，此外稍稍离开一点的地方还有一个大浴池，要比普通的浴池大上一倍以上。

"这个浴池最大，泡着挺舒服的。"侍女说着，为津田哗啦啦地拉开了磨砂玻璃拉门，里面没有一个浴客，为了防止蒸汽太大，被称作"栏间"的脱衣间的玻璃窗，两扇之间拉开了一道缝隙，一股夜间寒冷的空气流入，令脱去棉袍的津田遭到了乡间寒风的吹袭。

"啊，好冷！"

津田扑通一声跳进了浴池。

"请慢洗。"

侍女关上门正要出去，又折了回来。

"这楼下还有浴场，如果对下面的浴池感兴趣，就请便。"

"来的时候已经能够跑过两个楼层，想不到这楼下还有。

"你们这家旅馆究竟是几层的？"

侍女笑而不答。不过，要紧的事并未遗忘。

"这儿的浴池是新建的，尽管漂亮，但据说是下面的泉水疗效好。所以真正为治疗而来的浴客都去下面。而且下面还可以用泉水冲击肩部和腰部。"

津田在浴池里只露出个脑袋，答道：

"谢谢，下次我去那儿，请你陪我去。"

"好的。先生您什么地方不舒服？"

"唉，是有点问题啊。"

侍女回去后，她说的"真正为治疗而来的浴客"那句话，津田好一阵子忘不了。

"我是不是属于这种客人呢？"

他想把自己当作这种客人，又不想这么认为。究竟自己是带着什么主要目的前来的？其实他心中十分明白。但是，对于冒雨前来的津田而言，这还是有商量的余地的，也可以再做犹豫。他还有几分可供考虑的闲暇。

"趁现在的时光，还有办法。若想成为一名以治疗为目的前来的游客尚能如愿；若不想这样，现在你还有自由。有自由，到哪儿都是幸福的；同时，到哪儿都不会终结，因而也是有缺憾的。那么，你想抛弃那种自由吗？当自由失去的那一天，你还能确切地得到些什么呀？这一点，你是否清楚？你的未来，目前尚未显现，比起你过去曾经遇到过一次的不可思议，今后或许还有更多的不可思议会等着你，为了解开过去的不可思议之谜，就要求能达到自己愿望的未来放弃今日的自由，那么，这样的你算是愚蠢，还是聪明？"

津田无法判断这究竟是愚蠢还是聪明，万事在其最终结果出来之前，在质疑其结果的时候，会变得无所适从，这是极其自然的。

从一开始，他就有三条路可走，除此之外，别无他途。第一，不再像过去那样犹豫不决，决不失去今天的自由。第二，变成一个傻瓜也没关系，只要往前走。第三，即目前他所追求的目标，既不当傻瓜，又能得到自己满意的解决办法。

三条之中，津田选择第三条为目的才离开东京的。然而，经过火车的颠簸，马车的摇晃，山间冷气的侵袭，浴池蒸汽的熏沐，明确自己追寻的人即将出现在眼前，主要意愿的目标明天就能实现的时刻，突然，第一条道路露出脸来，接着不知不觉之中，第二条道路也微笑着站在他的身旁。它们的出现都是冷不防的，却不是吵吵嚷嚷的。只有遮蔽他视野的雾霭在没有微风吹动的情况下豁然开朗的片刻之间，他才能切实看清自己视界中的一切。

异常浪漫的津田也异常地稳健，他并没有意识到这两方面的对立，因而，他也没有必要为自我的矛盾而感到痛苦。他只消做一个决定就行。不过，在做这个决定之前，他必须经过一场思想斗争——当个傻瓜也无妨；不，自己讨厌成为傻瓜，也不应该成为傻瓜。——这思想斗争的结果，竟然又成了这三条路，直到最后镇定下来，他才总算站起身来。

在这没有他人的大浴池中，他的手在摆动，说不上是洗还是搓，只管尽情享用这清澈的温泉水。

一七四

忘记了周边的一切，只顾凝神沉思的津田，被突然哗啦啦拉开的玻璃门的声音吓了一跳，他不由抬起头来朝门口看去。当他看到蒸汽中一个女人的上半身时，心脏剧烈地跳动起来，仿佛响起了警报。然而，这刹那间引发的预感，转瞬之间又消失了。因为那个人并非真正意义上令津田惊讶的人物。

那位妇女，津田并不认识，她睡眼惺忪，要是白天，她是不敢如此放肆地在津田面前露面的。平时，连窄袖和服的下摆也不允许外露的，现在一条艳色的贴身长内衣却毫不吝啬地漂亮地展现在津田眼前。

妇人见津田像个乞丐似的赤条条地蹲在雾气中的浴池中，便将刚想入室的身子抽了回去，"噢，真对不起！"

就像自己应该致歉的话被别人抢走了，接着，他又听到了下楼的拖鞋脚步声。那声音在玻璃门外停住，男女的对话声传进津田的耳朵。

"怎么啦？"

"已经有人了。"

"被人占了？那没关系，只要不拥挤。"

"不过……"

"那就到小池子去吧，小池子都空着吧。"

"阿胜不在吗？"

津田想早一点出去，以成全那对伴侣。可是，那妇人非进这个浴池不可的神气让他看不惯，既然那么想进来就随意，何必客气。于是，又将身体浸入水中。

津田身材很高，他将长腿舒适地伸直，在温泉中上下摆动，得意地欣赏着在泉水中沉沉浮浮的下肢。

这时，那妇人要找的阿胜好像到了。

"晚上好，您来得早哇。"

那个男人作了回答。

"嗯，太无聊了，今天想早点儿睡。"

"唉，今天的练习结束了吗？"

"没有哪……"

接着是妇人的声音。

"阿胜，那边已经有人了。"

"哦，是嘛。"

"那儿有新建的浴池吗？"

"有，不过可能会热一点。"

有人带他们俩去新建的浴池，刚听见那儿的开门声，津田所在的浴池门也哗啦啦地响了起来。

"晚上好。"一个方脸型的小个子男人边说边走了进来。

"老爷，我给您冲冲吧。"他立刻下到冲水处，拿着椭圆形小桶去舀水。津田不由分说地把背脊朝向他。

"你就是阿胜啊？"

“老爷，您全知道啊。”

“就是刚才听说的。”

“是啊，那么说，老爷您也是刚来的？”

“我刚到。”

阿胜哈哈哈地笑了起来。

“从东京来吗？”

“是的。”

阿胜问了何时上下车，让津田回答，又问了是一个人来的吗？为什么夫人没来？还告诉津田，刚才那对夫妇是横滨生丝店的，老板天天跟着妻子学义大夫调的净琉璃。我们店的老板娘擅长长歌，他们向老板娘提出许多问题，老板娘也为他们提供了许多知识。津田觉得可以不必了解的事情都听到了，可就是一个人阿胜不曾提及。不用说，那人就是清子。对于这偶然的结局，津田多少有点遗憾，当然，他也没想要追究。其实，他还没有来得及思考，阿胜就快速讲述着，为津田冲洗的活儿也就随之结束了。

“请慢洗！”

津田目送着离开浴室的阿胜的背影，觉得没有必要再泡下去。他擦净身子走出玻璃门外，带上一条湿毛巾，走上浴场的楼梯，从盥洗室和穿衣镜前走过，在走廊上拐了个弯，就闹不清下面该往哪个方向走了。

一七五

一开始，他是在无意识之中走着。这就是刚才那位侍女带我走的路吗？他的记忆也就像淡淡的梦境一般模糊。不过，从已经走过的走廊长度看还远不到到达自己房间门口的距离，这时，他突然站定了脚步。

电灯把走廊照得通明，要往哪个方向走都可以尽管通行。但是，哪儿都听不到脚步声，甚至连办事的侍女也看不见。津田放下手巾和肥皂，就像在自家书房里呼唤阿延似的拍了拍巴掌，却听不到任何的回音。首先，他连这儿的侍女休息房在哪儿都不清楚，看不出它们与一般住户的区别。他是从旅馆花草树木的尽头处的正门口进来的，后门、厨房、账房等位置对他而言完全是个秘密，无从找寻。

再次重复拍了几下手，看到仍然无人应答。他只好苦笑着拿起手巾和肥皂，觉得这倒挺有意思，他以为只要这样胡乱转上一阵，说不定就能够来到自己房间的门口。于是，他怀着一种故意要体味一下有生以来首次入驻旅馆者心情，又迈步向前走去。

很快就走到了走廊的尽头，连着两三格阶梯，见有一个盥洗室，并排安有四个白色的金属面盆，从镍制龙头中哗啦啦流出的山泉清水流入面盆，四只面盆都装满了水，从盆的边缘溢出的清水像薄薄的水帘一样晶莹剔透，受到上方注入的水力和盆底泛起水波的影响发出了细微的震荡。

用惯了城市自来水的津田，马上忘掉了自己身处何处，直觉水白白浪费太可惜了，想伸手去关上水龙头，这才发现自己太迂腐了。与此同时，那白色瓷砖铺好的地方，有大大小小不稳定的漩涡在旋转，奇妙地刺激着他。

周边十分静谧，就像刚才吃饭时侍女所说的那样，其实，远比听了侍女的话想象到的更加寂静。令人不禁怀疑住客上哪儿去了，甚至要怀疑人类到哪儿去了。一片寂静之中，灯光照亮了每一个角落，不过，这只是亮光，既没有声音，又没有动静。只有眼前的流水在流淌，在描绘漩涡，漩涡在那里忽聚忽散。

他的视线从流水转向一个人影，不免大吃一惊。定睛一看，原来那是挂在盥洗室洗面盆一旁的一面大穿衣镜，镜子里有着自己的影像，镜子虽不等身，确实很大，至少有普通理发店里的那么大的尺寸，并且由于位置关系也像理发店里的那样是竖着挂的。因此，他的脸、肩、腰直到同等平面的脚步位置全照了出来，虽然津田一惊后意识到镜子中的人影就是自己，目光却不肯离开镜面。出浴之后的自己面色显得苍白，他觉得有点不可思议。久未修理的头发乱蓬蓬地覆盖在头上，但是经浴池的浸泡，却像上过油漆那样乌黑光亮，在津田看来，那模样简直像一个经过暴风雨洗刷过的庭院。

他是一个五官端正的美男子，面部的肌理长得十分细腻，作为一个男子，简直有点儿多余。这一点，他任何时候均有自信，可是，今天发现镜中的自己竟有了今非昔比之感，不免有些惊讶。在确认那人就是自己之前，先有一种想法涌现心头：难道那是自己的幽灵？他对于变得可怕的自己的形象是有抵抗感的。他睁大眼睛，进而好好端详自己。他立刻用双脚向前迈进，拿起镜前的发梳，然后，故作镇定地将头发梳得齐齐整整。

然而，津田的这一举动随着扔下发梳便告终结，又返回到寻找住宿的自我。他看一眼盥洗室对面的楼梯，发现了那楼梯的一些特点：首先比一般楼梯宽三分之一，其次建得异常坚固，大象行走也不会感觉震动，最后，与一般楼梯不同，活像仿造的洋房，刷过了清漆。

虽然头脑有点混乱，但津田确切地记得，这绝不是刚才走过的那个楼梯，即便走上去，也回不到自己的房间。想到这儿，他决定转身，离开镜子向另一边走去。

一七六

这时，津田听到二楼有一间房的隔扇门拉开，接着又关拢的声音。从阶梯处的结构看，上方的客房也不是只有一两间，而是一个相当宽阔的建筑。可是，刚才传入津田耳朵的声音近在咫尺，他通过那清晰的声音就可判断出房间的位置在离他很近的地方。

从楼梯下往上看，这边只是一个普通饭馆般的建筑，和人们常见的没什么不同。那里有一个铺有木地板的大间房，看不见的里侧暂且不谈，以迎面遮挡的墙壁为估量目标，大致上足有一张竖起来的榻榻米那么长。以这个大地板房间为起点，走道分成三个方向，或者是分两个方向分别向外拐去。由于没有上楼，津田只能靠想象来判断。刚才听到拉门声的房间，一定是最最靠近楼梯的那一间，也就是从下往上看，在那块墙壁的后面。

静谧之中突然传来的拉门声，使津田意识到这楼上也住着客人。毋宁说他明白这儿有人了。刚才他的注意力完全集中在走错路这一点上，现在反倒有点惊讶了，尽管并不是什么大惊，但是从性质上讲，倒是宛如已经认定死亡的人突然间又复活了一般。他想立刻逃离，一方面是不愿让别人看到自己迷路而回不了房间的张皇失措的窘样，另一方面也是对由于自己的惊讶而失去自持的丑态感到不好意思。

然而，客观事态的发展往往是复杂的。就在他试图回头的刹那间，他又想到：那拉门者不会就是那个侍女吧？

想到这里，他的胆量又复原了。超越了刚才的惊讶，他的心态有了新的余裕，哪怕遇上个住客也无妨。

"碰到谁都行，正好讨教一下走法。"

他打算站在穿衣镜旁注视楼上的动静，于是，果然从墙壁后传来了轻轻的脚步声，那声音实在太轻，要是没有薄拖鞋后跟触地，他可能压根儿就听不见。他的心猝然一震。

"这是个女人，却不是侍女。看样子……"

突然意识到这一点时，那人已经毫不客气地出现在他面前了。比先前强烈数十倍的震惊控制了他，他一动不动地呆立着，双眼发直。

同样的惊异更强烈地左右着清子，把已经走到地板房间的她牢牢钉在那儿。对于津田而言，她那美妙的身姿宛若一幅图画，作为永久难忘的印象，他将其镌刻在自己的心头。

清子无意间向下俯视，看到站在那儿的津田，两者几乎是同时、又不像是同时发生的，至少津田是那么认为的。因为从无心到有心是需要时间的，经过了惊讶、迷惑和疑虑之后，她才开始呆立。她僵直地伫立着，那姿态恰似只要从一旁伸过来一根手指的力量，就足以使泥土制作的人偶轻易垮塌一样。

如同所有接受温泉疗养的住客一样，看来她是临睡之前要去泡一下暖暖身子，手里拎着一条小毛巾，像津田一样手里拿着一只镍制肥皂盒。她僵硬地站得笔直，以至于以后津田每次回忆起那刹那间的光景时总会泛起疑问：为什么拿的肥皂盒没掉到地上？

她的态度不像先前在澡堂里遇见的那个妇女那么放肆，不过也巧妙地利用了这种场合下住客之间的互相默许的自由。她并没有系上正规场合用的宽腰带，而是随随便便地缠上似的系着一条红蓝黄各式花纹组合很美的华丽的窄腰带，睡衣里面的长衬衣的色彩，遮盖住趿着薄呢绒拖鞋的赤足的指甲。

连同僵直的身体，清子的脸部肌肉也僵硬了。双方的面颊和额头的肤色也渐渐地苍白起来。当迷失自我的津田清晰地意识到这一点时，心想：

"应该采取措施，老这么下去可不行。"

津田下决心给清子打招呼，可就在这一瞬间，清子转身便走，而且一直不停。她扔下津田，一直照亮她的二楼走廊口的电灯一下子熄灭了，一片黑暗之中，津田又听到了隔扇门的开门声，同时自己身边未曾注意的小房间也响起了急促的呼叫声。

没多久，走廊上就传来了吧嗒吧嗒的脚步声，津田半道截住赶去清子房间应差的侍女，向她打听自己房间的所在。

一七七

那天夜晚，津田不得安眠，耳畔总不停歇地响着防雨套窗外潺潺的流水声，他在疑问是在下雨吗，还是谿川流经屋边的溪水？若是下雨，则屋檐没有响动，若是谿川流水，水势还应该湍急些才对。他的脑海里一边琢磨，一边被远比这更加重大的烦恼而折磨。

一回到房间，发现屋子中央已经铺好了暖烘烘的被褥，那是机灵的侍女趁他去澡堂时给铺就的。他立刻钻进被窝，开始沉思起刚才偶然间经历的冒险。

回想起今夜自己的经历，觉得自己仿佛就是一个梦游病患者。自己的行为就是一个漫无目的在家中的彷徨者，尤其是在阶梯之下时，一会儿盯着静静旋转的漩涡看，一会儿又瞅着穿衣镜中自己那张令人恶心的脸，就是在事后不到一小时的时间里想起来去判断，那也是越出常规的一种心理作用在支配自己。此刻安卧在被褥之中想来，这种反常的少见的心理状态，的确是令人感到可耻的，传出去绝对是不光彩的。至于为什么会产生那种心理，可以思考其原因何在，却无法说明。

这姑且不谈，不过要是提问当时为什么忘记了清子的存在，那么津田自己也只能感到深深的不可思议。

"难道自己对她就那么冷淡吗？"

当然，他自信并非如此。吃晚饭时，他就从侍女嘴里打听到清子房间的方位了。

"那么，你并没有把那件事放在心上吧？"

说实话，当他在走廊上到处乱转的时候，已经把清子给忘却了。不过，连自己的房间都找不到的人，又怎么会知道别人的住处呢？

"倘若知道她的房间在哪儿，也就不至于会受到那场冷不防的打击了。"

想到这儿，津田感到自己已经错失了第一个良机。她向后转身的身姿，关上走道灯不让旁人上楼的动作，忽然按铃呼叫侍女，把这一切综合起来思考，便知道所有这一切都是警惕，戒备，也就是绝情。

然而，她倒是真的受惊了。其惊慌的程度是远远超过津田的，可以说，这单纯因为她是女性的关系。津田的意料之外是有所预期的，而清子碰到的是突然之中的突然。不过，她的惊慌的理由就全在这儿了吗？难道她没有感到曾经有过的更加复杂的过去吗？

她的脸色变得苍白，面容僵硬，津田对此倒抱有一点希望。他试着做于自己有利的解释，然后又推翻这种解释，再从反面进行观察，平衡正反两种解释又进行符合逻辑的合理批判。由于资料不足，其批判难以形成定论。即便形成，也会立刻被推翻。倾向于这一方，自信会遭到破坏，倾向于另一方，幻灭的丧钟就会在耳边敲响。奇怪的是，他感到自信，用他自谦的话来说就是自负，在他心中是确实存在的，又觉得打击这种自负的幻灭的钟声不时从相反方向的脑袋之外袭来。他本来打算公平地对待这两个方面，却时常会在它们之间铸下亲疏之别。倒不如说远近之差作为自然天性而言，在这两者之间原本就是存在的。结果是分明的，他斥责自负，又抚摸自己的脑袋；倾听钟声，又忌惮警告。

就这样，他在心中不断地互相交锋，原本可以静静入眠的睡意没有了，他从左到右、从上到下地辗转反侧，怎么也睡不好。最后下决心万事都放到明天再去处置。

他想点支烟，从枕边取来火柴，这使他看到了侍女挂在衣架上的、叠好衣袖的和服棉袍，这才发现，阿延给自己放在皮包里的衣服还原封不动，刚才自己穿着旅馆里借的衣服就钻进了被窝。他忽然想起出院时自己对阿延新做的棉袍表露的溢美之词，同时也想起了阿延的回应。

"哪件做得好，你可以比较一下。"

棉袍当然还是旅馆的高级，平纹丝绸和丝织品的区别，津田是一目了然的。他在心中比较着两件棉袍，同时回想起当时在妻子面前种种情景。

"阿延和清子。"

自言自语地说着两个名字，忽然将烟蒂杵入烟灰缸中，听到烟灰缸里发出的"嗤"的一声，立刻用被子蒙住了脑袋。

他强迫自己入睡，等到意志陷于疲惫之时终于得到了回报，进入了熟睡的梦乡。

一七八

一清早就有一个男仆来打开防雨套窗，津田被他吵醒，处在半醒半睡的状态中。房间里显得十分明亮，也使他不能再入眠。屋外的朝阳已经明媚灿烂，津田终于起床，感觉眼帘沉重。他一手拿着牙刷，一手拉开了隔扇门，像个从昨夜的梦境中醒来的人，放眼纵览庭院里的一切。

房前的庭院，好像并不是在山区的。不规则的水池是人工开挖的，周边的小松树、杜鹃花之类的也按照常规安排，那景色与其说普通，不如说鄙俗。靠近他房间的假山有从谿川引来的小喷水池，形成小瀑布落入池中。喷起的五六道水柱虽然不高，却也像焰火喷发似的。津田苦笑，原来昨夜影响自己睡眠的祸首就是这喷水，他马上又联想到比这喷水声更烦人的清子，追究其根源，或许与这喷水一样大煞风景。如果真是如此，那叫人怎么受得了。

他把牙刷含在嘴里，手插进口袋，茫然地站在门槛上。打刚才起一直用长笤帚在清扫庭院落叶的男子走到身旁，亲切地招呼。

"早上好。昨天晚上，您受累了。"

"是你呀。昨天晚上一起坐马车来这儿的。"

"是的，打扰您了。"

"正像你所说的，这儿十分闲静，而且房子特别宽敞啊。"

"不，如您所见，这个地方缺少平地。建设时把地平整后在上面再盖上房子，建筑物是分成几段建成的。也许只有走廊像您说的那样，有点过长过宽了。"

"难怪了，我昨天洗澡回来竟迷了路，狼狈得很。"

"是嘛，那可……"

两人正在交谈，只见与庭院相连的小山上下来一男一女，他们从黄叶和枯枝的间隙中走来，他们所走的那条山路像闪电那样呈之字形穿越树林，虽然坡比较陡，却修得易于攀登，因此，他俩从上面下到庭院需要一点时间。那二掌柜的很现实，一直盯着他俩，他突然不顾津田，跑到山脚下去，在那儿打招呼迎候他俩。

津田这时才看清了两人的相貌，那个女人就是昨夜浓妆艳抹拉开浴室门的那位，她那令人看了吓一大跳的大大的发髻不知何时已经卸掉，改成了寻常的西式束发，所以他一下子并未认出是同一人。津田又像初次见面的陌生人那样，将昨夜只听到声音，没看到面相的男人与女人比照着看。那男人的上唇蓄着当下时兴的短须，如澡堂男佣所说，一副生意人的面相。津田一看到他，就联想起阿秀的丈夫，他名叫堀庄太郎，稍加省略就是堀家阿庄，再压缩就叫作堀庄。津田觉得那名字恰好反映了妹婿的形象，这男人的名字肯定也像他虐杀自己的胡须一样，一派生意人色彩吧。津田一眼观察之后的想象并未到此结束，他进一步嘲讽式地追杀，提出他俩是不是一对夫妻的疑问。他十分确定那两人是早上起来后一起去洗浴，然后做早饭前洗浴后的散步，在津田看来，这无疑是不平常的现象。他用牙刷刷着牙，站在那儿并不离开。眼睛虽然看着别处，耳朵却清晰地听着他俩与掌柜的交谈。

女人问掌柜的："今天那位住别馆的夫人怎么啦？"

掌柜的回答："我一点儿也不知道，是不是……"

"我并没有什么事情，只是每天早晨洗澡见到她，可是今天她没去。"

"啊，原来如此。或许还在休息吧。"

"也许是，不过，我们俩总是约定时间去澡堂的。"

"哦，难怪了。"

"而且，今天早晨我们还约好要一起去后山散步的呢。"

"那么，我过去看看。"

"不，不必了。散步我们已经完成了。我只是担心万一她身体哪儿不舒服，才向掌柜的打听一下。"

"大概还是在休息吧，不过，我还是……"

"不必了，用不着那么认真。我只是随便问一句罢了。"

两人说完后就离开了。津田一嘴的牙粉，刷完牙后又跑到走廊上去寻找昨夜那个澡堂了。

一七九

对于今天早晨的津田来说，"寻找"这一小题大做的词汇完全不合适。虽然路径曲折，但他一步也不多走，很自然地来到昨夜的澡堂。他再次觉得，昨夜的自己实在显得太傻了。

秋日强烈的朝阳透过屋檐下的玻璃窗照进浴池，通过玻璃窗，那山崖、堤坝的风貌就近在头顶之上。他全身浸泡在温泉浴池中，仰视上方的山景，又发现这浴池深入地面下很深，而山崖距浴池的距离，按高度衡量有一定的落差，按津田的目测，其间的距离应该有三四米。若楼下还有仿古式浴池，那么就可以说明，在这同一幢房子里，设有多个层面。

山崖上有大吴风草，偏巧那儿照不到阳光，坚硬、发亮的叶片受到山风的吹拂，看上去就有寒冷的感觉。散落的山茶花瓣在浴池里朝外也能看到，不过从这儿看到的景色还是局部的，在两尺宽的玻璃窗以外的范围，无论上下，津田都看不见了。不可知的世界一定是平凡的，可不知何故，这反而引起了津田的好奇心，来到山崖边冷不防鸣叫起来的白头翁，也是只闻其声，不见其影，颇感遗憾。

然而，这样的遗憾是微不足道的，说实话，津田心中反复揣摩着一件远比这更加脸红的事，自从他来到浴室后，就暗暗感到某种遗憾。明亮的浴室之中，不见一人，站在这空旷寂寞的浴池中，大有"万事任君飞扬跋扈"的意味，为慎重起见，他把左右两边的小浴池门也一一打开看看，其中的一个浴池门口，放有一双拖鞋，给了他某种暗示，以此为契机，又怂恿他去做下一个称不上有意的动作。他逐次开门的手来到留有拖鞋的门口时，忽然踌躇起来。原本就不是毫无邪念的，又害怕真的失礼，没法子，只能站在外面侧耳倾听，里面寂静无声，他这才决心顺手打开隔扇门。一个同外面一样的空无一人的浴池呈现在他面前时，"这可太好了"的感觉和"太让人扫兴了"的失望同时在心中涌起。

已经裸体浸泡在浴池中的津田，始终怀着接下来会到来的一种期待。他苦笑着，把昨夜和今晨的自我经历进行一番比较，昨夜被梳着圆髻的女人吓了一跳之前，自己还算是纯真的，而今天早晨，在没有人来的情况下就已经被一种期待搞得紧张起来了。

或许那是无主拖鞋造的孽，可是那双拖鞋为什么对他造成一种唆使呢？那是因为一清早他从横滨女子与掌柜的交谈中听到了清子的消息，清子尚未起床，至少还没有来澡堂洗澡。要是她来洗的话，要么是现在，要么即将前往，二者必居其一。

津田敏感的耳朵，忽然听到有人下楼的脚步声。他立刻停下哗啦哗啦的濯水声。这时脚步声又听不到了，也许是心理作用，那脚步又转向楼上去了。想象其原因，觉得自己效仿别人，把拖鞋脱放在门口的做法实在不对，他甚至有些懊悔，为什么没把拖鞋穿进浴室。

过了一阵，意外地又听到澡堂外传来了脚步声，那是在他欣赏了大吴风草以后，听到白头翁鸣叫之前。津田立刻把前后两次听到的脚步声联系起来，很容易得出这样的结论：前面回避浴室的那个人，故意走到外面去了。于是很快又传来了女人的声音，不过，她的声音与脚步声完全来自两个不同的方向。由下往上观察，崖顶上有一块十几平方米的平地，平地后侧有一栋房子，面朝澡堂而建，声音是从那个方向传来的，而且说话者无疑就是刚才与掌柜谈起清子、散步回来的那个女人。

昨夜为了透气而打开的屋檐下的玻璃窗，今天又关上了。

因此，女人说的话并没能清晰地传入津田的耳朵，但是从语音传来的方向看，她是从崖上向崖下讲话，这一点是确信无疑的。按理说，崖下应该有回应的话语，但是，出人意料的是下面没有回音，听不到上下不同的会话声，说话者只有崖上的女人。

可是，脚步声并没有停止，毫无疑问，那是一个女人穿着庭院木屐，脚踩不规则的石头台阶向崖上攀登。刚觉得她已经登顶，只见上山者的裙摆在玻璃窗的上方闪现了一下，很快就不见了。那瞬间留给津田的印象，只是美丽花纹布的飘动，津田觉得那裙子花纹的模样与昨晚在阶梯下看到的色彩如出一辙。

一八〇

回到房间吃早饭时，津田对侍女说：

"横滨那位女客的住处，是在新浴池可以看见的崖顶上吧？"

"是的，您去哪儿看见了？"

"不，我只是猜想大概是在那儿。"

"您猜对了。你可以去那儿玩，老爷和太太都很有意思，每天都在说无聊、闷死了，发愁得很哪。"

"他们住得很久了吗？"

"是的，已经住了十天啦。"

“对了，就是那个教义大夫的？”

“哎，您了解得真详细。您听过了吗？”

“没有，只是听阿胜说过。”

侍女对他是有问必答，但是也很好地掌握着分寸。每当问到关键的地方，她就会撇开津田的问题。

“不过，那女人究竟是何许人也？”

“是太太呀。”

“真是太太吗？”

“哎，应该是真太太吧。”说着，她笑了起来，“恐怕不会是假的吧。您怎么……”

“要问怎么，作为良家妇女，她有点过于风流了吧。”

侍女不作回答，却突然提起了清子。

“还有一位住在后面的夫人，人品可好啦。”

按照客房的配置，清子的住房在津田的后方，而那一对夫妻的房间却在津田的前面，他意识到这一点，便点头说道：“那么这儿正好是中间啰。”

说是在中间，由于房间是往里缩进的，去前后两面都没有通道。

“那位夫人和那一对夫妇是朋友吗？”

“唉，挺要好的。”

“原本就是老朋友？”

“嗯，这怎么说呢？这一点我不大清楚，大概是来这儿以后结识的吧。他们总是一同进出，因为双方都有空闲吧。昨天还一起去过公园哪。”

津田抓住问题不放。

"那位夫人为什么是一个人呢？"

"她身体有点不好。"

"那她家老爷呢？"

"送她来的时候老爷在，不过马上就回去了。"

"就这样把她撇在这儿，那也太不像话了。之后再没来过？"

"说是最近还要来的，不过，不知情况如何……"

"夫人一定很寂寞吧？"

"您去和她聊聊，可以吗？"

"去和她聊聊行吗？回头你给我问问。"

"哎。"侍女笑眯眯地回答，却并不当真。津田又问：

"那位夫人每天怎么生活？"

"哦，泡温泉，散步，听义大夫，有时还会插插花……夜里还经常练字。"

"是吗，读书吗？"

"书也看的吧。"答到这儿，侍女竟哈哈大笑起来，因为津田的提问过于琐碎。津田总算意识到了，颇为狼狈地岔开了话题。

"今天早晨有人把拖鞋忘在浴池门口，我以为里面有人，打算谦让一下，可是拉开门一看，里面一个人也没有。"

"哎哟，是嘛。一定又是那位先生。"

那位先生是个书法家，津田记得到处悬挂的匾额和招牌上都有他的署名，便应道，"噢，是位老先生了。"

"唉，是位老爷子，白胡须有这么长。"侍女把手放在胸前，比画老爷子胡须的长度。

452

"是嘛，他还写字吗？"

"是的，说是刻在墓碑石上的字，每天都写几个，字写得可大呢。"

书法家为了写墓志铭特意来这儿住，听侍女一说，津田有点惊讶，并感到钦佩。

"就写那几个字，还要那么费劲吗？外行以为花上半天时间马上就能写成的。"

津田的感慨并未引起侍女的反响，但是，他心中却有着没能说出的更多的内容。他暗暗地把老先生的工作内容与自己的做了比较，再把无所事事地练习义大夫的横滨夫妇放在一边，进而将不知为了什么在这儿插花、练字的清子也摆在一旁一起思考，最后，还有一位听侍女说起的客人，那人既不讲话，也不运动，只是坐在客厅里，傻乎乎地眺望山岭。

津田说："人是各式各样的，只要有五六个聚在一起，竟会有如此的不同。到了夏季和正月，那就更加丰富多彩了吧。"

"住满的话，怎么也会有一百三四十人啊。"

侍女好像并未理解津田所说的含义，她只是说了自己最忙碌的季节可能来此居住的客人人数。

一八一

饭后，津田坐在床边的小桌子跟前，在让侍女买来的明信片上各写上一句话，并在正面写上收取人的姓名。写给阿延一张，藤井叔父一张，吉川夫人一张，要写的人都写完了，侍女买来的明信片还留下几张。

他茫然地握着钢笔，呆呆地望着不动瀑布[1]、月下公园[2]等名称与山里不相称的地方上的景观，接着又动笔写了起来。这一次写给阿秀的丈夫和京都的双亲，转瞬之间就已完成。因为起了写明信片的兴致，仿佛不把空白的明信片写完就不够意思，连一开始并不打算写的冈本姑父，冈本的儿子阿一，又从阿一学校里的同学联想到自己的亲戚，外甥真事等也都一一写上。从开始写的时候就已经想到，可是到最后仍然没写的只有小林一人。别的姑且不谈，最怕的就是他找到这儿来，津田怎么也不愿意把这儿的地址告诉他。这个小林，过不了几天就会去朝鲜，他自命放荡不羁，也许已经下定决心，此刻正在火车里坐着摇摇晃晃呢。同时，他完全不靠谱，说不定到了说定的行期又不动身了。要是他收到明信片（如果津田给他发出），绝不敢断言他不会立马跑来这里。

津田一想到他这位恰似阴晴不定的天气一样麻烦的朋友，不，更确切地说，是个敌人，就会不由自主全神贯注地加以提防。于是，想象的大门就会打开，演绎出种种变换的风云。

突然间，只见一辆马车驶到正门口，有人发出大声的怒吼走进他的房间，来者就是小林。

"你来干啥？"

"不干啥，来惹你讨厌！"

---

1 不动瀑布指日本神奈川县西部汤河原町的著名瀑布。
2 月下公园即夜间娱乐场。

"什么理由？"

"需要什么理由呀。只要你讨厌我，不管你到哪儿，不管是什么时候，我都撵着你。"

"畜生！"

津田捏紧拳头，要揍小林的侧脸。小林不仅不抵抗，还马上呈大字躺在屋子中央。

"你打吧，混蛋！随你的便。"

这只是舞台上上演的武打戏，怎么能在旅馆里表演呢？观众之中还有清子呢。如此一来不就全完了？

津田猛然一惊，恢复了意识，这不同于现实的想象的一幕丑剧，若是真在实际生活中上演，那将如何是好。他远远地感到了羞耻和屈辱，作为这种情感的象征，他的脸都发烫了。

他对于小林的恶感和批判，到此暂停。万一不小心流露出来，在众人面前是很丢颜面的事情。这是他伦理观的底线，追究下去，将会大大损坏自己的声誉。所以，最坏的就是小林这个家伙！

"要是没有那家伙，我就会一切顺遂。"

他在指责想象中的小林，把损害自己名誉的一切责任都推给小林。

在梦幻中对罪犯做出宣判后心情为之一变。津田从钱包中拿出一张名片，用钢笔在背面写道："为了静养，昨夜来此。"他歪着脑袋想想，又加上一句"今晨听说您也在"。

昨晚明明见到，这一句必须写上，充愣装傻可不行。

不过，要是简单地提一下昨夜的事情倒也有点困难。写的事情越复杂，字数就会越多，一张名片是写不下的。他想不如口头简单说说，不必再去多费笔墨。

他看了看高低搁板架，忽然想起似的意识到吉川夫人送的礼物还原封不动地放着，马上取了下来。另写一张名片："未知病情如何，这是吉川夫人送来对你的慰问。"他插入果篮盖后，叫来了侍女。

"有一位关女士住在这儿吧？"

今晨给他送饭的同一侍女笑了，"她就是先前提到过的那位夫人呀。"

"是嘛。那就是那位夫人，请把这给她送去。请你告诉她，若不打扰，我想见见她。"

"好的。"

侍女立刻提上果篮朝走廊走去。

一八二

在等待侍女回音的时间里，津田就像没放稳妥的物品一样坐立不安。尤其是觉得应该马上就会来的侍女迟迟不归，更使他担忧起来。

"莫非她会拒绝吗？"

之所以利用吉川夫人的名义，其实就是为了以防万一。津田用上夫人的名义，又是送给她的慰问品，显然是打消清子顾虑的最好的办法。夫人的本意就是为了避免让津田单单与清子会面，或者避免由此引起的猜疑，所以才让他带着果篮来见清子，这是符合常理的思考，谁都会认为这是绝妙的方案。可是，侍女去后却迟迟不回，令人烦恼，他扔掉了刚点上的香烟，来到走廊边，漫无目的地瞧瞧水池中游动的红鲤鱼，又蹲下身子，伸手摸摸睡在屋檐下的狗鼻尖。好不容易听到侍女的脚步声从走廊的拐弯处传来，一面心中怦怦直跳，一面故意做出一副悠悠要往外走的样子。

"怎么样啊？"

"让您久等了，耽搁时间长了吧？"

"不，没多久。"

"我在那儿帮她做了点事儿。"

"什么事呀？"

"拾掇房间，帮夫人梳梳头。动作够快的吧。"

津田心想，原来女人梳个头居然这么费事。

"梳的是银杏髻还是圆髻啊？"

侍女不搭理，只是一个劲地笑。

"您去看看吧。"

"你叫我去看看，可以去看吗？我打刚才起就一直在等待这个回音哟。"

"嗯，真是对不起。竟把最重要的事给忘了。——夫人说，请您大驾光临。"

津田总算放下心来，他站起身，故意半开玩笑地再次叮问：

"真的吗？不会给她添麻烦吗？要是去后弄得我下不来台，我可不乐意哟。"

"老爷，您可真是多疑啊。那么，夫人莫非……"

"你说的夫人是谁啊？是关夫人，还是我家的夫人？"

"我说的是谁，您应该很清楚的。"

"我不清楚。"

"是嘛。"

津田系好兵儿带，侍女转到身后，为他披好和服外褂。

"往这边走吗？"

"我为您带路。"

侍女在头里走，津田走到那穿衣镜前，脑中突然闪现昨夜自己像个梦游患者那样在这儿逡巡的模样，不由得说：

"啊，就是这儿。"

侍女莫名其妙地问："您说什么呀？"

津田立刻掩饰道："我昨天夜里在这儿碰到幽灵。"

侍女一脸的奇怪。

"您别胡说，这儿怎么会有幽灵？说这种话……"

津田意识到自己对旅馆的人说了不该开的玩笑，便机灵地朝二楼望去。

"关夫人的房间，就在这上面吧？"

"是的，您了解得很清楚啊。"

"嗯，当然清楚。"

"您是千里眼哇。"

"不是千里眼，而是千里鼻。一切都靠嗅觉来分辨。"

"就像狗的嗅觉吧？"

津田意识到：走到阶梯半当中的对话，离楼梯口最近的清子房间理应听得见。

"让我再嗅一嗅，关夫人的房间是哪一间吧。"

他走到清子的房间跟前，一下停住脚步。

"就是这儿。"

侍女瞟了津田一眼，扑哧一声笑了起来。

"怎么样？猜准了吧？"

"的确，您的鼻子真灵，比猎犬的还尖。"

侍女又有趣地笑着，可是，房间里对这热闹的谈笑毫无反应，不知屋内有没有人，里面始终是静悄悄的。

"客人来了。"

侍女在门外招呼，同时打开了紧闭的房门。

"有人吗？"

津田说着走进屋里，不由得一怔，没能像预期的那样立刻见到清子。

一八三

房间是相连的套间，津田走进去的那一间是没铺地板的客厅，在黑柿子树木镶边、带有基座的长方形镜架前，放着条纹布做的厚坐垫，旁边有桐木做的小型长火钵，客厅的面积不大，却具有寻常人家的茶室格局。墙角放有黑漆的衣架，上面挂着异性穿着的折起的条纹绸缎服，色泽华丽，手感纤滑。

隔壁的隔扇门敞开着，津田迎面看到的壁龛上有手插的冬菊花，前面有两只对面摆放好的坐垫，那茶色的绉绸布料上，绣有一朵看似白色牡丹花的花朵。不论从格调上说，还是从候客的准备布置看，都显得十分庄重。津田还未入座就有了这样的实感。

"一切都那么一本正经。这便是横亘在今天我俩中间宿命的距离吧。"

忽然间意识到这一点的津田，后悔自己不该走进这个房间。

但是，这种距离是如何产生的？细想起来，产生是必然的。只是津田将它遗忘了罢了。那么，为什么会遗忘它呢？细想起来，或许那遗忘怕也是理所当然的。

受到这一感慨的支配，津田站在客厅里一动不动，既不离开，也不入座，只是看着眼前的坐垫发呆。这时候，主人清子的身影出现在走廊的角落里。这之前她在那儿干些什么？津田全然不知，她又为了什么才特地去了那儿？他也无从了解。莫不是她将房间收拾好之后，在等候津田到来的时候，倚在栏杆边观赏山上的层层叠叠的黄叶吧。即便如此，那情形也使人纳闷。老实说，与其说她是在准备迎候旧客，莫如说是在准备偶遇旧友，这样来评价清子的态度看来是恰如其分的。

可是令人奇怪的是，她的态度并不像板着面孔等他入座的坐垫那么令人讨嫌，也不像要将两人隔开而放在中间的方形火炉那样令人感到不舒服。她的态度与他头脑之中原先就有的清子形象并没有什么悬殊。

津田了解的清子，并不是那种气量狭小的女人，她总是显得那么雍容大度，从她的气质乃至其动作来看，或许可以用"温和迟缓"来概括。津田对她的这一特色深信不疑。正因为过于相信，所以反而遭到了背叛。至少，津田自己是这样解释的。尽管如此，当时对她产生的信任还是不自觉地残留着。至于她突然与关先生成婚，那简直快如劳燕翻身，此是此，彼是彼，只有将二者联系起来平静思考时，才会产生烦恼。倘若脱离开来看，那么，甲是事实，乙同样也是真实的。

"那位温和迟缓的人怎么乘起飞机来了？又怎么翻起筋斗来了呢？"

问题就出在这儿，不过，无论怎么疑惑，事实终究是事实。事实是绝不会自行灭失的。

就这一点而言，反叛者的清子要比忠实的阿延幸福。要是津田进房间时，在让他扫兴的不合时宜的时刻从走廊里探出脑袋的不是清子而是阿延，津田的反应将会如何？

"别再耍什么花招了！"

津田一定会这么想的。然而，要是面前的不是阿延，而是清子，虽然所做的动作相同，其结果将是截然不同的。

"依旧是温和迟缓哪。"

因为有着这样的成见，所以虽然眼下被对方用麻利的手法当头给了一棒，却也只能做出上述的评价。

何况，清子并不是没有及时迎接宾客，她两只手提着先前津田以吉川夫人名义送去的大果篮，从走廊的一角走过来的。她究竟作何打算？如果她是把果篮当作负担，那也不意味着对津田表示冷淡，这是显而易见的。再说，把那么沉重的东西拿到走廊的角落，哪怕她曾经一度放下后再拿起，那动作也实在笨拙，至少是不明智的，有点儿像小孩子的做法。然而，对于平时十分熟悉清子的津田看来，从中可以认出她

461

的些许风格。

"好笑啊，多么独特的滑稽风格。她竟然一点儿都不觉得。"

津田眼瞅着清子拎着沉甸甸的果篮，简直要脱口而出了。

一八四

清子把果篮交给了侍女，侍女不知如何是好，机械性地伸手接过，默默站立着。在此期间，津田也只好站立着等待，不过并没有产生这一情况下常有的无聊的感觉，反而有一种毫无痛苦的快感。他只是盯着看清子那惯常固有的动作，以打发时间的消逝。这么一来，昨天夜晚的记忆越发使人不可思议起来，一个如此从容不迫的人，怎么会突然脸色变得苍白，怎么会变得那么拘谨呢？清子当时的惊慌和眼下的镇定，怎么想都是不协调的。他觉得自己生来头一次意识到一个人白天和夜晚的区别。

不等主人招呼，津田就在自己定下的位置上坐了下来，并注视着清子，她正在吩咐侍女把水果摆到果盘里。

"多谢带来的礼品。"

这是清子的第一句问候。话头从带来礼物的人转到赠送礼物者的好意。原本津田就是冒用吉川夫人的名义送的礼，此刻已无须刻意掩盖了。

"我送了些蜜橘给同路而来的老汉。"

"哟，那是为什么？"

津田已不在乎怎么回答了。

"因为果篮太重了，拎不动。"

"那么，你一路上都拎在手里吗？"

津田觉得清子的问话依然是那样的天真。

"我可没那么傻。我又不是你，拎着这么重的东西，在走廊上从这儿跑到那儿的。"

清子只是微微一笑，并没有辩解的意思，换言之，这就是一种从容。从撒谎开始的津田越来越满不在乎起来。

"你还是一如既往，什么时候都没有烦恼，这很好哇。"

"是的。"

"一点儿变化也没有。"

"嗯，还是同一个人嘛。"

听清子那么说，津田马上想揶揄她几句。正往果盆里分装蜜橘的侍女笑了起来。

"有啥好笑的？"

"夫人所说的话好笑啊。"她辩解说，看到津田一脸的严肃，不得不进一步具体解释。

"的确如此。不管是谁，只要活着，总是同一个人。只要不是再生，谁也不能变成另外一个人哪。"

"可是，也不完全是。活着活着就判若两人的，不有的是吗？"

"哎，是吗？有这种人，倒真想见见哪。"

"如果想见，可以让你见识见识。"

"请。"侍女说着又咯咯咯地笑起来，"又是靠这个吗？"她用食指指着自己的鼻尖。

"老爷的鼻子谁也比不上。夫人的房间在哪儿，他就是用鼻子闻出来的。"

"岂止是房间，你的年龄、原籍、出生地等所有的一切全都可以闻出来，只要有这一只鼻子。"

"真是厉害。碰上老爷，谁也受不了哇。"

侍女说着，站起身来。临出门时，还不忘调侃津田一句。

"想必老爷是个好猎手吧。"

向阳的南向客厅里只剩下两人时，一下子变得寂静起来。津田沐浴着阳光，面朝廊檐而坐，清子背靠栏杆，背朝太阳而坐。津田放眼屋前的群山，重峦叠嶂，山壁阴阳分明，仿佛触手可及。而黄叶的色彩浓淡相间，明暗清晰地映入他的眼帘。与视野宽阔的津田不同，清子什么也看不见。她能够看见的只有朝北的隔扇门和遮挡部分隔扇门的津田的身影。她的视线伸展不开，但是，并没有不快的感觉。若是阿延，就非得换换坐姿了，可清子却泰然处之。

她的脸与昨夜完全相反，比津田熟悉的以往的脸色来得红润，这也可以用秋阳暴晒后的生理反应来做解释。观赏山色的津田的目光，又落在她那仿佛是偶然激动时变得绯红的耳朵上时，不禁想道：她的耳朵片真薄，那是从背后照进她耳朵内侧的阳光，通过耳朵里的血液映入自己眼帘的缘故吧。

464

一八五

　　在这种场合，该由谁先开口呢？如果对面坐着的是阿延，那么无须考虑，事情是明摆着的。阿延对津田是寸步不让，不过，对于自己也不保留什么余地，这就是她的生性。她会随时随地、随心所欲地将自己的作用发挥到极致，使津田不得不始终处于被动地位，使他备尝紧张应战和力不从心的痛苦。

　　然而，当清子坐在他跟前时，便产生了一种迥然而异的别种情趣。程序一下子逆转了，用"相扑"的术语来说，她对津田处在"随时应声而起"的地位，因此，津田对她必须随时发挥积极的主动性，这倒也是津田能够愉快胜任的。

　　当屋里只剩下他们两人时，津田才意识到这一点，同时，对清子过去的记忆也开始苏醒了。迄今为止曾经想到的相见时可能产生的无趣尴尬之感，居然在即将产生之时，突然不可思议地消失了。他心情舒畅地坐在清子跟前，与从前双方没有经历过分手事件之前没啥两样。他在内心感到，此刻至少在性质上与过去是完全相同的。因此，每当他俩谈话发生中断时，起积极作用的，与过去相同，还总是他，而且，谈话还总能保持过去那样的氛围，这又使他感到分外的满足。

　　"关君怎么样啦？还那么用功吗？其后音讯甚少，一直无缘拜见啊。"

津田说得全无意识，谈话一开始就提清子的丈夫，这样妥当吗？无论从利害关系上说，还是从迄今为止两人间引起的感情隔阂来看，抑或是在试将这些缠绵悱恻搁置一旁，从自然还是非自然的批判角度来琢磨，津田的说法均有可斟酌之处。不过，现在的津田已不像平时那么细心，别无牵挂，想说什么就说什么。他一准把往日对阿延的那种小心翼翼的心态忘了个精光。

但是，现在的对象已不是阿延，忘却小心翼翼处事也无妨，这从清子的回答中就可以得知。她微笑着说：

"哎，谢谢。他和以前一样。我们俩还经常念叨你呢。"

"啊，是嘛。我一直很忙，多有失礼，对不起……"

"我丈夫也一样，近来更是忙得不见踪影，夫妻彼此间也自然疏远起来了。不过，那也没有办法，是自然的趋势。"

"是啊。"他感到自己心里其实想把"是啊"改成"是吗"，藏在心中的无声语言是"是吗？仅仅因为这点理由，你们的关系就疏远了吗？这是你的真心话吗？"

这时，津田看出眼前的清子仍然和从前一样单纯，而且除了用单纯一词便无法形容。她的恬淡的态度表明，自己有着充分的余裕在津田面前坦然谈论丈夫关先生，而丝毫没有不愉快。这既是津田暗中所期待的，同时也是他不曾想到的。能够像过去一样与清子重逢，她那一如既往的落落大方的神态使津田十分满意，同时，她又能够心平气和地当着津田之面谈论关先生，这又使他不甚满意。满意和不满意居然同时来临。

"为什么对她谈起关先生就会不满意呢？"

津田连当面提出这个问题的勇气也没有，既然关先生现在是清子的丈夫，津田就必须怀着敬意，肯定清子的态度。不过，这只是表面的说法，是偶然路过的他人所做的评论而已。内里还有其他的看法，那是与冷漠的过路人所不同的自我奋斗。津田不能把那自我奋斗的当事人称之为"我"，只能称作"特殊的人"，这种所谓的"特殊的人"不是外行，而是内行；不是无知者，而是有识之士；不是俗人而是专家。因此，津田不能不认为他们比一位路过者更有充分的发言权。

对于清子，津田表面首肯，内心摇头，这种状态会以某种形式表露出来，那是理所当然的。

一八六

"昨晚失礼了。"津田突然说。他想试探一下清子对此会有何反应。

"是我失礼了。"清子流利地回应，看不出一点儿不快。津田有点儿纳闷：

"难道这个女人，一到今天早晨就忘记了昨夜的惊讶？"

要是清子已经丧失了记忆的能力，那么自己的使命，无论是好是坏，都将无法完成。

"事实上，使你受到惊吓后，我觉得很对不起你。"

"那么，你别觉得对不起不就行了。"

"当然不那样就行。不过，因为我不了解情况，所以也不得已。我连做梦也没想到你会在这儿。"

"不过，你不是还给我带来了礼物，特地从东京跑来的吗？"

"那倒也是。但是我不知道你在这儿也是事实。是昨晚偶然见到你的。"

"真是那样吗？"清子的口吻带着认定昨夜的津田是故意行为的意思，令他感到惊异。

"可是，我再愚蠢，也不会故意去干那种事吧。"

"不过，你在那儿待了好长时间哟。"

她说的一定是自己在盯着水盆里的外溢的水看、又注视着穿衣镜中自己的形象发呆，最后拿起梳子梳头发的磨磨蹭蹭的时候。

"那是我迷了路，不知道该怎么走的时候。"

"是嘛，那倒也是，不过，我并不那么认为。"

"你以为我是在打埋伏？别开玩笑了，我的鼻子再灵，也不可能知道你何时会去洗浴。"

"有道理，那倒是的。"

清子说的"有道理"，语气之中好像真带着领会到"有道理"一样。津田不禁笑了起来。

"你究竟为什么要怀疑那件事呢？"

"这我不说你也该明白的。"

"我就是搞不明白嘛。"

"不明白也没有关系，这事没有解释的必要。"

津田无奈，只能调转方向。

"那我又为什么要在走廊上埋伏你呢？你说说看。"

"那可不能说。"

"不必客气，请你一定说一下。"

"不是客气。因为不能说所以才不说嘛。"

"那事情不就在你心里吗？只要想说，对谁都可以说呀。"

"我的心里什么也没有。"

这一句单纯的话顿时挫败了津田的锐气。同时，也使他的语调更加活跃起来。

"要是没有，那疑心又是从何而来的呢？"

"如果疑心不好，我就道歉。这个我们就不谈了。"

"可是，你不是已经产生疑心了吗？"

"那是没有办法的。有疑心，那是事实，我坦白了疑心的事实，也是事实。再怎么道歉，事实是抹杀不了的。"

"所以请你把事实说出来听听。"

"事实不是已经说过了吗？"

"那只是事实的一半或者三分之一，我想听到全部的事实。"

"真叫人为难啊，我该怎么回答你才好呢。"

"有什么好为难的，只消说一句因为有这样的理由，所以产生了疑心，这不就行了？"

始终感到为难的清子，这时突然露出胸有成竹的神态。

"啊，你就是想听这一句话吗？"

"当然，就是为了听这句话，才那么执着地麻烦你说。可是你就想瞒着……"

"哎哟，你早说就好了。那件事，我一点儿也不想隐瞒。理由不是别的，就因为做那事的人就是你本人。"

"你指的是打埋伏？"

"是呀。"

"别把我当傻瓜。"

"可我见到你就是那种情况，有什么办法。我不会说谎的。"

"原来如此。"

津田把双臂合抱在胸前，低下了头。

一八七

不久，津田又抬起头来。

"怎么搞的，我们的谈话就像辩论似的，我可不是来跟你搞问答的。"

清子回答："我完全没有那种想法，还是自然形成了那种模样。我可不是故意的。"

"我也承认那不是故意的。也就是说，大概是我逼问你太紧了。"

"嗯，是呀。"

清子又微笑了。津田从她的微笑中再次看到了她的从容，忍不住地说：

"问答之中，请再回答我一个问题好吗？"

"哎，请问。"清子的回答口吻，仿佛对津田的所有提问都已经做好了准备似的。这让还未及提问的津田感到不小的失望。

"这个人呀，已经把一切都给忘了。"津田想着，也意识到其实这正是清子的本来特点。他怀着确认似的心情追问：

"可是，昨天晚上在楼梯上，你的脸色都变白了呀。"

"或许是吧。因为看不见自己的脸色，所以不知道。你说变白了，那一定就是。"

"嗨，那么在你的眼里，我还不是个谎言家啰。多谢，我认定的事实，你也承认。"

"我说，即使不承认，可实际上是变白了，那有什么办法？"

"是的。接着，就看你紧张起来了。"

"是啊。紧张起来，我自己也知道。如果再那么待下去，说不定会跌倒的。"

"也就是说，太吃惊了。"

"是啊，大吃一惊哟。"

"那么，"津田欲言，又把视线转向正在低头认真削着苹果皮的清子的手指。只见随着小刀的转动，那鲜嫩欲滴的果皮旋转着与水灵灵的淡青色的果肉逐渐分离，使津田回想起一年之前的往事。

"当时，她也是用这样的姿势，为我削了这样的苹果。"

现在，她那握刀的方法，手指运作的样子，双肘几乎贴近双膝，长袖向外张扬……所有这一切与当时都完全一样，津田只留意到一点不同，那就是她手指上那两颗美丽的宝石，倘若那就是她结婚的永久的纪念品，那么，就再也不可能有比那熠熠生辉的光亮更能残酷地将津田和清子隔开的东西了。津田凝视着她那灵活蠕动的纤纤玉指，沉湎于回忆当时的神魂颠倒的旧梦，却无法认同那灿然闪烁着发出的警告之光。

他马上又将目光从清子的手指移向她的头发，不过，今天早晨侍女为她梳的是普通的檜型，只是在一般的黑头发上留下木梳的齿痕，整齐地把头发竖起来而已。

津田下定决心重提刚刚已经撤下的话题。

"那么，我还想问你……"

清子没有抬起头来，而津田不在意地继续。

"昨夜那么惊讶的你，今天早晨怎么又变得这么若无其事了呢？"

清子依然低着头反问："为什么这样说？"

"因为我不了解其中的心理作用，所以才问。"

清子依然不看对方，回答说：

"我不了解心理作用这种难解的东西，只是昨夜归昨夜，今晨是今晨。如此而已。"

"这就是你的说明？"

"哎，就是这些。"

若是一出戏剧，津田到此就应该长叹一声了，不过他没有勇气现在也这么干，况且，在这个女人面前玩弄这一套把戏也毫无意义。

"可是，今天早晨，你不是没有按时起床吗？"

清子立刻抬头反问：

"唉，你怎么会知道？"

"我知道得很清楚呢。"

清子看了津田一眼，马上又低下头去，然后一边把小刀插进削好皮的苹果，一边回答。

"确实，你不光是千里鼻，还是千里眼呀。真是灵验！"

分不清这是玩笑、讽刺还是实话。听到这一句话，津田只好退缩了。

清子把总算削好的苹果推到津田面前。

"你尝尝，好吗？"

一八八

　　清子削了皮的苹果，津田碰也没碰。

　　"你不吃吗？吉川夫人是特意送给你的呀。"

　　"又承蒙你特地为我带到这儿，这番好意，若不领情就不好意思了。"

　　清子说着，从两人之间的果盘里拿起一片苹果，送到嘴里之前又问：

　　"不过，想来也真是好笑，这究竟是怎么回事？"

　　"什么怎么回事？"

　　"我没有想到吉川夫人会给我送礼，更没有想到这礼物还是由你给我送来。"

　　津田在嘴里念叨："是啊，我也没有想到哇。"清子盯着津田的脸，露出期待他给出明确答复的目光。津田则从她那期待的目光中引起了特别的记忆。

　　"啊，就是这样的目光！"

　　津田的眼前浮现出两人之间以往多次重复过的昔日的景象，那时的清子，只相信这个名叫津田的男子，要向他讨教所有的知识，要请他解决所有的疑问，似乎要将自己一切尚未可知的未来，全部抛给津田去解释。因此，即使她的眼睛在转动，也是宁静的。在她提问的时候，眼睛里总是闪烁着信任和平和的目光，犹如只有津田一人才天生具有独享这一切的特权，甚至津田还会觉得，正因为自己在，这样的目光才存在。

然而，两人终于分离了，而现在又重逢了。津田觉得，分手以后的清子的眼神依旧，只是含义不同了，这使他感到万分感慨。

"眼睛是她身上最美的所在。难道那种美是只能令我感到失望的美吗？请你明确地告诉我吧！"

津田的疑问和清子的疑问只能通过视线来进行交会。先行撤离的还是清子，津田发现了这一点，确认这方面两个人心态的不同。清子随遇而安，任何时候都处之恬然，她已将目光移到壁龛上那盆冬菊花上。

不在清子视线中的津田，只能用嘴巴来追踪。

"再怎么说，我也不是光来充当吉川夫人听差角色的。"

"是嘛。所以这才奇怪呀。"

"一点儿也不奇怪。我要动身来这儿的时候，遇见了吉川夫人，这才听说你也在此。她才托我给你带点礼物来。"

"是嘛，如果不是这样，那怎么想都觉得奇怪。"

"再怎么奇怪，这世上偶然发生的事总是有的。就像你……"

"所以说现在已经不奇怪了，只要问清缘由，任何事情都变成理所当然的了。"

津田终于想说"其实，我也是想来问清缘由的"，可清子对此全不在意，她直率地问道：

"那你是什么地方不舒服？"

津田用几句话简单说明了病情。清子说：

"那你还算不错，这种时候，公司还肯给你开假期。要说这一点，我丈夫就太可怜了，从早忙到晚……"

"关先生对任何事都有兴趣，那没办法。"

"真是可怜呀。"

"我说的是指善意的好事，也就是说他是个太用功的人。"

"嚯，真会说好话。"

这时，下面传来了急匆匆上楼来的草屐脚步声，正要说什么的津田停下观看动静。一位陌生的侍女出现在门口。

"那位横滨的住客让我来问问，夫人下午去瀑布那边散步吗？"

"一同去吧。"

侍女听到清子的回复，对津田说：

"那么请老爷也一起去吧。"

"谢谢。时间已到中午了吧。"

"是的，我这就把午饭送来。"

"吓了我一跳。"津田终于站起身来，他本想叫一声"夫人"的，又怕叫错了，改口叫了声"清子"。

"你在这儿要住多久啊？"

"完全没有预定，只要家里来了电报，哪怕是今天，也得回去。"

津田惊讶："有这种事啊？"

"这也没有什么可说的。"

清子说完，微微一笑。津田试图独自分析一下她微笑的含义，便回自己的房间去了。

未完——

译后记

　　长篇小说《明暗》于1916年5月26日至当年12月14日在《朝日新闻》上连载，由于作者突然因胃溃疡第五次复发病逝，小说刊出一百八十八回便告终止，日本文学界至今为此遗憾不已。尽管如此，这部作品仍被公认为作者的上乘之作，也是日本近代文学中最优秀的作品之一。

　　夏目漱石的文学创作起步较晚，可谓大器晚成，但他在从事文学创作的十余年间，呈多产之势，创作中兼有书画、俳谐等文人志趣，他始终通过创作在追寻近代人生应该如何度过的命题。作家相信"只有富有伦理的作品才是艺术的，真正的艺术品必定是伦理性的"。他试图从一个更高的层次恢复曾经被日本写实主义文艺理论家坪内逍遥否定的小说创作的伦理性和功利性，并竭尽全力地追求近代人"自我"问题的主题。可以说，在夏目漱石所有的作品中均贯穿着确实的富含伦理的骨气和极度厌恶污秽和不正当行为的洁癖式的道义观。到他最后之作《明暗》创作时，小说中曾经有过的抒情和幽默色彩逐渐淡去，批判现实主义的精神愈益强烈，表达了"则天去私"的心境，其影响力及作者深沉的爱与憎，不仅影响到夏目漱石门下众多优秀弟子，还波及更为广泛、长久的数代文人。

这部长篇小说从主人公津田住院写到出院去温泉疗养,前后不过一星期时间,情节相当简单明了。作品描绘了一个普通公司职员的家庭生活现状。主人公津田从本质上来说是个明治时代有闲阶级的青年,他身体患了疾病,但是,精神上的"疾病"可能更加严重。他有着不可告人的秘密,并有极强的虚荣心,是个典型的利己主义者,即便对自己的妻子也不例外。此外,作品中出场的阿延、阿秀和吉川夫人在这一点的表现也都大同小异,她们爱慕虚荣、固执、自负、嫉妒、卑俗,这一切都通过日常生活中的一些细微之处被作者详细、充分地表达出来。虽然阿延一度试图摆脱虚伪,追求真实,但是津田已经"病入膏肓",两人之间的伤痕很难治愈。绝大多数评论家都认为,未竟之作《明暗》充分描绘了"暗"的部分,结尾部分作者要写的"明"很可能是如何将上述私心极重的人物从利己主义的泥坑中解救出来。值得注意的是,津田与阿延结婚之前,经吉川夫人的介绍,曾经和清子有过交往。津田很想娶清子为妻,但是清子却摆脱他嫁了他人。这是因为为人淳朴实在的清子看透了津田的势利,两人的精神境界形成了鲜明的对照。这部作品中虽然没有直接写到作者晚年竭力提倡的"则天去私"的主张,不过,清子仍然可以说是体现了作者这一心愿的人物。作者从一个很高的角度,怀着满腔的热情对人类心灵中的美与丑、明与暗的争斗进行了极其生动的艺术创造,希望找到一条人类自身战胜丑恶、阴暗面的光明之路。作者灵活自如地运用了以往创作中用过的各种手法,把现实生活写得相当丰满、厚实,对于女性心理的描写尤为准确、出色,反映了作者的创作功力和造诣。同样颇为引人注目的是作品中还出现了一个作者从未描写过的对资本主义社会进行挪揄和反抗的人物——小林。他虽然玩世不恭，尖酸刻薄，却能抨击和利用资产阶级的虚伪与虚荣，同情贫困者。

夏目漱石的文学创作距今已过去了有一百多年。根据日本出版部门的调查，包括《明暗》在内的许多杰作至今畅销，深受读者欢迎，这是那些昙花一现的作家所无法相提并论的。我以为夏目漱石之所以能写出传世之作，是因为他深受汉文学的道德观念、英国文学的近代启蒙思想、日本传统文学"低徊趣味"（即以旁观者的立场，悠然、从容地体会自然、艺术和人生的态度）及美学的影响之故。夏目漱石之所以至今仍能获得读者的高度评价和青睐，是因为他比同时代的任何作家都清楚地知晓近代日本社会是西方与日本、近代化与封建主义的混合物。

夏目漱石经历了日本明治时代许多知识分子共同走过的道路，但也有他自己曲折的生活历程，因此，他对许多同时代知识分子尚未认识的事物有先觉醒一步的深刻认识，这表现在他的文明批评的言论中。1911年，夏目漱石在"修善寺大患"（胃溃疡的发作）病情有所好转时在和歌山市作了以《现代日本的开化》为题的演说。他认为：日本走上资本主义的"开化"和近代欧洲是大不相同的。欧洲的开化是"内发的"，经过数百年的积累，"如行云流水般是自然发展的"。而日本的开化却是"外发的"，是"在与外国的接触"过程中被迫转化的。文化也是在受到外来强大刺激下急剧转变的。而且，夏目漱石认为，日本在吸收外来文化时，没有经过细嚼慢咽的消化过程，而是像"蛙吞牛"那样勉为其难地胡乱全盘接受西方文明，"贸然开口吞咽反而陷入更加悲惨的境地"。因为外来文化的消化存在问题，土壤和根基均不相同，从而会"失去自己本位的能力"。漱石独创的观点，即这种因西方文明的压迫而产生的国民精神生活的空白现象，也会产生"不满和不安"，会滋生"神经衰弱"的病症。为了改变这种状况，"只能向内发的方向发展"，这是近代日本人的"苦恼的真实"。所以夏目漱石在他的文学创作中，紧紧抓住代表国民的知识阶级的道德、伦理问题，使之成为自己所有创作的主题。

对于日本近代文明的特色，夏目漱石以广阔的视野对之进行了入木三分的批评。他的风格是以理性为基础，持有极其强烈的道德观、伦理观，从正面剖析人生，最为尖锐地揭示了明治时代知识分子"如何生活下去的道德上的烦恼"的"自我"，并暗示了他们的命运。他的许多作品都反映了作家对人生和社会的关注，以及对人类内心的不安。《明暗》自然也不例外。在创作此作前，夏目漱石在《中断》一文中说："汝所见者为利害之世，我所立者为理否之世。汝所见者为现象之世，我所视者为实相之世。人爵——天爵。荣枯——正邪。得失——善恶。"最后，作者对知识分子的自我本位、利己主义、人性不信的追究，笔触越来越尖刻，直至最后提出"则天去私"的主张，这种主张是一种东方式的宗教观与社会观，是与个人主义相结合的。在《明暗》中，津田的精神"疾病"：相信"黄金的光辉会产生爱情"，"为了生活，必须撒谎"，阿延的小智大愚、虚荣，阿秀的庸俗、嫉妒，吉川夫人的固执、自负、爱搬弄是非，都演绎着作者最后提出的"则天去私"的观点，这也是作者最终在精神和信仰上寻求的一种解脱。

译完夏目漱石的这部名作，其笔下人物的形象是那么栩栩如生，由此想到一位中国作家朋友的话："与其为虚构的人物而苦恼，倒不如呕心沥血塑造一些活生生的人物和极其自然的角色。如虚构的人物是活生生的，虚构的角色是极其自然的，那么虚构的作者就是一种创造者了。"

　　夏目漱石正是这样一位伟大的创造者。

谭晶华

2019年7月25日

图书在版编目（CIP）数据

明暗／（日）夏目漱石著；谭晶华译.—桂林：广西
师范大学出版社，2020.7
ISBN 978－7－5598－2827－9

Ⅰ.①明…Ⅱ.①夏…②谭…Ⅲ.①长篇小说－
日本－现代Ⅳ.①I313.45

中国版本图书馆 CIP 数据核字（2020）第 085867 号

出 品 人：刘广汉
责任编辑：刘　玮
助理编辑：陶阿晴
装帧设计：李婷婷
广西师范大学出版社出版发行

（ 广西桂林市五里店路 9 号　　　邮政编码：541004 ）
（ 网址：http://www.bbtpress.com ）

出版人：黄轩庄
全国新华书店经销
销售热线：021－65200318　021－31260822－898
山东韵杰文化科技有限公司印刷
（山东省淄博市桓台县桓台大道西首　邮政编码：256401）
开本：890mm×1 240mm　　1/32
印张：15.125　　　　字数：324 千字
2020 年 7 月第 1 版　　2020 年 7 月第 1 次印刷
定价：58.00 元

如发现印装质量问题，影响阅读，请与出版社发行部门联系调换。